LIEUTENANT EVE DALLAS

La loi du crime

Nora Roberts

LIEUTENANT EVE DALLAS
La loi du crime

Traduit de l'américain
par Sophie Dalle

Titre original :
JUDGMENT IN DEATH
Berkley Books, New York

Pour la traduction française :
© Éditions J'ai lu, 2004

1

Depuis le seuil du Purgatoire, elle contempla la mort. Le sang et l'horreur, dans toute sa férocité jubilatoire, son irruption en ces lieux avec une sorte de rage d'enfant, pleine de fougue, de passion, et d'impitoyable brutalité.

Savamment calculé ou sauvagement impulsif, le meurtre n'avait jamais rien d'avenant.

C'était son métier de se frayer un chemin parmi les débris d'un crime, de ramasser les morceaux, de les remettre à leur place pour reconstituer le tableau d'une vie supprimée. Et, à travers ce tableau, de définir le portrait d'un assassin.

À présent, aux petites heures du matin, en ce timide printemps de 2059, un océan de verre broyé craquait sous ses bottes. De son regard noisette, elle scruta la scène : miroirs brisés, bouteilles cassées, bois fendu. Paravents éventrés, cloisons d'isolation défoncées. Les cuirs et tissus recouvrant tabourets et banquettes moelleuses étaient en lambeaux.

L'établissement de strip-tease chic n'était plus qu'un amas de coûteux détritus.

Derrière le bar incurvé gisait la victime, dans une mare de sang.

Le lieutenant Eve Dallas s'accroupit près du corps. Elle était flic. Il était donc à elle.

— Sexe masculin. Noir. La trentaine avancée. Traumatismes importants à la tête et sur le corps. Fractures multiples.

Elle sortit une jauge de sa mallette pour prendre la température ambiante et celle du cadavre.

— Le crâne fracassé suffisait à l'achever, mais ça ne s'est pas arrêté là.

— Il a été battu à mort.

D'un grognement, Eve approuva le commentaire de son assistante. Elle examinait ce qui restait d'un individu bien bâti, en pleine fleur de l'âge, un bon mètre quatre-vingt-cinq et cent dix kilos de muscles.

— Que voyez-vous, Peabody?

Machinalement, Peabody changea de position, se concentra.

— La victime… Eh bien, il semble qu'on l'ait frappée par-derrière. Le premier coup a dû l'assommer, ou tout du moins l'étourdir. Le meurtrier a insisté. D'après la répartition des éclaboussures de sang et de cervelle, on a continué à la frapper une fois qu'elle était à terre, sans doute inconsciente. De toute évidence, certaines blessures ont été infligées *post mortem*. Cette matraque en métal est vraisemblablement l'arme du crime, et la personne qui s'en est servie est dotée d'une force considérable – peut-être renforcée par la prise de drogues, les éléments indiquant une violence excessive qu'on retrouve souvent chez les consommateurs de Zeus.

— Heure du décès, 4 heures, annonça Eve avant de lever la tête vers Peabody.

Celle-ci était amidonnée, repassée, officielle jusqu'au bout des ongles, la casquette posée réglementairement sur sa chevelure brune. Elle a de beaux yeux, songea Eve, noirs et vifs, et bien qu'ayant blêmi devant ce spectacle abominable, elle tenait bon.

— Mobile? demanda Eve.

— Il semble que ce soit le vol, lieutenant.

— Pourquoi?

— Le tiroir-caisse est ouvert et vide. L'appareil à cartes est abîmé.

— Mmm… Dans un endroit de ce standing, j'imagine que les clients payaient le plus souvent par carte, mais ils devaient aussi travailler avec des espèces.

— Les accros au Zeus n'hésitent pas à tuer pour un peu de monnaie.

— C'est vrai. Cependant, qu'aurait pu faire notre victime, toute seule dans un bar fermé en compagnie d'un toxico? Comment a-t-elle pu laisser un individu défoncé au Zeus sauter derrière le comptoir?

De ses doigts enduits de Seal-It, elle extirpa un petit jeton de crédit en argent de la coulée de sang.

— Pourquoi notre drogué aurait-il laissé tout ça? Il y en a plusieurs, disséminés autour du cadavre.

— Ils sont peut-être tombés, suggéra Peabody, tout en se disant qu'Eve avait une idée derrière la tête.

— Possible.

Elle compta les jetons, trente en tout, et les rangea dans un sachet transparent qu'elle tendit à Peabody. Puis elle ramassa la matraque maculée de sang et de cervelle. Environ soixante centimètres de longueur, estima-t-elle, et d'un poids impressionnant.

— C'est un métal solide, pas un objet qu'un toxico aura trouvé au hasard dans un immeuble abandonné. Nous allons découvrir que cette arme avait sa place ici, derrière le comptoir. Nous allons découvrir, Peabody, que notre victime connaissait son meurtrier. Peut-être même qu'ils buvaient un verre ensemble.

Réfléchissant à voix haute, elle poursuivit:

— Peut-être qu'ils ont eu des mots, et que la discussion a dégénéré. Notre tueur était probablement déjà sur les nerfs. Il savait où se trouvait la batte. Il est venu derrière le comptoir. Il l'avait déjà fait, aussi notre pauvre ami ne s'est-il pas méfié. Il a tourné le dos.

Elle fit de même, évalua le positionnement du corps et des éclaboussures.

— Le premier coup le propulse en avant, contre la glace du mur du fond. Voyez ces entailles sur son visage. Elles ne sont pas dues aux échardes de verre.

Elles sont trop longues, trop profondes. Il réussit à se retourner, et c'est là que le meurtrier le frappe de nouveau, en pleine mâchoire. Il titube, tente de se rattraper aux étagères, qui s'écroulent sur lui. C'est là qu'il a reçu le coup fatal. Celui qui lui a fracassé le crâne.

Elle s'accroupit de nouveau.

— Ensuite, le tueur s'est défoulé, avant de saccager les lieux. Peut-être dans un élan de mauvaise humeur, peut-être pour se couvrir. Mais il était suffisamment maître de la situation pour revenir sur ses pas admirer son chef-d'œuvre avant de repartir. Une fois satisfait, il a déposé la matraque.

— Il a voulu maquiller ça en cambriolage qui aurait mal tourné ?

— Oui. Ou alors, notre victime était un crétin et je m'apitoie à tort sur son sort. Vous avez tout enregistré ? Sous tous les angles ?

— Oui, lieutenant.

— Retournons-le.

Le corps aux os rompus se souleva comme un sac rempli de vaisselle en miettes.

— Merde ! Nom de nom !

Eve se pencha pour ramasser le badge dans le sang coagulé. Avec son pouce, elle essuya la photo.

— Il était en service.

— C'était un flic ? s'exclama Peabody en s'avançant d'un pas.

Le silence se fit d'un coup. Les techniciens qui s'affairaient de l'autre côté de la pièce se turent, s'immobilisèrent.

Une demi-douzaine de visages se tournèrent vers le lieutenant.

— Kohli, détective Taj, annonça Eve d'un ton grave en se relevant. Il était des nôtres.

Peabody enjamba les débris pour rejoindre Eve auprès de la dépouille du détective Taj Kohli, qu'on s'apprêtait à transférer à la morgue.

— J'ai les renseignements, Dallas. Il appartenait à la brigade des Produits illicites du 128. Il y travaillait depuis huit ans. Auparavant, il avait été militaire. Trente-sept ans. Marié. Deux enfants.

— Rien à signaler sur son casier ?

— Non, lieutenant.

— Voyons s'il était en mission officielle ou s'il travaillait au noir. Elliott ? Je veux les disques de sécurité.

— Il n'y en a pas.

L'un des membres de l'équipe se précipita vers elle, l'air furieux.

— Ils ont tous disparu, jusqu'au dernier ! Le système de surveillance couvre tout l'établissement. Ce salaud a tout emporté. On n'a plus rien.

— Il a pensé à tout.

Les mains sur les hanches, Eve tourna en rond. Le club comprenait trois niveaux, une estrade au rez-de-chaussée, des pistes de danse au premier et au second. Plusieurs salons privés se succédaient également au dernier étage. Pour embrasser tout l'établissement, il devait y avoir au moins douze caméras, sinon plus. Piquer tous les enregistrements réclamait du temps et de la méthode.

— Il connaissait les lieux, décida-t-elle. Ou alors, c'est un as de la sécurité. Tout ça, marmonna-t-elle, c'est de la frime ! Il savait exactement ce qu'il faisait, il contrôlait tout. Peabody, trouvez-moi le propriétaire, le gérant. Je veux une liste de tous ceux qui travaillent ici. Je veux comprendre la structure.

— Lieutenant ?

Un agent visiblement harassé se faufila jusqu'à elle.

— Il y a un civil, dehors.

— Il y a plein de civils, dehors. Qu'ils y restent !

— Oui, lieutenant, mais celui-là insiste pour vous parler. Il prétend que ce club lui appartient. Et euh…

— Et euh quoi ?

— Et que vous êtes son épouse.

— Connor Divertissements, annonça Peabody en lisant les données sur son Palm.

Elle adressa un sourire circonspect à Eve.

— Devinez qui possède le Purgatoire ?

— J'aurais dû m'en douter !

Résignée, Eve se dirigea vers l'entrée.

Depuis deux heures qu'ils s'étaient séparés pour vaquer à leurs affaires respectives, il n'avait guère changé. Il était toujours aussi beau. La brise soulevait légèrement l'imperméable beige qu'il portait sur son costume sombre. Cette même brise caressait la chevelure d'ébène qui encadrait son magnifique visage et ses lunettes de soleil noires ne faisaient qu'ajouter à son élégance.

Il les enleva et les rangea dans sa poche alors qu'Eve sortait. Elle rencontra le bleu intense de son regard.

— Bonjour, lieutenant.

— J'avais un mauvais pressentiment en venant ici. C'est tout à fait ton genre d'endroit, n'est-ce pas ? Décidément, je me demande ce qui ne t'appartient pas !

— C'était un rêve d'enfance… expliqua-t-il avec son léger accent irlandais. Si je comprends bien, nous sommes tous deux dans le pétrin.

— Pourquoi as-tu précisé à l'agent que j'étais ta femme ?

— Parce que tu l'es ! répliqua-t-il nonchalamment. Et je m'en réjouis quotidiennement ! ajouta-t-il en lui prenant la main avant qu'elle ne puisse esquiver.

— Ne me touche pas ! siffla-t-elle, ce qui le fit sourire.

— Ce n'est pas ce que tu disais, il y a quelques heures. Et même…

— Tais-toi, Connor !

Elle jeta un coup d'œil autour d'elle, bien qu'ils fussent seuls…

— Tu es sur les lieux d'une enquête policière.

— C'est ce qu'on m'a dit.

— Qui, « on » ?

— Le responsable de l'équipe de nettoyage, qui a découvert le cadavre. Il a commencé par prévenir la police, je tiens à le préciser. Cependant, il a jugé nécessaire de m'avertir aussi. Que s'est-il passé ?

Une fois de plus, ses affaires professionnelles se mêlaient à celles de Dallas. Mais à quoi bon s'en plaindre ? Elle essaya de se consoler en se disant qu'il lui donnerait un coup de main pour la paperasserie.

— Tu emploies un barman du nom de Kohli ? Taj Kohli ?

— Je n'en ai pas la moindre idée. Mais je peux me renseigner.

Il sortit un mini-ordinateur de la poche de sa chemise.

— Il est mort ?

— On ne peut plus mort.

— Oui, il travaillait pour moi, confirma Connor. Depuis trois mois, à temps partiel. Quatre soirées par semaine. Il avait une famille.

— Oui, je sais.

Il était sensible à ces détails, ce qui ne manquait jamais de la toucher.

— C'était un flic, dit Eve.

Connor parut surpris.

— Ça ne figurait pas sur ta base de données, n'est-ce pas ?

— Non. Apparemment, mon directeur du personnel a fait preuve de négligence. J'y remédierai. Tu m'autorises à entrer ?

— Oui, dans un instant. Depuis combien de temps possèdes-tu ce club ?

— Quatre ans, environ.

— Combien d'employés – à temps plein et à temps partiel ?

— Je te dirai tout ça, lieutenant, et je répondrai à toute question pertinente, rétorqua-t-il, une lueur d'agacement dans les prunelles. Mais pour l'heure, j'aimerais voir ce qu'il en est.

Il poussa la porte, découvrit l'ampleur des dégâts, puis se concentra sur l'énorme sac en plastique noir que les croque-morts déposaient sur un brancard.

— Comment l'a-t-on tué ?

— Consciencieusement.

Connor se contenta de la dévisager. Elle soupira.

— C'était horrible, d'accord ? Une matraque en métal.

Elle regarda son mari jeter un coup d'œil vers le bar et les taches de sang qui brillaient sur le verre comme un tableau indéchiffrable.

— Après les premiers coups, il n'a plus rien dû sentir.

— On t'a déjà frappée avec une matraque ? Moi, oui, enchaîna-t-il sans lui laisser le temps de répondre. Ce n'est pas agréable. J'ai du mal à croire que ce soit une histoire de vol, même en admettant qu'elle ait pu dégénérer.

— Pourquoi ?

— Il devait y avoir assez de bouteilles d'alcool d'excellente qualité pour entretenir confortablement un individu pendant un certain temps. Pourquoi les casser, plutôt que de les vendre ? Quand on fait une descente dans un lieu comme celui-ci, ce n'est pas tant pour l'argent que pour l'inventaire, et certains équipements.

— C'est la voix de l'expérience qui parle ?

Il sourit malgré lui.

— Forcément. C'est-à-dire, mon expérience en qualité de propriétaire et citoyen respectueux des lois.

— Mouais.

— Les disques de sécurité ?

— Envolés. Il a tout pris.

— Il avait donc soigneusement étudié les lieux auparavant.

— Combien de caméras ? s'enquit Eve.

Une fois de plus, Connor interrogea son mini-ordinateur.

— Dix-huit. Neuf au rez-de-chaussée, six au premier et trois autres au second. Avant que tu ne m'interroges, l'établissement fermait à 3 heures ; le personnel devait donc être parti à la demie. Le dernier spectacle se termine à 2 heures. Les musiciens et les danseuses...

— Les strip-teaseuses, tu veux dire.

— Comme tu voudras. Elles finissent aussi à 2 heures. Tu auras leurs noms et leurs emplois du temps dans une heure.

— Merci. Pourquoi le Purgatoire ?

— Ce nom me plaisait. Les prêtres affirment que c'est au purgatoire que les âmes des justes expient leurs péchés. Un peu comme une prison. J'ai toujours pensé que c'était une dernière chance pour l'être humain... avant d'enfiler ses ailes ou d'affronter le feu éternel.

— Que préférerais-tu ? Les ailes ou le feu ?

— Justement, ce que je préfère, c'est rester un être humain !

Les brancardiers s'apprêtaient à partir. Connor passa une main sur les cheveux de sa femme.

— Je suis navré.

— Moi aussi. Qu'est-ce qui pourrait expliquer qu'un détective de la police de New York ait infiltré le Purgatoire ?

— Je n'en sais rien. Certains clients ont probablement des activités peu recommandables au regard du NYPSD, mais je n'ai reçu aucune information particulière à ce sujet. Il se peut aussi que quelques produits illicites changent de main dans les salons privés ou sous les tables, mais il n'y a jamais eu de transaction importante ici. J'aurais été au courant. Certaines des strip-teaseuses détiennent une licence, mais pas toutes. Aucun mineur n'est autorisé à franchir le seuil de l'établissement – ni en tant qu'employé ni en tant que client. J'ai mes exigences, lieutenant.

— Je ne te reproche rien. J'ai besoin de savoir.

— Tu es furieuse que je sois là.

Ses cheveux courts un peu en désordre après la brise à l'extérieur, Eve laissa passer un instant. Les portes s'ouvrirent pour céder le passage au cadavre.

Dehors, la circulation était déjà dense. Les voitures se suivaient pare-chocs contre pare-chocs et les navettes aériennes envahissaient le ciel. L'opérateur d'un aéroglisseur interpella les brancardiers.

— Bon, d'accord, je suis furieuse que tu sois là. Mais je m'en remettrai. Quand es-tu venu pour la dernière fois ?

— Je n'ai pas mis les pieds ici depuis des mois. L'affaire tournait, je n'avais pas besoin de m'en occuper.

— Qui la gère ?

— Ruth MacLean. Je te transmettrai tout ce que j'ai sur elle.

— Le plus vite sera le mieux. Tu veux inspecter la scène maintenant ?

— Il faut d'abord que je sache comment c'était avant. J'aimerais qu'on me laisse entrer un peu plus tard.

— Je m'en occupe. Oui, Peabody ? demanda-t-elle en pivotant vers son assistante qui s'éclaircissait la gorge.

— Excusez-moi, lieutenant, mais j'ai pensé que vous voudriez être tenue au courant. J'ai contacté le capitaine de brigade de la victime. Il nous envoie un membre de son unité et un psychologue pour prévenir les proches. Ils veulent savoir s'ils doivent vous attendre, ou s'ils doivent se rendre seuls chez l'épouse.

— Dites-leur de m'attendre. Je les retrouve sur place. Il faut que j'y aille, conclut-elle, à l'intention de Connor.

— Je ne t'envie pas ton métier, lieutenant, murmura-t-il en lui prenant la main d'un geste tendre. Je te laisse travailler. J'aurai tous les renseignements qui te manquent, dès que possible.

— Connor ? lança-t-elle tandis qu'il se dirigeait vers la sortie. Je suis désolée, pour ton club.

— Ce n'est que du bois et du verre.

— Il n'en pense pas un mot, murmura Eve quand il eut disparu.

— Pardon, lieutenant?

— Il ne les lâchera pas comme ça... Venez, Peabody, allons annoncer la terrible nouvelle à la famille. Qu'on en finisse au plus vite.

Les Kohli habitaient un immeuble convenable, de petite taille, dans l'East Side. Le genre de résidence qu'affectionnaient les familles jeunes et les couples de retraités. Pas assez branché pour attirer les célibataires, trop cher pour les pauvres.

C'était un édifice post-Guerre urbaine, restauré de façon agréable, sinon avec goût.

Le dispositif de sécurité à l'entrée consistait en un simple code digital.

Eve repéra les flics avant même de se garer en double file et d'activer son signal lumineux « En service ».

La femme était très élégante, les cheveux en pointe sur les joues. Elle portait des lunettes noires et un tailleur bleu marine sans prétention. Remarquant ses escarpins à talons, Eve en déduisit qu'elle travaillait dans l'administration.

Une huile, sans aucun doute.

L'homme avait les épaules larges, le ventre légèrement proéminent, les cheveux grisonnants. Il portait des souliers de flic – à grosses semelles, parfaitement cirés. Sa veste était un peu étriquée, le bas des manches légèrement élimé.

Un vieux de la vieille, qui avait travaillé sur le terrain avant de passer dans un bureau, se dit Eve.

— Lieutenant Dallas.

La femme s'avança vers Eve, mais sans lui tendre la main.

— Je vous ai reconnue. On parle beaucoup de vous dans les médias, ajouta-t-elle avec une pointe d'amer-

15

tume. Je suis le capitaine Roth, du 128. Et voici le sergent Clooney, venu en tant que soutien psychologique.

— Merci de m'avoir attendue. Mon assistante, l'officier Peabody.

— Où en est votre enquête, lieutenant ?

— Le corps du détective Kohli est entre les mains du légiste et sera traité en priorité. Mon rapport sera rédigé et diffusé une fois les proches prévenus du décès.

Elle marqua une pause, le temps de laisser passer un maxibus rugissant.

— À l'heure qu'il est, capitaine Roth, j'ai un officier de police décédé à la suite de coups particulièrement violents, aux petites heures du matin, alors qu'il se trouvait dans un club, après son service. Un club où il était employé comme barman à temps partiel.

— Le mobile ? Cambriolage ?

— C'est peu vraisemblable.

— Quel est-il, à votre avis ?

Un flot de ressentiment envahit Eve. Elle s'efforça de l'ignorer.

— À ce stade, je n'ai encore formé aucune opinion. Capitaine Roth, souhaitez-vous rester ici dans la rue à m'interroger, ou préférez-vous lire mon rapport une fois qu'il sera terminé ?

Roth ouvrit la bouche, reprit son souffle.

— Dont acte, lieutenant. L'inspecteur Kohli était sous mes ordres depuis cinq ans. J'irai droit au but : je tiens à ce que nous reprenions l'enquête.

— Je comprends vos sentiments, capitaine Roth. Je peux simplement vous assurer que, tant que je serai responsable de cette affaire, je m'y consacrerai pleinement.

Enlevez donc ces fichues lunettes de soleil ! pensa-t-elle, exaspérée. Je veux voir vos yeux.

— Vous pouvez demander un transfert d'autorité, continua-t-elle. Mais je vais être franche avec vous. Je n'abandonnerai pas la partie comme ça. J'étais là, ce matin. J'ai vu ce qu'on lui a infligé. Vous ne pouvez pas vouloir son meurtrier plus que moi.

— Capitaine, intervint Clooney en s'avançant pour poser une main sur le bras de Roth... Lieutenant... Nous sommes tous sous le coup de l'émotion, mais nous avons une mission à accomplir. Ici et maintenant.

Il avait un regard bleu clair, fatigué, qui inspirait confiance. Il leva les yeux vers une fenêtre au quatrième étage.

— Ce que nous pouvons ressentir ne ressemble ni de près ni de loin à ce qu'ils vont éprouver là-haut dans quelques minutes.

— Vous avez raison. Vous avez raison, Arty. Allons-y.

Roth se tourna vers l'entrée. Elle surmonta le problème du code digital en se servant d'un passe-partout.

— Lieutenant ? dit Clooney, resté légèrement en arrière. Je sais que vous voudrez interroger Patsy, la femme de Taj. Je vous demande d'y aller doucement pour le moment. Je sais ce par quoi elle va passer. J'ai perdu un fils en service, il y a quelques mois. Ça vous déchire.

— Je ne vais pas la bousculer, Clooney, n'ayez crainte. Je ne le connaissais pas, mais il a été assassiné, et il était flic. Ça me suffit. D'accord ?

— D'accord.

— Seigneur ! Je déteste ce genre de démarche.

Elle suivit Roth jusqu'à l'ascenseur.

— Comment faites-vous ? demanda-t-elle à Clooney. Le soutien psychologique. Comment tenez-vous le coup ?

— À dire vrai, ils m'ont désigné parce que j'arrive en général à maintenir la paix. J'ai un esprit de médiateur.

Il ébaucha un sourire.

— J'ai accepté, pour essayer, et je me suis rendu compte que j'étais plutôt doué. On sait ce qu'ils ressentent... à chaque étape.

Il pinça les lèvres et pénétra dans la cabine derrière les deux femmes.

— On tient le coup parce qu'on espère être utile… au moins un petit peu. Ça aide, d'être flic. Et ces derniers mois, je me suis rendu compte que ça aidait encore plus d'être un flic qui avait subi un deuil. Vous avez déjà perdu un membre de votre famille, lieutenant ?

En un éclair, Eve revit la pièce minable, la silhouette massive d'un homme, et l'enfant qu'elle avait été, recroquevillée dans un coin.

— Je n'ai pas de famille.

— Eh bien…

Clooney se tut. Ils émergeaient sur le palier du quatrième.

Elle comprendrait tout de suite, et ils le savaient tous les trois. Femme de flic, elle comprendrait dès l'instant où elle ouvrirait la porte. Le contenu du discours variait peu, et n'avait aucune importance. Dès l'instant où elle aurait ouvert la porte, le cours de sa vie serait irrévocablement changé.

Ils n'eurent même pas le temps de frapper.

Patsy Kohli était une jolie femme à la peau veloutée couleur d'ébène, et aux cheveux bouclés, très courts. Elle était habillée pour sortir, un bébé accroché entre ses seins. Un petit garçon, à ses côtés, lui tenait la main en se trémoussant.

— On va balançoire ! On va balançoire !

Mais sa mère s'était figée, la joie dans ses yeux évaporée. Elle leva sa main libre, pressa le bébé contre son cœur.

— Taj.

Roth avait ôté ses lunettes noires, dévoilant des yeux d'un bleu glacial.

— Patsy, pouvons-nous entrer ?

— Taj, répéta-t-elle en secouant lentement la tête. Taj…

18

— Allons, Patsy, murmura Clooney en la prenant par les épaules, si on allait s'asseoir?

— Non, non, non!

Le petit garçon se mit à pleurer en tirant sur la main inerte de sa maman. Roth et Eve le contemplèrent, paniquées.

Peabody s'approcha et s'accroupit devant lui.

— Salut, toi!

— On va balançoire… gémit-il, de grosses larmes roulant sur ses joues potelées.

— Oui. Lieutenant, si j'emmenais le petit se promener?

— Bonne idée. Excellente initiative. Madame Kohli, avec votre permission, mon assistante va sortir un moment avec votre fils. Je pense que ce serait mieux.

— Chad…

Patsy posa le regard sur l'enfant, comme si elle s'arrachait à un rêve.

— On va au parc. Tout près d'ici. Les balançoires.

— Je l'emmène, madame. Ne vous inquiétez pas.

Avec une aisance qui sidéra Eve, Peabody souleva le petit garçon et le posa sur sa hanche.

— Tu aimes les hot-dogs au soja, Chad?

— Patsy, donnez-moi votre fille, intervint Clooney en dégrafant le porte-bébé.

Puis, d'office, il mit le nourrisson dans les bras d'Eve, stupéfaite et horrifiée.

— Euh, je ne peux pas…

Clooney entraînait déjà Patsy vers le canapé. Eve resta plantée là, devant deux immenses yeux noirs. Quand le bout de chou se mit à gazouiller, elle crut défaillir.

Elle chercha aussitôt de l'aide, en vain. Clooney et Roth étaient auprès de Patsy. La pièce était petite, chaleureuse, le tapis jonché de jouets, l'air imprégné d'un mélange de talc, de crayons gras et de sucre. L'odeur des enfants.

Heureusement, elle remarqua un panier rempli de linge soigneusement plié, près d'un fauteuil. Parfait, décida-t-elle en allant y déposer sa charge.

— Ne bouge pas, chuchota-t-elle, avant de tapoter maladroitement le crâne du bébé.

Enfin, elle put respirer normalement.

Elle revint vers ses collègues et la jeune femme effondrée, qui sanglotait en se balançant d'avant en arrière.

Eve resta à l'écart et observa Clooney à l'œuvre. Le chagrin avait envahi l'appartement, et de longs mois s'écouleraient avant qu'il ne se dissipe.

— C'est ma faute. C'est ma faute, balbutia enfin Patsy.

— Non, répliqua Clooney en lui serrant les mains jusqu'à ce qu'elle relève la tête. Bien sûr que non !

— C'est à cause de moi qu'il a accepté ce poste de barman. Je ne voulais plus retravailler après la naissance de Jilly. J'avais envie de rester à la maison. L'argent, le salaire d'une mère au foyer est tellement inférieur à…

— Patsy, Taj était heureux de vous savoir chez vous avec les enfants. Il était fier d'eux et de vous.

— Je ne peux pas… Chad…

Elle s'arracha à l'étreinte de Clooney et cacha son visage.

— Comment vais-je lui annoncer ça ? Comment pourra-t-il vivre sans Taj ? Où est-il ?

Elle regarda autour d'elle, affolée.

— Il faut que j'aille le voir. Peut-être que c'est une erreur.

Eve sut que le moment était venu pour elle de s'exprimer.

— Je regrette, madame Kohli. Il n'y a pas d'erreur. Je suis le lieutenant Dallas. Je suis en charge de l'enquête.

— Vous avez vu Taj ?

Tremblante, Patsy se leva.

— Oui. Je suis désolée, terriblement désolée pour vous. Vous sentez-vous assez forte pour parler, madame Kohli ? Pouvez-vous m'aider à retrouver le coupable ?

— Lieutenant Dallas... commença Roth.

Patsy secoua la tête.

— Non. Non. Je veux parler. Taj le voudrait. Il voudrait... Où est Jilly ? Où est mon bébé ?

— Je... euh...

Honteuse, Eve eut un geste vers le panier à linge.

— Ah ! murmura Patsy avec un petit sourire... Elle est si mignonne. Adorable. Elle ne pleure presque jamais. Je devrais la mettre dans son berceau.

— Je m'en occupe, Patsy, déclara Clooney. Bavardez avec le lieutenant... C'est ce qu'aurait souhaité Taj. Voulez-vous que nous prévenions quelqu'un ? Votre sœur ?

— Oui... Oui, s'il vous plaît. Si vous pouviez téléphoner à Carla...

— Le capitaine Roth s'en charge. N'est-ce pas, capitaine ? Pendant que je couche le bébé.

Roth serra les dents. Eve ne fut pas étonnée par son irritation. Clooney avait pris la situation en main, sans en avoir l'air. Or, cette femme ne supportait pas de recevoir des ordres de son sergent.

— Oui, bien sûr.

Lançant un regard noir à Eve, elle quitta le salon.

— Vous appartenez à la brigade de Taj ?

— Non.

— Non, non, bien sûr. Vous êtes de la section Homicides.

Un gémissement lui échappa. Admirative, Eve la vit se ressaisir aussitôt.

— Que voulez-vous savoir ?

— Votre mari n'est pas rentré ce matin. Ça ne vous a pas inquiétée ?

— Non.

Elle tendit le bras derrière elle, s'accrocha au canapé, se rassit.

— Il m'avait dit qu'il se rendrait sans doute directement au commissariat. Ça lui arrivait parfois. Il avait un rendez-vous avec quelqu'un après la fermeture du club.

— Qui ?

— Il ne me l'a pas précisé. Il a simplement dit qu'il avait quelqu'un à voir.

— Savez-vous s'il avait des ennemis, madame Kohli ?

— Il était flic. Avez-vous des ennemis, lieutenant ?

— Une personne en particulier ?

— Non. Vous savez, Taj mettait un point d'honneur à ne pas ramener son travail à la maison. Il ne voulait pas que ça puisse nous toucher. Je ne suis même pas au courant des affaires qu'il traitait. Il n'aimait pas en parler. Mais il était angoissé.

Elle croisa les mains sur ses genoux, les fixa un long moment. Eve ne put s'empêcher de remarquer son alliance.

— Je voyais bien qu'il était tracassé. Je lui ai demandé s'il avait des soucis, mais il est resté très vague. Comme d'habitude.

Elle parvint à esquisser un sourire.

— Il était... certains pourraient dire... un peu macho, mais c'était Taj. Il avait des principes. C'était un homme bon. Un père merveilleux. Il était passionné par son métier... Il aurait été fier de mourir en service. Mais pas comme ça. Pas comme ça ! Celui qui lui a fait ça l'en a privé. Comment est-ce possible ? Lieutenant, comment est-ce possible ?

Comment lui répondre ? Eve n'avait que des questions.

2

— C'était très dur.

— Oui.

Eve démarra et s'efforça de chasser la morosité qui l'avait envahie dans l'appartement des Kohli.

— Elle tiendra le coup pour les enfants. Elle est solide.

— Les mômes sont adorables. Le petit garçon est un malin! Il m'a soutiré un hot-dog au soja, trois esquimaux au chocolat et un cône caramel.

— Je parie qu'il a dû beaucoup insister.

Peabody afficha un sourire angélique.

— J'ai un neveu de son âge.

— Vous avez des neveux de tous les âges possibles et imaginables!

— Plus ou moins.

— Dites-moi, vous qui avez une telle expérience en matière de famille… On a un mari, une épouse, ils semblent s'entendre, le couple est équilibré, ils ont des enfants. Comment expliquez-vous que l'épouse, apparemment intelligente et courageuse, ne sache presque rien sur les activités de son époux? Les dossiers qu'il traite, sa routine quotidienne?

— Peut-être qu'il oublie tout, une fois le seuil du foyer franchi.

— Ça ne me convainc pas, marmonna Eve. Quand on vit avec quelqu'un jour après jour, on sait forcément ce que cette personne fait, ce qu'elle pense, ce qui l'intéresse. Patsy a dit qu'il était préoccupé, mais qu'elle ne savait pas pourquoi. Pourtant, elle n'a pas insisté.

Sourcils froncés, Eve secoua la tête tout en se faufilant entre les voitures.

— Connor et vous fonctionnez sur une autre dynamique.

— Que voulez-vous dire par là?

Peabody observa le profil d'Eve à la dérobée.

— Eh bien… C'est une façon gentille de dire que vous ne supporteriez pas de savoir que l'autre vous cache quoi que ce soit. Si l'un d'entre vous a un souci, l'autre le flaire aussitôt et fait pression pour savoir de quoi il retourne. Vous êtes tous les deux curieux, et juste assez méchants pour ne rien laisser passer. Vous, par exemple, vous me rappelez ma tante Miriam.

— Peabody…

— Elle et mon oncle Jim sont mariés depuis quarante ans, enchaîna Peabody, imperturbable. Il part au bureau tous les matins et rentre à la maison tous les soirs. Ils ont quatre enfants, huit – non, neuf – petits-enfants, et une vie de rêve. Elle ne sait même pas combien il gagne par an. Il se contente de lui donner de l'argent de poche…

Eve faillit emboutir un Rapide Taxi.

— Quoi?

— Oui, eh bien, je le répète, Connor et vous fonctionnez sur une autre dynamique. Bref, il lui donne de quoi entretenir la maison et le reste. Elle lui demande comment s'est passée sa journée, il lui répond très bien merci, et c'est la fin de la conversation sur le boulot.

Peabody haussa les épaules.

— C'est comme ça que ça marche chez eux. En revanche, ma cousine Frieda…

— J'ai compris, Peabody.

Eve alluma l'ordinateur de bord et appela le médecin légiste.

On lui passa immédiatement Morse, en salle d'autopsie.

— Je suis encore dessus, Dallas, annonça le spécialiste, le visage inhabituellement grave. Il est dans un état abominable.

— Je sais. Vous avez les rapports toxicologiques ?

— J'ai commencé par ça. Aucune trace de produit illicite dans l'organisme. Il avait ingurgité quelques centilitres de bière et mangé quelques bretzels juste avant sa mort. Apparemment, il buvait sa bière au moment où il a été frappé. Son dernier repas remontait à six heures : sandwich de pain complet au poulet, salade de pâtes. Café. À l'heure qu'il est, je peux vous annoncer que la victime était en bonne santé et en excellente condition physique.

— Bien. C'est la fracture du crâne qui l'a tué ?

— Ne vous ai-je pas dit que je travaillais encore sur lui ? rétorqua Morse d'un ton sec.

Avant même qu'Eve ne puisse réagir, il leva une main gantée, ensanglantée jusqu'au poignet.

— Désolé. Désolé. J'ai du mal à recoller les morceaux du puzzle. L'agresseur est arrivé par-derrière. Premier coup sur l'arrière de la tête. Les lacérations faciales indiquent que la victime est tombée à plat ventre sur du verre. Le second coup, à la mâchoire, a été fatal. Ensuite, ce salaud lui a fracassé la tête comme une cacahuète. Il n'a rien dû sentir, il était déjà mort. Les autres blessures sont *post mortem*. Je n'ai pas encore tout recensé.

— Ça me suffit. Merci, et pardonnez-moi de vous avoir pressé.

— Mais non, mais non, murmura Morse en gonflant les joues. C'est moi… Je le connaissais, alors j'ai du mal. C'était un homme bien, il nous montrait souvent des holographes de ses enfants. On ne voit pas souvent des visages souriants, par ici.

Il la fixa.

— Je suis content que l'enquête soit entre vos mains, Dallas. Ça m'aide. Vous aurez mon rapport avant la fin de mon service.

Il coupa la communication, la laissant devant un écran vide.

— Qui pouvait en vouloir à ce point à un homme bien, heureux papa et mari attentionné ? Qui a pu le massacrer ainsi, sachant que dans notre corporation on se serre toujours les coudes pour coincer un tueur de flics ? Quelqu'un le détestait, et pas cordialement.

— Quelqu'un qu'il aurait arrêté ?

On ne pouvait pas s'inquiéter de ceux-là, songea Eve, mais on y pensait toujours.

— Un flic qui boit un verre avec un délinquant ne lui tourne pas le dos. Il se méfie. Penchons-nous plutôt sur ses dossiers, Peabody. Je suis curieuse de savoir quel genre de flic était Taj Kohli.

Eve traversait le hall en direction de son bureau quand une femme quitta précipitamment son banc dans la salle d'attente.

— Lieutenant Dallas ?

— C'est moi.

— Je me présente : Ruth MacLean. Je viens d'apprendre la terrible nouvelle, au sujet de Taj. Je...

Elle leva les bras dans un geste d'impuissance.

— Connor m'a signalé que vous souhaitiez me parler, aussi je suis venue immédiatement. J'aimerais pouvoir vous aider.

— Je vous en remercie. Un instant, je vous prie. Peabody !

Elle attira son assistante à l'écart.

— Activez les archives sur Kohli. Ensuite, vous vérifierez l'état de ses finances.

— L'état de ses finances, lieutenant ?

— Parfaitement. Si vous avez le moindre problème, adressez-vous à Feeney, à la division de Détection électronique. Creusez un peu. Tâchez de savoir qui étaient ses copains dans l'équipe. Il ne parlait jamais de son travail avec sa femme, mais peut-être qu'il se confiait à un ami. Je veux savoir s'il avait des hobbies, des loisirs. Et je veux savoir sur quels dossiers il travaillait.

— Entendu, lieutenant.

— Madame MacLean ? Je vais vous emmener dans une salle d'interrogatoire. Mon bureau est un peu encombré.

— Comme vous voudrez. Je n'en reviens pas de ce qui s'est passé. Je ne comprends pas comment c'est possible.

— Nous allons en parler.

Officiellement, songea Eve en entraînant Ruth à travers un dédale de couloirs.

— Je voudrais enregistrer notre entretien, si cela ne vous ennuie pas, annonça-t-elle en invitant Ruth à s'asseoir devant la table.

— Ça ne me gêne pas, au contraire, je suis là pour ça.

Eve alluma l'appareil.

— Dallas, lieutenant Eve, avec MacLean, Ruth. Le sujet s'est porté volontaire pour coopérer officiellement sur le dossier Kohli, Taj. Homicide. Merci d'avoir pris cette initiative, madame MacLean.

— Je ne sais pas si je vais pouvoir vous renseigner de façon utile.

— Vous gérez le club où Taj Kohli travaillait comme barman à temps partiel ?

Eve n'était pas du tout étonnée par le choix de Connor. Ruth MacLean était élégante, mince, ravissante. Ses yeux violets, emplis de gravité, scintillaient comme des joyaux sur sa peau d'albâtre.

Les traits délicats, un menton volontaire. Une jupe courte, moulante, impeccablement coupée, mettait en valeur ses jambes superbes.

Elle avait les cheveux couleur du soleil, tirés en arrière ; une coiffure exigeant une grande confiance en soi et une ossature parfaite.

— Le Purgatoire. Oui. J'en suis la gérante depuis déjà quatre ans.

— Et avant cela ?

— J'étais hôtesse dans un petit bar au centre-ville. Auparavant, j'étais danseuse, précisa-t-elle avec un mince sourire. Et puis, j'ai décidé que j'en avais assez de la scène, que je voulais me lancer dans un autre métier où je pourrais rester habillée. Connor m'en a donné l'opportunité, d'abord chez Trends, puis au Purgatoire. Votre mari apprécie l'ambition, lieutenant.

Eve décida de ne pas approfondir cette question.

— Est-ce vous qui engagez les employés ?

— Oui. C'est moi qui ai engagé Taj. Il cherchait un travail à mi-temps. Sa femme venait d'avoir un bébé et avait opté pour le statut de mère au foyer. Il avait besoin d'arrondir ses fins de mois. Il était d'accord pour assurer le dernier service, et comme il était marié et heureux de l'être, il ne risquait pas de draguer les filles.

— Ce sont vos seules exigences ?

— Non, mais ces détails ont leur importance.

Ruth agita les doigts. Elle portait une seule bague, un trio de pierres entremêlées comme des serpents.

— Il savait préparer les cocktails, les servir. Il avait l'œil sur les trouble-fête. Je ne savais pas qu'il était flic. Sur son formulaire, il avait marqué qu'il était agent de sécurité, ce que j'ai vérifié.

— Quelle société ?

— Lenux. J'ai appelé le siège, discuté avec son supérieur – du moins, j'ai supposé que c'était lui – qui me l'a chaudement recommandé. Je n'avais aucune raison de m'interroger, ses références étaient bonnes. Je lui ai proposé un essai de deux semaines. Au bout de ce délai, les deux parties étant satisfaites, il a obtenu son contrat définitif.

— Le nom de votre contact chez Lenux figure-t-il dans vos archives ?

— Oui.

Ruth poussa un soupir.

— J'ai déjà essayé de leur téléphoner. Cette fois, je suis tombée sur un numéro qui n'était plus en service.

— J'aimerais l'avoir tout de même. Juste pour info.

— Bien entendu.

Ruth ouvrit son sac, en sortit un agenda électronique.

— Je ne sais pas pourquoi il m'a caché qu'il était flic, murmura-t-elle en rédigeant le numéro sur un e-mémo pour Eve. Peut-être qu'il a eu peur que je lui refuse la place. D'un autre côté, quand on sait que le propriétaire l'est...

— Je ne suis pas propriétaire du club.

— Non, enfin...

Elle haussa les épaules et lui tendit le mémo.

— Taj Kohli était encore présent après la fermeture. C'est normal ?

— Ça peut arriver. En général, c'est le barman de service qui ferme, avec l'un des membres de l'équipe de sécurité. D'après mes notes, ce soir-là, c'était au tour de Nester Vine d'accompagner Taj. Je n'ai pas encore réussi à le joindre.

— Vous vous rendez au club tous les soirs ?

— Cinq soirs par semaine. Les dimanches et lundis, on fait relâche. J'y suis restée hier jusqu'à 2 h 30. L'une des filles avait un problème avec son petit ami. Je l'ai ramenée chez elle et je lui ai tenu la main un moment, puis je suis allée chez moi.

— Quelle heure était-il ?

— À mon arrivée à la maison ? Environ 3 h 30, 3 h 45, j'imagine.

— Le nom de la jeune femme avec laquelle vous étiez jusque-là ?

— Mitzi. Mitzi Treacher. Lieutenant, la dernière fois que j'ai vu Taj, il était bien vivant derrière son bar.

— Je me contente de rassembler les faits, madame MacLean. Avez-vous une idée de l'état d'esprit dans lequel se trouvait Kohli ?

— Il m'a paru en pleine forme. Nous n'avons pas beaucoup parlé. Je lui ai demandé à deux reprises de me donner un verre d'eau minérale, on a échangé des banalités : comment ça va, il y a du monde... Bref... Mon Dieu ! souffla-t-elle en fermant les yeux. C'était un homme agréable, calme, rassurant. Il téléphonait toujours à sa femme pour prendre de ses nouvelles pendant la pause.

— Il se servait de l'appareil de l'établissement ?

— Non. Nous interdisons les coups de fil personnels, hormis en cas d'urgence. Il a utilisé son lien Palm.

— Il l'a utilisé, hier soir ?

— Je n'en sais rien. Il en avait l'habitude, je n'ai pas fait attention. Non, attendez... Il mangeait un sandwich, dans l'arrière-salle. Je me rappelle être passée devant la porte ouverte. Il roucoulait... Il s'adressait au bébé... Je m'en souviens, parce que c'était tellement mignon et ridicule, ce type baraqué, en train de gazouiller devant l'écran. C'est important ?

— J'essaie simplement de me faire une idée de l'individu...

Eve n'avait pas vu de lien Palm près du cadavre.

— Avez-vous remarqué un client en particulier, hier ou un autre soir, quelqu'un qu'il connaissait, qui discutait avec lui au bar ?

— Non. Bien sûr, nous avons nos fidèles. Des gens qui passent plusieurs fois par semaine. Taj connaissait leurs goûts et leurs manies ; ils appréciaient ses attentions.

— Il s'est lié d'amitié avec d'autres employés ?

— Pas que je sache. Il était plutôt réservé. Gentil, mais il s'occupait de son boulot. Il observait, écoutait.

— Vous avez une matraque en métal, derrière le comptoir ?

— C'est légal ! répliqua précipitamment Ruth avant de pâlir. C'est avec la matraque que...

— Taj a-t-il jamais eu l'occasion de s'en servir, ou de menacer quelqu'un avec cette arme ?

— Jamais, affirma Ruth en passant une main sur sa poitrine. Enfin si, il a dû la brandir une ou deux fois, mais avec son physique, ce n'était pas nécessaire. C'est un club de bonne réputation. Nous y avons très rarement des problèmes. Je gère un établissement de qualité, lieutenant. Connor ne tolérerait rien de moins.

Le rapport préliminaire était simple et, pour Eve, loin d'être satisfaisant. Elle avait les faits. Un policier décédé, battu à mort avec une violence inouïe, et un saccage des lieux qui tendait à indiquer un agresseur drogué au Zeus ou à un mélange redoutable de produits illicites. Une vague tentative de maquiller le crime en tentative de cambriolage, un lien Palm volatilisé et trente jetons de crédit.

Selon toute apparence, la victime travaillait là en dehors de ses heures de service pour arrondir les fins de mois de sa famille. Un homme irréprochable sur le plan professionnel, apprécié de ses collègues, adulé par les siens. Il n'avait pas, du moins d'après ce qu'Eve avait appris jusque-là, vécu au-dessus de ses moyens, entretenu une maîtresse ou touché à une affaire dangereuse qui aurait pu lui coûter la vie.

On pouvait donc en conclure qu'il avait joué de malchance. Pourtant, Eve n'y croyait guère.

Elle appela sa photo d'identité sur son écran et l'examina attentivement. Imposant, le regard fier, la mâchoire volontaire, les épaules larges.

— Quelqu'un voulait se débarrasser de vous, Kohli. Qui avez-vous contrarié ?

Elle changea de position.

— Ordinateur, recherche de probabilités. Dossier ouvert, projection cause du décès et résultats préliminaires légiste, rapport responsable de l'enquête sur la victime. Probabilité de connaissance de l'agresseur ?

Recherche en cours… Selon les données enregistrées et le rapport du responsable, il y a 94,3 % de chances que la victime ait connu son agresseur.

— Oui, eh bien, un bon point pour moi !

Elle se pencha en avant, passa une main dans ses cheveux.

— Qui les flics fréquentent-ils ? À part d'autres flics, des indics, des voyous, la famille ? Les voisins. Et les barmen ? Qui connaissent-ils ?

Elle eut un petit rire amer.

— Absolument tout le monde ! Quelle casquette portiez-vous lors de votre entretien cette nuit, détective ?

— Lieutenant, s'enquit Peabody, depuis le seuil de la pièce, j'ai obtenu la liste des affaires affectées à Kohli. Quant à l'état de ses finances, tous les comptes sont joints, il nous faut donc un mandat ou l'autorisation de son épouse pour procéder aux vérifications.

— Je m'en charge. Et sur le reste ?

— Rien à signaler. Il a participé à une grosse affaire, il y a six mois. Un dealer, Ricker.

— Max Ricker ?

— Oui. Kohli était tout en bas de l'échelle, il s'occupait surtout de la paperasserie. Ce n'est pas lui qui l'a appréhendé, mais le lieutenant Mills et l'inspecteur Martinez. Ils ont fait le lien entre l'entrepôt de produits illicites et Ricker, qui a été mis en examen. Mais il leur a échappé. Cela étant, ils ont coffré six autres membres du cartel.

— Ricker n'est pas du genre à abîmer sa manucure en se plongeant les mains dans le sang. Mais il n'hésiterait pas à engager un tueur à gages, même pour un flic.

À cette idée, Eve eut un sursaut d'excitation.

— Essayez de savoir si Kohli a témoigné. Il me semble que c'est passé au tribunal avant que le dossier ne soit clos pour vice de forme. J'aimerais savoir le rôle exact qu'il a joué dans cette histoire. Adressez-vous au capitaine Roth, et si elle vous envoie promener, passez-la-moi. Je serai avec le commandant.

Le commandant Whitney resta debout devant sa fenêtre, pendant qu'Eve le mettait au courant de l'évolution de son enquête. Les mains croisées dans le dos, il observait le trafic aérien.

L'un des tout nouveaux Gliss-Express passa, suffisamment près pour qu'il distingue la couleur des yeux du jeune pilote – en violation directe avec le Code de la circulation.

Culotté, songea distraitement Whitney. Et stupide, ajouta-t-il en entendant la sirène d'une patrouille des airs. Pris en flagrant délit. Si seulement c'était toujours aussi facile !

Quand Eve se tut enfin, Whitney se tourna vers elle. Son visage était large et sombre, ses cheveux grisonnants coupés en brosse. Cet homme imposant, au regard clair, avait passé la première moitié de sa carrière dans les rues. S'il œuvrait désormais derrière un bureau, il n'avait pas oublié pour autant ce que c'était que de porter une arme.

— Avant de commenter votre rapport, lieutenant, je tiens à vous informer que j'ai été en communication avec le capitaine Roth, du 128. Elle a demandé officiellement le transfert de l'affaire Kohli à sa section.

— Oui, monsieur. Elle m'avait prévenue de son intention.

— Et quel est votre avis sur la question ?

— Je peux le comprendre.

— Je suis d'accord avec vous.

Il marqua une pause, inclina la tête.

— Vous ne me demandez pas si je compte accéder à sa requête ?

— Je n'ai aucune raison tactique de le faire, et si vous l'aviez décidé, vous me l'auriez annoncé d'emblée.

Whitney eut une petite moue et pivota de nouveau vers la baie vitrée.

— En effet. L'enquête reste entre vos mains. L'émotion est grande, lieutenant. C'est un coup dur pour le capitaine Roth, son équipe et tous les policiers du NYPSD. Quand l'un d'entre nous tombe, c'est toujours très douloureux, même si nous connaissons tous les risques du métier. Cependant, la nature de ce crime le propulse à un autre niveau. Cet excès de violence indique un manque de professionnalisme.

— J'en conviens. Je n'élimine pas cet angle. Si Ricker est impliqué, celui qu'il a engagé a peut-être reçu l'ordre de brouiller les pistes. Je ne sais pas encore quel genre de flic était Kohli, commandant. Je ne sais pas s'il a été assez imprudent ou audacieux pour se mettre en situation de vulnérabilité face à l'un des tueurs de Ricker. Peabody est en train d'effectuer des recherches sur les affaires dont il était chargé. J'ai besoin de savoir qui il fréquentait, qui étaient ses indics, et dans quelle mesure il était impliqué dans l'enquête et le procès Ricker.

— Ce n'est pas la première fois qu'on soupçonne Ricker d'avoir organisé le meurtre d'un policier. Mais en général, il est plus subtil.

— Il y avait une animosité personnelle dans le cas présent, commandant. Que ce soit contre le badge ou contre Kohli, cela reste un mystère. Mais c'était très personnel. Connor est propriétaire du club, ajouta-t-elle.

— Oui, je l'ai entendu dire.

Il revint vers son bureau.

— Je ne devrais avoir aucun mal à obtenir des renseignements sur l'établissement, son personnel et sa clientèle. La gérante s'est déjà présentée spontanément pour un entretien. Le fait que Kohli ait dissimulé son rattachement au NYPSD m'incite à penser qu'il était sur une affaire, de sa propre initiative. Il a délibérément caché son véritable métier, au point de prévoir une couverture. Rien ne permet d'affirmer qu'il travaillait en civil pour le département, ce n'était donc pas officiel.

— Je n'ai aucune connaissance d'une enquête, officielle ou non, qui aurait conduit l'inspecteur Kohli au Purgatoire. Cependant, j'en parlerai avec le capitaine Roth.

Il agita un bras avant qu'Eve ne puisse objecter.

— Ça passera mieux si ça vient de moi, Dallas. Évitons de faire des vagues.

— Bien, monsieur, répondit-elle à contrecœur. J'aimerais avoir un mandat pour accéder aux états financiers de Kohli. Tous les comptes sont joints, avec sa veuve. À l'heure qu'il est, je préfère ne pas ennuyer Mme Kohli avec ça.

— Ou la mettre en alerte, devina Whitney. Vous pensez qu'il détournait des fonds ?

— J'aimerais pouvoir écarter cette possibilité, commandant.

— Allez-y. Soyez discrète. Je vous envoie votre mandat. Trouvez-moi ce tueur de flic.

Eve passa le reste de la journée à étudier les dossiers de Kohli, à se familiariser avec les affaires auxquelles il avait été affecté, à tenter de comprendre l'homme. Et le policier.

Apparemment, c'était un professionnel consciencieux, sans plus. S'il n'était presque jamais absent, il ne faisait pas non plus beaucoup d'heures supplémentaires.

Il n'avait jamais utilisé son arme à force maximum, et n'avait donc jamais subi de tests poussés. Cependant, il avait bouclé, ou participé au bouclage d'un bon nombre de dossiers, et ses rapports étaient efficaces, soigneusement rédigés, complets.

Cet homme-là était respectueux des règles ; il menait une carrière sans histoires et rentrait chez lui le soir en oubliant tout ce qu'il avait vécu dans la journée.

Comment ? se demanda-t-elle. Comment était-ce possible ?

Son dossier militaire était du même registre. Sans éclats. Engagé à l'âge de vingt-deux ans, il avait passé six années dans l'armée, les deux dernières dans la police militaire.

Tous les « t » étaient barrés, tous les « i », surmontés d'un point. Une vie tout à fait ordinaire. Presque trop parfaite.

En téléphonant à Nester Vine, du Purgatoire, Eve était tombée sur son épouse, harassée. La veille, Vine était rentré avant la fin de son service, malade comme un chien. Elle arrivait d'ailleurs de l'hôpital, où elle avait emmené son mari souffrant d'une appendicite aiguë, à 3 heures du matin.

Comme alibi, on ne faisait pas mieux. Cependant, Mme Vine avait suggéré à Eve d'appeler Nancie, une strip-teaseuse, qui semblait avoir traîné au club après que Kohli eut pressé Vine de rentrer chez lui.

Par souci de précision, Eve avait contacté l'hôpital pour s'assurer qu'on avait bien opéré le dénommé Nester Vine, en urgence, aux petites heures du matin.

Nester, à éliminer, se dit-elle en ajoutant Nancie à sa liste de personnes à interviewer.

Ses coups de fil au lieutenant Mills et à l'inspecteur Martinez restèrent sans réponse. Ils étaient sur le terrain, indisponibles. Elle leur laissa à chacun un message, rassembla ses documents et s'apprêta à partir.

Elle étudierait les états financiers de Kohli dans la soirée.

Peabody était dans son box, plongée dans la paperasserie.

— Laissez ça pour demain. Allez vous reposer.

— Vraiment ? s'exclama Peabody, son visage s'éclairant d'un seul coup tandis qu'elle jetait un coup d'œil à sa montre. Et presque à l'heure, en plus ! J'ai un dîner à 20 heures avec Charles. Je vais avoir le temps de me pomponner.

Eve grogna et Peabody sourit.

— Vous savez ce qui est difficile, quand on jongle avec deux types ?

— Pourquoi ? Vous considérez McNab comme un type ?

— Dans ses bons jours, il offre un contraste agréable à Charles. Bref, vous savez ce qui est difficile, quand on sort avec les deux ?

— Non, Peabody, qu'est-ce qui est difficile quand on sort avec les deux ?

— Rien, justement !

Avec un éclat de rire, Peabody s'empara de son sac et fila comme une flèche.

— À demain !

Eve secoua la tête. Elle avait déjà du mal avec un seul homme… Si elle quittait le Central assez vite, pour une fois, elle serait peut-être à la maison avant lui.

Pour se tester, elle tenta d'oublier ses dossiers. La circulation était suffisamment dense pour monopoliser son esprit, et les panneaux d'affichage animés vantaient tout, de la nouvelle mode de printemps au tout dernier modèle de voiture de sport.

Apercevant un visage connu sur l'un des écrans, elle faillit foncer dans un glissa-gril.

Mavis Freestone, la chevelure en pics orange, tournoyait au-dessus de la rue, au carrefour de la 34e. Vêtue de quelques bouts d'étoffe bleu électrique placés aux endroits stratégiques, elle virevoltait, se déhanchait, tournoyait. À chaque révolution, ses cheveux changeaient, du rouge à l'or, en passant par le vert pomme.

Eve ne put s'empêcher de sourire.

— Mon Dieu ! Mavis, tu m'épateras toujours !

Que de chemin parcouru par sa plus vieille amie, ex-prostituée, qu'Eve avait un jour arrêtée ! Après avoir travaillé comme danseuse dans une multitude de bars de troisième zone, voilà qu'elle était devenue une star de la musique.

Eve s'apprêtait à allumer son vidéocom de bord, avec l'intention de téléphoner à Mavis, quand son lien Palm personnel bipa.

— Oui…

Elle continua de fixer le panneau d'affichage, ignorant les coups de Klaxon agacés derrière elle.

— Ici Dallas.

— Bonsoir, Dallas.

— Webster.

Aussitôt, Eve se raidit. Elle avait beau connaître Don Webster personnellement, aucun flic n'appréciait de recevoir un appel des Affaires internes.

— Pourquoi m'appelles-tu sur mon lien Palm personnel ? Le règlement stipule que vous devez employer les canaux officiels.

— J'espérais bavarder avec toi. Tu as quelques minutes ?

— Je t'écoute.

— En face à face.

— Pourquoi ?

— Allez, Dallas. Dix minutes.

— Je rentre chez moi. Contacte-moi demain matin.

— Dix minutes, insista-t-il. Je te retrouve au parc en face de chez toi.

— Ça concerne les Affaires internes ?

— À tout de suite ! lança-t-il avec un sourire qui ne fit qu'augmenter ses soupçons. Je suis juste derrière toi.

Dans son rétroviseur, elle constata que c'était vrai. Sans un mot, elle coupa la communication.

Elle dépassa le portail de sa propriété et roula encore sur cinq cents mètres – par principe – avant de se garer dans le seul emplacement disponible.

Elle ne fut pas surprise quand Webster se mit en double file, insensible au regard foudroyant d'un élégant couple de promeneurs accompagné de trois lévriers afghans, et alluma son signal « En service ».

Il avait toujours su user et abuser de son sourire, et ses yeux bleus pétillaient de vivacité. Il avait un visage mince, encadré de cheveux ondulés, à la coupe flatteuse.

— Tu as drôlement avancé dans le monde, Dallas. Quel quartier !

— Oui, on se réunit tous les mois pour faire la fête dans la rue. Qu'est-ce que tu veux, Webster ?

— Comment vas-tu ? lui demanda-t-il d'un ton nonchalant en se dirigeant vers la pelouse luxuriante et les arbres bourgeonnants.

Ravalant sa colère, Eve fourra les poings dans ses poches et le suivit.

— Très bien. Et toi ?

— Je ne peux pas me plaindre. Belle soirée. J'adore le printemps à New York.

— Bon, ça suffit. Qu'est-ce que tu veux ?

— Tu n'as jamais été une grande bavarde, rétorqua-t-il en se rappelant la première et unique fois où il avait réussi à l'attirer dans son lit ; ils n'avaient pas échangé deux mots... Si on s'asseyait sur un banc ?

— Je n'en ai aucune envie, pas plus que de parler de la pluie et du beau temps. Je veux rentrer chez moi. Et si tu n'as rien d'intéressant à me dire, c'est ce que je vais faire.

Elle se détourna, s'éloigna de trois pas.

— Tu t'occupes de l'homicide Kohli.

— C'est exact, rétorqua-t-elle en pivotant vers lui, sur le qui-vive. En quoi cela concerne-t-il le Bureau des Affaires internes ?

— Je n'ai pas dit que ça concernait le Bureau des Affaires internes. Pas plus que d'habitude, quand on perd un des nôtres.

— Alors pourquoi ce rendez-vous en privé avec la responsable de l'enquête ?

— On se connaît depuis longtemps. L'Académie, ça remonte à loin. J'ai pensé que ce serait plus sympa comme ça.

Sans le quitter du regard, elle revint vers lui, se planta face à lui.

— Épargne-moi tes insultes, Webster. Quel est le rapport entre le Bureau des Affaires internes et mon enquête ?

— Écoute, j'ai lu le rapport préliminaire. C'est une affaire difficile. Pour le département, sa section, sa famille.

— Tu connaissais Kohli ?

— Pas vraiment, murmura-t-il avec un sourire un peu amer. Rares sont les inspecteurs qui se lient d'amitié avec ceux des Affaires internes. C'est curieux comme on fronce tous les sourcils sur les flics ripoux, alors que personne ne veut fréquenter ceux qui les démasquent.

— Tu es en train de me dire que Kohli était un ripou ?

— Pas du tout. D'ailleurs, s'il y avait une enquête interne, il me serait formellement interdit d'en discuter avec toi.

— Arrête, Webster ! Tout ça, c'est des conneries. J'ai un flic mort sur les bras. S'il était mêlé à une affaire louche, j'ai besoin de le savoir.

— Je ne suis pas autorisé à te confier des révélations venant des Affaires internes. J'ai appris que tu avais accédé à ses états financiers.

Eve dut tourner sa langue dans sa bouche pour ne pas exploser.

— Je ne suis pas autorisée à te parler d'une enquête en cours. Et en quoi cela peut-il t'intéresser ?

— Tu cherches à m'énerver, lui reprocha-t-il avec un petit haussement d'épaules. Je voulais simplement te prévenir, d'une manière officieuse et amicale, qu'il vaudrait mieux pour le bien de tous que ce dossier soit clos au plus vite.

— Kohli était en rapport avec Ricker ?

Cette fois, un muscle de la joue de Webster tressauta, mais il conserva une voix suave.

— Je ne sais pas ce que tu racontes. Vérifier les états financiers de Kohli ne te mènera nulle part, Dallas. Il n'était pas en service quand on l'a tué.

— Un homme a été battu à mort. Un flic. Une jeune femme est devenue veuve. Deux petits enfants viennent de perdre leur papa. Et ça n'a pas d'importance, sous prétexte qu'il n'était pas en service ?

Webster eut la bonne grâce de paraître mal à l'aise. Il détourna la tête.

— Non, non, ce n'est pas ça.

— Ne viens pas m'expliquer comment faire mon métier, Webster. N'essaie pas de me dire comment je dois mener une enquête. Tu as abandonné ce boulot-là. Pas moi.

— Dallas…

Il la rattrapa avant qu'elle n'atteigne le trottoir. L'agrippant par le bras, il se prépara à faire face à son explosion de rage. Elle se contenta de le regarder droit dans les yeux.

— Lâche-moi. Immédiatement.

Il s'exécuta, mit la main dans sa poche.

— J'essaie simplement de te dire que le Bureau des Affaires internes ne veut pas de vagues.

— Je m'en fous complètement ! Si tu as quelque chose à me dire concernant le meurtre du détective Taj Kohli, tu n'as qu'à le faire par les voies officielles. Ne me file plus jamais comme ça, Webster. Plus jamais !

Elle remonta dans sa voiture, attendit que la rue soit libre et effectua un demi-tour.

Webster la regarda foncer à travers le portail du monde dans lequel elle évoluait désormais. Il aspira trois grandes bouffées d'air, en vain, puis balança un énorme coup de pied dans le pneu de son véhicule.

Il s'en voulait terriblement de ce qu'il venait de faire. Plus grave, il était furieux de constater qu'il ne l'avait jamais complètement oubliée.

3

Folle de rage, Eve remonta à vive allure l'allée menant à l'imposant manoir dont Connor avait fait leur demeure.

Pour ce qui était de fermer la porte sur le boulot, c'était réussi ! songea-t-elle avec amertume. Comment faire quand il vous poursuivait jusqu'à votre seuil ? Webster avait une idée derrière la tête, ce qui signifiait qu'il y avait un hic, et que ce hic venait du Bureau des Affaires internes.

À présent, elle devait se calmer, de manière à dissiper sa colère contre cet assaut intempestif. Ce qui comptait, c'était de comprendre ce qu'il avait cherché à lui dire et, plus important encore, de deviner ce qu'il lui avait si soigneusement caché.

Elle laissa sa voiture au bout de l'allée, parce qu'elle aimait la garer là, et parce que cela agaçait prodigieusement le majordome de son mari, l'exaspérant Summerset.

S'emparant de sa mallette, elle gravit les marches du perron puis, tout à coup, s'immobilisa à mi-chemin. Avec un profond soupir, elle se retourna et s'assit.

Le moment était venu de tenter quelque chose de nouveau, se dit-elle. De profiter de cette magnifique soirée de printemps, d'admirer la somptuosité des arbres en fleurs et des buissons disséminés sur la pelouse. Elle vivait ici depuis plus d'un an mais prenait rarement le temps d'en savourer les plaisirs. Oui, vraiment, il était temps qu'elle commence à apprécier ce que Connor avait construit, avec son goût infaillible.

La maison elle-même, avec ses volées de marches, ses tourelles et ses somptueuses baies vitrées, était un monument à l'élégance, au confort et à la fortune. Les innombrables pièces regorgeaient d'œuvres d'art et d'antiquités d'une valeur inestimable.

Le parc était révélateur d'une autre facette de la personnalité de son créateur : un homme qui avait besoin d'espace, qui l'exigeait. Qui contrôlait tout. Un homme, aussi, qui savait s'émerveiller de la beauté d'une fleur qui allait s'épanouir, puis faner, au fil de la saison.

Il en avait planté partout et entouré le domaine d'une haute muraille en pierre, avec un portail en fer forgé sécurisé qui les protégerait de la ville.

Pourtant, la ville était juste là, tout autour, palpable.

Cette propriété symbolisait la dualité de Connor. Et sans doute aussi la sienne.

Il avait grandi dans les ruelles de Dublin et avait fait ce qu'il fallait pour survivre. De son côté, elle avait perdu son enfance. Les souvenirs, les images de ce qu'elle avait subi, de ce qu'elle avait fait pour s'en échapper, la hantaient encore.

Il s'était consolé avec l'argent, le pouvoir et la domination. Eve avec son badge. Rien n'effacerait jamais le passé mais, ensemble, ils étaient devenus… normaux. Ils avaient fondé un couple, un foyer.

Voilà pourquoi elle pouvait s'asseoir sur les marches de ce perron après une journée pénible, contempler les corolles ondulant sous la brise. Et l'attendre.

Elle regarda s'approcher la longue limousine noire. Elle patienta tandis que Connor en descendait, échangeait quelques mots avec le chauffeur. Le véhicule s'éloigna, et il se dirigea vers elle, le regard sur son visage. Personne ne l'avait jamais dévisagée ainsi. Comme si rien d'autre n'existait.

44

Chaque fois, elle en avait le cœur qui battait.

Il s'installa près d'elle.

— Bonsoir.

— Bonsoir. Belle soirée, dit-il.

— Oui. Les plates-bandes sont superbes.

— Oui. C'est le renouveau du printemps. Un cliché, certes, mais la vérité, comme la plupart des clichés.

Il lui caressa les cheveux.

— Que fais-tu?

— Rien.

— Justement. Ça ne te ressemble pas, mon Eve chérie.

— C'est une expérience, répondit-elle en croisant les jambes. Je m'efforce de ne plus penser à mon travail.

— Et tu réussis?

— C'est une catastrophe! avoua-t-elle en fermant les yeux. Sur le chemin du retour, tout allait bien. J'ai vu l'affiche de Mavis.

— Ah oui! Spectaculaire, n'est-ce pas?

— Tu ne m'en avais pas parlé.

— Elle n'est parue qu'aujourd'hui. J'ai pensé que tu l'apercevrais en rentrant et que ce serait une jolie surprise.

— En effet.

Elle esquissa un sourire.

— J'ai failli défoncer un glissa-gril! J'étais là, à rire, sur le point de lui téléphoner, quand j'ai eu une communication.

— Et le métier a repris le dessus.

— Plus ou moins. C'était Webster.

Les yeux rivés sur les arbustes, elle ne vit pas Connor se raidir.

— Don Webster, des Affaires internes.

— Oui, je m'en souviens. Qu'est-ce qu'il voulait?

— C'est ce que j'essaie de comprendre. Il m'a appelée sur ma ligne personnelle et a réclamé un rendez-vous en privé.

— Pas possible! murmura Connor, d'une voix dangereusement douce.

— Il m'avait filée depuis le Central. Je l'ai retrouvé à quelques centaines de mètres d'ici. Après avoir échangé les banalités d'usage, il m'a fait tout un cinéma sur l'affaire Kohli.

Le seul fait d'y repenser suffit à raviver sa fureur.

— D'après lui, les Affaires internes veulent qu'on boucle le dossier vite fait, bien fait. Il était outré que j'aie osé examiner les états financiers de Kohli. Cependant, il ne confirme ni n'infirme quoi que ce soit. Il prétend agir en tant qu'ami, officieusement, entre nous.

— Et tu l'as cru?

— Non, mais je me demande où il voulait en venir. Ça me déplaît de penser que le BAI fourre son nez dans mes dossiers.

— Il s'intéresse à toi sur le plan personnel.

— Webster? s'exclama-t-elle, sincèrement étonnée. Pas du tout. On a passé une nuit ensemble, il y a des années. Ça s'est arrêté là.

Pour toi, peut-être, songea Connor, mais il se garda de commenter.

— Quoi qu'il en soit, j'ai l'impression qu'il s'agissait davantage de Ricker que de Kohli.

— Max Ricker?

— Oui. Tu le connais, devina-t-elle en relevant la tête. J'aurais dû m'en douter.

— Nous nous sommes rencontrés. Où est le rapport?

— Kohli a participé à l'arrestation de Ricker, récemment. Il ne jouait pas un rôle clé dans l'histoire, et Ricker leur a filé entre les doigts, mais cela a dû lui coûter beaucoup de temps et d'argent. Il se pourrait que Ricker ait décidé de se venger.

— Ce que j'ai vu aujourd'hui au Purgatoire n'évoquait guère le style de Ricker.

— Ça m'étonnerait qu'il ait laissé ses empreintes digitales…

— Évidemment, concéda Connor. Tu veux savoir si j'ai déjà fait affaire avec lui, ajouta-t-il après un silence.

— Je ne t'ai pas posé la question.

— Non, mais ça t'intrigue.

Il lui prit la main, l'effleura d'un baiser, se leva.

— Allons nous promener.

— J'ai rapporté du travail… En ce qui concerne mon expérience, c'est complètement raté : il faudrait que je m'y mette.

— Tu travailleras mieux si nous mettons les choses au point tout de suite.

Il l'entraîna vers la pelouse. La brise avait emporté des arbres des pétales qui jonchaient l'herbe comme des flocons de neige. Le crépuscule les enveloppait, l'air était imprégné de parfums divers, délicieux.

Connor se pencha, cueillit une tulipe, la lui offrit.

— Je n'ai pas vu Max Ricker depuis des années. Cependant, à une époque, nous avons travaillé ensemble, si l'on peut dire.

— Sur quoi ?

Il s'arrêta, plongea son regard dans le sien et constata avec regret qu'elle paraissait préoccupée.

— Pour commencer, sache que même quelqu'un comme moi, qui suis un… touche-à-tout… désapprouve certaines activités. L'emploi d'un tueur à gages, par exemple. Je n'ai jamais tué pour lui, Eve, ni d'ailleurs pour personne d'autre que moi-même.

Elle opina.

— Laissons cela pour l'instant.

— Très bien.

Ils en avaient déjà trop dit pour se dérober maintenant. Ils se remirent à marcher.

— Produits illicites ? demanda-t-elle.

— Au début de ma carrière, je n'ai pas toujours pu… Non, rectifia-t-il, conscient que la franchise était vitale… Disons plutôt que je manquais parfois de discernement. En effet, il m'est arrivé de tremper dans des affaires de drogue de temps en temps, et parfois avec Ricker et son organisation. Notre dernière association remonte à une dizaine d'années au moins. Ses pratiques m'avaient toujours déplu, et j'avais atteint un stade où je n'étais plus obligé de négocier avec les gens de son espèce.

— D'accord.

— Eve...

Sans la quitter des yeux, il lui caressa la joue.

— Quand je t'ai rencontrée, j'étais pratiquement revenu dans le droit chemin. J'avais fait ce choix longtemps auparavant, parce que cela me convenait. Après t'avoir connue, je me suis débarrassé des entreprises douteuses qui me restaient. Je l'ai fait pour toi.

— Tu n'as pas besoin de me répéter ce que je sais déjà.

— Si, au contraire. Pour toi, je suis prêt à tout. Mais je ne peux pas, et je ne voudrais pas, changer mon passé ni ce qui m'a amené jusqu'ici.

Elle contempla la corolle blanche de la tulipe, parfaite et pure. Puis elle le dévisagea de nouveau. Dieu sait qu'il n'était pas pur mais, pour elle, il était parfait !

— Je ne te le demande pas, murmura-t-elle en posant les mains sur ses épaules. Nous sommes si bien ensemble.

Plus tard, après avoir partagé un dîner au cours duquel l'un comme l'autre avait pris soin de ne pas évoquer ses soucis, Eve s'installa dans son bureau pour étudier les relevés de comptes de Taj et de Patsy Kohli.

Elle les examina sous des angles divers, avala trois tasses de café, tira plusieurs conclusions, puis se leva. Elle frappa brièvement à la porte séparant son espace de travail de celui de Connor et entra.

Il était devant sa console et, d'après ce qu'elle put comprendre, discutait avec un correspondant à Tokyo. Il leva une main pour lui demander de patienter.

— Je regrette, mais cette projection ne satisfait pas mes besoins du moment, Fumi-san.

— Bien entendu, celle-ci est préliminaire et négociable, répondit son interlocuteur, d'une voix précise, courtoise.

— Dans ce cas, peut-être aurions-nous intérêt à en reparler quand les chiffres seront plus affinés.

— Ce serait un honneur d'en discuter avec vous en personne, Connor-san. Mes associés sont d'avis qu'une négociation aussi délicate serait mieux servie de cette manière. Tokyo est magnifique au printemps. Peut-être viendrez-vous visiter notre ville, à nos frais, bien entendu, dans un avenir proche ?

— Si agréable que soit votre proposition, c'est malheureusement impossible en ce moment, car j'ai un emploi du temps surchargé. En revanche, c'est avec plaisir que je vous rencontrerais, ainsi que vos partenaires, à New York. Si cela vous est possible, il vous suffit de contacter mon assistante. Elle sera ravie de vous aider à organiser votre voyage.

Il y eut un court silence.

— Je vous remercie de votre gracieuse invitation. Je vais consulter mes associés, et je prendrai contact avec votre assistante au plus vite.

— Au plaisir de vous voir. *Domo*, Fumi-san.

— Qu'est-ce que tu achètes, encore ? demanda Eve.

— Cela reste à voir, mais que dirais-tu d'une équipe de base-ball japonaise ?

— J'adore le base-ball, déclara Eve, après réflexion.

— Et voilà ! Que puis-je faire pour toi, lieutenant ?

— Si tu es en pleine acquisition d'une équipe de sport, ça peut attendre.

— Je n'achète rien du tout, du moins pas tant que les négociations n'auront pas abouti… Sur mon territoire, ajouta-t-il, une lueur espiègle dans les prunelles.

— Très bien. D'abord, une question. Si je refusais de te parler de mes activités professionnelles, comment réagirais-tu ?

— Je t'y obligerais de force, naturellement.

Elle s'esclaffa, ce qui l'amusa.

— Mais cette question ne s'applique pas à nous. Pourquoi la poses-tu ?

— Permets-moi de la formuler autrement. Quand deux personnes sont mariées, qu'elles vivent sous le même toit, que leur couple paraît solide, est-il possible que l'une d'entre elles n'ait pas la moindre idée de la façon dont l'autre occupe ses journées ?

Comme il se contentait de hausser les sourcils, elle émit un juron.

— Je ne fais pas allusion à toi. Je ne vois pas comment tu pourrais me tenir au courant de toutes tes entreprises. D'ailleurs, je sais à peu près ce que tu fais. Tu achètes tout ce qui te tombe sous la main, et tu produis ou vends à peu près tout ce dont peut avoir besoin l'espèce humaine. Et là, en ce moment, tu es sur le point de devenir le propriétaire d'une équipe de base-ball japonaise. Tu vois ?

— Seigneur ! Ma vie est un livre ouvert ! Mais pour en revenir à ta question, je suppose qu'on peut habiter ensemble sans connaître tous les tenants et les aboutissants du métier ou des passions de l'autre. Et si j'aimais la pêche ?

— La pêche ?

— C'est un exemple. Hypothèse : la pêche est ma passion, et je pars souvent l'assouvir pendant un week-end dans le Montana. Est-ce que, chaque fois que je rentrerais, tu prêterais attention à mes exploits ?

— La pêche ? répéta-t-elle, incrédule.

Il éclata de rire.

— Voilà, tu as tout compris. Donc, ma réponse est oui. Et maintenant, qu'est-ce qui te tracasse ?

— J'essaie simplement de me faire une idée. Enfin, dans la mesure où tu as menacé de me frapper – et là, je serais forcée de te démolir – je veux bien partager avec toi quelques-unes de mes interrogations. Tu pourrais jeter un coup d'œil sur quelque chose ?

— Volontiers. Mais tu ne pourrais pas me démolir.

— Non seulement je le peux, mais je l'ai déjà fait.

— Uniquement en trichant, lança-t-il en passant dans le bureau de sa femme.

Elle avait laissé le relevé de comptes à l'écran. Connor prit appui contre la table, inclina la tête, et se mit à le parcourir.

Pour lui, les chiffres n'avaient pas de secrets.

— Dépenses routinières pour un train de vie typique de classe moyenne, constata-t-il. Loyer raisonnable, payé régulièrement. Traites sur un véhicule, coûts de maintenance et parking un peu chers. Ils devraient faire jouer la concurrence. Impôts, vêtements, nourriture… la colonne divertissements est un peu légère. Ils sortent peu. Dépôts bimensuels, qui pourraient coïncider avec le versement des salaires. On ne peut certainement pas les accuser de vivre au-dessus de leurs moyens.

— Non, en effet. La rubrique automobile est intéressante. D'autant que Kohli disposait d'une voiture de fonction et que ni lui ni son épouse n'en possèdent une personnelle.

— Vraiment ?

Sourcils froncés, Connor se concentra.

— Il y a donc de la fraude dans l'air. Mais à moins de quatre mille par mois, ça n'a rien de grave.

— Et maintenant, dis-moi ce que tu penses de ceci, murmura Eve. Comptes d'investissements. Fonds d'études universitaires, de retraite, épargne.

— Tiens, tiens…

— Quelqu'un prévoyait l'avenir. Un demi-million en cinq mois, et à un taux très intéressant. Bien que, personnellement, j'aurais préféré diversifier et mettre une plus grosse part du gâteau dans des secteurs en expansion, si le but est de payer des études supérieures.

— Il n'avait pas besoin d'un conseiller financier. Un flic ne met pas de côté 500 000 dollars comme ça. C'est forcément de l'argent sale.

Eve s'assit, l'esprit en ébullition.

— Il touchait des pots-de-vin. Qui le payait, et pourquoi ? Il n'a même pas pris la peine de dissimuler ces rentrées. C'est culotté.

Elle se releva, arpenta la pièce.

— C'est culotté, insista-t-elle. Je ne crois pas que c'était un homme stupide. Je pense qu'il était sûr de lui, certain de s'être couvert.

— S'il n'avait pas été tué, personne n'aurait mis le nez dans ses comptes, fit remarquer Connor. Son train de vie n'éveillait aucun soupçon.

— Oui, c'était un employé consciencieux, ni plus ni moins. Il rentrait chez lui retrouver sa jolie femme et ses adorables enfants et, le lendemain, il recommençait. Rien à signaler. Le genre de flic qui ne paie pas de mine, mais que tout le monde apprécie. Un type gentil, sans histoires. Pourtant, le BAI l'avait à l'œil.

Elle s'immobilisa devant l'écran mural.

— Ils le surveillaient, et ils savaient que Kohli se remplissait les poches. Ils ne veulent pas que ça se sache. D'après mon expérience, le BAI n'a jamais eu de cœur, ce n'est donc pas par égard pour la veuve éplorée. Qui protège qui ?

— Peut-être qu'ils essaient simplement de défendre leurs billes. Ils avaient entamé une enquête sur Kohli et tiennent à refermer eux-mêmes le dossier.

— C'est possible. Ça ne m'étonnerait pas d'eux.

Mais elle l'avait en travers de la gorge.

— Ripou ou pas, un flic est mort, et il est à moi.

D'un signe du menton, elle désigna l'écran.

— Je veux parler à Max Ricker.

— Lieutenant, dit Connor en venant se planter derrière elle pour lui masser la nuque. J'ai confiance en tes capacités, ton intellect et tes instincts. Mais Ricker est un homme dangereux, déplaisant. Surtout envers les femmes. Tu lui plairas pour plusieurs raisons, et notamment parce que tu es mon épouse.

— Ah bon ?

Elle pivota vers lui.

— Nous ne nous sommes pas quittés en très bons termes, avoua Connor.

— C'est parfait, je peux m'en servir. S'il est intéressé, je ne devrais pas avoir trop de mal à obtenir un rendez-vous.

— Je m'en occupe.

— Non.

— Réfléchis deux minutes. Je peux l'atteindre plus vite et plus directement.

— Pas cette fois, et pas comme ça. Tu ne peux pas changer ton passé, lui rappela-t-elle, et il en faisait partie. Mais il n'a pas de place dans ton présent.

— Il en a une dans le tien.

— Exactement. Tâchons d'agir, sinon séparément, du moins côte à côte. Je ne sais pas quel genre de flic était Kohli, mais aujourd'hui, c'est à moi de le représenter. J'organiserai une rencontre au moment propice.

— Laisse-moi me renseigner, au moins. Comme ça, tu seras mieux équipée quand tu le verras.

Et lui aurait le temps de faire ce qu'il fallait pour la tenir éloignée de Ricker.

— Comme tu voudras. Dis-moi ce que tu sais de lui.

Perturbé, Connor alla se verser un cognac.

— C'est un homme habile, cultivé, qui peut se montrer charmant quand ça lui chante. Il est assez vaniteux et apprécie la compagnie de ravissantes jeunes femmes. Quand elles lui plaisent, il peut être très généreux. Quand elles l'irritent...

Connor se retourna en faisant tournoyer l'alcool dans son verre.

— Il peut être très brutal. Il se comporte de la même manière avec ses employés et ses associés. Je l'ai vu un jour entailler la gorge d'un domestique qui lui avait présenté un verre en cristal ébréché.

— De nos jours, on a un mal fou à trouver des domestiques dignes de ce nom.

— N'est-ce pas ? Ses principales ressources proviennent de la production et de la distribution de produits illicites sur une grande échelle, mais il trempe aussi dans les armes, les assassinats et le sexe. Il a plusieurs officiels de haut rang dans la poche, ce qui lui permet d'agir en toute impunité. Une fois que tu auras pris contact avec lui, il lui faudra moins d'une heure pour savoir tout de toi. Il saura des choses, Eve, que tu préférerais ne jamais dévoiler.

Son estomac se noua, mais elle hocha la tête.

— Ça ne m'effraie pas. Il a une famille ?

— Il avait un frère. D'après la rumeur, Ricker l'a éliminé après une brouille. Quoi qu'il en soit, le corps n'a jamais été retrouvé. Il a un fils de mon âge, peut-être un peu plus jeune. Alex. Je ne l'ai jamais rencontré, car il habitait en Allemagne à l'époque où je traitais avec Ricker. Il paraît qu'Alex est cloîtré chez lui, isolé.

— Ses faiblesses ?

— La prétention, l'arrogance, l'avidité. Jusqu'ici, il s'en est toujours relativement bien sorti. Mais depuis un an environ, on raconte – discrètement, prudemment – que sa santé mentale se détériore et, qu'en conséquence, certaines de ses affaires sont en difficulté. C'est une des voies que j'explorerai de près.

— S'il est impliqué dans la mort de Kohli, c'est un crime. Sa mauvaise santé mentale ne l'empêchera pas de finir ses jours en prison. Crois-tu qu'il acceptera de me rencontrer, si je prends contact avec lui ?

— Il te donnera rendez-vous, parce qu'il sera curieux. Mais si tu pointes le doigt sur lui, il ne te le pardonnera jamais. C'est un homme impitoyable, Eve, et il est très patient. Il attendra un an, dix ans s'il le faut, mais il finira par se venger.

— Donc, si je l'attaque, il faudra que ce soit pour la bonne raison.

Pire, pensa Connor en avalant le reste de son cognac d'un trait. Si elle l'attaque, il faudra que Ricker disparaisse.

Lui aussi pouvait être impitoyable. Et patient.

Cette nuit-là, Eve se tourna vers lui. Elle le faisait rarement, sauf si les cauchemars la pourchassaient. Quand elle dormait, c'était d'un sommeil profond, innocent. Peut-être avait-elle senti qu'il en éprouvait le besoin, qu'il avait envie de la sentir pelotonnée contre lui dans l'obscurité, dans l'intimité.

Ses lèvres cherchèrent celles de Connor tandis que ses mains s'aventuraient le long de son dos, de ses hanches.

Les membres entremêlés, haletants, ils s'abandonnèrent l'un à l'autre.

Elle s'arqua vers lui, offerte, exigeante. Quand il la pénétra, ils gémirent à l'unisson, leurs corps se fondant l'un dans l'autre au rythme des battements de leurs cœurs.

Quand elle sentit qu'elle allait se perdre dans l'abîme du plaisir, elle prononça son nom.

Il releva la tête, vit la lueur dans ses yeux grands ouverts.

— Eve, chuchota-t-il.

Tard dans la nuit, Connor l'écouta respirer. Il connaissait les raisons multiples et variées qui pouvaient pousser un homme à tuer. Mais la plus féroce, la plus vitale de toutes, c'était de protéger celle qu'il aimait.

4

Le lieutenant Alan Mills parvint à joindre Eve sur son vidéocom alors qu'elle se servait une seconde tasse de café. Au premier coup d'œil, elle se dit qu'il aurait lui aussi besoin d'une bonne dose de caféine.

Ses yeux gonflés, rougis, d'un gris aqueux, semblaient se perdre dans la pâleur de son visage.

— Dallas. Ici, Mills. Vous vouliez me parler ?

— En effet. Je suis en charge de l'affaire Kohli.

— Quelle saloperie ! grogna Mills. Je donnerais cher pour descendre celui qui a tué Kohli. Qu'est-ce que vous avez ?

— Un peu de ci, un peu de ça, éluda-t-elle, réticente à la perspective de partager ses données avec un homme qui semblait être tombé de son lit et carburer sur un produit chimique pas forcément approuvé par le département. Vous et votre collègue, Martinez, avez eu l'occasion de travailler avec Kohli au cours de l'année passée. Max Ricker.

— Oui, oui, marmonna Mills en se frottant le menton. Lui et une dizaine d'autres flics, et ce salaud nous a filé entre les doigts. Vous pensez que Ricker est mêlé à ça ?

— Pour l'instant, je cherche à comprendre. J'essaie de dresser un portrait de Kohli pour avoir une idée de son assassin. Si vous avez un moment dans la matinée, Mills, pourriez-vous venir me retrouver avec Martinez sur la scène du crime ? Votre avis m'intéresse.

— J'ai entendu dire que l'enquête allait être transférée chez nous.

— Vous avez mal entendu.

Il sembla digérer cette information avec difficulté.

— Kohli était des nôtres.

— Et maintenant, il est à moi. Je vous demande de coopérer. Y êtes-vous prêt ?

— De toute façon, je voulais jeter un œil sur la scène. Quelle heure ?

— Pourquoi pas maintenant ? Je serai au Purgatoire dans une vingtaine de minutes.

— Je préviens Martinez. Elle est probablement encore en pleine sieste. Elle est mexicaine.

Il coupa la communication, et Eve contempla son appareil d'un air songeur, avant de le ranger dans la poche de son pantalon.

— Eh ben, dis donc, Mills ! Personne ne m'a prévenue que tu étais un crétin…

— Ledit crétin va néanmoins tenter de prouver qu'il est plus fort que toi, commenta Connor, qui avait cessé momentanément de parcourir les rapports de la Bourse pour l'observer en pleine action.

— Oui, ça, je l'ai compris.

Elle enfila son holster. Comme d'autres mettent leurs boucles d'oreilles, pensa Connor.

Il se leva, vint vers elle, laissa courir un doigt sur sa joue.

— Il découvrira très vite – à ses dépens – qu'il se trompe. Tu es la plus solide de tous, lieutenant.

Elle vérifia son arme, la cala dans l'étui.

— C'est un compliment ou une pique ?

— Une observation. Je souhaiterais, moi aussi, revoir la scène du crime – à des fins d'assurance.

À des fins d'assurance, tu parles ! se dit Eve.

— Pas aujourd'hui, camarade. Mais je m'arrangerai pour que tu puisses y aller demain.

— En tant que propriétaire de l'établissement, je suis en droit d'inspecter les lieux pour évaluer le coût des dommages.

— En tant que responsable de cette enquête, je suis en droit de sceller et préserver les lieux jusqu'à ce que je sois certaine que tous les indices ont été relevés.

— Tout a été passé au peigne fin hier après-midi, et enregistré.

Il se pencha vers la table basse du coin salon, ramassa un disque.

— Le propriétaire a la permission d'entrer en compagnie d'un représentant de la police et de son assureur pour estimer les dégâts et le montant des réparations à effectuer. Voici le mémo de mon avocat concernant ce problème, lieutenant.

Elle lui arracha le fichier des mains.

— C'est toi qui m'énerves, maintenant, marmonna-t-elle, ce qui le fit sourire. Je n'ai pas le temps de m'occuper de toi ce matin.

Il se dirigea tranquillement vers son dressing, sélectionna un costume dans la multitude de vêtements suspendus. Comment s'y prenait-il, avec un tel choix ?

— Il va peut-être falloir que tu le trouves. J'y vais avec toi. Je me suis arrangé pour qu'on passe me prendre au club une fois que j'aurai terminé.

— Tu avais déjà tout prévu avant de rentrer hier soir.

— Mmm...

Il s'approcha de l'armoire de sa femme, en sortit une veste grise harmonisée à son pantalon. Eve, elle, aurait perdu une heure à la chercher en vain.

— Il fait frais, ce matin, annonça-t-il en la lui tendant.

— Tu te crois malin, n'est-ce pas ?

— Oui.

Il se pencha, l'embrassa, lui attacha ses boutons.

— Prête ?

— Ne parle pas aux autres flics, recommanda Eve tandis qu'ils arrivaient au club.

— Qu'est-ce que je pourrais avoir à leur dire ? riposta-t-il, l'œil rivé sur l'écran de son ordinateur portable, pendant qu'elle se garait.

— Tu ne te déplaces sous aucun prétexte sans être accompagné par moi, Peabody, ou un officier désigné par mes soins, insista-t-elle. Et tu ne touches à rien.

— Une petite résidence d'été à Juno, Alaska, ça t'intéresse ? lança-t-il d'un ton faussement innocent.

Elle le fusilla du regard.

— Non, enchaîna-t-il, je vois bien que non. Moi non plus, d'ailleurs. Ah ! nous y voilà ! Apparemment, nous sommes les premiers.

— Pas de blagues, Connor.

— Dieu merci, j'ai laissé mon nez rouge au bureau ! Veux-tu que je t'ouvre ? s'enquit-il en avisant le scellé officiel sur la porte.

— Ne commence pas ! grommela-t-elle en s'efforçant de ne pas mordre à l'appât. Si tu enfreins les ordres, je te fais jeter dehors par deux molosses en uniforme.

— Quel dommage ! C'est tellement plus excitant quand la brutalité policière vient de toi.

— La ferme !

Lorsqu'elle poussa la porte, un mélange d'odeurs désagréables les assaillit.

— Lumière ! commanda-t-elle. Bar principal.

Celles qui fonctionnaient s'allumèrent.

— Ce n'est pas mieux aujourd'hui qu'hier, n'est-ce pas ? murmura Connor en scrutant la salle.

— Ferme la porte, dit-elle tout bas.

Prenant une profonde inspiration, elle fit ce qu'elle faisait le mieux. Elle se plongea dans la scène du meurtre.

— Il entre, après la fermeture. Il est déjà venu. Il a besoin de connaître les lieux, les allées et venues du personnel, le système de sécurité. Peut-être qu'il travaillait ici, mais si c'est le cas, et s'il était de service hier soir, il est parti avec les autres. Personne ne pourra affirmer qu'il était resté seul avec Kohli.

Elle enjamba les débris, s'avança jusqu'au comptoir.

— Il s'assied, demande un verre. Gentiment, décontracté. Ils ont une affaire à discuter en tête à tête.

— Pourquoi ne suggère-t-il pas à Kohli de débrancher les caméras de surveillance ? intervint Connor.

— Ce n'est pas ça qui l'inquiète. Il s'en occupera plus tard. Pour l'heure, il fait la conversation, amicalement. Il ne veut surtout pas éveiller les soupçons de Kohli. Celui-ci prend une bière, mais reste derrière le bar. Il est à l'aise. Il grignote des bretzels. Le type ne lui est pas étranger. Ils ont sans doute déjà bu un coup ensemble.

Elle leva les yeux, vérifia la position des caméras.

— Kohli ne s'inquiète pas non plus de la sécurité. Donc, soit ils n'abordent aucun sujet compromettant, soit il a déjà tout éteint. Pendant ce temps, l'autre réfléchit à la manière dont il va agir. Il se déplace derrière le bar, cette fois, pour se servir lui-même.

Elle imagina la suite. Kohli, grand, imposant, vivant, habillé de l'uniforme du Purgatoire. Pantalon et chemise noirs. Il sirotait sa bière, engloutissait ses bretzels.

— Son cœur bat la chamade, mais il sait dissimuler son émotion. Peut-être qu'il raconte une blague, ou qu'il demande quelque chose à Kohli. Juste pour qu'il lui tourne le dos un court instant. Le temps qu'il frappe.

Une seconde, songea-t-elle. Pas plus. Une seconde pour s'emparer de la matraque, prendre son élan.

— Au premier coup, il ressent les vibrations le long des bras, jusque dans les épaules. Le sang jaillit, le visage de Kohli s'écrase contre le miroir. Les bouteilles tombent. Elles explosent… L'agresseur en éprouve un regain d'énergie. À présent, il ne peut plus reculer. Il cogne de nouveau, en pleine figure. Il prend plaisir à voir l'expression de Kohli, sa souffrance, sa surprise. Le troisième coup l'achève, lui fracasse le crâne. Mais ça ne suffit pas.

Elle leva les mains, un poing sur l'autre, comme si elle serrait la matraque.

— Il veut en finir. Il frappe encore et encore, et les craquements d'os résonnent comme une musique. Il est en rage. Il a du mal à respirer. Il a un goût de sang dans la bouche. Quand il s'écarte, il fouille dans la poche de Kohli, s'empare de son badge et le jette dans la mare de son sang. Le sang sur le badge a une signification pour lui. Puis il roule le corps dessus.

Elle se tut un instant.

— Il est couvert de sang, lui aussi. Ses mains, ses vêtements, ses chaussures. Mais ailleurs, dans le club, tout est impeccable. Il s'est changé, mais après s'être nettoyé. Les techniciens ont relevé des traces du sang, de la cervelle et de la peau de Kohli dans les tuyaux de l'évier du bar.

Elle se retourna vers le bac, recouvert de poudre.

— Il s'est lavé ici, avec le cadavre derrière lui. Froidement. Sans état d'âme. Ensuite, il casse tout autour de lui. C'est la fête. Mais il garde la tête sur les épaules. Il jette la matraque derrière le bar, près de Kohli. Voilà ce que j'ai fait et voilà comment. Enfin, il récupère les disques de sécurité et disparaît.

— Tu as un sacré courage, lieutenant. C'est admirable.

— Je fais ce que j'ai à faire.

— Non... tu vas beaucoup plus loin.

— Ne me distrais pas, répliqua-t-elle, un peu gênée par son ton attendri... De toute façon, ce n'est qu'une hypothèse.

— D'une logique irréfutable. En t'écoutant, j'ai tout vu. Le détail du badge me paraît important. Kohli a sans doute été tué parce qu'il était flic.

— Oui. J'en reviens toujours à ça.

La porte s'ouvrit, et Eve jeta un coup d'œil vers l'entrée. Aussitôt, elle reconnut Mills, bien qu'il fût plus grand qu'elle ne l'avait supposé, et terriblement enrobé.

De toute évidence, il ne profitait pas des programmes d'entretien physique proposés par le département.

À ses côtés se tenait une jeune femme petite et menue, bâtie pour l'action. Son teint olive trahissait ses origines sud-américaines. Ses cheveux noirs et brillants étaient rassemblés en une tresse dans le dos. Ses yeux, tout aussi noirs, étaient vifs.

Auprès d'elle, Mills avait l'allure d'un chien hybride trop nourri et négligé.

— On m'avait prévenue que ce n'était pas beau à voir, dit Martinez avec une pointe d'accent, mais je ne m'attendais pas à ça...

Elle posa le regard sur Connor, puis s'adressa à Eve.

— Vous devez être le lieutenant Dallas.

— En effet, répondit Eve en venant à leur rencontre. Merci d'être là. Le civil est le propriétaire des lieux.

Mills salua Connor d'un bref signe de la tête et s'approcha du bar. Il avait une démarche d'ours.

— Sale façon de mourir, grommela-t-il.

Peabody apparut, et Eve s'empressa de la présenter.

— Mon assistante. Officier Peabody, voici le lieutenant Mills et l'inspecteur Martinez.

Discrètement, elle désigna le coin du col de son chemisier, avant de rejoindre Martinez près du comptoir.

Reconnaissant le signal, Peabody enclencha son magnétophone.

— Depuis combien de temps connaissiez-vous Kohli ? demanda Eve.

— Moi, deux ans environ, quand j'ai été mutée de Brooklyn au 128. Le lieutenant le connaissait depuis plus longtemps.

— Oui, depuis ses débuts. Toujours le petit doigt sur la couture du pantalon. Avant de se joindre à nous, il était militaire, ça lui est resté. Un as du service minimum.

— Du calme, Mills, marmonna Martinez. On marche sur son sang.

— Ben quoi ? Je ne dis rien de mal. C'était comme ça. Il pointait en arrivant et repartait pile à l'heure. Il n'acceptait pas de faire une seule minute supplémentaire s'il n'en avait pas reçu l'ordre directement du capitaine. Mais quand il était là, il faisait son boulot.

— Comment a-t-il été choisi pour participer à l'affaire Ricker ?

— C'est Martinez qui le voulait, dit Mills en secouant la tête d'un air effaré devant les dégâts derrière le comptoir. Jamais je n'aurais imaginé qu'on puisse le descendre. J'aurais parié qu'il allait faire ses vingt-cinq ans et passer sa retraite à fabriquer des maquettes ou une bêtise du même genre.

— C'est moi qui suis allée le chercher, confirma Martinez.

Elle se plaça de façon à ce qu'Eve comprenne qu'elle voulait s'éloigner du lieutenant. Et vite.

— J'étais en charge du dossier, sous les ordres du lieutenant Mills. Kohli était un maniaque du détail. Il ne laissait rien passer. Quand on lui confiait une mission de surveillance, il rendait un rapport décrivant tout ce qu'il avait vu pendant quatre heures, jusqu'aux détritus dans le caniveau. Il avait de bons yeux.

Elle fronça les sourcils.

— Si vous pensez que Ricker a engagé un tueur pour l'éliminer, ça m'étonnerait. Kohli travaillait dans l'ombre. Sur cette enquête, il passait le plus clair de son temps à remplir des formulaires. C'est vrai qu'il était présent lors de l'arrestation, mais il n'est pas intervenu, sinon pour enregistrer la scène. C'est moi qui ai arrêté Ricker – pour ce que ça a servi…

— Kohli était celui qui connaissait les détails, argua Eve. Ricker a peut-être eu vent de certains d'entre eux… ?

Il y eut un long silence. Martinez échangea un regard avec Mills, avant qu'ils ne se tournent ensemble vers elle.

— Ce que j'entends ne me plaît pas du tout, Dallas, déclara Mills d'une voix menaçante.

Du coin de l'œil, Eve vit Connor se figer. Peabody aussi. Elle fit un pas en avant, comme pour se libérer de deux chiens de garde.

— Je me contente de poser les questions de routine.

— Dans le cas présent, c'est différent. Il s'agit d'un flic. Kohli portait un badge comme vous et moi. Qu'est-ce qui vous fait dire qu'il était ripou ?

— Je n'ai pas dit ça.

Mills agita un doigt sous son nez.

— Ben voyons ! railla-t-il. Empruntez cette voie-là, Dallas, et vous pourrez toujours courir pour avoir mon aide. Voilà pourquoi ce dossier devrait nous revenir, plutôt qu'à une garce du Central.

— Navrée, Mills. Il restera entre les mains de la garce du Central. Autant vous y faire.

Eve vit Martinez retenir un sourire.

— Il fallait poser la question, je l'ai posée. Vous ne m'avez toujours pas répondu.

— Allez vous faire foutre ! La voilà, votre réponse.

— Mills, murmura Martinez... Du calme.

— Vous, foutez-moi la paix ! hurla-t-il subitement en serrant les poings, le visage écarlate de colère. Les bonnes femmes n'ont pas leur place dans ce métier. Allez-y, Martinez, amusez-vous avec la pute de Whitney, vous verrez où ça vous mènera. Kohli était ce qu'il était, mais dans la profession, on se serre les coudes, un point c'est tout.

Il lança un ultime regard noir à Eve et sortit. Martinez s'éclaircit la gorge, se gratta le crâne.

— Le lieutenant a un léger problème avec les femmes et les groupes minoritaires.

— Pas possible !

— Oui. N'en faites pas une affaire personnelle. Écoutez, c'est moi qui ai mené l'affaire Ricker, et Kohli était fiable. C'est une des raisons qui m'ont incitée à lui confier toutes les tâches administratives. Moi non plus, je n'ai pas apprécié votre question, mais je vous crois quand vous dites que c'est la routine. Qu'il fallait la poser. Kohli n'était peut-être pas un fan des heures supplémentaires, mais il respectait son badge. Il aimait son métier de flic, défendre la loi. Je ne crois pas qu'il ait retourné sa veste, lieutenant. Ça me paraît invraisemblable.

— Qu'est-ce que Mills a voulu signifier par « Kohli était ce qu'il était » ?

— Ah, ça ! C'est parce que Kohli était noir. Mills est d'avis qu'un flic, un vrai, doit forcément être mâle, blanc et hétéro. Entre nous, Mills est un salaud de première.

Eve attendit que Martinez soit partie.

— Vous avez tout enregistré, Peabody ?

— Oui, lieutenant.

— Sauvegardez l'ensemble et faites-moi une copie pour mes dossiers, gardez l'original bien au chaud. Accompagnez Connor, le temps qu'il évalue le montant des dégâts... Tu as un quart d'heure ! ajouta-t-elle à l'intention de son mari. Ensuite, dehors !

— Elle est si mignonne quand elle se fâche, vous ne trouvez pas, Peabody ?

— Je l'ai toujours dit.

— Quatorze minutes ! aboya Eve. Le décompte continue.

— Si nous commencions par le haut ? suggéra Connor en offrant son bras à Peabody.

Dès qu'ils furent hors de portée, Eve sortit son vidéocom et appela Feeney, à la division de Détection électronique.

— Il faudrait que tu me rendes un petit service, attaqua-t-elle, dès que son visage apparut sur l'écran.

— Si c'est en rapport avec le meurtre du flic, ça ne compte pas. Tous les hommes de mon unité sont sur le pont.

— Tu peux te mettre sur fréquence privée ?

Feeney fronça les sourcils, mais enfonça la touche nécessaire et coiffa un casque.

— Qu'est-ce qui se passe ?

— Ça ne va pas te plaire. J'aime autant te le dire d'emblée, pour que tu ne puisses pas me le reprocher ensuite. Je voudrais que tu consultes les archives sur deux collègues, le lieutenant Alan Mills et l'inspecteur Julianna Martinez, tous deux de la brigade Produits illicites, au 128.

— Ça ne me plaît pas.

— Sois discret, surtout.

L'expression déjà morose de Feeney s'affaissa encore un peu plus.

— Ça ne me plaît pas du tout.

— Je suis désolée d'avoir à te demander ça. Je pourrais le faire moi-même, mais tu seras plus rapide et plus efficace.

Elle jeta un coup d'œil à la galerie du troisième, où se trouvaient Connor et Peabody.

— Moi non plus, je n'aime pas ça, mais il faut que j'ouvre la porte avant de pouvoir la refermer.

Bien que seul dans son bureau, Feeney baissa le ton.

— C'est une recherche de routine, Dallas, ou tu flaires un mauvais coup ?

— Je ne peux rien te dire maintenant, mais les coïncidences sont trop nombreuses pour être ignorées. Dès que tu auras fini, Feeney, préviens-moi. On se donnera rendez-vous quelque part et je te mettrai au courant.

— Je connais Mills. C'est un salaud.

— Oui, j'ai eu le plaisir de le rencontrer.

— Mais je ne pense pas qu'il soit ripou, Dallas.

— C'est le problème, justement. Nous ne voulons jamais l'envisager.

Elle rangea son appareil dans sa poche, remit un tabouret sur ses pattes et s'y percha. Dans son cahier de notes, elle entama une liste de noms ; elle plaça celui de Kohli au milieu de la page, traça une flèche vers celui de Ricker, puis de là vers Mills et Martinez. Elle ajouta Roth puis, tout en bas dans le coin, Webster, du Bureau des Affaires internes.

Elle tira un trait entre lui et Kohli, en se demandant si elle allait le connecter à quelqu'un d'autre avant d'en avoir fini.

Puis, parce qu'elle n'avait pas le choix, elle inscrivit Connor, qu'elle relia à Kohli et à Ricker. En priant le ciel pour que ça s'arrête là.

La mort, se dit-elle, avait laissé un tableau, racontait une histoire, du point de vue de la victime et de celui du tueur. La scène elle-même, le cadavre, la méthode, l'heure et le lieu, ce qui restait, ce qui avait disparu… Tous ces éléments contribuaient à l'élaboration du scénario.

Produits illicites, gribouilla-t-elle. *Badge dans le sang. Violence exagérée. Strip-teaseuses. Disques de sécurité volatilisés. Vice. Sexe ? Fric. Trente jetons de crédit.*

Elle continua d'écrire, se relut, l'air grave, tandis que Connor et Peabody revenaient vers elle.

— Pourquoi les jetons de crédit ? s'interrogea-t-elle à voix haute. Parce qu'il est mort pour l'argent ? Pas pour maquiller le crime en cambriolage. Est-ce un symbole ? De l'argent ensanglanté. Pourquoi trente jetons ?

— Trente pièces d'argent, intervint Connor… Tu es bien le fruit de l'école publique, lieutenant ! Tu n'as pas eu le plaisir d'étudier la Bible. Judas a reçu trente pièces d'argent pour avoir trahi le Christ.

— Trente pièces d'argent, répéta-t-elle en opinant, avant de se lever.

» On peut imaginer que Kohli représente Judas. Mais qui joue le rôle de Jésus ? s'exclama-t-elle en scrutant une dernière fois les lieux. Bon ! Ton temps est écoulé. Tu peux appeler ton chauffeur.

— Il m'attend sûrement déjà dehors.

Connor ouvrit la porte et la tint pour la laisser passer. Il la saisit par le bras, l'attira contre lui, l'embrassa avec fougue.

— Merci de ta coopération, lieutenant.

— Waouh ! fit Peabody en regardant Connor monter dans la limousine. Il suffit de le regarder à l'œuvre pour deviner qu'il embrasse à merveille.

— Peabody, je vous en prie !

— Désolée, c'est plus fort que moi, je ne peux m'empêcher de me mettre à votre place, répliqua-t-elle en se frottant les lèvres, pendant qu'Eve remettait les scellés sur la porte.

— Vous avez vos prétendants.

— Ce n'est pas pareil. Vraiment pas pareil. Où allons-nous ?

— Voir une strip-teaseuse.

— Dommage que ce ne soit pas un strip-teaseur !

— Eh oui, dommage !

Nancie habitait un bel immeuble d'avant-guerre dans l'avenue Lexington. Les fenêtres des étages supérieurs étaient ornées de jardinières débordant de fleurs multicolores, et un concierge en uniforme adressa un large sourire à Eve lorsqu'elle lui présenta son badge.

— J'espère que ce n'est rien de grave, lieutenant. S'il y a quoi que ce soit, prévenez-moi.

— Merci, mais je pense que ça ira.

— Je parie qu'il gagne une fortune en pourboires, commenta Peabody tandis qu'elles s'enfonçaient dans le hall. Beau sourire, jolies fesses. Que peut-on exiger de plus d'un concierge ?

Elle examina les alentours, l'ascenseur aux portes en cuivre rutilantes, le somptueux bouquet.

— C'est plutôt chic, pour une strip-teaseuse. Ce genre d'immeuble me paraît davantage destiné aux jeunes cadres. Je me demande combien elle gagne par an.

— Vous envisagez de changer de profession ?

— Mais oui, bien sûr ! railla Peabody en entrant dans la cabine. Les hommes font la queue pour me voir nue. Remarquez, McNab…

— Taisez-vous, Peabody, je ne veux pas le savoir.

Au sixième étage, Eve fila dans le couloir jusqu'à l'appartement C. À son grand soulagement, on leur ouvrit promptement, ce qui coupa court aux élucubrations de Peabody.

— Nancie Gaynor ?

— Oui.

— Lieutenant Dallas, du NYPSD. Pouvons-nous vous parler quelques minutes ?

— Bien sûr. C'est à propos de Taj…

Nancie correspondait parfaitement à son appartement. Nette, jolie comme un rayon de soleil. Elle était jeune, vingt-cinq ans environ, estima Eve, et mignonne comme tout avec ses boucles dorées, sa bouche de poupée peinte de rose brillant, et ses immenses yeux verts. Sa combinaison jonquille mettait en valeur ses courbes, sans vulgarité.

Pieds nus, elle s'effaça pour leur céder le passage.

— Ça me rend malade, dit-elle. Complètement malade. Ruth nous a tous appelés, hier, pour nous annoncer la nouvelle.

Son regard se remplit de larmes.

— Je n'arrive pas à croire qu'un truc pareil ait pu se passer au Purgatoire.

D'un geste, elle invita les deux femmes à prendre place sur le long sofa recouvert de velours rose et croulant sous des coussins de satin chatoyant.

— Asseyez-vous. Je peux vous offrir quelque chose à boire ?

— Non, merci, ne vous dérangez pas. Cela vous

ennuie, si nous enregistrons cette conversation, miss Gaynor?

— Ah! Euh... mon Dieu!

Nancie se mordilla la lèvre et croisa les mains sous une spectaculaire paire de seins.

— Euh... je suppose que non. Vous y êtes obligée?

— Avec votre permission.

— Bon, d'accord, euh... Si je peux vous aider, bien sûr... Mais on peut s'asseoir, n'est-ce pas? Parce que ça me rend un peu nerveuse. Je n'ai jamais été impliquée dans une affaire de meurtre. On m'a interrogée, une fois, quand je suis arrivée d'Umtawa, parce que ma colocataire avait une licence, et qu'elle avait laissé passer la date limite de sa validité. Mais je suis sûre que c'était un oubli de sa part. Bref, j'ai discuté avec l'officier en charge du comité des licences... mais c'était différent.

Eve leva les sourcils.

— Umtawa?

— Dans l'Iowa. Je suis venue ici il y a quatre ans. J'espérais danser à Broadway, avoua-t-elle avec un sourire contrit. Je suis plutôt bonne danseuse, voyez-vous, mais bon... Comme beaucoup d'autres filles... et la vie est chère, alors j'ai accepté un boulot dans un club. Un endroit très moche, ajouta-t-elle. Et là, je commençais vraiment à me décourager et à me dire que je ferais mieux de rentrer dans l'Iowa et de me marier avec Joey, mais ce n'est pas une lumière, alors quand Ruth m'a proposé une autre place dans un établissement de standing, où les clients gardent leurs sales pattes pour eux... C'était nettement mieux, et on était mieux payées. Ensuite, quand Ruth a pris la direction du Purgatoire, elle nous a emmenées avec elle. Alors ça, c'est la classe. Je tiens à ce que vous le sachiez...

Eve était un peu étourdie par ce flot de paroles. Nancie se pencha en avant.

— ... Ruth nous a recommandé de prendre contact avec vous si on savait quelque chose. Le lieutenant Eve

Dallas. Elle nous a dit de répondre à toutes vos questions, dans la mesure de notre possible, parce que… parce que c'est comme ça et parce que vous êtes la femme de Connor. Le propriétaire du Purgatoire.

— Il me semble l'avoir entendu dire, en effet.

— Oh! vous savez, je répondrais à vos questions même si vous n'étiez pas mariée avec Connor! Après tout, c'est mon devoir de citoyenne, et Taj était un très gentil garçon. Il respectait notre intimité, si vous voyez ce que je veux dire. Même dans un club chic, parfois, le personnel vous lorgne en douce. Mais on pouvait se promener nue comme un ver devant Taj, il ne bronchait pas. Bon, il regardait, parce qu'il était là, mais il ne *regardait* pas… Il avait une femme et des enfants. C'était un bon père de famille.

Comment la faire taire? se demanda Eve.

— Miss Gaynor…

— Oh! vous pouvez m'appeler Nancie!

— Très bien. Nancie, vous avez travaillé avant-hier soir. Votre collègue Mitzie a-t-elle présenté son numéro, elle aussi?

— Bien sûr! On a à peu près les mêmes horaires. Mitzie est partie assez tôt. Elle avait le cafard, vous comprenez, parce que son crétin de petit ami l'a larguée pour une hôtesse de l'air. Elle n'arrêtait pas de fondre en larmes dans la loge parce que bon, c'était l'homme de sa vie, et ils avaient l'intention de se marier et d'acheter une maison dans le Queens. À moins que ce ne soit à Brooklyn? Et puis…

— Miss Gaynor…

— Ça n'a aucune importance, n'est-ce pas? enchaîna-t-elle avec un grand sourire. Bref, Ruth l'a ramenée chez elle. Ruth est formidable, pour ça. Elle s'occupe bien de nous. Elle était danseuse, autrefois. Je devrais peut-être appeler Mitzie pour prendre de ses nouvelles.

— Je suis sûre qu'elle apprécierait votre geste.

En tout cas, l'alibi de Ruth MacLean était confirmé. C'était déjà ça.

— Parlez-moi de la dernière fois que vous avez vu Taj.

— Alors...

Nancie se cala dans les coussins.

— J'avais deux passages ce soir-là, plus deux chorégraphies en groupe, et trois présentations privées. J'étais donc assez occupée. Pendant ma première pause, j'ai vu Taj manger un sandwich au poulet. Je lui ai dit : « Hé ! ça m'a l'air bon à croquer ». C'était pour plaisanter, bien sûr, parce qu'un sandwich, ça se mange forcément.

— Ah ! murmura Eve.

— Il a rigolé, il m'a dit qu'en effet, c'était délicieux, et que c'était sa femme qui le lui avait préparé. J'ai demandé un soda à la cerise, et je lui ai dit que je le verrais plus tard, parce que je devais changer de costume.

— Vous n'avez parlé de rien d'autre ?

— Non, seulement du sandwich au poulet. Quand je suis retournée dans ma loge, c'était le bazar. Une des filles, Dottie, avait perdu sa perruque rousse, et comme je vous l'ai expliqué, Mitzie...

— Oui, oui, pour Mitzie, on sait tout.

— Oui, bon. Une autre fille, Charmaine, si je m'en souviens bien, consolait Mitzie en lui disant qu'elle était bien débarrassée, ce qui a fait pleurer Mitzie encore plus fort. Là-dessus, Wilhimena, une transsexuelle, lui a dit de la fermer. Charmaine, je veux dire, pas Mitzie. Et tout le monde courait dans tous les sens parce qu'on avait un numéro en commun. Après ça, j'avais un passage privé. J'ai aperçu Taj au bar, je lui ai fait un signe de la main.

Eve en avait les oreilles qui bourdonnaient.

— Il discutait avec quelqu'un ?

— Je n'ai rien remarqué. Il avait le don de servir dix mille clients en même temps. J'ai présenté mon strip-tease à un homme d'affaires de Toledo. Il m'a expliqué que c'était son anniversaire, mais parfois, ils racontent n'importe quoi pour vous convaincre de leur accorder un petit extra, sauf que Ruth nous l'interdit si on n'est pas licenciée. Il m'a refilé un pourboire de 100 dollars, et je suis montée à l'étage. Je ne me rappelle pas avoir revu Taj avant la fermeture. J'avais envie d'un autre soda, il m'en a donné un, et je suis restée au comptoir quelques minutes, histoire de me détendre.

Elle reprit son souffle. Eve ouvrit la bouche, mais Nancie fut plus rapide.

— Ah! Et Nester était malade. Euh... Nester Vine. Il était très pâle, il transpirait, et il n'arrêtait pas d'aller aux toilettes, jusqu'à ce que Taj lui dise de rentrer chez lui se soigner. J'avais un peu le cafard, parce que je venais d'apprendre que Joey s'était fiancé avec Barbie Thomas, chez moi.

— À Umtawa.

— C'est ça. Elle lui a toujours couru après, marmonna Nancie en fronçant les sourcils. Taj m'a consolée, il m'a assuré que je finirais par trouver le prince charmant. Il m'a dit que quand ce serait le bon, je le saurais dès le premier instant, que je ne me poserais aucune question. Je voyais bien qu'il pensait à sa femme, parce que son regard brillait quand il parlait d'elle. Alors, j'ai traîné un peu. Nester aurait dû faire la fermeture avec lui, mais il était malade. Je vous l'ai dit?

— Oui, oui, dit Eve. Oui, oui.

— Bon, il était malade, comme je l'ai dit. En fait, on n'a pas vraiment le droit de fermer tout seul, mais ça peut arriver. Taj m'a dit qu'il était tard, que je ferais mieux de rentrer chez moi. Il voulait m'appeler un taxi, mais je préférais prendre le métro. Il s'est énervé, parce que les rues sont dangereuses, la nuit. J'ai fini par céder, et il a attendu avec moi à la porte. C'était tout lui. Adorable, attentionné.

— Il n'a pas par hasard mentionné un ami qui devait passer le voir?

— Je ne pense pas…

Elle se tut, eut une petite moue.

— Peut-être. Peut-être que si, mais j'avais le blues, je pensais à tous mes amis, là-bas, et à Joey. Je crois qu'il m'a dit un truc du style : les amis restent toujours des amis. Il est possible qu'il ait parlé d'un ami qu'il allait voir. Mais je n'ai pas imaginé que c'était là, tout de suite, au club.

Elle poussa un soupir, se tapota les lèvres du bout du doigt.

— Ça ne peut pas être un ami qui lui a fait ça.

Tout dépend, songea Eve. Tout dépend de l'ami.

5

Eve se dit qu'elle avait deux solutions : passer trois jours à interviewer les danseuses, strip-teaseuses et clients du Purgatoire, ou concentrer ses efforts sur Max Ricker.

Le choix n'était pas difficile à faire, mais elle se devait de couvrir les deux aspects.

En entrant dans la salle des officiers, elle scruta les visages. Quelques-uns étaient en communication, d'autres rédigeaient des rapports ou parcouraient des archives. Une équipe prenait la déposition d'un civil qui semblait davantage excité que désemparé. Une odeur de café rance et de désinfectant imprégnait l'air.

Ces flics, elle les connaissait. Certains étaient plus malins que d'autres, mais tous étaient consciencieux. Eve n'avait jamais été du genre à en imposer hiérarchiquement à qui que ce soit et là, elle était sûre d'obtenir satisfaction sans avoir recours à ces procédés.

Elle patienta jusqu'à ce que le civil s'en aille, visiblement content de lui.

— Bon ! Écoutez-moi bien !

Une dizaine de têtes se tournèrent vers elle. Elle observa leur changement d'expression. Tous savaient de quelle affaire elle s'occupait. Non, pensa-t-elle tandis que les uns coupaient court à leur conversation téléphonique et que les autres ignoraient leur écran : elle n'aurait aucune difficulté à les rallier à sa cause.

— J'ai plus de six cents témoins potentiels à éliminer ou à interroger en rapport avec l'homicide de l'inspecteur Taj Kohli. J'ai besoin de votre aide. Ceux d'entre vous qui ne sont pas sur une affaire prioritaire, ou qui peuvent se débrouiller pour m'accorder quelques heures de leur temps dans les jours à venir, peuvent se présenter, à moi ou à Peabody.

Baxter fut le premier à bondir sur ses pieds. Il était souvent casse-pieds, mais on pouvait toujours compter sur lui.

— J'ai du temps. On en a tous.

Il regarda autour de lui, comme pour défier quiconque de prétendre le contraire.

— Tant mieux, dit Eve en glissant les mains dans ses poches. Voici où nous en sommes…

Là, elle devait y aller prudemment.

— … l'inspecteur Kohli a été battu à mort alors qu'il travaillait hors service dans un club de standing appelé le Purgatoire. L'établissement était fermé et, apparemment, Kohli connaissait son agresseur. Je suis à la recherche d'un individu que Kohli aurait suffisamment connu pour lui tourner le dos.

Quelqu'un, pensa-t-elle, qui l'avait contacté ou que lui-même avait joint sur son lien Palm pendant son service. Ce qui expliquerait que le tueur ait subtilisé l'appareil.

— D'après mes renseignements, Kohli n'était pas sur une affaire particulièrement sensible en ce moment. Mais il se peut que l'assassin soit une taupe, ou un informateur extérieur. Le mobile du cambriolage ne tient pas debout. C'était une histoire personnelle. Le 128 estime que l'enquête lui revient. Je suis d'avis que ça reste chez nous.

— Je l'espère ! intervint une femme, Carmichael, en brandissant sa tasse de café.

— Jusqu'ici, les médias n'ont pas réagi. Ce n'est pas un scoop. La mort d'un barman ne relance pas les taux d'audience, et le fait qu'il était flic n'y change pas grand-chose. Kohli n'intéresse pas les journalistes.

Elle marqua une pause, guetta les regards.

— Mais pour nous, c'est important. Ceux qui le souhaitent peuvent informer Peabody du nombre de témoins qu'ils veulent traiter. Elle recensera les volontaires. Vous m'adresserez directement toute déclaration et tout rapport.

— Dallas, je peux me charger des strip-teaseuses ? lança Baxter en ricanant. Les mieux roulées ?

— Bien entendu, Baxter. Nous savons tous que c'est le seul moyen pour vous de voir des femmes nues.

Quelques rires fusèrent.

— Je serai sur le terrain presque toute la journée. Si vous avez la moindre information, appelez-moi.

Comme elle se dirigeait vers son bureau, Peabody lui courut après.

— Vous y allez toute seule ?

— Je veux que vous restiez ici, pour coordonner le tout.

— Oui, mais…

— Peabody, jusqu'à l'année dernière, je travaillais essentiellement en solo.

En tirant son fauteuil pour s'y asseoir, elle nota la lueur de déception dans les prunelles de son assistante.

— Ça ne signifie pas que vous n'êtes pas bonne, Peabody. Ressaisissez-vous. J'ai besoin de vous ici. Vous êtes plus efficace que moi pour ce genre de tâche.

Le visage de Peabody s'éclaira.

— Oui, c'est vrai. Mais je pourrais peut-être vous rejoindre quand j'en aurai terminé ici.

— Je vous le ferai savoir. Pourquoi ne pas commencer tout de suite, pendant que tout le monde est dans de bonnes dispositions ? Au boulot !

— Oui, lieutenant.

Eve attendit que Peabody ait disparu, puis se releva pour fermer la porte. Ensuite, elle s'installa pour examiner les données dont elle disposait concernant Max Ricker. Elle ne voulait pas se laisser prendre de court.

Elle avait déjà vu sa photo, mais cette fois, elle l'étudia soigneusement. D'allure imposante, Ricker avait des traits volontaires, anguleux. Sa bouche mince, surmontée d'une moustache argentée, n'adoucissait en rien l'ensemble. Ses yeux étaient d'une couleur métallique, opaque.

La vanité évoquée par Connor se trahissait par sa toison de cheveux noirs ondulés, striés de gris, le diamant qui scintillait à son oreille droite et la blancheur de sa peau sans rides, tirée.

— *Sujet : Ricker, Max Edward. Un mètre quatre-vingt-cinq. Cent dix kilos. Blanc. Date de naissance : 3 février 2000. Né à Philadelphie, Pennsylvanie. Parents : Leon et Michelle Ricker, décédés. Un frère, décédé. Diplômé de l'université de Pennsylvanie. Pas de mariage ou de cohabitation légale. Un fils, Alex, date de naissance : 26 juin 2028. Nom de la mère : Morandi, Ellen Mary. Décédée. Domiciles actuels à Hartford, Connecticut ; Sarasota, Floride ; Florence, Italie ; Londres, Angleterre ; Long Neck Estates de Yost Colony et Hôtel Nile River sur Vegas II. Profession : entrepreneur. Intérêts et holdings…*

Eve ferma les yeux pour écouter la longue liste des entreprises de Ricker. En d'autres temps, elle s'était penchée sur un homme immensément riche, propriétaire d'une multitude de sociétés et d'organisations, qui lui avait semblé, comme Ricker, dangereux.

Cette recherche-là avait changé toute sa vie.

Elle était bien décidée à ce que celle-ci change la vie de Ricker.

— Ordinateur, commanda-t-elle, Casier judiciaire, arrestations et accusations.

— *En cours…*

Elle se redressa et haussa les sourcils. Au fil des ans, Ricker avait accumulé les délits, à commencer par un vol simple en 2016, puis trafic d'armes, distribution de produits illicites, fraude, extorsion de fonds et deux conspirations de meurtre. Chaque fois, il s'en était sorti, mais le fichier était long et varié.

— Vous êtes moins malin que Connor, murmura-t-elle. Lui ne s'est jamais fait prendre. Je sens là une certaine arrogance. Au fond, ça vous est égal d'être pris. Parce que vous prenez votre pied à baiser le système. C'est une faiblesse, Ricker. De taille. Ordinateur, copie toutes les données sur disque.

Elle se tourna vers son vidéocom. L'heure était venue de découvrir où Ricker faisait le pied de grue.

La chance lui souriait : Ricker séjournait dans sa propriété du Connecticut, et il avait accepté de la rencontrer sans l'obliger à franchir le barrage d'un océan d'avocats.

Eve effectua le parcours sans délai, et fut accueillie au portail par un trio de gardiens menaçants qui lui imposèrent pour la forme une vérification d'identité. On la pria de laisser son véhicule à l'entrée et de monter dans une petite navette.

L'opérateur, un droïde féminin mince et élégant, la conduisit le long d'une allée flanquée d'arbres menant à une demeure de deux étages tout en bois et en verre, perchée sur une colline rocailleuse dominant la mer.

À l'entrée se dressait une fontaine en pierre représentant une femme vêtue d'une robe ondoyante, qui versait gracieusement un seau d'eau bleu pâle dans un bassin rempli de poissons rouges.

Un jardinier s'affairait sur une plate-bande du côté est de la maison. Il portait un pantalon large, une chemise, un chapeau à large bord et un laser télécommandé à double portée.

Une autre droïde l'accueillit à la porte, en uniforme noir amidonné. Son sourire était chaleureux, sa voix suave.

— Bonjour, lieutenant Dallas. M. Ricker vous attend. J'espère que vous avez fait bonne route. Si vous voulez bien me suivre…

En lui emboîtant le pas, Eve examina le décor. Ici, tout respirait l'argent. L'ensemble manquait de classe.

Contrairement à Connor, Ricker avait un penchant pour le moderne, les couleurs criardes, l'abondance d'étoffes. Tout était anguleux, accentué par ce qu'Eve considérait désormais comme sa signature : l'argent.

Trente pièces d'argent, songea-t-elle en pénétrant dans une pièce tapissée de rouge sang, avec une vue spectaculaire sur l'océan. Les autres murs étaient encombrés de toiles abstraites, ou surréalistes, en tout cas très laides.

Ici, le parfum des fleurs donnait le tournis, la lumière était trop forte, et les meubles, tout en courbes, chatoyants de coussins et d'argent.

Ricker, assis dans un fauteuil, sirotait un liquide rose fuchsia dans un long tube. Il se leva, sourit.

— Ah ! Eve Dallas. Enfin nous nous rencontrons. Bienvenue dans mon humble demeure. Puis-je vous offrir un rafraîchissement ?

— Non, merci.

— Très bien, mais si vous changez d'avis, n'hésitez pas… Marta, je n'ai plus besoin de vous.

— Bien, monsieur Ricker.

Elle sortit à reculons et ferma la porte à double battant.

— Eve Dallas, répéta-t-il, les yeux luisants, en l'invitant d'un geste à s'asseoir. Je suis vraiment enchanté. Puis-je vous appeler Eve ?

— Non.

Son expression devint glaciale tandis qu'il émettait un rire tonitruant.

— Dommage ! Lieutenant, alors. Je vous en prie, mettez-vous à l'aise. J'avoue éprouver une certaine curiosité à l'égard de la femme qui a épousé l'un de mes vieux… j'allais dire protégés… Mais je suis sûr que Connor s'offusquerait de ce terme. Je dirai donc un de mes anciens associés. Je regrette qu'il ne vous ait pas accompagnée aujourd'hui.

— Il n'a rien à faire ici, ni avec vous.

— Pas pour le moment. Asseyez-vous ! insista-t-il.

Elle s'exécuta.

— Comme vous êtes belle ! murmura-t-il en l'examinant de bas en haut.

Les hommes qui regardaient les femmes de cette manière cherchaient à les mettre en situation de vulnérabilité. Eve se sentit vaguement insultée.

— J'aime beaucoup votre allure compétente, sans prétention, enchaîna-t-il. Personne ne s'attendait à ça de la part de Connor, évidemment. Il a toujours eu un faible pour les femmes plus stylées, plus sexy.

Il pianota sur le bras de son siège, et elle remarqua qu'il avait les ongles vernis de sa couleur fétiche.

— Comme c'est habile d'avoir choisi quelqu'un comme vous, aux attributs et à la profession plus subtils. Ce doit être pratique pour lui d'avoir une alliée au sein de la police.

Il essayait de la provoquer, aussi se contenta-t-elle de pencher la tête.

— Vraiment ? Et pourquoi cela, monsieur Ricker ?

Ricker but une gorgée de son cocktail.

— Vu ses intérêts, ses entreprises…

— Ses affaires vous concernent-elles, monsieur Ricker ?

— Uniquement d'un point de vue académique, dans la mesure où nous avons travaillé ensemble autrefois.

Elle se pencha en avant.

— Acceptez-vous d'en parler, officiellement ?

Il étrécit les yeux.

— Prendriez-vous le risque de le perdre, lieutenant ?

— Connor est assez grand pour se défendre. Et vous ?

— L'auriez-vous dompté, lieutenant ? Le loup se serait-il métamorphosé en un gentil chien-chien ?

Cette fois, elle éclata d'un rire sincère.

— Le gentil chien-chien vous arracherait la gorge sans effort. Et vous le savez. J'étais loin d'imaginer que vous aviez si peur de lui. C'est intéressant.

— Vous vous trompez.

Ses doigts s'étaient resserrés autour de son tube. Elle vit les muscles de son cou tressaillir, comme s'il avait du mal à avaler.

— Je ne le pense pas. Cependant, Connor n'est pas la raison de ma visite. C'est de vous que j'aimerais parler, monsieur Ricker.

Elle sortit son enregistreur.

— Avec votre permission.

Il ébaucha un sourire qui n'en était pas un.

— Je vous en prie.

Il tapota sur le bras de son fauteuil. À l'opposé, un hologramme apparut. Six hommes en costume sombre étaient alignés derrière une table, les mains croisées, les yeux brillants.

— Mes avocats, expliqua-t-il.

Eve plaça l'appareil sur la table basse qui les séparait et récita la loi Miranda révisée.

— Vous êtes perfectionniste. Cela doit plaire à Connor. À moi aussi.

— Avez-vous bien compris vos droits et vos obligations, monsieur Ricker?

— Parfaitement.

— Vous avez engagé votre droit de parler en présence de vos avocats – au nombre de six – au cours d'un entretien informel. Vous avez été arrêté il y a six mois pour...

Elle leva une main et, bien que connaissant son texte par cœur, sortit son carnet de notes avant de poursuivre.

— ... fabrication, possession et distribution de produits illicites y compris des hallucinogènes et des drogues connues, transport illégal, international et interplanétaire de substances interdites, possession d'armes non autorisées, installation d'usines chimiques sans licence et...

— Lieutenant, afin de nous épargner à tous deux un temps précieux, sachez que j'étais conscient de tout cela lors de cette malencontreuse arrestation à l'automne dernier. Vous savez, je suppose, que la plupart de ces plaintes ont été retirées, et que celles qui ne l'ont pas été ont donné lieu à un procès à l'issue duquel j'ai été acquitté.

— Je sais que vos avocats et le procureur de la ville de New York ont négocié une entente. En échange, votre représentant a soumis les noms de quatre marchands d'armes et de produits illicites et tous les renseignements les concernant. Vous n'êtes pas très loyal envers vos associés, monsieur Ricker.

— Au contraire! Mes associés ne sont pas marchands d'armes ou de produits illicites, lieutenant. Je suis un homme d'affaires, je participe activement aux œuvres de charité et aux causes politiques chaque année.

— Oui, je suis au courant de vos dons multiples et divers. Vous avez été très généreux avec l'organisation Cassandra.

— C'est exact.

Il eut un geste pour interrompre l'un des avocats, qui voulait intervenir.

— Et j'ai été choqué, profondément choqué en découvrant leurs activités terroristes. Vous avez rendu un grand service au monde, lieutenant, en crevant cet abcès. Avant que les médias ne s'emparent de ce scandale, j'étais convaincu que le groupe Cassandra se dévouait entièrement à la préservation des droits et de la sécurité des Américains. Grâce à des moyens paramilitaires, certes, mais légaux.

— C'est dommage que vous ne vous soyez pas mieux renseigné au départ, monsieur Ricker. Or, j'imagine qu'un homme disposant de vos ressources se méfie, avant d'investir plus de 10 millions de ses dollars si péniblement gagnés.

— C'est une erreur que je regrette profondément. Depuis, l'employé chargé des donations a été licencié.

— Je vois. Pour le reste des accusations, vous avez dû passer devant le tribunal. Malheureusement, il manquait certaines pièces à conviction, et les données qui avaient conduit à la descente dans votre entrepôt étaient endommagées.

— C'est le terme officiel ? railla-t-il. Les données étaient minces, incomplètes, déformées par la police, de façon à justifier un assaut sur un entrepôt dont j'étais propriétaire, mais qui était géré par un indépendant.

Eve nota qu'il avait haussé le ton, et qu'il pianotait de plus en plus vite sur le bras de son fauteuil.

— Il s'agit de harcèlement, ni plus ni moins, et mes avocats envisagent d'intenter un procès au NYPSD.

— Quelles étaient vos relations avec l'inspecteur Taj Kohli ?

— Kohli ? répéta-t-il avec un sourire. Je crains que ce nom ne me dise pas grand-chose. Je connais nombre de vos collègues, lieutenant. Je défends ardemment la cause des hommes et des femmes qui servent la loi. Mais Kohli… attendez… attendez…

Il se frotta les lèvres et laissa échapper un petit rire.

— Kohli, mais oui, bien sûr ! J'ai entendu parler de cette tragédie. Il a été tué récemment, n'est-ce pas ?

— Kohli faisait partie de la brigade qui a investi votre entrepôt de New York, ce qui vous a coûté plusieurs millions en…

La voix des avocats se fit entendre.

— M. Ricker n'a jamais été légalement connecté aux entrepôts, laboratoires et autres centres de distribution de New York découverts et fermés par le département de police. Nous nous opposons à toute déclaration proclamant le contraire.

— L'homicide de l'inspecteur Kohli est un drame, lieutenant. Vais-je être interrogé chaque fois qu'un officier de police connaîtra un sort malheureux ? Ce serait, là encore, du harcèlement.

— Pas du tout, puisque vous m'avez accordé cette interview sans condition.

Ce fut au tour d'Eve de sourire.

— Je suis certaine que votre armée d'avocats pourra le vérifier. Kohli était un méticuleux, monsieur Ricker. Il s'attachait aux détails. En tant qu'homme d'affaires et homme du monde, je suis sûre que vous serez d'accord avec moi, pour dire que la vérité a le don de refaire surface, aussi profondément soit-elle enfouie. Il suffit qu'une personne, la bonne, creuse un peu la question. Je suis très attachée à la vérité, et je supporte mal qu'un collègue soit purement et simplement exécuté. Ma mission est donc de démasquer celui qui a tué – ou donné l'ordre qu'on tue – Kohli.

— Je ne doute pas de votre émotion, d'autant que ce meurtre brutal a eu lieu dans un établissement appartenant à votre mari. Vous êtes dans une situation délicate, n'est-ce pas, lieutenant ? Pour vous comme pour Connor. Est-ce pour cela que vous venez m'ennuyer avec vos accusations à peine voilées, au lieu d'interroger votre époux ?

— Je n'ai pas précisé qu'il s'agissait d'un meurtre brutal ni qu'il avait eu lieu dans un établissement appartenant à mon mari. Comment l'avez-vous su, monsieur Ricker ?

Pour la première fois, il parut mal à l'aise. Son regard se vida et il resta bouche ouverte. Les six avocats se mirent à parler en même temps dans un brouhaha incompréhensible, ce qui donna à Ricker le temps de se reprendre.

— Je m'efforce de me tenir au courant de tout, lieutenant. C'est important, dans mon métier. On m'a informé qu'il y avait eu un incident sur l'une des propriétés de votre mari.

— Qui, on ?

— Un associé, je crois. Je ne m'en souviens plus très bien. Est-il interdit de se renseigner ? Pour ma part, je collectionne les renseignements. C'est une sorte de hobby. Je m'informe sur les gens qui m'intéressent. Vous, par exemple. Ainsi, je sais que vous avez été élevée par l'État, qu'on vous a trouvée en état de détresse quand vous aviez huit ans… Vous aviez été violée, n'est-ce pas, et maltraitée. Ce doit être difficile de vivre avec un tel traumatisme, de vous réconcilier avec votre innocence volée. Le nom que vous portez vous a été attribué par une assistante sociale. Eve, un choix plutôt sentimental. Et Dallas, en référence à la ville où l'on vous a récupérée, brisée, gisant dans une sombre ruelle.

Prise de court, Eve sentit un étau se refermer sur sa poitrine. Mais elle resta impassible.

— Nous jouons avec les cartes qui nous sont données. Moi aussi, je récolte les informations, notamment sur ceux qui me dérangent. Fouillez mon passé tant que vous voudrez, Ricker, ça vous donnera une image claire et nette de celle contre qui vous vous battez désormais. Kohli est à moi, et je découvrirai son assassin. Comptez sur moi. Fin de l'entretien, conclut-elle en ramassant son magnétophone.

À cet instant, les avocats se répandirent en invectives et en objections, mais Ricker éteignit l'hologramme. Il était encore plus pâle – si c'était possible –, que lorsqu'elle était arrivée.

— Faites attention, lieutenant. Ceux qui me menacent le font à leurs risques et périls.

— Ça ne m'effraie pas, Ricker.

Il se leva en même temps qu'elle, s'avança d'un pas. Eve se surprit à espérer qu'il perde son contrôle, ne serait-ce qu'une fraction de seconde.

— Vous vous croyez de taille à vous mesurer à moi ? Vous pensez que votre badge est signe de pouvoir ? Vous pouvez disparaître comme ça !

Il claqua les doigts sous son nez.

— Essayez, si ça vous amuse.

Son visage se contracta, mais il eut un mouvement de recul.

— Peut-être êtes-vous convaincue, à tort, que Connor peut vous protéger. Il est faible, il s'est complètement liquéfié d'amour pour un flic. J'avais des projets pour lui, autrefois. J'en ai d'autres aujourd'hui.

— Je vous conseille de bien étudier vos archives, Ricker. Vous verrez que je n'ai besoin de personne. Mais je vais vous dire une chose : Connor va être enchanté de savoir à quel point vous le craignez. Nous allons en rire tous les deux, à vos dépens, tout à l'heure.

Comme elle se détournait, il la saisit par le bras, et son cœur fit un bond. Il accentua un instant sa pression, incrustant les doigts dans sa chair, avant de la relâcher.

— Je vous raccompagne.

— Je connais le chemin. Vous feriez mieux de vous mettre au travail, Ricker, et de vous assurer que vous avez bien couvert vos arrières. J'ai l'intention de retourner toutes les pierres sous lesquelles vous vous êtes immiscé. Je sens que je vais beaucoup m'amuser.

Sur ces mots, elle sortit. Le droïde, toujours aussi souriant, n'était pas loin.

— J'espère que vous avez passé un bon moment, lieutenant. Par ici…

Derrière elle, Eve entendit un bruit de verre qui se fracassait.

Décidément, songea-t-elle avec un petit sourire, j'ai réussi à l'ébranler.

On la ramena jusqu'à sa voiture, et on la surveilla attentivement jusqu'à ce qu'elle ait franchi le portail.

Dix minutes plus tard, elle repéra la première voiture qui la filait. Pas très discrètement. Elle poursuivit son chemin, en dépassant à peine la limite de vitesse autorisée. Au bout d'une quarantaine de kilomètres, un second véhicule surgit d'une bretelle, juste devant elle.

Je joue le jeu, décida-t-elle en appuyant sur l'accélérateur.

Elle déboîta, se faufila entre les automobiles, sans toutefois leur compliquer trop la tâche. Tout en surveillant la route, elle brancha son vidéocom. Presque tranquillement.

D'une manière qui, espéra-t-elle, indiquait la panique, elle sortit de l'autoroute juste après la frontière de l'État de New York.

— J'étais sûre que vous ne me décevriez pas, bande de crétins, marmonna-t-elle tandis que les deux voitures fonçaient juste derrière elle.

De nouveau, elle accéléra. Puis, brusquement, elle effectua un demi-tour et revint droit sur ses poursuivants. Les premiers partirent vers la droite, les seconds vers la gauche et, comme ils roulaient à vive allure, ils achevèrent leur course dans le fossé. Elle s'immobilisa, mit sa sirène en marche et descendit, l'arme au poing.

— Police ! Tout le monde descend. Les mains en l'air.

Elle vit le passager du deuxième véhicule plonger une main dans sa veste. Sans hésiter, elle tira sur le phare.

Le verre explosa alors que les hurlements d'autres sirènes s'ajoutaient aux siens.

— Sortez de là immédiatement ! ordonna-t-elle en brandissant son badge. Police de New York. Vous êtes en état d'arrestation.

L'un des conducteurs obéit, l'air défiant.

— En quel honneur ?

— On va commencer par excès de vitesse, répliqua-t-elle. Les mains sur le toit. Vous connaissez la position.

Les uniformes surgirent de toutes parts.

— Vous voulez qu'on les menotte, lieutenant ?

— Oui, j'ai l'impression qu'ils résistent. Et regardez-moi ça ! s'exclama-t-elle en palpant l'un des suspects… Une arme dissimulée. Une arme interdite, en plus ! Alors là, mon vieux, vous êtes dans de sales draps.

Une fouille rapide révéla d'autres armes, six grammes d'Exotica, deux de Zeus, un petit nécessaire d'outils de cambriolage et trois tuyaux en métal susceptibles de faire office de matraques.

— Emmenez-les au Central, voulez-vous ? Inculpez-les pour possession de produits illicites, port d'armes interdites à bord d'un véhicule motorisé, et possession de marchandises suspectes. Ah! Et n'oubliez pas : excès de vitesse, conclut-elle en se frottant les mains. M. Ricker va être très fâché contre vous, messieurs.

Elle remonta dans sa voiture, satisfaite.

«Et voilà, monsieur Ricker, ce que c'est que de donner des ordres quand on est sous le coup de l'émotion.

Le round numéro un est pour moi. »

6

Ian McNab traversa la salle des officiers en s'efforçant de paraître décontracté. Difficile de passer inaperçu, avec sa tresse qui lui tombait à la taille et son pantalon orange, mais il faisait beaucoup d'efforts.

Sa présence en ces lieux pouvait s'expliquer. Plusieurs requêtes sur les témoins de l'affaire Kohli avaient atterri à la DDE. C'était son prétexte, et McNab s'y accrochait.

Il avait une autre raison d'être là, et cette raison se trouvait dans un box minuscule, tout au fond, absorbée dans ses dossiers.

Elle était tellement mignonne quand elle était concentrée! Décidément, il était fou d'elle. Ça ne l'enchantait pas vraiment, car il s'était toujours promis de collectionner autant de femmes que possible. Il adorait les femmes.

Seulement voilà. Peabody avait surgi dans son existence, avec ses affreuses godasses de flic et son uniforme impeccable, et tout avait basculé.

Elle ne se montrait pas du tout coopérative. Certes, il avait réussi à l'entraîner dans son lit, par terre dans la cuisine, dans une cabine d'ascenseur, dans un vestiaire désert, entre autres… mais elle n'était pas amoureuse de lui.

Lui, en revanche, était bien obligé d'admettre – à contrecœur – qu'il était follement épris de l'officier Delia Peabody.

Il se percha sur le bord de son bureau.

— Bonjour, ma belle. Quoi de neuf ?

— Qu'est-ce que tu fais ici ? répliqua-t-elle, sans même lever les yeux vers lui. Tu as encore brisé tes chaînes ?

— À la DDE, ce n'est pas comme ici. Ils ne nous enferment pas. Comment arrives-tu à travailler dans une cage pareille ?

— Efficacement. Fiche-moi la paix, McNab, je suis complètement débordée.

— C'est l'affaire Kohli ? On ne parle que de ça. Pauvre bougre !

Décelant une note de pitié dans sa voix, elle daigna enfin se redresser. Elle nota que son regard vert trahissait à la fois la tristesse et la colère.

— Oui, eh bien on va se débrouiller pour rattraper le salaud qui l'a tué. Dallas étudie le problème sous tous les angles possibles.

— C'est la meilleure. Plusieurs gars d'ici nous ont réclamé des renseignements. À la DDE, tout le monde est dessus, de Feeney aux stagiaires.

— Tout le monde, sauf toi, railla-t-elle. En quel honneur ?

— On m'a désigné pour aller à la pêche aux nouvelles. Allez, Peabody, ça nous concerne tout autant que vous. Donne-moi de quoi les rassasier.

— Je n'ai malheureusement pas grand-chose à dire. Garde ça pour toi, ajouta-t-elle en baissant le ton et en scrutant les alentours. Je ne sais pas à quoi joue Dallas. Elle est partie sur le terrain sans m'emmener avec elle et ne m'a donné aucune explication. Puis, il y a quelques minutes, elle m'a appelée. Les uniformes doivent nous ramener quatre individus accusés de délits divers, notamment de port d'armes. Elle m'a demandé de lui sortir leurs fichiers, vite fait bien fait. Elle ne va pas tarder à arriver.

— Qu'est-ce que tu as trouvé ?

— Les quatre ont séjourné dans divers établissements gouvernementaux. Crimes violents, pour la plupart. Agressions, agressions mortelles, manipulations, chantage… Mais regarde…

Elle parla encore plus bas, obligeant McNab à se pencher vers elle.

— Tous ont un lien avec Max Ricker.

McNab ouvrit la bouche, puis ravala son exclamation et demanda :

— Tu crois que Ricker est derrière l'homicide Kohli ?

— Je n'en sais rien, mais je sais que Kohli faisait partie de l'équipe qui l'a arrêté à l'automne dernier, parce que Dallas m'a demandé de lui transmettre le dossier et la transcription du procès. J'y ai jeté un coup d'œil rapide. Kohli était tout en bas de l'échelle, il n'a d'ailleurs pas témoigné. Bien entendu, Ricker a pu filer en toute liberté. Mais Dallas doit avoir une idée derrière la tête, en inculpant quatre de ses hommes de main.

— Très intéressant, murmura McNab.

— Tu peux annoncer la visite des quatre malfrats, mais attends qu'on en sache davantage avant de divulguer la connexion avec Ricker.

— Pour te promettre le silence, il me faudrait une motivation. Si tu passais chez moi, ce soir ?

— Je ne sais pas ce qu'a prévu Dallas…

Il lui souriait. Curieusement, Peabody avait de plus en plus de mal à résister à ce sourire un peu bêta.

— … mais ce devrait être possible.

— On pourrait… commença-t-il en se penchant vers elle.

Tout à coup, il s'écarta, comme s'il venait de se brûler.

— Seigneur ! Le commandant.

— Du calme.

Peabody se ressaisit, elle aussi.

Il n'était pas rare que Whitney fasse une apparition, mais ce n'était pas non plus une habitude.

— Oh! la la! Il vient par ici.

Elle dut résister à son envie de rajuster sa veste.

Whitney s'immobilisa sur le seuil du box et fixa son regard noir, glacial, sur McNab.

— Vous ne travaillez plus pour la division des Enquêtes électroniques?

— Si, si, commandant. La DDE travaille en collaboration avec la division Homicides sur l'affaire Taj Kohli. Nous pensons qu'en réunissant nos forces respectives, nous réussirons à boucler le dossier plus rapidement.

Excellent! songea Peabody, partagée entre l'admiration et l'irritation. Habile comme un félin.

— Dans ce cas, je vous conseille de regagner vos quartiers et de vous remettre à l'ouvrage, au lieu de déranger l'officier Peabody.

Ah! pensa-t-elle. Dommage…

McNab faillit saluer, mais se ravisa à temps. Il se volatilisa comme un nuage de fumée.

— Avez-vous les données requises par votre lieutenant sur les quatre individus actuellement mis en examen?

Déjà?

— Oui, commandant.

Il tendit la main vers elle, et Peabody commanda aussitôt l'impression.

— Conformément aux ordres reçus, j'ai déjà transmis les copies au lieutenant Dallas.

Whitney se contenta de grogner, puis se détourna en parcourant les documents. Il marqua une pause quand Eve apparut.

— Lieutenant, dans votre bureau.

Peabody tressaillit. Il s'était exprimé d'un ton dur comme le granit. Courageusement, elle sortit de son box, mais Eve l'invita d'un geste à rester où elle était.

Il y avait de l'orage dans l'air... Sur qui la foudre allait-elle s'abattre ?

— Commandant...

Eve tint la porte et le laissa passer devant elle, puis la ferma.

— Expliquez-moi, lieutenant, pourquoi vous avez quitté l'État et votre juridiction pour aller interroger Max Ricker, sans annoncer vos intentions, et sans passer par les voies hiérarchiques ?

— Commandant, en tant que responsable de l'enquête, je n'y suis pas obligée. Et je suis autorisée à quitter ma juridiction si l'entretien peut être utile à l'affaire.

— Et harceler un civil dans un autre État ?

Un flot de colère l'envahit, mais elle l'ignora.

— Harceler, monsieur ?

— J'ai reçu un appel de l'avocat de Ricker, qui menace de vous traîner, ainsi que cette division et la ville de New York, devant les tribunaux, pour avoir harcelé son client, puis attaqué et détenu quatre des employés de Ricker.

— Ah bon ? Il a vraiment très peur, alors, murmura-t-elle. Je ne pensais pas l'avoir ébranlé à ce point. Commandant, reprit-elle, j'ai pris contact avec Ricker, je lui ai demandé un rendez-vous à sa convenance, qu'il a bien voulu m'accorder.

Elle sortit un disque scellé d'un tiroir.

— La requête, effectuée sur cette console, et l'acceptation, ont été sauvegardées, de même que mon interview avec Ricker, qui a eu lieu chez lui, après citation du Code Miranda révisé, et la présence holographique de six de ses avocats.

Cette fois, elle sortit un disque de sa pochette.

— Tout a été enregistré avec son accord. Sauf votre respect, commandant, il se fout de notre gueule.

— Tant mieux. Je m'en doutais, marmonna Whitney en s'emparant du disque. Cependant, soupçonner Ricker d'être impliqué dans l'homicide d'un flic est aussi dangereux que délicat. J'espère que vos présomptions sont justifiées.

— Il est de mon devoir d'envisager le problème sous tous les angles. Je fais mon métier.

— Est-ce qu'il consiste aussi à pourchasser quatre hommes sur la voie publique, à mettre en danger leur vie et celle de passants innocents, en conduisant de manière imprudente, au point d'infliger des dommages à deux véhicules ?

— Sur le trajet, entre le Connecticut et New York, j'ai été filée, puis poursuivie par deux voitures anonymes, chacune comptant deux hommes à bord. J'ai tenté de les semer, mais elles se sont encore rapprochées, en dépassant les limites de vitesse autorisées. Consciente du danger que cela pouvait présenter pour d'autres civils, je suis sortie de l'autoroute très encombrée pour emprunter une route plus tranquille. À cet instant, les deux véhicules ont encore accéléré. Ils ont traversé la frontière entre les deux États. Ne connaissant par leurs intentions, j'ai demandé du renfort, et plutôt que de prendre des risques supplémentaires, j'ai allumé ma sirène et fait demi-tour. En conséquence, les deux voitures ont quitté la route.

— Lieutenant…

— Commandant, je tiens à aller jusqu'au bout de mon rapport sur cet incident, déclara-t-elle d'un ton calme, qui masquait à la perfection son agacement.

— Allez-y, lieutenant. Je vous écoute.

— Je me suis identifiée en tant qu'officier de police, et je leur ai donné l'ordre de descendre de leurs véhicules. L'un des individus a eu un geste suspect. J'ai effectué un tir de sommation, qui a abîmé un phare. Deux patrouilles sont arrivées en renfort. Au cours de la fouille qui a suivi, nous avons découvert des armes interdites, des substances illicites en petites quantités, des outils et trois tuyaux en métal. J'ai donc ordonné aux agents en uniforme de transporter les individus au Central, j'ai contacté mon assistante pour qu'elle consulte les dossiers des quatre suspects, et je suis revenue ici avec l'intention de rédiger mon rapport, puis de procéder aux interrogatoires.

Elle plongea la main dans son sac, en sortit deux autres disques.

— Tout ce que je viens de dire a été enregistré par mon ordinateur de bord durant la poursuite, et mon mini micro lors de l'arrestation. Je pense que les procédures ont été respectées au mieux.

Whitney empocha les disques en ébauchant un sourire.

— Beau travail. Très beau travail.

— Merci, aboya-t-elle.

— Vous m'en voulez de vous avoir questionnée ?

— Oui, commandant. En effet.

— Je ne peux guère vous en vouloir.

Il tapota distraitement la poche dans laquelle il avait rangé les disques et alla se planter devant la fenêtre.

— Je pensais bien que vous aviez respecté toutes les règles, mais je n'en étais pas absolument certain. Quoi qu'il en soit, et malgré les sauvegardes, cet avocat ne vous lâchera pas. Je voulais m'assurer que vous tiendriez le coup. Comme toujours, Dallas, vous avez été parfaite.

— Je n'ai pas peur de cet avocat.

— Je sais.

Whitney reprit son souffle, contempla la vue un instant en se demandant comment elle arrivait à travailler dans un espace aussi confiné.

— Vous attendez que je vous présente des excuses, lieutenant ?

— Pas du tout, commandant.

— Tant mieux.

Il se tourna vers elle, le visage fermé.

— Cela étant, en pointant le doigt sur Ricker, vous avez mis le département dans une situation difficile.

— La mort d'un flic me paraît…

— Ne sous-estimez pas mon point de vue sur le meurtre de l'inspecteur Kohli, interrompit-il d'un ton sec. Si Ricker est impliqué, je veux sa peau encore plus que vous. Oui, encore plus, insista-t-il. Et maintenant, dites-moi pourquoi, puisqu'il a accepté de vous rencontrer, il a lancé quatre de ses gorilles à vos trousses ?

— Je l'ai exaspéré.

— Soyez plus précise, lieutenant.

Il se tourna vers elle.

— Mais où peut-on s'asseoir, dans ce trou ?

Sans un mot, elle tira son fauteuil grinçant. Il l'examina un moment, puis éclata d'un rire tonitruant, allégeant d'un seul coup l'atmosphère.

— Vous vous fichez de moi ? Si je mets ne serait-ce qu'une fesse sur ce machin, je vais me retrouver les quatre fers en l'air. Pour l'amour du ciel, Dallas, vous êtes gradée. Pourquoi vous obstinez-vous à rester dans cette fosse ?

— Ça me plaît. Quand on dispose d'un endroit plus vaste, on y ajoute quelques sièges, voire une table. Et là, les gens commencent à défiler. Pour bavarder.

— C'est vrai, concéda-t-il entre ses dents. Donnez-moi un de ces cafés dont Connor vante tant les mérites.

Elle s'approcha de l'autochef et en programma deux tasses.

— Commandant, j'aimerais vous parler quelques minutes à titre purement confidentiel.

— Donnez-moi ce café, et je vous accorde une heure. Mon Dieu, quel arôme !

Elle sourit en se rappelant la première fois qu'elle avait goûté le café de Connor. Du vrai, pas du lyophilisé ou un faux-semblant. Elle aurait dû comprendre, dès lors, qu'il était l'homme de sa vie.

Et, parce qu'il était l'homme de sa vie, elle se retourna avec les gobelets et se confia à son patron.

— Connor a eu des relations d'affaires avec Ricker, autrefois. Il a mis un terme à leur association il y a plus de dix ans. Ricker ne l'a pas oublié et, surtout, il ne le lui a jamais pardonné. S'il le pouvait, il se vengerait volontiers à travers moi. Au cours de notre entretien, je me suis servie de Connor pour le titiller. À plus d'une reprise, il a perdu son calme. Plus je ferai pression, plus il perdra pied.

— Il en veut beaucoup à Connor ?

— Oui, je le crains, mais en même temps, il a peur de lui. C'est d'ailleurs ce qui l'irrite plus que tout. Parce qu'à ses yeux, il ne s'agit pas de crainte, mais de haine. S'il a donné l'ordre à ses hommes de me poursuivre, c'est parce qu'il a réagi instinctivement, sans réfléchir. Il est trop intelligent pour prendre une telle initiative, qui remonterait forcément jusqu'à lui. Mais il m'en voulait de l'avoir méprisé. Et d'être l'épouse de Connor.

— Vous lui avez tendu la perche. Il aurait pu s'en prendre à vous avant que vous ne sortiez de la maison.

— Il n'aurait pas osé, pas sur son terrain. Il a pris un risque, mais un risque calculé. Si j'arrive à faire parler un de ces imbéciles, on pourra pousser Ricker dans ses retranchements.

— Ils ne se dévoilent pas facilement.

— Il ne faudrait pas grand-chose. Je veux mettre Ricker derrière les barreaux. Il a échappé à la prison lors de son dernier procès. Il n'aurait jamais dû. J'ai étudié tous les rapports, toutes les transcriptions. L'affaire semblait dans le sac. Puis, il y a eu tous ces vices de forme : la disparition des pièces à conviction et même d'un des principaux témoins, alors qu'il était prétendument sous protection... Plusieurs petits trous finissent par en former des gros, et il a réussi à s'en sortir.

— Je suis d'accord, et je souhaite plus que tout qu'on parvienne à coincer Ricker. Mais le lien avec l'affaire Kohli est pour le moins ténu. Je ne vois pas vraiment où vous le situez.

— Je travaille dessus, se contenta-t-elle de répondre.

Elle pensa à Webster et à ses sous-entendus, mais décida de garder cela pour elle.

— Dallas, vous ne pouvez pas faire de Ricker une vendetta personnelle.

— Ce n'est pas le cas. Laissez-moi un peu de temps, commandant.

— C'est votre enquête. Mais soyez prudente. Si Ricker a ordonné l'assassinat de Kohli, il n'hésitera pas à vous éliminer. D'après ce que vous m'avez dit, il a plus d'une raison de le faire.

— À force de se sentir visé, il finira par commettre une erreur. Pas moi.

Elle fit sa tournée en compagnie des avocats, un pour chacun des individus qu'elle avait interpellés. Des crétins en costume, selon elle. Ils connaissaient toutes les ficelles, mais ils auraient du mal à contourner le fait qu'elle avait tout enregistré.

— Des enregistrements que vous seule possédez, fit remarquer le crétin nommé Canarde en agitant ses mains parfaitement manucurées. Comment prouver que ces disques n'ont pas été produits ou trafiqués dans le seul but de harceler mon client?

— Pourquoi votre client m'a-t-il collé au cul pendant mon trajet entre le Connecticut et New York?

— La loi n'interdit à personne de circuler sur une voie publique, lieutenant.

— Il transportait des armes interdites et dissimulées.

— Mon client affirme que c'est vous qui les avez mises là.

Eve posa son regard sur ledit client, un individu qui devait peser cent cinquante kilos, doté de mains énormes et d'un visage hideux. Jusqu'ici, il n'avait pas prononcé une parole.

— Ainsi votre client, qui semble être frappé de mutisme, prétend que – comme par hasard – je me promenais avec quatre lasers manuels autorechargeables et deux fusils à longue portée à bord de mon véhicule de fonction, dans l'espoir qu'un civil innocent surviendrait, afin que je puisse l'accuser, sous le prétexte que... quoi ? Que sa tête ne me revenait pas ?

— Mon client ne connaît pas vos motivations.

— Votre client est une ordure et il n'en est pas à son premier coup d'essai. Agression, port d'armes illégales, agression mortelle, possession de substances illicites avec intention de les revendre... Vous ne défendez pas un enfant de chœur, Canarde. Avec tout ce que j'ai contre lui, il est cuit. D'après moi, il en a pour vingt-cinq ans dans une colonie pénale extraplanétaire. Vous n'en avez jamais visité, je suppose ?

Elle eut un sourire cruel.

— En comparaison, les cellules de chez nous sont de véritables suites de luxe.

— Nous ne nous laisserons pas intimider par vos insinuations, lieutenant. Mon client n'a plus rien à dire.

— C'est vrai que jusqu'ici, il a été bavard comme une pie. Vous allez laisser Ricker vous sacrifier comme un agneau sur l'autel ? Vous pensez que ça va l'ennuyer de savoir que vous serez en cage pendant vingt-cinq ans ?

— Lieutenant Dallas, interrompit Canarde.

Mais Eve continua, sans la moindre inquiétude.

— Vous ne m'intéressez pas plus que ça, Lewis. Si vous voulez sauver votre peau, il va falloir coopérer avec moi. Qui vous a envoyé à mes trousses, aujourd'hui ? Dites-moi son nom, et je vous libère.

— Cet entretien est terminé, décréta Canarde en se levant.

— Est-ce qu'il est terminé, Lewis ? Est-ce que vous voulez que ça se finisse comme ça ? Vous êtes prêt à entamer votre quart de siècle sous les verrous ? Il vous paie tant que ça, pour que vous acceptiez de la fermer et de vivre vingt-quatre heures sur vingt-quatre dans cinq mètres carrés, sous l'œil d'une caméra, à dormir sur une planche et pisser dans un bocal ? Les prisons extraplanétaires sont un véritable bagne, Lewis.

— Monsieur Lewis, je vous conseille de garder le silence. J'ai mis un terme à cette rencontre, lieutenant, et j'exige que mon client ait droit à une audience.

— Oh ! il l'aura, n'ayez crainte ! rétorqua-t-elle. Si vous vous imaginez que ce salaud déguisé en avocat vous défend, vous êtes encore plus bête que je ne le pensais, Lewis.

— J'ai rien à dire. Ni aux flics, ni aux connes, grogna Lewis.

Cependant, Eve décela une lueur de terreur dans ses prunelles.

— Dans ce cas, ça ne me concerne en aucune façon.

Elle fit signe au gardien.

— Collez-moi ce crétin au trou. Dormez bien, Lewis. Canarde, je ne vous souhaite pas de beaux rêves...

Elle longea le couloir, jusqu'à une porte derrière laquelle se tenaient Whitney et Peabody, en salle d'observation.

— Les audiences sont prévues pour demain à partir de 9 heures, annonça Whitney. Canarde et son équipe vont faire pression pour qu'ils soient entendus.

— Parfait, ça ne les empêchera pas de passer la nuit en cellule. Je tiens à revoir Lewis avant l'audience. Arrangeons-nous pour qu'il passe en fin de séance. C'est lui qui va craquer.

— D'accord. Vous n'avez jamais visité un centre de réhabilitation extraplanétaire, n'est-ce pas, lieutenant ?

104

— Non, mais il paraît qu'ils sont minables.

— Pire que ça. Lewis en aura entendu parler, lui aussi. Insistez bien là-dessus. Et maintenant, rentrez chez vous vous reposer, conclut Whitney.

— C'est vrai qu'il pourrait écoper de vingt-cinq ans là-bas ? s'enquit Peabody, lorsque les deux femmes se retrouvèrent seules.

— Oh oui ! On ne se moque pas d'un flic. Le système le réprouve. Lewis en est conscient et il va réfléchir cette nuit. Soyez ici à 6 h 30, je veux qu'on s'y mette le plus tôt possible. Vous pourrez assister à l'entretien, en prenant un air méchant et impitoyable.

— J'adore ça ! Vous vous en allez ? demanda-t-elle, sachant que, la plupart du temps, son lieutenant restait travailler après l'avoir libérée.

— Oui, oui. Je meurs d'envie de prendre une douche. 6 h 30, Peabody.

— À vos ordres, lieutenant.

Elle n'avait pas dîné, et fut furieuse de constater que le voleur de friandises qui l'avait choisie comme pigeon avait de nouveau sévi. Elle dut se contenter d'une pomme, que quelqu'un avait bêtement oubliée dans le réfrigérateur de la brigade.

Ce petit en-cas l'avait suffisamment rassasiée pour qu'en arrivant chez elle, Eve se précipite sous la douche plutôt qu'à table. Elle fut un peu déçue que Summerset ne vienne pas l'accueillir dans le hall, la privant ainsi de leur chamaillerie vespérale.

D'abord, se laver, décida-t-elle en montant. Ensuite, elle partirait à la recherche de son mari. Entre-temps, elle en profiterait pour réfléchir à sa journée et aux informations qu'elle était prête à partager avec lui.

Pour l'heure, et afin de préserver l'harmonie conjugale, il lui paraissait plus prudent d'éviter toute conversation concernant Ricker.

En pénétrant dans la chambre, elle vit d'abord les fleurs. Difficile de ne pas voir le gigantesque bouquet en plein milieu de la pièce. Au bout d'un instant, elle réalisa qu'il était soutenu par une paire de jambes toutes maigres, en pantalon noir.

Summerset. La douche attendrait.

— C'est pour moi? Oh! Summerset, il ne fallait pas! Si vous n'essayez pas de maîtriser votre passion à mon égard, Connor va finir par vous renvoyer.

— Comme d'habitude, répondit la gerbe odorante, votre humour m'échappe. Cet arrangement floral prétentieux vient d'être livré par un coursier privé.

— Attention au chat! lança Eve tandis que Galahad passait juste devant le majordome.

À son étonnement, Summerset s'écarta, évitant d'un poil la queue du chat, et déposa l'énorme composition sur une table du coin salon.

Galahad fit un bond, renifla les fleurs, puis redescendit se frotter contre les mollets de Summerset.

— C'est pour vous. Le problème est donc désormais entre vos mains.

— Qui m'envoie ça? Connor a meilleur goût, en général.

— Absolument, répliqua Summerset en humant leur parfum d'un air un peu dégoûté… Peut-être qu'une de vos relations douteuses cherche à vous amadouer.

— Mais oui, c'est ça!

Elle arracha la carte, puis poussa un grognement qui effraya le chat.

— C'est cette ordure de Ricker.

— Max Ricker? s'exclama Summerset, d'un ton glacial. En quel honneur?

— Pour me provoquer, murmura-t-elle distraitement en ravalant un sursaut d'angoisse. À moins que ce ne soit Connor. Débarrassez-moi de cette horreur. Mettez-la au feu ou au recyclage, peu importe. Et surtout, pas un mot à Connor.

Elle saisit le majordome par la manche.

— Pas un mot à Connor! insista-t-elle.

Elle ne demandait jamais rien à Summerset. Le fait qu'elle le supplie l'inquiéta.

— Qui est Ricker pour vous ?

— Une cible. Enlevez-moi ça, bon sang ! Où est Connor ?

— Là-haut dans son bureau. Montrez-moi la carte. Il vous a menacée ?

— C'est un appât. Destiné à énerver Connor. Prenez l'ascenseur. Allez ! Plus vite que ça ! s'emporta-t-elle en froissant la carte de visite avant qu'il ne puisse la lui prendre des mains.

— Faites très, très attention, prévint-il en partant.

Elle attendit que les portes de la cabine se referment sur lui pour relire la missive :

Je n'ai jamais eu la chance d'embrasser la mariée.
M. Ricker.

— Vous l'aurez, marmonna-t-elle en la déchirant en mille morceaux. Quand on se retrouvera en enfer.

Recouvrant ses esprits, elle se déshabilla. Elle laissa ses vêtements là où ils étaient tombés, déposa son arme sur le long comptoir et entra dans la douche de verre.

— Plein jet, ordonna-t-elle en fermant les yeux. Température 39°.

Elle resta sous l'eau un long moment. Quand elle se sentit décontractée, elle commanda la fermeture des robinets, essora ses cheveux, pivota. Et poussa un cri.

— Seigneur ! Mon Dieu ! Connor, tu sais combien je déteste que tu me prennes par surprise comme ça !

— Oui, je sais.

Il ouvrit la porte du box de séchage, sachant qu'elle préférait cela à un drap de bain. Pendant que le ventilateur ronronnait, il alla chercher son peignoir accroché derrière la porte.

Quand elle émergea, il se figea.

— Qui t'a fait ça ?

— Quoi ?

— Tu as des bleus sur le bras.

— Ah, ça !

Elle repensa à Ricker, qui l'avait empoignée sur son passage.

— Tu as raison. J'ai dû me cogner… Allez, donne-moi mon peignoir !

Connor resta cloué sur place, le regard froid.

— Ce sont des marques de doigts, lieutenant. Qui t'a malmenée ?

— Pour l'amour du ciel ! s'écria-t-elle en lui arrachant la sortie-de-bain des mains. Je suis flic, rappelle-toi ! Cela signifie que je rencontre chaque jour mon lot de vilains personnages. Tu as mangé ? Je meurs de faim.

Il la laissa repartir dans la cuisine, tripoter les boutons de l'autochef, attendit qu'elle ait lancé sa commande.

— Où sont les fleurs ?

Et merde !

— Quelles fleurs ?

— Celles qui ont été livrées il y a quelques minutes.

— Je ne sais pas de quoi tu parles. Je viens d'ar… Hé !

Il la fit pivoter vers lui si brusquement que ses dents s'entrechoquèrent.

— Ne me mens pas. Jamais.

— Arrête ! gémit-elle.

Mais il avait beau être furieux, il s'arrangeait pour ne pas lui faire mal.

— On reçoit des bouquets très souvent. Lâche-moi, je t'en prie. J'ai faim.

— Je tolérerai – et Dieu sait que je tolère – beaucoup de choses de ta part, Eve, mais je ne supporte pas que tu me mentes. Ces hématomes, tu ne les avais pas ce matin. Summerset est en bas, occupé à éliminer une énorme composition florale. Sur tes ordres, je suppose, puisqu'il l'avait montée ici. J'en sens encore le parfum. De quoi as-tu peur ?

— De rien.

— De qui, alors ?

— Toi.

Elle savait qu'elle avait tort, que c'était cruel de sa part. Elle s'en voulut d'autant plus que son visage devint soudain impassible et qu'il recula prudemment.

— Je te demande pardon.

Elle détestait qu'il emploie ce ton formel et rigide. C'était pire que les cris. Et, lorsqu'il tourna les talons pour s'en aller, elle abandonna la partie.

— Connor, pardonne-moi. Je suis désolée.

— J'ai du travail.

— Ne me repousse pas, je t'en supplie, murmura-t-elle en se passant les mains dans les cheveux, puis en pressant les paumes sur ses tempes. Je ne sais pas comment m'y prendre. Quoi que je fasse, ça va t'énerver.

Vaincue, elle se laissa tomber sur le canapé.

— Pourquoi ne pas commencer par la vérité ?

— Oui, d'accord. Mais avant, je veux que tu me promettes quelque chose.

— Quoi ?

— Oh ! assieds-toi, veux-tu ?

— Je suis très bien debout... Tu es allée voir Ricker, devina-t-il.

— Ma parole, mais c'est de la télépathie !

Elle arrondit les yeux, se releva, se précipita vers lui.

— Hé ! Hé ! Hé ! Tu m'as promis...

— Je ne t'ai rien promis du tout.

Elle le rattrapa dans le couloir, envisagea un bref instant de le mettre à terre, puis décida de s'attaquer à son point faible. Elle s'accrocha à son cou.

— Je t'en prie.

— Il t'a agressée.

— Connor. Regarde-moi, Connor... Je l'avais provoqué. J'ai mes raisons. J'ai réussi à l'ébranler. Le coup des fleurs, c'est une perche à ton intention. Il veut te faire réagir.

— Et qu'est-ce qui pourrait me retenir ?

— Moi. Je te demande de garder ton calme. C'est moi qui vais le coincer. C'est mon boulot.

— Parfois, tu m'en demandes un peu trop.

— Je sais. Je sais que tu pourrais te débarrasser de lui sans problème. Mais ce ne serait pas la bonne façon de procéder. Tu n'es plus cet homme-là.

— Ah non ?

— Non. Je me suis trouvée face à lui aujourd'hui et, à présent, je suis devant toi. Tu n'as plus rien à voir avec lui... Allons nous asseoir, je vais tout te raconter.

Du bout du doigt, il la força à relever le menton. Le geste était tendre, mais son regard trahissait encore une certaine colère.

— Ne me mens plus jamais.

— Non, chuchota-t-elle en lui prenant la main. Plus jamais.

7

Elle lui exposa tous ses faits et gestes de la journée, d'un ton proche de celui qu'elle avait employé lors de son entretien avec Whitney. Posé, professionnel, sans passion.

Connor ne dit rien, pas un mot, mais il ne la quitta pas des yeux. Son visage impassible ne révélait rien de ce qu'il pensait. De ce qu'il ressentait.

Eve savait de quoi il était capable s'il se sentait poussé dans ses retranchements. Non, pas seulement, songea-t-elle avec un sursaut d'angoisse. Quand il était convaincu que ses méthodes étaient les meilleures.

Lorsqu'elle eut terminé, il se leva et se dirigea tranquillement vers le panneau mural dissimulant le bar. Il se versa un verre de vin, brandit la bouteille.

— Tu en veux ?

— Euh… volontiers.

Il la servit d'une main sûre, aussi naturellement que s'ils venaient d'évoquer un incident domestique mineur.

Eve était plutôt solide. Elle avait affronté la douleur et la mort sans frémir, assisté aux souffrances et aux atrocités endurées par d'autres sans se départir de son calme. Mais l'attitude de Connor la mettait dans tous ses états. Elle dut se retenir pour ne pas avaler son vin d'un trait.

— Voilà… c'est à peu près tout.

Il se rassit, se cala confortablement dans les coussins. Comme un chat, se dit-elle. Un gros félin menaçant. Il but une gorgée en l'observant par-dessus le bord de son verre en cristal.

— Lieutenant, prononça-t-il d'une voix douce, qui en aurait dupé plus d'un.

— Quoi ?

— Crois-tu vraiment que je vais rester là sans intervenir ?

Elle posa son verre.

— Oui.

— Tu n'es pas une femme stupide. Tu sais combien j'admire ton instinct et ton intelligence.

— Arrête, Connor ! N'en fais pas une affaire personnelle, je t'en prie.

Une lueur de rage dansa dans ses prunelles bleues.

— C'est une affaire personnelle.

Elle se pencha vers lui.

— Non, à moins que tu ne le laisses te provoquer. C'est ce qu'il cherche, pour pouvoir s'en prendre directement à toi. Tu n'es pas un homme stupide, Connor. Tu sais combien j'admire ton instinct et ton intelligence.

Pour la première fois depuis plus d'une heure, il ébaucha un sourire.

— Un point pour toi, Eve.

— Il ne peut pas m'atteindre, s'empressa-t-elle d'ajouter, en se mettant à genoux et en posant les mains sur ses épaules. Sinon à travers toi. Ne joue pas son jeu.

— Tu crains que je perde ?

Elle s'assit sur ses talons.

— Je sais très bien que tu gagneras. Et ça m'effraie d'imaginer ce que ça risque de nous coûter à tous les deux. Ne fais pas ça, Connor. Laisse-moi travailler de mon côté.

Il se tut un moment en la contemplant.

— S'il te touche encore une fois, s'il t'inflige la moindre marque, il est mort. Non, tais-toi, enchaîna-t-il avant qu'elle puisse dire quoi que ce soit. Je me tien-

112

drai à l'écart, pour toi. Mais s'il franchit la ligne, terminé !

Il lui effleura le menton d'une caresse.

— Mon Eve chérie… tu ne le connais pas. Malgré toute ton expérience, tu n'as pas idée de ce qu'il représente. Moi, si.

Parfois, il fallait savoir se contenter de ce que l'on avait pu obtenir

— Tu ne le poursuivras pas.

— Pas pour l'instant. Et ça me coûte, aussi restons-en là.

— Tu es encore fâché contre moi.

— Oh oui ! Très fâché.

— Qu'est-ce que tu attends de moi ? s'enquit-elle en se relevant, furieuse contre elle-même parce qu'elle mourait d'envie de lui mettre son poing dans la figure. Je t'ai demandé pardon.

— Tu m'as demandé pardon parce que je t'ai forcé la main.

— Bon, d'accord. C'est vrai, concéda-t-elle.

Agacée, elle donna un violent coup de pied dans le canapé.

— Je ne sais pas comment m'y prendre ! Je t'aime à la folie. Ça ne te suffit pas ?

Il ne put s'empêcher de rire : elle paraissait si désemparée.

— Mon Dieu, Eve, tu es impayable !

— Tu pourrais au moins m'accorder un handicap pour… Et merde ! s'exclama-t-elle, interrompue par le bip de son communicateur.

Résistant au désir de jeter l'appareil contre le mur, elle donna un deuxième coup de pied dans le canapé.

— Ici Dallas ? Qu'est-ce qu'il y a ?

— *Message destiné à Dallas, lieutenant Eve. Un homme tombé en service, pont George-Washington, direction est, niveau deux. Identification préliminaire de la victime : Mills, lieutenant Alan, affecté au 128, division des Substances illicites. Vous êtes attendue sur les lieux en tant que responsable d'enquête.*

— Ô mon Dieu ! Message reçu. Prévenez Peabody, officier Delia. J'arrive.

Elle s'était laissée tomber sur le divan, la tête entre les mains.

— Encore un flic.

— Je t'accompagne. Je t'accompagne, lieutenant, insista Connor alors qu'elle refusait d'un signe de tête. Ou sinon, j'y vais de mon côté. Habille-toi. Je prendrai le volant, ça ira plus vite.

Le pont scintillait de mille feux dans la nuit claire. Le trafic aérien était si dense qu'il dissimulait les timides tentatives du mince croissant de lune.

La vie continuait.

Au niveau deux, fermé à la circulation, une dizaine d'unités de patrouille noires et blanches s'étaient regroupées comme des chiens en chasse. Se faufilant entre des hommes en civil et en uniforme, Eve entendit un brouhaha de communications, de marmonnements et de jurons.

Sans un mot, elle s'approcha du véhicule beige garé sur la voie de secours.

Mills occupait le siège passager, paupières closes, le menton sur la poitrine comme s'il s'était assoupi. Un filet de sang coulait sur son torse.

Eve enduisit ses mains de Seal-It et examina la position du cadavre.

Posé, songea-t-elle en se penchant par la vitre baissée. Elle aperçut le badge, par terre sur le sol ensanglanté de la voiture, et les pièces d'argent.

— Qui l'a trouvé ?

— Un bon Samaritain, dit l'un des agents en s'avançant d'un pas. On le tient au chaud avec deux collègues. Il est très secoué.

— Vous avez eu son nom ? Sa déclaration ?

— Oui, lieutenant, répondit-il en sortant son mini-ordinateur et en l'allumant. James Stein, domicilié au 1001, 59e Avenue. Il rentrait chez lui – il avait travaillé tard ce soir – et il a remarqué la voiture arrêtée sur le bas-côté. La circulation était fluide, d'après lui, et il a vu quelqu'un à l'intérieur. Ça l'a intrigué. Il s'est arrêté pour proposer ses services. Constatant les faits, il nous a alertés.

— À quelle heure ?

— Euh… 21 h 15. Mon partenaire et moi sommes arrivés les premiers sur la scène, à 21 h 25. On a tout de suite reconnu le véhicule banalisé de fonction, on l'a signalé ainsi que le numéro de la plaque d'identification et une description du défunt.

— Très bien. Faites ramener Stein chez lui.

— Vous ne voulez pas l'interroger, lieutenant ?

— Pas ce soir. Vérifiez ses coordonnées et faites-le ramener chez lui.

Se détournant, elle vit Peabody et McNab émerger d'une unité de patrouille.

— Lieutenant ! lança Peabody… J'étais avec McNab quand j'ai reçu l'appel. Je n'ai pas pu me débarrasser de lui.

— Mouais, grommela Eve en jetant un coup d'œil vers Connor… Je sais ce qu'on ressent. Enregistrez tout, sous tous les angles.

Elle ne prit pas la peine de cacher son irritation en voyant le capitaine Roth bondir d'une voiture qui venait d'arriver.

Eve alla à sa rencontre.

— Votre rapport, lieutenant.

Eve n'avait pas de comptes à rendre à Roth, et toutes deux en étaient conscientes. Elles se dévisagèrent un moment.

— À ce stade, vous en savez autant que moi, capitaine.

— Ce que je sais, lieutenant, c'est que vous avez merdé et que je me retrouve avec un deuxième homme mort sur les bras.

Autour d'elles, tout le monde se tut brusquement, comme si on leur avait tranché les cordes vocales d'un coup de couteau.

— Capitaine Roth, je comprends votre émotion. Mais si vous cherchez à me rabaisser, je vous prie de passer par les voies officielles. Ne vous en prenez pas à moi sur ma scène de crime.

— Ce n'est plus la vôtre.

Eve fit un pas de côté pour empêcher Roth de la bousculer.

— Si. Et de ce fait, je suis en droit d'ordonner votre départ, si cela s'avère nécessaire. Arrangez-vous pour que ce ne le soit pas.

Roth enfonça l'index dans la poitrine d'Eve.

— Vous voulez qu'on se batte, Dallas ?

— Non, mais je n'hésiterai pas si vous remettez la main sur moi ou si vous essayez de vous interposer dans mon enquête. Et maintenant, reculez.

Les yeux de Roth lancèrent des flammes, et elle montra les dents.

— Capitaine !

Clooney surgit de la foule de flics, le visage écarlate, le souffle court, comme s'il avait couru.

— Capitaine Roth, est-ce que je peux vous parler ? En privé.

Roth se ressaisit, hocha la tête et repartit au pas de charge vers son véhicule.

— Je suis désolé, lieutenant, murmura Clooney, son regard se posant sur Mills… Ça la bouleverse.

— Je comprends. Qu'est-ce que vous fabriquez ici, Clooney ?

— Les rumeurs se répandent très vite, soupira-t-il. Une fois de plus, je vais devoir frapper à une porte et consoler une veuve. Nom de nom !

Il rejoignit Roth.

— Elle n'a aucune raison de vous sauter dessus comme ça, protesta McNab, juste derrière Eve.

116

Celle-ci pivota sur elle-même, fixa la scène que Peabody était en train de filmer méticuleusement.

— Ça, c'est une raison suffisante.

Il n'était pas d'accord, mais il se garda d'insister.

— Je peux vous aider ?

— Je vous le ferai savoir… McNab ?

— Oui, lieutenant ?

— Vous n'êtes pas toujours complètement bouché.

Il sourit, fourra les mains dans ses poches et alla retrouver Connor.

— Salut ! Alors vous aussi, vous jouez les accompagnateurs ?

— Faut croire, gronda Connor, qui mourait d'envie d'une cigarette, ce qui le mettait de mauvaise humeur. Qu'est-ce que cette histoire a à voir avec le capitaine Roth ?

McNab haussa les épaules et Connor sourit.

— Ian, les cancans sont la spécialité des inspecteurs de la Détection électronique.

— Oui, bon. D'accord, on a fouiné un peu quand on a appris la mort de Kohli, d'autant que c'était un de ses hommes. C'est une dure de dure, dix-huit ans de carrière, une collection d'arrestations à son actif, des tonnes de récompenses pour services rendus, et deux ou trois réprimandes mineures pour insubordination. Mais ça, c'était à ses débuts. Elle a gravi vaillamment les échelons de la hiérarchie. Elle a été promue capitaine il y a moins d'un an, et il paraît qu'elle s'accroche du bout des ongles à son titre depuis le marasme de l'affaire Ricker.

Tous deux se tournèrent vers l'endroit où Roth et Eve venaient de s'accrocher.

— Et ça, devina Connor, ça la rend susceptible.

— On dirait bien. Elle a eu un petit problème avec l'alcool, il y a quelques années. Elle a suivi une cure de désintoxication avant que ça ne dégénère. Elle en est à son second mariage et, d'après mes sources, le ménage bat de l'aile. Elle ne vit et ne respire que pour et par son boulot.

Il marqua une pause et regarda Roth, en grande discussion avec Clooney.

— Si vous voulez mon avis, elle a le flair pour «son» terrain et un sens très développé de la compétition. C'est sans doute indispensable pour pouvoir porter les barrettes de capitaine. Perdre deux hommes, ça fait mal, et le fait qu'une autre mène l'enquête doit la ronger. Surtout quelqu'un comme Dallas, avec sa réputation.

— Quelle est-elle, sa réputation ?

— C'est la meilleure, déclara McNab en toute simplicité, avec un léger sourire. Peabody veut devenir comme elle, quand elle sera grande. À propos de Peabody, je tenais à vous remercier des conseils que vous m'aviez donnés – vous savez, sur l'aspect romantique d'une relation. Ça marche plutôt bien.

— Tant mieux.

— Mais elle continue à fréquenter ce gus sous licence. J'en suis vert.

Connor baissa les yeux tandis que McNab lui tendait un paquet géant de chewing-gums au raisin. Après tout, pourquoi pas ? se dit-il en en prenant un.

Ils mâchèrent, l'air songeur, en contemplant leurs femmes au travail.

Eve ignora les badauds. Elle aurait pu exiger qu'on les refoule, mais avait la sensation que ce serait mal perçu. Tous ces flics étaient là pour rendre hommage à leur collègue, et s'assurer qu'eux-mêmes étaient bien vivants.

— Victime identifiée. Il s'agit de Mills, lieutenant Alan, rattaché au 128, division des Substances illicites. Blanc, âge cinquante-quatre ans.

Eve énuméra les données en soulevant légèrement le menton du cadavre.

— La victime a été découverte par le civil Stein, James, du côté passager de sa voiture de fonction, sur la voie de secours du pont George-Washington, direction est. Cause du décès non encore déterminée. Il avait bu, Peabody.

— Pardon ?

— Du gin, d'après l'odeur.

— Je ne sais pas comment vous faites, avec toute cette puanteur, marmonna Peabody entre ses dents.

D'une main enduite de Seal-It, Eve écarta la veste de Mills, constata que son arme était encore dans son étui.

— On dirait qu'il n'a même pas eu la présence d'esprit de dégainer. Pourquoi n'était-il pas au volant ? C'est son véhicule. Je ne connais pas un seul flic qui cède volontiers sa place à un autre.

Elle fronça le nez.

— Ça sent le sang, le gin et les entrailles.

Elle détacha la ceinture de sécurité, puis eut un mouvement de recul tandis que les tripes d'Alan Mills se répandaient sous sa chemise.

— Ô mon Dieu !

Peabody s'étrangla, pâle comme un linge.

— Dallas…

— Éloignez-vous. Allez-y, respirez de l'air frais.

— Ça va, je…

Mais elle avait le tournis et son estomac se rebellait. Elle eut tout juste le temps d'atteindre la rambarde avant de rendre les tacos au fromage et aux haricots rouges qu'elle avait partagés avec McNab.

Eve ferma les yeux un instant et se concentra de toutes ses forces. Ses oreilles bourdonnaient. Elle attendit d'être certaine que les grondements qu'elle entendait provenaient de la circulation au-dessus et en dessous.

Sans trembler, elle déboutonna la chemise souillée de Mills. On l'avait entaillé de la gorge à l'entrejambe.

Elle le précisa dans son rapport, pendant que Peabody finissait de rendre son dîner.

Écœurée, elle se redressa, s'écarta, aspira une grande bouffée d'air frais. Du regard, elle scruta un océan de visages moroses, horrifiés ou terrifiés. Peabody n'était pas la seule à vomir.

— Ça va, ça va, assura-t-elle en revenant.

— Allez, assieds-toi une minute. Reprends-toi, ma chérie.

— McNab, j'ai besoin de la caméra.

— Non, non, je peux le faire ! affirma Peabody en repoussant la main de McNab et en redressant les épaules. Je suis désolée, lieutenant.

— Il n'y a pas de honte. Donnez-moi votre caméra. Je vais terminer.

— Non, lieutenant. Je tiendrai le coup.

Eve opina, faillit passer la main sur son front et se rappela juste à temps dans quoi elle venait de mettre les doigts.

— Entendu... Où est le légiste ?

— Lieutenant, dit Connor en lui présentant un mouchoir en soie d'une blancheur virginale.

— Ah ! merci. Tu n'as pas le droit d'être ici. Tu dois rester en arrière.

Elle chercha un endroit où jeter l'étoffe maculée, finit par la fourrer dans un sachet transparent.

— Tu devrais t'accorder quelques minutes de répit.

— Impossible. Si je craque, si je donne ne serait-ce que l'impression que je vais craquer, je perdrai le contrôle de la situation.

Elle s'accroupit, enduisit de nouveau ses mains de Seal-It. Lorsqu'elle se releva, elle lui rendit le mouchoir dans son sac en plastique.

— Navrée.

Puis elle se campa fermement sur ses jambes, pieds écartés, tandis que Roth revenait au pas de charge, Clooney sur ses talons. Roth s'immobilisa brutalement, comme si elle venait de heurter un mur invisible, et fixa ce qui restait de l'homme qui avait servi sous ses ordres.

— Oh ! Jésus Marie mère de Dieu ! s'exclama-t-elle, les yeux secs.

120

Ceux de Clooney se voilèrent de larmes.

— Mon Dieu ! Mills. Mon Dieu ! regarde ce qu'ils t'ont fait…

Paupières closes, il reprit son souffle.

— On ne peut pas dire ça à la famille. On ne peut pas leur donner les détails. Capitaine Roth, nous devons informer les proches avant qu'ils n'apprennent la nouvelle par d'autres biais. Nous devons les épargner le plus possible.

— D'accord, Art, d'accord.

Elle jeta un coup d'œil vers Eve, qui allumait son communicateur.

— Que faites-vous ?

— Je contacte le médecin légiste, capitaine.

— Je viens de le faire. L'équipe sera là dans moins de deux minutes. Je souhaite vous parler un moment, lieutenant. En tête à tête. Clooney, aidez l'assistante du lieutenant à sécuriser la scène. Personne ne doit s'approcher.

Eve la suivit un peu à l'écart.

— Lieutenant, je vous prie d'excuser mon éclat de tout à l'heure.

— J'accepte vos excuses.

— C'est rapide.

— Vos excuses aussi.

Roth cligna des yeux, puis hocha lentement la tête.

— J'ai horreur de ça, avoua-t-elle. Je n'en suis pas arrivée là en cédant à mes sautes d'humeur et en présentant mes excuses. Vous non plus, je suppose. Au NYSPD, les femmes sont davantage surveillées et jugées.

— C'est probable, capitaine, mais je n'y prête guère attention.

— Dans ce cas, vous êtes une meilleure femme que moi, Dallas, ou alors, beaucoup moins ambitieuse. Parce que moi, ça me détruit. Ma colère envers vous était une réaction émotive, aussi inappropriée qu'importune. Si la mort de Kohli m'a terriblement affectée, c'est parce que je l'appréciais énormément. Si je n'ai pas su me maîtriser devant celle de Mills, c'est parce que je le détestais.

Elle se tourna légèrement vers la voiture.

— C'était un salaud, un homme cruel. Pour lui, c'était clair : une femme se devait d'élever des enfants et de cuisiner des tartes aux pommes, pas de porter un badge. Il ne supportait pas les Noirs, les Juifs, les Asiatiques... bref, il haïssait tous ceux qui n'étaient pas comme lui, un mâle blanc trop bien nourri. Mais c'était un de mes hommes, et je veux savoir qui lui a fait ça.

— Moi aussi, capitaine.

Roth hocha de nouveau la tête et, ensemble, elles regardèrent arriver le médecin légiste. Morse, songea Eve. Pour les gars en bleu, on ne prenait que les meilleurs.

— Les homicides, ce n'est pas mon domaine, Dallas, comme me l'a gentiment fait remarquer Clooney. Je connais votre réputation, et je compte sur vous. Je veux... Je *souhaiterais* recevoir une copie de votre rapport.

— Vous l'aurez demain matin.

— Merci.

Elle examina longuement Eve.

— Vous êtes vraiment aussi bonne qu'on le dit ?

— Je n'écoute pas ce que l'on dit.

Roth eut un petit rire.

— Si vous voulez gravir les échelons, vous avez intérêt à changer d'optique.

Sur ce, elle lui tendit la main. Eve l'accepta. Elles prirent congé l'une de l'autre.

Levant les yeux, Eve repéra le premier hélicoptère dépêché par les médias. Elle réglerait ce problème plus tard.

— Eh bien, ils ne l'ont pas loupé ! constata Morse en enfilant une blouse de protection.

— Insistez sur les analyses toxicologiques. Je suis prête à parier qu'il était inconscient quand on l'a coupé en deux. Son arme était dans l'étui, je n'ai remarqué aucune trace de lutte. Et il empestait le gin.

— Il en aurait fallu des litres pour l'assommer au point qu'il puisse subir ce genre de traitement sans objection. Vous pensez qu'il a été tué ici ?

— Oui, à cause de la quantité de sang. L'assassin l'a saoulé – ou drogué ; il a pris le temps de déboutonner sa chemise et lui a entaillé le torse. Puis il a reboutonné la chemise et attaché la ceinture de sécurité. Il a même renversé le siège, juste assez pour que les entrailles restent en place, plus ou moins, jusqu'à ce qu'un heureux passant le détache.

— Je parie que je connais la gagnante, dit Morse, avec un sourire indulgent.

— Mmm…

Elle n'était pas près d'oublier la sensation des intestins de Mills lui glissant entre les doigts.

— Le meurtrier a conduit Mills jusqu'ici et s'en est allé. On ne relèvera pas d'empreintes… Quel culot ! Il a dû rester assis ici, en attendant que la voie soit libre pour descendre de la voiture. Il avait dû en prévoir une de rechange, à proximité.

— Un complice ?

— Peut-être. Je ne peux pas éliminer cette possibilité. Je vérifierai auprès des agents de la circulation. Peut-être que l'un d'entre eux a remarqué un autre véhicule sur la voie de secours, cette nuit. Il n'a pas sauté du pont, en tout cas. Il avait tout planifié. N'oubliez pas les rapports toxicologiques, Morse.

Peabody était appuyée contre la rambarde, McNab à ses côtés. Elle avait repris des couleurs, mais Eve savait quelles images défileraient dans sa tête dès qu'elle fermerait les yeux.

— McNab, vous voulez participer ?

— Avec plaisir, lieutenant.

— Allez avec Peabody récupérer les disques de circulation des guichets de péage. Tous les disques, tous les niveaux, sur les dernières vingt-quatre heures.

— Entendu !

— Peabody, effectuez une recherche standard sur James Stein, notre bon Samaritain. Je ne pense pas que vous trouverez grand-chose, mais soyons efficaces. Je vous attends au bureau de mon domicile à 8 heures.

— Vous avez rendez-vous avec Lewis dans la matinée, lui rappela Peabody. Et moi, je dois être au Central à 6 h 30.

— Je m'occupe de Lewis. Vous avez une longue nuit devant vous.

— Vous aussi, murmura Peabody. Je me présenterai au Central, conformément aux ordres reçus, lieutenant.

— Comme vous voudrez, dit Eve en passant une main dans ses cheveux. Demandez aux premiers arrivés sur la scène de vous fournir le transport.

Elle se détourna, rejoignit son mari.

— Il faut que je t'abandonne.

— Je t'accompagne jusqu'au Central. Je rentrerai à la maison par mes propres moyens.

— Je n'y vais pas tout de suite. Je dois m'arrêter en route. Je vais demander à l'un des hommes de te ramener.

Il contempla les patrouilles d'un air dédaigneux.

— Je vais me débrouiller tout seul. Merci quand même.

Décidément, personne n'était de son côté, ce soir.

— Je ne peux pas te laisser ici comme ça.

— Je vais me débrouiller tout seul, lieutenant, répéta-t-il. Où vas-tu ?

— J'ai deux ou trois choses à vérifier avant de rédiger mon rapport. Combien de temps seras-tu furieux contre moi ?

— Je n'ai pas encore décidé. Mais je ne manquerai pas de te le faire savoir.

— Tu me donnes l'impression d'être une garce.

— Ça, ma chérie, c'est ton problème.

Déchirée entre la rage et un sentiment de culpabilité, elle le fusilla des yeux.

— Tant pis! lâcha-t-elle en saisissant le col de sa veste pour l'attirer vers elle et l'embrasser sur la bouche. À plus tard.

— Tu peux compter sur moi.

8

Don Webster fut arraché à un profond sommeil par ce qu'il prit tout d'abord pour un violent orage. Émergeant enfin de sa torpeur, il se dit que quelqu'un essayait de s'introduire dans son appartement en abattant le mur à l'aide d'une masse.

Il s'apprêtait à saisir son arme quand il comprit qu'on frappait à sa porte.

Il enfila un jean, prit son pistolet et alla coller son œil au judas.

Mille pensées se bousculèrent dans son esprit, dans un mélange de plaisir, de fantasme et de malaise. Il ouvrit.

— Tu passais par hasard dans le quartier?

— Espèce de salaud! rétorqua Eve en le bousculant pour entrer et en claquant la porte derrière elle. Je veux des réponses, et je les veux maintenant.

— C'est vrai que tu n'as jamais aimé les préliminaires, railla-t-il.

Aussitôt, il regretta ses paroles. Il se reprit en affichant un sourire insolent.

— Quoi de neuf?

— Un deuxième flic vient de tomber, Webster.

Son sourire se volatilisa.

— Qui? Comment?

— C'est à toi de me le dire.

Ils se dévisagèrent un moment. Webster fut le premier à se détourner.

— Je n'en sais rien.

— Qu'est-ce que tu sais ? Quelle est la position du BAI là-dessus ? Parce qu'il y en a une. Je la flaire.

— Écoute, tu débarques chez moi à... 1 heure du matin, tu me sautes à la gorge et tu m'annonces qu'un collègue est mort. Tu ne me dis pas qui c'est, ni comment c'est arrivé, et tu veux que je t'abreuve d'informations !

— Mills ! glapit-elle. Inspecteur Allan. Division des Produits illicites, comme Kohli. Tu veux savoir comment ? Quelqu'un lui a ouvert le torse, des amygdales aux couilles. Je le sais, parce que c'est moi qui ai récupéré ses tripes dans mes mains.

— Seigneur ! Seigneur ! murmura-t-il en se frottant le visage. J'ai besoin d'un remontant.

Il s'éloigna.

Eve lui emboîta le pas. Elle repensa vaguement à son ancien logement, celui qu'il habitait à l'époque où il travaillait sur le terrain. Celui-ci était nettement plus vaste, plus chic.

Le BAI payait grassement ses employés, songea-t-elle avec une pointe d'amertume.

Il se précipita dans la cuisine, ouvrit le réfrigérateur, en sortit une bière. Il jeta un coup d'œil vers elle, hésita, en prit une seconde.

— Tu en veux une ?

Comme elle ne réagissait pas, il la rangea.

— Comme tu voudras... Où est-ce que ça s'est passé ? demanda-t-il après avoir bu.

— Je ne suis pas ici pour répondre à tes questions. Je ne suis pas ton indic.

— Pas plus que je ne suis le tien, riposta-t-il en s'adossant contre le comptoir.

Il devait à tout prix se ressaisir, maîtriser ses émotions, sans quoi elle risquait de le faire trop parler.

— C'est toi qui es venu me chercher, lui rappela-t-elle. À la pêche aux tuyaux. Ou en tant que messager du BAI.

Le regard de Webster se durcit, mais il but de nouveau, tranquillement.

— Si tu as un problème avec moi, soumets-le au Bureau des Affaires internes. Tu verras où ça te mènera.

— Je résous mes problèmes toute seule. Quel est le point commun entre Kohli, Mills et Max Ricker?

— En t'attaquant à Ricker, tu ne réussiras qu'à mettre le feu aux poudres et à te brûler.

— Je me suis déjà attaquée à lui. Tu n'étais pas au courant, n'est-ce pas? ajouta-t-elle avec satisfaction. Ce petit joyau ne t'était pas encore tombé entre les mains. Je viens d'inculper quatre de ses hommes.

— Tu ne les garderas pas longtemps.

— Peut-être pas mais, avec un peu de chance, j'en tirerai plus que de mon collègue. Tu as pourtant été flic, autrefois?

— Je le suis toujours. Bon sang!

— Dans ce cas, comporte-toi comme tel.

— Tu t'imagines que si je ne récolte pas les honneurs de la presse, c'est parce que je me fiche de mon boulot? Je fais ce que je fais parce que ça me plaît. Si tous les policiers étaient aussi purs et durs que toi, on n'aurait pas besoin du BAI.

— Est-ce qu'ils étaient corrompus? Mills et Kohli. C'étaient des ripoux?

L'expression de Webster devint impassible.

— Je ne peux pas te le dire.

— Parce que tu n'en sais rien, ou parce que tu t'y refuses?

Il la regarda droit dans les yeux et, l'espace d'un éclair, elle crut déceler dans ses prunelles une lueur de regret.

— Je ne peux pas te le dire.

— Le BAI a-t-il lancé une enquête impliquant Kohli, Mills et/ou d'autres officiers affectés au 128?

— Si oui, ce serait confidentiel. Je ne serais pas en mesure de confirmer ou de nier, ni de discuter les détails.

— Où Kohli a-t-il trouvé les fonds pour renflouer ses comptes épargne ?

Webster pinça les lèvres.

— Je ne ferai aucun commentaire sur cette allégation.

— Est-ce que je vais découvrir des sommes similaires sur un compte au nom de Mills ?

— Sans commentaire.

— Tu devrais faire de la politique, Webster.

Elle tourna les talons.

— Eve… Attention ! murmura-t-il. Sois prudente.

Elle sortit sans un mot, le laissant planté sur place aux prises avec ses démons.

Puis il alla brancher son vidéocom.

Eve passa ensuite chez Feeney. Pour la deuxième fois de la nuit, elle arracha un homme à son sommeil. Les yeux gonflés, plus froissé que de coutume, vêtu d'un peignoir bleu élimé révélant ses jambes trop maigres, il lui ouvrit.

— Dallas ! Il est 2 heures du matin !

— Je sais. Désolée.

— Eh bien… entre, mais parle tout bas, avant que ma femme se réveille et se croie obligée de nous préparer du café.

L'appartement était petit, plus modeste que celui de Webster, en taille comme en style. Un énorme fauteuil trônait au milieu de la salle de séjour, face à l'écran géant. Les stores étaient baissés, donnant l'impression de se trouver dans une boîte à chaussures usagée.

Eve se sentit immédiatement à l'aise.

Il se rendit dans la cuisine, un espace étroit équipé d'un comptoir le long d'un mur. Eve savait qu'il l'avait bricolé lui-même, parce qu'il s'en était vanté pendant des semaines. Sans un mot, elle se percha sur l'un des tabourets et le laissa programmer l'auto-chef.

— Je pensais que tu viendrais plus tôt. Je t'ai guettée un moment.

— Navrée, mais j'ai été retenue ailleurs.

— Oui, j'en ai entendu parler. Il paraît que tu es allée confronter Ricker. C'est risqué.

— Je vais le dévorer tout cru.

— Assure-toi qu'il ne te reste pas définitivement sur l'estomac.

Feeney posa deux tasses de café fumant sur le plan de travail et prit place sur le deuxième tabouret.

— Mills est pourri.

— Mills est mort.

— Merde !

Feeney marqua une pause.

— Il est mort riche. On est tombés sur 2 millions et demi de dollars gentiment éparpillés sur divers comptes, il y en avait peut-être encore ailleurs. Il s'est bien débrouillé pour cacher son jeu, en se servant essentiellement de noms de parents décédés.

— Est-ce qu'on peut remonter la filière pour savoir d'où vient cet argent ?

— Pour l'instant, on n'a pas eu de chance. Pas plus qu'avec Kohli, d'ailleurs. L'argent a été tellement blanchi qu'il est complètement stérilisé. Mais je peux te dire que Mills a commencé à alimenter sérieusement ses fonds de pension et son portefeuille deux semaines avant l'arrestation de Ricker. C'est là que ça a vraiment commencé.

Il frotta sa barbe naissante.

— Kohli a démarré plus tard. Plusieurs mois après. Je n'ai encore rien sur Martinez. Soit elle est propre, soit elle a pris plus de précautions. J'ai vérifié les états de Roth.

— Et ?

— Et, depuis six mois, elle a sorti des montants importants, de tous ses comptes. *A priori*, on pourrait penser qu'elle est complètement fauchée.

— Il existe un lien entre les retraits ?

— Je suis encore dessus, soupira-t-il. J'envisage de consulter leurs archives et leurs relevés de communications. Seulement, ça va être un peu long, parce que je dois y aller en douce.

— Très bien, merci.

— Qu'est-il arrivé à Mills ?

Elle but une gorgée de café avant de lui raconter la scène.

— C'était un connard, dit Feeney, mais ça, c'est franchement ignoble. C'est forcément quelqu'un qu'il connaissait. On ne s'approche pas comme ça d'un flic pour le découper en morceaux s'il n'est pas parfaitement détendu.

— Il avait bu. D'après moi, il avait bu avec l'assassin. Comme Kohli. Peut-être qu'ils s'étaient donné rendez-vous pour aller faire un tour ensemble. Il ne se méfie pas, il est imbibé, rideau !

— Oui, probablement. Tu as eu raison de mettre McNab sur les passages des véhicules. Il saura se montrer efficace.

— Il vient chez moi avec Peabody demain à 8 heures. Tu peux te joindre à nous ?

Il eut son petit sourire de basset triste.

— Compte sur moi.

Il était presque 4 heures lorsqu'elle rentra enfin chez elle, sous une fine pluie de printemps. Elle prit une douche bien chaude pour se laver des horreurs de la nuit. Le front appuyé au carrelage frais, elle laissa couler l'eau jusqu'à ce qu'elle ne sente plus ni le sang ni la bile.

Elle régla son réveil pour 5 heures. Elle avait l'intention de s'attaquer de nouveau à Lewis, ce qui l'obligeait à regagner le Central dans un peu plus d'une heure. D'ici là, elle dormirait.

Elle se coucha, heureuse de sentir la chaleur de son mari. Connor était sûrement réveillé. Il avait un sommeil léger, il avait dû la sentir arriver.

Mais il ne se tourna pas vers elle comme à son habitude, ne lui tendit pas les bras, ne lui murmura pas de paroles douces.

Eve ferma les yeux.

Quand elle se réveilla, une heure plus tard, elle était seule.

Elle était dans sa voiture, prête à démarrer, quand Peabody émergea de la maison.

— J'ai failli vous rater !

— Me rater ? Qu'est-ce que vous faites ici ?

— J'ai dormi ici. Avec McNab.

Dans une chambre dont elle rêverait jusqu'à la fin de ses jours.

— On vous a apporté les disques que vous nous avez demandés. Connor a pensé que ce serait plus simple pour nous si on restait là.

— Connor ?

— Euh… oui, marmonna Peabody en s'installant du côté passager et en attachant sa ceinture. Il est venu avec nous récupérer les fichiers, puis il a fait venir sa voiture, et nous sommes revenus ensemble nous mettre au travail.

— Qui s'est mis au travail ?

Peabody crut détecter une certaine nervosité dans la voix d'Eve.

— Eh bien… moi, McNab et… Connor. Il nous a déjà aidés pour ce genre de consultation technique, donc, je me suis dit que… J'ai eu tort ?

— Non, non. À quoi bon réagir, de toute façon ?

La lassitude d'Eve ne lui plut pas du tout.

— On s'est arrêtés aux alentours de 3 heures, expliqua-t-elle. Je n'avais encore jamais dormi dans un lit-gel. On a l'impression d'être sur un nuage, sauf qu'on ne pourrait jamais rester sur un nuage. McNab ronflait comme un train, mais j'ai sombré à peine la tête posée sur l'oreiller. Vous êtes fâchée contre Connor ?

— Non.

« Mais lui m'en veut encore… »

— Avez-vous repéré le véhicule de Mills sur l'un des disques ?

— Ô mon Dieu ! Je n'en reviens pas de ne pas vous l'avoir dit. Oui. Il a franchi le péage à 20 h 18. On jurerait qu'il était endormi. Mais il suffit de zoomer pour voir le sang.

— Qui était au volant, Peabody ?

— Ça, c'est la mauvaise nouvelle. Personne. McNab dit qu'il faudrait vérifier l'ordinateur de bord, mais apparemment, il était en mode automatique.

— Il l'avait programmé.

Eve n'y avait pas songé. Quelle assurance, quelle audace ! L'assassin avait emmené Mills quelque part, puis programmé la voiture. S'il y avait eu le moindre problème, tant pis.

— Oui, c'est ce que nous avons déduit. McNab l'a surnommée la météore de la mort. Parce que la voiture, c'était un modèle Météore… À cette heure-là, on échange des plaisanteries douteuses, je suppose.

— Il faut un code spécial, pour programmer un véhicule de la police. Un code, ou une autorisation.

— D'après Connor, on peut procéder autrement, il suffit de connaître la méthode.

Eve appela Feeney pour lui demander de filer à la fourrière et de procéder au plus vite aux tests adéquats.

— Si on ne relève rien d'anormal, c'est qu'il aura obtenu le code ou l'autorisation.

— Il n'a pas pu avoir l'autorisation ! protesta Peabody. Pour cela, il aurait fallu que ce soit…

— Exactement. Un flic.

Peabody arrondit les yeux, effarée.

— Vous ne pensez tout de même pas que…

— Écoutez-moi. Une enquête sur un meurtre ne commence pas avec un cadavre. Elle commence par une liste, des possibilités, des angles. On boucle le dossier en réduisant la liste, en éliminant les possibilités, en examinant tous les angles. On prend les éléments, les preuves, l'histoire, la scène, la victime et l'assassin, et on rassemble les pièces du puzzle jusqu'à ce que chacune ait sa place. Gardez ça pour vous, enchaîna Eve. Ne dites rien. Mais si on compte un plus un, et si on obtient un flic, on fera avec.

— Entendu. Tout ça me rend malade.

— Je sais, concéda Eve en descendant de sa voiture. Faites venir Lewis en salle d'interrogatoire.

Elle but un café très fort, prit sa vie en main et s'offrit une viennoiserie au distributeur. Le chausson fourré à la framboise n'était pas des meilleurs, mais il lui cala l'estomac.

Elle entra dans la pièce avec, à la main, une tasse remplie à ras bord de son café préféré – ou plutôt, celui de Connor – pour son arôme à faire damner un saint. Tout sourire, elle s'installa, pendant que Peabody se postait devant la porte, le regard méchant. Eve brancha le magnétophone.

— Bonjour, Lewis. Quelle belle journée, n'est-ce pas ?

— Il paraît qu'il pleut.

— Mais la pluie, c'est excellent pour les fleurs ! Alors ? Comment avez-vous dormi ?

— Très bien.

Elle sourit de nouveau, but un peu. Il avait les yeux cernés ; il ne s'était sans doute pas plus reposé qu'elle.

— Bien, comme nous le disions lors de notre dernière rencontre…

— J'ai pas à répondre à vos conneries sans mon avocat.

— Mes conneries ? Peabody, repassez l'enregistrement afin de vérifier si j'ai prononcé le mot conneries, je vous prie.

— Ça ne marchera pas avec moi, rétorqua Lewis. J'ai rien à dire. Je garde le silence. C'est mon droit.

— Accrochez-vous à vos droits, Lewis, tant que c'est possible. Au Centre pénal d'Omega, ils ne vous serviront pas à grand-chose. Parce que c'est là que je vais vous envoyer. Ce sera l'un des buts de mon existence : vous mettre dans une de leurs plus petites cages en béton. Vous pouvez donc garder le silence et me laisser parler. Conspiration d'enlèvement d'un officier de police.

— Vous ne pouvez rien prouver. On ne vous a pas touchée.

— Quatre hommes armés à bord de deux véhicules m'ont poursuivie à une vitesse élevée, d'un État à l'autre. Vous n'auriez jamais dû franchir la frontière, camarade. Je pourrais très bien présenter cette affaire au niveau fédéral et, à mon humble avis, le FBI s'en donnerait à cœur joie. Vu votre casier judiciaire, la seule accusation de port d'armes interdites suffirait à vous expédier sur Omega. Sans parler des drogues.

— Je ne suis pas un toxico.

— Il y avait des substances illicites dans la voiture que vous conduisiez. Encore une erreur. Si vous aviez été passager, vous auriez eu une chance de mieux vous en sortir. Mais en tant que conducteur... Ricker ne viendra même pas vous saluer quand on vous embarquera à bord de la navette interplanétaire.

— J'ai rien à dire.

— Oui, je sais.

Cependant, il commençait à transpirer.

— Je parie que l'avocat vous a fait des promesses. Je parie que je peux vous les citer. Vous ferez de la prison, mais vous aurez des compensations. Ils s'arrangeront pour que vous soyez bien installé. Cinq ans, sept tout au plus. Et vous repartirez riche.

Elle vit, à son regard, qu'elle avait marqué un point.

— Évidemment, il ment comme il respire, et je pense que vous êtes assez malin pour l'avoir compris cette nuit. Une fois sous les verrous, c'est fini, et si vous avez le malheur de vous plaindre, un de vos codétenus s'empressera d'agir. Du poison saupoudré sur votre purée déshydratée... Un coup dans les reins pendant votre quart d'heure de promenade... Un accident sous la douche, une malencontreuse glissade sur une savonnette, vous vous briserez le cou. Vous serez mort avant d'avoir compris d'où ça venait.

— Si je parle, je serai mort avant même d'arriver là-bas.

Épatant ! se dit-elle en se penchant vers lui. Première fissure dans la carapace.

— Vous savez qu'on a les moyens de protéger un témoin.

— Tu parles ! Il est capable de retrouver n'importe qui, n'importe où.

— Il n'est pas magicien, Lewis. Je vous offre une échappatoire. Donnez-moi ce que je veux, et j'obtiendrai votre libération, une nouvelle existence à l'endroit de votre choix, ici ou sur une autre planète.

— Pourquoi je vous ferais confiance ?

— Parce que moi, je n'ai aucune raison de souhaiter votre mort. Ça vous en bouche un coin ?

Lewis se contenta de s'humecter les lèvres.

— J'ai la sensation que Ricker est assez instable. Qu'est-ce que vous en pensez, Lewis ?

Elle lui accorda quelques instants pour réfléchir, avant de reprendre :

— Ricker va se dire que vous avez merdé. Peu importe qu'il vous ait envoyé me rattraper. C'était stupide de sa part. Il va vous reprocher d'avoir loupé votre coup. Vous le savez. Vous le savez, et vous savez qu'il est un peu fou.

Lewis y avait réfléchi toute la nuit, se tournant et se retournant sur sa couchette. Il en était venu à cette conclusion lui-même, et il se méfiait comme de la peste de Canarde. Ricker ne pardonnait jamais les fautes de ses employés.

— Je n'irai pas en prison.

— On s'y efforcera.

— Sûrement pas ! Vous m'obtenez l'immunité. Je ne dirai pas un mot avant d'avoir vu la paperasse. L'immunité, Dallas, une nouvelle identité, un nouveau visage, et 150 000 dollars d'argent de poche pour redémarrer de zéro.

— Vous voulez peut-être une ravissante épouse et quelques enfants aux joues roses en prime ?

— Ah, ah ! Très drôle.

Il se sentait beaucoup mieux, à présent.

— Arrangez-vous et je parlerai.

— Je m'y mets tout de suite, annonça-t-elle en se levant. On vous obligera peut-être à vous présenter en audience. Restez calme. Et silencieux. Si jamais Canarde a vent de tout ceci, il ira directement le rapporter à Ricker.

— Je sais comment ça fonctionne.

— Vous avez bien joué, commenta Peabody tandis qu'elles s'éloignaient dans le couloir.

— Oui.

Eve était déjà en train de contacter les autorités, mais elle tomba sur une messagerie énonçant les heures d'ouverture du bureau.

— J'ai l'impression que je vais encore tirer quelqu'un du lit aujourd'hui, marmonna-t-elle. Allons-y, je veux jeter un coup d'œil sur le disque et mettre tout le monde au courant.

— Tout le monde ?

— Feeney se joint à nous.

En arrivant à la maison, elle s'attendait plus ou moins à trouver Connor et McNab penchés sur son ordinateur. Découvrant McNab tout seul, elle fut surprise, courroucée et déçue. Jetant un coup d'œil sur la porte séparant leurs lieux de travail respectifs, elle nota que la lumière rouge était allumée – signe que Connor s'était enfermé à clé.

Pour rien au monde elle n'irait frapper.

— Je ne peux pas faire mieux, lieutenant, annonça McNab. J'ai amélioré l'image, elle est parfaitement nette, mais tout ce qu'on voit, c'est un macchabée assis dans une voiture.

Elle s'empara de la feuille qu'il lui avait imprimée, examina Mills.

— Revoyez les segments qui suivent celui-ci. Je veux que vous arrêtiez et agrandissiez chaque voiture, camionnette, scooter ou moto ayant franchi ce point jusqu'à ce qu'on ait fermé l'accès à la circulation.

— Vous voulez tous les véhicules qui ont traversé le pont, direction est, niveau deux, sur plus d'une heure ?

— Exactement, répliqua-t-elle sèchement. Ça vous pose un problème ?

— Non. Non, lieutenant.

McNab s'autorisa un soupir.

Eve s'installa devant son vidéocom pour contacter le bureau du Dr Mira et organiser une réunion, le lendemain, avec le profileur le plus réputé du NYSPD. Après une légère hésitation, elle appela Whitney.

— Commandant, j'ai demandé au capitaine Feeney et à l'inspecteur McNab de m'assister sur l'affaire en cours.

— Vous êtes autorisée à impliquer la DDE et tous ceux que vous jugerez nécessaires. Où en êtes-vous sur l'homicide Mills ?

— Je préférerais vous en parler de vive voix, commandant, quand j'aurai plus de données en main. Entre-temps, je souhaite qu'on mette l'inspecteur Martinez, du 128, sous surveillance.

— Croyez-vous qu'elle soit connectée à ces décès ?

— Rien ne me permet de l'affirmer, commandant. Mais je pense que Martinez, si elle n'est pas impliquée, pourrait devenir une cible. Je compte m'entretenir avec elle, mais j'ai quelques problèmes à régler avant.

— Très bien, lieutenant. Je m'en occupe.

— Commandant, êtes-vous au courant d'une éventuelle enquête conduite par le BAI sur Kohli, Mills et Martinez ?

Il fronça les sourcils.

— Pas du tout. Et vous ?

— Non, mais j'ai quelques inquiétudes.

— C'est noté. Faites-moi parvenir votre rapport pour midi. Les médias flairent un scoop, ils sont sur le pied de guerre.

— Bien, commandant.

Eve joignit ensuite Nadine Furst, de Channel 75, à son domicile.

— Dallas, vous avez lu dans mes pensées ! Je viens de recevoir un tuyau d'une source fiable. Qui assassine tous ces flics ?

Eve vérifia sa montre.

— Retrouvez-moi à mon bureau à... 10 h 30 précises. Je vous rencontrerai seule à seule et vous communiquerai les éléments dont je dispose, en exclusivité, avant toute conférence de presse.

— Qui dois-je tuer, en échange ?

— Nous n'irons pas jusque-là. J'aimerais juste que vous laissiez filtrer quelques renseignements. De source policière anonyme. Vous avez souvent peur, Nadine ?

— Vous plaisantez ? J'ai fréquenté un dentiste. Rien ne m'effraie.

— Il faudra vous couvrir malgré tout. La fuite concerne Max Ricker.

— Seigneur Dieu, Dallas ! Qu'est-ce que vous avez sur lui ? C'est confirmé ? Qu'est-ce que je renifle ? Je sens que je vais ramasser le prix Emmy, non, non, le Pulitzer !

— Du calme. À 10 h 30 précises, Nadine. Et si j'entends quoi que ce soit avant ça, vous êtes fichue.

— Compris !

Eve coupa la communication, réfléchit aux initiatives à prendre d'urgence, puis se tourna vers Peabody et McNab, qui la fixaient attentivement.

— Vous avez un problème ?

— Non, non, lieutenant. On travaille. J'ai déjà étudié les dix premières minutes.

— C'est trop peu.

— Peut-être que si j'avalais un petit-déjeuner...

— Vous êtes là depuis huit heures au moins. Il ne doit plus rien rester à manger.

De nouveau, elle regarda la porte de Connor. Tentée, très tentée. L'arrivée de Feeney lui épargna d'avoir à prendre une décision difficile.

— Voilà ! annonça-t-il en déposant les disques sur son bureau, avant de s'asseoir. Les diagnostics, les analyses informatiques. J'ai tout vérifié, en long, en large et en travers. Le programme n'a pas été trafiqué. J'en mets ma main à couper.

— Il s'est servi du code de Mills ? demanda Eve.

— Non et, de toute façon, s'il l'avait eu, c'est probablement Mills qui le lui aurait donné.

Feeney fouilla dans sa poche, en sortit une poignée de cacahuètes.

— C'était un code d'autorisation d'urgence – ancien, mais encore valide sur cette voiture. La Maintenance l'utilisait pour consulter les parcours et les données des unités hors service. Depuis quelques années, ils ont un nouveau système, mais les vieux véhicules répondent encore à celui-ci. Le hic, c'est qu'il avait besoin d'un passe-partout.

— Mills en avait un dans sa poche.

— Oui, murmura Feeney. Oui, tu me l'avais signalé. Bref, le meurtrier a agi étape par étape.

Elle opina, ignorant l'étau qui se resserrait autour de sa poitrine.

— Bon. Tout porte à croire qu'on est à la recherche d'un flic, en activité ou retraité.

— Merde !

— Les deux victimes connaissaient leur agresseur et lui faisaient confiance ou, du moins, ne se sentaient pas menacées par lui.

Elle se déplaça derrière son bureau, alluma l'écran mural.

— Kohli, commença-t-elle en commençant à tracer un diagramme. Kohli à Mills. Mills à Martinez. Roth est liée aux trois. Au milieu, Max Ricker. Qui ai-je oublié?

En guise de réponse, elle afficha une liste de tous ceux qui avaient œuvré sur l'arrestation de Ricker.

— Vérifiez tous ces fichiers. Soyez discrets. Concentrez-vous sur les états financiers. Kohli et Mills avaient tous deux des comptes épargne trop bien garnis. Suivez le fric.

Elle marqua une pause, scruta leurs visages.

— C'est dégueulasse, marmonna McNab... Lieutenant, si ces deux-là étaient des ripoux, s'ils prenaient l'argent de Ricker ou d'un de ses sbires, pourquoi les éliminer? Pourquoi un de leurs collègues impliqué dans l'histoire s'en prendrait-il à eux?

— Pensez-vous qu'il existe un code d'honneur chez les escrocs, McNab?

— Non, mais tout de même. Quel pouvait être leur intérêt?

— Se protéger. Les remords, la culpabilité, répondit-elle en haussant les épaules. Ou, plus simplement, Ricker en aura payé un autre pour nettoyer le terrain. Trente pièces d'argent, ajouta-t-elle, songeuse. Ricker adore l'argent. L'assassin ne figure peut-être pas sur cette liste, mais vous y trouverez sans doute la prochaine cible. Trente pièces d'argent, répéta-t-elle. Symbole de trahison. Le tueur voulait-il nous faire comprendre que ces flics étaient corrompus? Nous devons découvrir pourquoi. Commencez par trouver combien d'entre eux ont les mains sales.

— Quand ça va sortir, ça va barder, dit Feeney. J'en connais plus d'un qui t'en voudra t'avoir jeté l'opprobre sur le badge.

— Il est déjà couvert de sang. Il faut que j'aille au Central, puis que je passe au tribunal. Je vous fais installer un deuxième ordinateur pour que vous puissiez travailler en réseau.

La lumière rouge était toujours allumée. Eve n'allait pas s'humilier en frappant à la porte de Connor devant ses collègues. Elle sortit de la pièce, longea le couloir et, ravalant son amour-propre, frappa à l'autre porte.

Connor lui ouvrit en personne, sa mallette à la main.

— Lieutenant ! Je m'apprêtais justement à partir.

— Oui, eh bien, moi aussi. Mon équipe va rester ici, aujourd'hui. Ça m'arrangerait d'avoir un ou deux ordinateurs en plus.

— Summerset leur donnera tout ce dont ils ont besoin.

— Parfait. Eh bien...

Il lui effleura le bras tandis qu'ils se dirigeaient ensemble vers l'escalier.

— Autre chose ?

— Ça m'ennuie de savoir que tu continues à m'en vouloir.

— Je m'en doute. Qu'est-ce que tu veux que j'y fasse ? demanda-t-il d'un ton tellement mielleux qu'elle dut se retenir pour ne pas lui flanquer un coup de pied.

— Tu y arrives mieux que moi. Nous ne sommes pas sur un terrain d'égalité.

— La vie est injuste... Je t'aime, Eve. Rien ne pourra changer ça. Mais, parfois, tu m'exaspères.

Un flot de soulagement la submergea.

— Écoute, je voulais simplement éviter que tu sois impliqué dans...

— Ah, l'interrompit-il en posant l'index sur ses lèvres pour lui intimer le silence, nous y sommes ! Nous n'avons pas le temps d'explorer cette voie pour l'instant, aussi je te propose de réfléchir un peu de ton côté entre deux rendez-vous.

— Ne me fais pas passer pour une idiote.

Il l'embrassa. C'était déjà ça.

— Va travailler, Eve. Nous reparlerons de cela plus tard.

Elle l'entendit donner des ordres à Summerset dans le vestibule, puis il sortit.

Eve descendit quelques marches, se remémorant la scène et imaginant toutes les reparties pleines d'esprit qu'elle aurait pu lui balancer, si elle avait eu le temps d'y penser.

— Lieutenant…

Summerset l'attendait en bas. Il lui tendait sa veste, ce qu'il ne faisait jamais.

— Je veillerai à ce que vos associés aient tout le matériel nécessaire.

— Très bien. Merci.

— Lieutenant.

Elle glissa les bras dans la veste tendue en serrant les dents.

— Quoi, encore ?

Il ne cilla pas.

— Concernant vos actes d'hier soir…

— Ne commencez pas ! trancha-t-elle en le bousculant pour passer.

— Je crois que vous aviez parfaitement raison, conclut-il.

Elle s'immobilisa, sidérée, et se tourna vers lui.

— Qu'est-ce que vous avez dit ?

— Vous m'avez parfaitement entendu, et j'ai horreur de me répéter.

Sur ce, il disparut.

9

Nadine Furst arriva à l'heure précise, prête à tourner. Eve ne lui avait pas donné son accord pour un passage en direct, mais elle ne s'y opposa pas. C'était un point mineur – que Nadine ne manqua pas de noter.

Au fil du temps, elles avaient appris à se connaître et étaient devenues amies. Elles attaquèrent l'interview sans tarder. Il n'y aurait pas de scoop. Nadine était parfaitement consciente qu'Eve Dallas ne lâchait une bombe que lorsqu'elle prévoyait de s'en servir à ses propres fins.

Néanmoins, un entretien en primeur avec la responsable de l'enquête et son reportage soigneusement documenté lui permettraient de gagner une part considérable d'audience sur la concurrence.

— Selon les informations dont nous disposons actuellement, conclut Nadine, il semblerait que le ou les meurtriers de l'inspecteur Kohli et du lieutenant Mills aient employé des méthodes radicalement différentes. Est-ce le fait qu'ils aient appartenu à la même équipe qui vous amène à envisager un lien entre les deux homicides ?

Question intelligente, songea Eve. Elle se doutait bien que Nadine s'était renseignée sur les deux victimes et savait que toutes deux avaient participé à l'arrestation de Ricker. Mais elle était assez maligne pour ne pas évoquer ce dernier sans un signal de son interlocutrice.

— Cette connexion, et certaines preuves, que le département ne peut pas encore révéler, nous conduisent à penser que l'inspecteur Kohli et le lieutenant Mills ont été tués par un seul et même individu. Non seulement ils appartenaient tous deux au 128 mais, en plus, ils avaient travaillé ensemble sur un certain nombre de dossiers. Nous explorons toutes les voies possibles. Le NYPSD usera de tous les moyens pour retrouver, identifier et inculper l'assassin de deux collègues.

— Merci, lieutenant. C'était Nadine Furst, en direct du Central pour Channel 75.

Elle rendit l'antenne à sa station, hocha la tête en direction de l'opératrice, puis se cala confortablement dans son siège.

Comme un chat prêt à bondir sur un gros canari, pensa Eve.

— Et maintenant...

— Malheureusement, je suis pressée. On m'attend au tribunal.

Nadine bondit de son fauteuil.

— Dallas...

— Si vous m'accompagniez? proposa Eve mine de rien, en fixant la camérawoman d'un œil noir.

— Volontiers. Il fait tellement beau! Lucy, vous pouvez y aller. Je prendrai les transports en commun.

— Comme vous voudrez.

Toujours affable, et comprenant qu'il y avait anguille sous roche, Lucy ramassa son matériel et s'en alla.

— Alors? demanda Nadine, dès qu'elle et Eve furent seules. Ricker...

— Pas ici. Allons nous promener.

— Vous parliez donc sérieusement, murmura Nadine en examinant les fins talons de ses escarpins. Mon Dieu! Ce que je dois endurer pour que le public soit informé!

— Vous ne portez ces engins de torture que parce qu'ils vous font de jolies jambes.

— Exact.

Résignée, Nadine suivit Eve dans le couloir.

— Comment ça va, sur le plan personnel ?

En se dirigeant vers l'ascenseur, Eve se surprit à avoir envie de confier à Nadine ses problèmes avec Connor. Après tout, Nadine était une femme, et Eve éprouvait le besoin de discuter de stratégie féminine ou quelque chose du genre.

Puis elle songea qu'en dépit de sa beauté, de son intelligence et de sa bonne humeur naturelle, Nadine n'était pas vraiment une championne des relations hommes-femmes.

— Très bien.

— Eh bien, vous en mettez du temps à répondre ! Quelques petits soucis, au paradis ?

— Je suis préoccupée, c'est tout.

Elles émergèrent du bâtiment, et Eve décida d'emprunter le chemin le plus long. Il lui fallait de l'air, et un peu de temps.

— Tout ce que vous savez, vous l'aurez appris d'une source policière anonyme, Nadine.

— Bien entendu, Dallas. Cependant, vu le face-à-face qu'on vient de présenter, les gens ne vont pas avoir beaucoup de mal à deviner qui est ladite source.

— Pas possible !

Nadine la dévisagea.

— Je suis désolée d'avoir un métro de retard. Je vais tâcher d'y remédier tout de suite. Si je comprends bien, vous voulez que certaines personnes vous accusent, ou du moins vous soupçonnent d'être à l'origine de l'information que vous allez me communiquer.

— C'est plutôt une supposition. Vous en ferez ce que vous voudrez. Vous savez déjà – sans quoi je perds mon temps avec vous – que Kohli et Mills ont participé à l'arrestation de Ricker.

— Oui, c'est ce que j'ai cru saisir. Mais l'équipe était formée d'une dizaine de flics et de plusieurs fonctionnaires de l'administration. Ricker est un type dangereux, mais de là à imaginer qu'il se venge sur tout un groupe de policiers... Et en quel honneur ? Parce que ça l'a énervé ? Certes, il a perdu un paquet de fric, mais il s'en est sorti.

— J'ai des raisons de croire qu'il avait des liens avec au moins l'une des victimes.

Reste vague, se dit Eve. *Laisse à la journaliste le soin de creuser.*

— Ce matin, quatre hommes doivent passer en audience. Des employés de Max Ricker. Ils sont accusés de divers crimes, notamment poursuite illégale d'un officier de police. Si Ricker a le culot d'envoyer ses gorilles aux trousses d'un flic en plein jour, j'ai l'impression que ça ne le dérangerait pas trop d'organiser les meurtres des collègues.

— Quoi ? Il en a après vous ? Dallas, en tant que reporter, ce que vous m'annoncez là me donne des frissons. Mais en tant qu'amie, ajouta-t-elle en posant une main sur son bras, je vous conseillerais de prendre des vacances. Très, très loin.

Eve s'immobilisa au bas des marches du palais de justice.

— Votre source policière ne peut pas vous dire que Ricker est suspecté du meurtre, ou de conspiration du meurtre de deux agents du NYPSD. Mais votre source peut vous dire que les enquêteurs examinent avec la plus grande attention les activités et les associations du dénommé Max Edward Ricker.

— Vous n'arriverez pas à le coincer, Dallas. Il est comme la fumée, il se volatilise sans cesse.

— Vous verrez, promit Eve en gravissant l'escalier.

— Sûrement, marmonna Nadine. Et je vais m'inquiéter, aussi.

Eve poussa les portes et s'efforça de ne pas soupirer en voyant les queues devant les portiques de sécurité. Elle choisit la plus courte, réservée aux policiers et aux officiels de la ville. Elle venait de passer quand, tout à coup, ce fut le chaos.

Elle entendit les cris en provenance du premier étage, où avait lieu l'audience de Lewis. Fonçant dans l'escalier, elle se faufila entre les avocats et les groupies des tribunaux déjà rassemblés.

Lewis gisait à terre, les yeux révulsés.

— Il est tout simplement tombé! s'exclama quelqu'un. Comme ça, d'un coup! Il faut appeler un médecin!

Jurant entre ses dents, Eve se précipita vers lui, s'accroupit.

— Madame, écartez-vous, s'il vous plaît.

Elle leva les yeux vers l'agent en uniforme.

— Dallas, lieutenant Eve. Celui-ci est à moi.

— Désolé, lieutenant. J'ai prévenu les secours.

— Il ne respire plus! constata-t-elle en le chevauchant et en lui déchirant sa chemise pour tenter une réanimation... Faites reculer tous ces gens. Interdisez l'accès au secteur...

— Interdire l'ac...

— C'est un ordre! aboya-t-elle, avant de faire du bouche-à-bouche à la victime.

En vain. Elle continua néanmoins jusqu'à l'intervention des secouristes, qui ne purent que constater le décès. Écœurée, elle s'adressa à son gardien.

— Rapport. Je veux savoir tout ce qui s'est passé depuis l'instant où vous l'avez sorti de sa cellule.

— Rien à signaler, lieutenant. Tout s'est déroulé normalement, répliqua-t-il, un peu vexé. Le sujet a été menotté, puis transporté jusqu'ici.

— Qui était à bord?

— Mon partenaire et moi-même. Il ne devait en aucun cas entrer en contact avec les trois autres suspects. Nous l'avons accompagné jusqu'ici.

— Vous n'avez pas utilisé l'ascenseur sécurisé?

— Non, lieutenant, avoua-t-il en tressaillant imperceptiblement. Il était bloqué, lieutenant. Nous sommes montés par l'escalier. Il ne nous a pas causé le moindre problème. Son avocat était déjà là et nous a demandé d'attendre un moment pendant qu'il finissait une consultation par communicateur avec un autre client. Nous avons patienté et, brusquement, le sujet a vacillé. Il avait du mal à respirer. Quand il est tombé, mon partenaire s'est penché sur lui, pendant que je faisais reculer les gens. Ensuite, vous êtes arrivée sur la scène.

— À quel poste appartenez-vous... agent Harmon ? demanda-t-elle après avoir lu son insigne.

— Je suis au Central, lieutenant. Division Sécurité.

— Qui a approché le sujet ?

— Personne, lieutenant. Mon partenaire et moi étions de chaque côté, comme le veut la procédure.

— Êtes-vous en train de me dire que personne ne s'est approché de cet homme avant qu'il ne s'effondre ?

— Personne. Enfin... Naturellement, nous avons franchi la zone de sécurité. La queue était assez longue, il y avait du monde partout. Mais personne n'a adressé la parole au défunt, ou n'a eu de contact physique avec lui. Quelqu'un a arrêté mon coéquipier pour lui demander des indications.

— Se tenait-il très près du sujet ?

— Elle, lieutenant. C'était une femme. Elle semblait complètement désemparée.

— L'avez-vous bien regardée, Harmon ?

— Oui, lieutenant. Une vingtaine d'années, blonde, les yeux bleus, le teint pâle. Elle avait pleuré, lieutenant, mais elle essayait de retenir ses larmes, si vous comprenez ce que je veux dire. Elle était bouleversée, et quand elle a lâché son sac, tout le contenu s'est répandu par terre.

— Je parie que vous vous êtes tous deux empressés de l'aider à ramasser ses affaires.

Le ton de sa voix alerta Harmon qui eut un pincement au cœur.

— Lieutenant, ça n'a pas pris plus de dix secondes. Le sujet était menotté, il n'a jamais quitté notre ligne de mire.

— Permettez-moi de vous montrer quelque chose, Harmon, et vous en parlerez à votre camarade quand il aura deux minutes… Par ici, ordonna-t-elle en s'accroupissant de nouveau près du cadavre. Vous voyez cette marque rougeâtre, cette petite tache circulaire sur le cœur du défunt ?

Harmon dut pratiquement coller le nez sur la poitrine de Lewis.

— Oui, lieutenant.

— Savez-vous ce que c'est ?

— Non, lieutenant. Non, je n'en sais rien.

— C'est la trace laissée par une seringue. Votre blonde éplorée a assassiné sous votre nez celui dont vous aviez la charge.

Elle fit passer l'immeuble au peigne fin, en quête d'une jeune femme répondant à la description de Harmon. Elle ne s'attendait pas à trouver grand-chose, et ne fut pas déçue. Elle appela une équipe de techniciens, de façon à pouvoir entamer les démarches nécessaires et s'accorda l'immense plaisir d'interroger Canarde.

— Vous saviez qu'il allait parler, n'est-ce pas ?

— Je ne sais pas ce que vous voulez dire, lieutenant.

De retour au Central, dans la salle d'interrogatoire n° 3, Canarde admira tranquillement sa manucure.

— Permettez-moi de vous rappeler que je suis venu ici de mon plein gré. Je n'étais pas aux côtés de mon infortuné client, ce matin, et il vous reste encore à déterminer les causes exactes du décès.

— Un homme en bonne santé, de moins de cinquante ans, s'écroule, victime d'une crise cardiaque. Ça tombe bien, d'autant que les autorités s'apprêtaient à lui accorder l'immunité pour avoir présenté des preuves à l'encontre d'un autre de vos clients.

— Si tel est le cas, lieutenant, vous me l'apprenez. On ne m'a jamais fait part de cette proposition. En tant qu'avocat du défunt, j'aurais dû être prévenu.

Il avait de petites dents, parfaitement alignées, d'une blancheur éclatante.

— Il me semble que vous avez contourné certaines procédures légales. Apparemment, ça n'a pas joué en faveur de mon client.

— En effet. Vous pourrez dire à votre client, Canarde, que tout ce qu'il a réussi à faire, c'est à m'énerver. Je travaille encore plus sérieusement quand je suis énervée.

Canarde la gratifia d'un de ces sourires sournois dont il avait le secret.

— Mon client, lieutenant, s'en fiche totalement, maintenant. À présent, si vous voulez bien m'excuser, je dois faire mon devoir envers ce pauvre M. Lewis. Je crois savoir qu'il avait une ex-épouse et un frère. Je vais leur présenter mes condoléances. Et si, par un hasard extraordinaire, vous avez raison, et qu'on a poussé M. Lewis dans sa tombe, je conseillerai à ses proches d'intenter un procès au NYSPD pour négligence. Ce sera un plaisir pour moi de les représenter.

— Je parie qu'il n'a même pas besoin de vous payer, Canarde. Il vous jette le poisson, vous sautez, poussez des cris, puis replongez dans le marais pour le récupérer.

Il sourit, mais son regard ne refléta pas le moindre amusement. Il se leva, hocha la tête et quitta la pièce.

— J'aurais dû anticiper, confia Eve au commandant. J'aurais dû savoir que Ricker avait des sources au sein du département.

— Vous vous êtes couverte, répondit Whitney, en proie à une colère sourde. Seules quelques personnes étaient au courant de la proposition d'immunité.

— Pourtant, il y a eu une fuite. Et maintenant que Lewis a été éliminé, je n'aurai aucune chance de retourner les autres contre Ricker. Je ne peux même pas m'assurer qu'ils prendront la peine maximum. J'ai besoin d'un levier, commandant. Il me faut quelque chose, même mineur, pour justifier sa mise en examen.

— Ce ne sera pas facile. Il est beaucoup trop bien protégé. Mills, reprit Whitney… vous êtes certaine qu'il avait les mains sales ?

— Non, lieutenant, je ne peux pas l'affirmer. Je ne sais pas davantage si les sommes qu'il a touchées provenaient de Ricker. Feeney travaille là-dessus en ce moment.

— À partir de maintenant, je veux un rapport quotidien de tous vos faits et gestes, les vôtres et ceux de votre équipe. Tous, sans exception, lieutenant.

— Bien, commandant.

— Je veux la liste de tous les flics que vous surveillez, ceux qui ne vous inspirent aucune inquiétude et les autres.

— Oui, commandant.

— Si vous pensez que d'autres que Mills et Kohli sont impliqués, il faudra avertir le BAI.

Ils s'observèrent un instant.

— Commandant, je préférerais ne pas alerter le Bureau des Affaires internes à ce stade de mon enquête.

— Dans combien de temps pensez-vous prendre votre décision ?

— Si vous pouviez m'accorder vingt-quatre heures, commandant.

— Une journée, Dallas. Le temps presse, autant pour vous que pour moi.

Sans perdre une minute, Eve prit contact avec Martinez et lui demanda de la rencontrer en terrain neutre, histoire de faciliter les choses.

Elle retrouva Martinez dans un petit café à mi-chemin entre leurs bureaux respectifs. Suffisamment éloigné aussi de chacun pour que ce ne soit pas un lieu fréquenté par les flics.

Martinez arriva avec quelques minutes de retard, laissant ainsi à Eve l'occasion d'observer, de jauger. De toute évidence, Martinez était sur la défensive.

— J'ai dû prendre sur mon temps personnel, annonça-t-elle, les épaules aussi crispées que sa voix, en s'installant sur la banquette d'en face. Et je n'en ai pas beaucoup.

— Parfait. Moi aussi, j'ai à faire. Un café?

— Je n'en bois jamais.

— Comment survivez-vous?

Martinez eut un sourire amer, puis appela un serveur droïde pour lui commander un verre d'eau.

— Pas du robinet! précisa-t-elle. Je le sentirai tout de suite, et je vous court-circuiterai le cerveau. Venons-en au but, continua-t-elle en revenant vers Eve. Vous comptez sur moi pour dénoncer Kohli et Mills, mais vous n'obtiendrez rien. Vous essayez de remuer du linge sale alors que c'est le boulot du BAI. Ça me retourne l'estomac.

Eve prit sa tasse de café et contempla tranquillement Martinez.

— Eh bien, au moins, c'est clair. Mais dites-moi, d'où tenez-vous toutes ces informations?

— Quand un flic part à la chasse aux collègues, les rumeurs courent vite. Tout le monde en parle, au 128. On a deux flics morts. Il me semble que vous devriez davantage vous occuper de retrouver l'assassin, plutôt que de farfouiller comme ça avant même qu'ils soient enterrés.

Martinez avait du caractère, ce qu'Eve respectait, mais ce n'était pas ainsi qu'elle gravirait les échelons de la hiérarchie.

— Quoi que vous ayez entendu, quoi que vous pensiez, découvrir le meurtrier est ma priorité.

— Mais oui, c'est ça! Votre priorité, c'est de couvrir votre mari.

— Pardon?

— Il est le propriétaire du Purgatoire. Je me dis qu'il devait y avoir quelque chose de louche, là-bas, et que Kohli s'en est rendu compte. Ils ne savaient pas qu'il était flic, alors ils n'ont pas dû faire bien attention. Ensuite, quand il s'est un peu trop approché, ils se sont débarrassés de lui.

— Et Mills ?

Martinez haussa les épaules.

— C'est vous qui prétendez que les deux affaires sont liées.

— Voyez-vous, Martinez, quand je vous ai rencontrée, avec Mills, j'ai pensé que c'était lui, le débile de l'équipe. Et voilà que vous avez l'audace de blesser mon amour-propre en me démontrant que je me suis trompée.

— Vous n'êtes pas mon chef, répliqua Martinez dont les yeux noirs lançaient des flammes. Je n'ai pas à vous écouter.

— Alors suivez le conseil de quelqu'un qui a plus d'expérience. Apprenez quand il faut parler et quand il faut se taire. Vous êtes là depuis moins de cinq minutes et, déjà, vous m'en avez appris plus que ce que j'ai demandé.

— Je ne vous ai absolument rien dit !

— Vous m'avez dit que quelqu'un avait lancé une rumeur dans vos quartiers. On sait déjà – probablement grâce à cette source – que Kohli et Mills étaient soupçonnés de corruption. Posez-vous la question : d'où est-ce que cela peut venir ? Qui pourrait chercher à rendre les collègues méfiants à mon égard ? Réfléchissez, Martinez.

Eve en profita pour savourer une gorgée de café.

— Je n'ai pas besoin de couvrir Connor. Il se débrouille tout seul comme un grand depuis longtemps. Ceux qui me soupçonnent de vouloir remuer du linge sale ont forcément quelque chose à se reprocher.

— Les gens parlent, répliqua Martinez d'un ton moins confiant.

Dès que son verre d'eau arriva, elle s'en empara.

— Oui, surtout quand ils en ont envie. Vous croyez que j'aurais mis plus de 3 millions de dollars sur les comptes d'épargne de Kohli et de Mills dans le seul but de couvrir mon mari ? Vous croyez que je les payais depuis des mois dans l'espoir de provoquer un scandale impliquant des collègues ?

— C'est vous qui dites qu'ils avaient de l'argent.

— Parfaitement.

Martinez resta silencieuse un moment, le regard rivé sur Eve. Puis, paupières closes, elle lâcha un soupir.

— Merde ! Merde ! Je refuse de dénoncer un autre flic. Je suis la cinquième génération. Dans la famille, on est flics depuis plus de cent ans. Il faut qu'on se serre les coudes.

— Je ne vous demande pas de porter un jugement. Je vous demande de réfléchir. Tout le monde ne respecte pas le badge. Deux de vos coéquipiers sont morts. Tous deux avaient réussi à mettre de côté des sommes importantes – beaucoup trop par rapport à leur salaire. Aujourd'hui, ils sont morts. Voulez-vous être la prochaine victime ?

— La prochaine ? Vous pensez que je suis une cible ? Vous pensez que je suis corrompue ! enchaîna-t-elle en s'assombrissant.

— Rien ne me permet de l'affirmer. Et pourtant, j'ai cherché.

— Espèce de garce ! J'ai bossé comme une malade pour atteindre le grade d'inspecteur. Et maintenant, vous allez me livrer au BAI ?

— Je ne vous livre à personne. Mais si vous n'êtes pas franche avec moi, vous allez vous pendre vous-même. D'une façon ou d'une autre. Qui est au cœur de cette histoire ? demanda Eve en se penchant en avant. Réfléchissez, nom de nom !

— Ricker, marmonna Martinez en serrant les poings.

— Vous l'aviez cerné, n'est-ce pas ? Vous aviez tout ce qu'il vous fallait pour l'arrêter et l'inculper.

— Il m'a fallu des mois pour tout organiser. J'étais sur cette affaire sept jours sur sept, vingt-quatre heures sur vingt-quatre. Je me suis appliquée à respecter les moindres détails. À prendre mon temps. Et puis tout a basculé. Je n'y comprenais rien. Je me disais que ce salaud était trop malin, trop protégé. Mais tout de même… au fond de moi, je me doutais qu'on avait eu une taupe parmi nous. Ce n'était pas possible autrement. Je n'ai pas voulu voir.

— Mais à présent, il le faut.

Martinez but avec avidité, comme si sa gorge la brûlait.

— Pourquoi est-ce que je suis filée ?

— Vous avez remarqué ?

— Oui. Je me suis dit que j'allais être votre prochaine cible.

— Si j'apprends que vous couchez avec Ricker, oui. Pour l'heure, la surveillance, c'est plutôt pour votre protection.

— Je n'en veux pas. Si je marche avec vous, je ne veux pas être suivie du matin au soir. J'ai des copies personnelles de toutes les données, les notes, les étapes qui ont conduit à l'arrestation de Ricker. Après sa libération, j'ai repris le dossier, mais le cœur n'y était plus.

— J'aimerais en avoir une copie.

— C'est mon boulot.

— Et quand on l'arrêtera, je veillerai à ce que vous soyez récompensée de vos efforts.

— Ça m'est égal. Dans cette affaire… le capitaine m'a dit que j'avais perdu tout sens de l'objectivité. Elle avait raison, convint Martinez avec un sourire amer. C'est vrai. Je n'ai pas su prendre le recul nécessaire. Sans quoi j'aurais probablement anticipé la suite des événements. J'aurais vu que Mills s'insinuait sans en avoir l'air et prenait petit à petit le dessus. Je l'ai simplement considéré comme un macho sans intérêt.

— Nous sommes censés nous serrer les coudes. Vous n'aviez aucune raison de le soupçonner.

— Les obsèques de Kohli auront lieu après-demain. Je n'ai aucun doute sur le fait qu'il avait des contacts avec Ricker. Je cracherai sur sa tombe.

Après une légère hésitation, Eve se pencha de nouveau vers elle.

— Martinez, j'ai travaillé au corps l'un des sbires de Ricker, et il était prêt à parler. En échange, il aurait obtenu l'immunité. Il devait passer en audience ce matin. En se dirigeant vers la salle de tribunal, flanqué de deux agents, il est tombé. Comme ça. Il y a des fuites, mais je n'arrive pas à savoir d'où elles viennent. Sachez que je ne pourrai peut-être pas garder le silence. Je serai sans doute obligée de citer votre nom. Ça risque de vous mettre en point de mire.

Martinez repoussa son verre vide.

— Je suis flic. J'assume.

Eve passa le reste de la journée à relire ses documents jusqu'à ne plus y voir clair. Elle retourna chez Patsy Kohli, sous le prétexte de questions complémentaires. Au bout d'une vingtaine de minutes, elle eut la certitude que la jeune veuve n'était au courant de rien.

C'était ce que lui disait son cœur, songea Eve en remontant dans sa voiture, mais elle n'était pas certaine de pouvoir lui faire encore confiance.

McNab lui transmettait régulièrement des mises à jour. Il avait établi deux colonnes, une comprenant les policiers qui n'inspiraient aucune suspicion, et la seconde les autres.

Le Central étant plus près, elle regagna son bureau pour effectuer une recherche de probabilités en fonction des toutes dernières données.

Elle eut beau jongler dans tous les sens, aucune réponse ne lui parut satisfaisante. Ils allaient devoir creuser davantage, décortiquer la vie des collègues suspects, comme des vautours s'acharnant sur une charogne.

Elle savait ce que c'était qu'entreprendre une enquête interne, qu'avoir les loups du BAI sur ses talons. Même si l'on n'avait strictement rien à se reprocher, le processus s'avérait désagréable.

Cependant, elle ne pouvait pas poursuivre dans l'ombre. À moins de profiter du matériel non enregistré – et interdit – de Connor. Sans son aide, elle n'avancerait pas.

Mais comment le solliciter, après lui avoir clairement fait comprendre qu'il devait rester hors du coup ?

Un début de migraine commença à la tarauder, et elle cacha son visage dans ses mains. Tant mieux. Un bon mal de tête lui donnerait une excuse pour se plaindre.

Elle décida de rentrer à la maison. Sur le chemin, elle passa devant l'affiche de Mavis. Machinalement, elle engagea son communicateur et tenta de joindre son amie chez elle.

— Bonsoir ! Hé ! Dallas !

— Devine ce que j'ai sous les yeux ?

— Un Pygmée manchot tout nu.

— Zut ! Tu es trop douée pour moi. À plus tard.

— Attends ! Attends ! s'exclama Mavis en gloussant devant son écran… Qu'est-ce que c'est ?

— Toi. Agrandie dix mille fois, en plein milieu de Times Square.

— Ah ! Tu as vu ça, c'est génial, non ? J'y cours toutes les deux heures, rien que pour m'admirer. J'ai envie de sauter au cou de ton adorable mari. Leonardo est d'accord, vu les circonstances, mais je préfère t'en parler d'abord.

— Ce n'est pas moi qui dirai à Connor qui il a ou non le droit d'embrasser.

Les sourcils de Mavis – teints en magenta – se mirent en accent circonflexe.

— Aïe ! Aïe ! Aïe ! Vous vous êtes disputés ?

— Non. Oui. Enfin, je n'en sais rien. Il m'adresse à peine la parole. Est-ce que tu es… non, laisse tomber.

— Si je suis quoi ?

Plaquant une main sur l'objectif de la caméra, elle chuchota quelques mots à la personne qui se trouvait avec elle dans la pièce.

— Désolée. C'est Leonardo qui essaie un nouveau costume de scène. Si tu passais ?

— Non, vous êtes occupés.

— Pas du tout ! Allez, Dallas, tu ne viens jamais ! Si tu es à Times Square, c'est à deux pas. À tout de suite.

— Non, je...

Mavis avait coupé la communication. Après tout... songea Eve en se remémorant le ton distant de Connor, ce matin-là.

— Pourquoi pas ? marmonna-t-elle. Je ne resterai que quelques minutes.

10

Mavis Freestone et son amant Leonardo cohabitaient dans l'ancien appartement d'Eve.

En un an, les lieux avaient bien changé !

Eve s'était contentée d'un deux-pièces meublé sommairement et d'un autochef le plus souvent vide. Elle aimait penser qu'elle avait vécu une existence simple plutôt qu'ennuyeuse.

Évidemment, à côté de Mavis, un petit tour sur les anneaux de Saturne passait pour ennuyeux.

Dès que Mavis ouvrit la porte, Eve fut accueillie par un éclat de couleurs. Un véritable feu d'artifice de textures et de motifs, déclinant toutes les nuances possibles et imaginables de la palette.

C'était Mavis tout craché.

La salle de séjour était drapée de kilomètres d'étoffes. Le canapé plutôt usé qu'Eve avait laissé en allant s'installer chez Connor était désormais recouvert d'un tissu rose chatoyant. Comme si ça ne suffisait pas, il croulait sous une collection de coussins et soieries multicolores, qui semblaient dégouliner sur le sol, jonché lui aussi de bouts de chiffon faisant office de tapis.

Perles, paillettes et autres rubans pleuvaient le long des murs ainsi que du plafond repeint d'une couche argent parsemée d'étoiles écarlates.

Craignant vaguement de tomber dans les pommes si elle prolongeait sa visite, Eve ne put s'empêcher de songer que ce décor convenait à merveille à son amie.

L'ensemble évoquait un lever de soleil avant la tempête. Sur Vénus.

— Je suis si contente que tu sois passée! s'exclama Mavis en entraînant Eve dans son kaléidoscope.

Elle tourna sur elle-même.

— Qu'est-ce que tu en penses?

— De quoi, exactement?

— De mon nouveau look!

Minuscule, mince, vive, Mavis pivota de nouveau pour montrer sa mini… difficile d'appeler ça une robe, décida Eve. C'était plutôt un costume, un camaïeu de rayures allant du violet foncé au rose bonbon. Le haut, au décolleté audacieux, dévoilait largement ses épaules ornées de tatouages. Une paire de cuissardes à talons aiguilles, rayées elles aussi, complétait la tenue.

— C'est… c'est étonnant.

— N'est-ce pas? C'est trop génial! Trina va me coiffer dans le même style. Leonardo est un véritable génie. Leonardo! Dallas est arrivée! Il est en train de préparer les cocktails. Tu ne pouvais pas mieux tomber. J'ai horreur de boire toute seule, et tu sais que Leonardo supporte mal l'alcool.

Sans cesser de bavarder, elle tira Eve vers le canapé rose. Elle ne la laisserait pas repartir avant de savoir ce qui la tracassait.

— Ah! le voilà! minauda-t-elle d'un ton attendri. Merci, mon chéri d'amour.

Leonardo, un géant à tresses blondes, aux yeux mordorés et au teint cuivré de métis, surgit dans un tourbillon. Vêtu d'une tunique longue bleu marine à capuche, il se déplaçait avec une grâce incroyable pour un homme de sa stature. Il gratifia Mavis d'un immense sourire, les rubis au-dessus de sa bouche et sous son sourcil gauche scintillant gaiement.

— Mais de rien, ma choupinette adorée, roucoula-t-il. Bonjour, Dallas. J'ai préparé un petit en-cas, au cas où vous n'auriez pas encore dîné.

— Il est vraiment trop, non?

— Trop! concéda Eve tandis que Mavis se blottissait contre lui. C'est gentil, Leonardo, mais il ne fallait pas vous déranger.

— Ça ne m'ennuie pas du tout. C'est gentil à vous de venir. Comme ça, Mavis ne passera pas sa soirée toute seule. J'ai des rendez-vous.

Mavis le couva des yeux. À l'origine, ils avaient décidé – pour une fois – de rester tranquillement chez eux en tête à tête. Mais quand elle lui avait annoncé la visite d'Eve, en précisant que celle-ci avait des soucis, il avait immédiatement accepté de s'éclipser.

Oui, décidément, pensa Mavis avec un soupir, il était parfait.

— Je ne peux pas rester longtemps, annonça Eve, mais Leonardo avait déjà saisi Mavis dans ses bras et l'embrassait avec fougue.

— Amuse-toi bien, mon trésor.

Il salua Eve d'un sourire charmeur et disparut.

— Il n'avait pas de rendez-vous.

Mavis voulut protester, puis elle rit, haussa les épaules, et s'assit pour verser leur première tournée de cocktails.

— Je lui ai dit qu'on voulait discuter un peu entre filles, expliqua-t-elle en tendant à Eve une coupe en cristal remplie d'un liquide vert émeraude. Tu veux attendre un peu ou tu plonges tout de suite?

Eve pinça les lèvres. Il y avait belle lurette qu'elle n'avait pas bu un verre en compagnie de Mavis.

Elles se portèrent mutuellement un toast.

— Alors…

Mavis en était à son troisième verre, et les chips au soja, bâtonnets au fromage et autres crudités à tremper étaient consommés depuis un bon moment.

— Si j'ai bien compris… Tu es allée affronter un escroc qui faisait affaire autrefois avec Connor, sans le dire à Connor.

— C'était une initiative professionnelle.

163

— D'accord, d'accord. Je résume. Ensuite, l'escroc a envoyé quatre de ses sous-fifres à tes trousses.

— Je me suis occupée d'eux.

Mavis la dévisagea d'un air espiègle.

— Tu veux mon avis sur la question, oui ou non ?

— Je t'écoute, marmonna Eve en remplissant sa coupe.

— Quand tu es rentrée chez toi, l'escroc t'avait fait livrer une gerbe de fleurs accompagnée d'un mot obséquieux.

Mavis leva un doigt à l'ongle verni de mauve pour lui intimer le silence.

— Tu t'es dit qu'il cherchait à vous provoquer, toi et Connor, et tu as ordonné à Summerset d'éliminer le bouquet. Seulement, Connor les avait vues, et il t'en a parlé. Toi, tu as feint l'innocence : « Hein ? quelles fleurs ? »

— Je n'ai pas dit « hein ».

Les cocktails commençaient à faire leur effet.

— Je n'ai jamais dit ça. J'ai peut-être dit « euh... ». Ça n'a rien à voir !

— Bref. Tu... tu as menti, ou plutôt, tu as enrobé la vérité, parce que tu ne tenais pas à ce que Connor aille lui casser la figure, au risque d'en subir les conséquences.

— Plus ou moins.

— C'était stupide.

Eve ouvrit des yeux ronds.

— Stupide ? Tu dis que j'ai été stupide ? Tu es censée me dire que j'ai eu raison ! C'est comme ça que ça marche, entre nous.

— Dallas, murmura Mavis en se laissant glisser délicatement à terre... Tu n'as pas raisonné du point de vue masculin. Les hommes ont un pénis. Il ne faut jamais oublier ça.

— Qu'est-ce que tu racontes ? répliqua Eve en la rejoignant sur le sol. Je sais bien que Connor a un pénis. Il s'en sert chaque fois qu'il en a l'occasion.

— Le pénis est directement connecté à l'ego. C'est un fait scientifique. À moins que ce ne soit le contraire. Quoi qu'il en soit, ajouta Mavis en vidant la carafe… c'est un mystère pour nous autres, pauvres femmes. Tu as mis en cause sa virilité.

— Je ne suis pas d'…

— Dallas, Dallas ! soupira Mavis en secouant la tête. Si on s'en refaisait une carafe ? On va en avoir besoin pour franchir l'étape « Tous les hommes sont des porcs ».

Allongée par terre, Eve fixait le plafond argenté.

— Si les hommes sont des porcs, pourquoi est-ce qu'on rêve toutes d'en avoir un ?

— Parce que les femmes carburent à l'émotion, déclara Mavis, avec un léger hoquet. Même toi.

Eve se tourna sur le côté.

— Faux.

— Non. D'abord, il t'a eue par les hormones. Enfin quoi, regarde-le ! Cet homme est un… un… attends une seconde… cet homme est un festin sexuel ! Oui, c'est ça. Excellent ! Ensuite, il t'a plu parce qu'il est intelligent, intéressant, mystérieux, tout ce que tu aimes. Le problème, c'est qu'après ça, il a conquis ton cœur. Que faire ? Quand un type a accroché ton cœur, il n'a plus qu'à rembobiner son moulinet.

— Je ne suis pas un poisson !

— Dans l'océan de la vie, nous sommes tous des poissons, répondit Mavis, philosophe.

Eve avait suffisamment bu pour trouver ce commentaire hilarant.

— Tu es incorrigible ! lança-t-elle lorsqu'elle eut repris sa respiration.

— Ce n'est pas moi qui suis en pleine crise.

Mavis se mit à quatre pattes et vint déposer un baiser sur la joue de son amie.

— Mon pauvre bébé ! Maman va te consoler. Elle va te dire quoi faire pour arranger ça.

165

Elle s'empara de la carafe, remplit leurs coupes sans en mettre une seule goutte à côté.

— Quoi ?

— Tu vas lui faire l'amour comme une malade.

— Pardon ? C'est ça, ton super-conseil ?

— Le seul et unique. Prenant en compte le fait que les hommes sont des porcs et qu'ils ont un pénis, on ne peut que constater qu'ils oublient le plus souvent ce qui les a énervés après une bonne partie de jambes en l'air.

— La solution, c'est donc le sexe ?

La pensée que c'était raté d'avance traversa son cerveau embrumé par l'alcool.

— Ça pourrait marcher, décida-t-elle toutefois.

— Je te le garantis. Mais...

— Je savais qu'il y avait un « mais », je le sentais.

— C'est seulement une mesure comment dire... provisoire. Dallas, tu sais parfaitement que tu as des problèmes à régler avec ton passé. Il te reste à analyser pourquoi tu as agi dans son dos. Ce n'est pas que tu aies commis une erreur ; parfois, on n'a pas le choix. Ce qui se passe, c'est que vous êtes tous les deux de vraies têtes de mules.

— Moi ? Une tête de mule ?

— Absolument. C'est pour ça que je t'aime. Seulement, à force de vous cogner, vous finissez par vous faire mal.

— Il m'adresse à peine la parole.

— Qu'est-ce qu'il est méchant ! Tu veux de la glace ?

— Je crois que je vais être malade. Quel parfum ?

Elles finirent la soirée par terre, avec d'énormes bols de Décadence Triple Chocolat noyée de crème chantilly.

— J'avais raison, dit Eve, entre deux bouchées.

— Normal. Nous sommes des femmes. Nous avons toujours raison.

— Même Summerset m'a soutenue, alors qu'il me déteste.

— Il ne te déteste pas.

— Je l'aime à la folie, cet imbécile.

— Oh! Comme c'est mignon! murmura Mavis, le regard voilé. Si tu le lui avouais, vous vous entendriez nettement mieux.

Eve mit quelques secondes à réagir.

— Pas Summerset, bon sang! Connor. Je l'aime à la folie. Il pourrait au moins se montrer indulgent : cette affaire est très pénible, et je ne sais plus du tout où j'en suis.

— Tu sais toujours où tu en es. C'est pour ça que tu t'appelles Dallas, lieutenant Eve.

— Je ne parle pas du boulot, Mavis. Là, je suis sûre de moi. Mais de Connor, du mariage, de l'amour... Je parie que tu es ivre.

— Plutôt! Nous avons bu une carafe chacune du mélange spécial de Leonardo, n'est-ce pas qu'il est mignon?

— Oui.

Eve posa son bol, pressa une main sur son estomac.

— Il faut que j'aille vomir, là, maintenant.

— D'accord. Ensuite, ce sera mon tour. Préviens-moi quand tu auras fini.

Tandis qu'Eve se redressait tant bien que mal et quittait la pièce en chancelant, Mavis se roula en boule, mit un coussin sous sa tête, et s'endormit.

Eve se rafraîchit le visage et contempla son reflet dans la glace. Elle était pâle, épuisée, et complètement saoule. À regret, elle dévalisa le stock de Sober-Up. Puis, après réflexion, se contenta d'un seul cachet.

En découvrant Mavis endormie sur les coussins, comme une poupée au milieu d'un amas de jouets colorés, elle sourit.

— Qu'est-ce que je deviendrais sans toi?

Elle se pencha, la secoua légèrement par l'épaule. En guise de réponse, elle eut droit à un ronronnement de chaton. Renonçant à son idée d'aider Mavis à se coucher, elle saisit une des mille et une soieries disposées sur le canapé et l'étala sur son amie.

En proie au vertige, elle se redressa très vite.

— Oooohhh… j'ai vraiment trop bu.

Elle sortit de l'appartement avec l'aplomb d'un boxeur s'apprêtant à monter sur le ring. Elle amadouerait Connor, elle était plus que prête.

L'air frais lui fouetta le visage, et elle s'immobilisa un instant sur le seuil de l'immeuble pour reprendre son souffle, avant de s'avancer – presque en ligne droite – jusqu'à sa voiture. Elle eut la lucidité de programmer le mode automatique pour se laisser ramener chez elle.

Elle allait résoudre le problème, se promit-elle. Sans doute. Et s'il fallait séduire Connor pour y arriver… elle se sacrifierait.

Cette pensée la fit rire, et elle se cala dans son siège pour profiter du trajet.

New York était une ville tellement gaie! La circulation pédestre était dense, et les propriétaires de glissa-grils se frottaient les mains. Quant aux voleurs à la tire, songea-t-elle avec une pointe d'affection, ils s'amusaient comme des fous à détrousser les touristes et les distraits.

Une fumée grasse empestant les hot-dogs au soja trop cuits et des morceaux d'oignons réhydratés voletaient devant son pare-brise. Deux compagnes sous licence se chamaillaient au carrefour de la 6e Avenue et de la 62e Rue, sous les encouragements d'un badaud plein d'espoir. Un Rapid Taxi tenta de manœuvrer autour d'un concurrent, rata son coup et cabossa son pare-chocs. Les deux chauffeurs bondirent de leurs véhicules pour régler leurs comptes à coups de poing.

Ah! New York! Eve adorait New York.

Quelques membres au crâne chauve de la Pure Sect, loin de leur circonscription, se dirigeaient vers le nord. Un petit dirigeable publicitaire, défiant les lois du couvre-feu, vantait les plaisirs d'un voyage à

Vegas II. Quatre jours, trois nuits, transport aller et retour, chambre de luxe pour deux, le tout pour le prix incroyable de 12 085 dollars.

L'affaire du siècle.

Elle poursuivit son chemin tranquillement. Les piétons étaient maintenant moins nombreux, les glissa-grils mieux entretenus.

Bienvenue dans le monde de Connor! pensa-t-elle, amusée.

Tandis qu'elle s'approchait du portail, une silhouette surgit devant elle. Eve poussa un cri et, Dieu merci, le programme put jauger l'obstruction et freiner. L'irritation de la jeune femme se transforma en dégoût quand elle reconnut Webster.

Elle baissa sa vitre et le fusilla des yeux.

— Qu'est-ce qui te prend? Tu essaies de te suicider? Ceci est un véhicule de ville, et j'étais en mode automatique.

— Heureusement, parce que tu ne m'as pas l'air dans ton assiette.

Elle paraissait fatiguée, ivre et sexy.

— On a fait la fête?

— Pince-moi, Webster. Qu'est-ce que tu veux?

— Il faut que je te parle.

Il se tourna brièvement vers les grilles.

— Ce n'est pas facile d'accéder chez toi. Si tu me conduisais?

— Je ne veux pas de toi chez moi.

Le sourire engageant qu'il affichait se dissipa.

— Dix minutes, Dallas. Je te promets que je ne volerai pas l'argenterie.

— J'ai un bureau au Central. Prends rendez-vous.

— Si ce n'était pas important, crois-tu que je ferais le pied de grue ici?

Eve regretta de n'être pas assez soûle pour ne pas voir la logique de tout cela. Résistant à l'envie de remonter sa vitre et de le planter là, elle lui indiqua le siège côté passager. Pendant qu'il contournait la voiture, elle réalisa tout à coup qu'elle venait de passer plusieurs heures d'affilée sans penser à son travail.

— J'espère que c'est important, Webster. Sinon, gare à toi.

Elle s'engagea dans l'allée. Le système de sécurité vérifia l'identité de son véhicule, et le portail s'ouvrit.

— C'est drôlement bien protégé, pour un domicile.

Refusant de mordre à l'appât, elle se dit qu'elle aurait mieux fait d'avaler deux cachets de Sober-Up d'un coup, histoire d'y voir clair.

Après s'être garée, elle le mena vers l'escalier. Webster fit de son mieux pour ne pas s'émerveiller devant la demeure, mais il ne put retenir un sifflement d'admiration lorsqu'elle poussa la porte.

— J'ai une réunion, annonça-t-elle alors que Summerset se précipitait vers elle.

Les mains dans les poches, elle fonça vers l'étage. Webster resta un instant sur place et examina l'élégant majordome de bas en haut, tout en scrutant ce qu'il pouvait du décor.

— Très impressionnant, dit-il en la suivant enfin. J'ai du mal à t'imaginer dans ce palais. Tu n'es pas trop du genre princesse.

Cependant, en pénétrant dans le bureau d'Eve, que Connor avait conçu sur le modèle de son appartement, il hocha la tête.

— Ah ! j'aime mieux ça ! Rationnel, organisé.

— Maintenant que j'ai ton approbation, accouche. J'ai du boulot.

— Tu as pourtant eu le temps d'aller boire quelques verres.

Elle croisa les bras.

— Crois-tu vraiment avoir ton mot à dire sur la manière dont je m'occupe, que ce soit au travail ou ailleurs ?

— Ce n'était qu'une remarque.

Il arpenta la pièce, ramassant objets et bibelots au hasard, les remettant en place, puis sursauta en apercevant l'énorme chat qui l'observait en douce, enroulé sur un fauteuil.

— C'est ton garde personnel?

— Parfaitement. Si je lui en donne l'ordre, il t'arrachera les yeux et la langue. Ne m'oblige pas à faire ça.

Il s'esclaffa, en s'ordonnant de rester calme.

— Tu as du café?

— Oui.

Elle ne bougea pas d'un pouce.

Il rit de nouveau, résigné.

— J'allais dire qu'autrefois tu étais plus accueillante, mais tu ne l'étais pas. Ton côté méchant m'a toujours fasciné. Je dois être dérangé.

— Ou tu en viens aux faits, ou tu t'en vas.

Bien qu'il continuât d'hésiter, il opina et s'avança jusqu'à la fenêtre.

— Ton enquête actuelle empiète sur une action du BAI.

— Oh! Je suis vraiment désolée!

— Je les ai mis en garde. Ils n'ont pas voulu m'écouter. Ils pensaient pouvoir te manipuler.

Pivotant vers elle, il rencontra son regard.

— Je suis ici pour te donner l'ordre de laisser Ricker tranquille.

— Tu n'as aucune autorité sur moi.

— C'est une requête, rectifia-t-il. Je suis ici pour te demander de laisser Ricker tranquille.

— Requête refusée.

— Dallas, à force d'appuyer sur les mauvais boutons, tu risques de faire capoter une enquête sur laquelle ils bossent depuis des mois.

— Une enquête interne?

— Je ne peux ni le confirmer ni le nier.

— Dans ce cas, va-t'en.

— J'essaie de te donner un coup de main. Si tu laisses tomber, nous finirons tous par obtenir ce après quoi nous courons.

Elle se percha sur le bord de sa table.

— Moi, je suis à la recherche d'un tueur de flics. Et vous ?

— Tu penses que je m'en fiche, rétorqua-t-il, les yeux brillant de colère... que je suis indifférent à leur sort ?

— Je n'en sais rien, Webster. Si tu me le disais ?

— Je fais mon métier, riposta-t-il. Je m'assure que les choses se font bien et proprement.

— Mills et Kohli étaient corrompus.

Il voulut répliquer, se ravisa, fourra les poings dans ses poches.

— Sans commentaire.

— Je n'ai pas besoin de tes commentaires. Le BAI a sans doute de bonnes raisons de préférer rester discret là-dessus pour le moment. Très bien. Entre nous, moi aussi. Mais ça finira forcément par se savoir. Le lien avec Ricker va exploser sous peu. Combien de flics morts vais-je encore devoir ramasser pendant que vous faites traîner votre enquête interne ? Vous saviez qu'ils étaient ripoux, vous les avez laissés faire.

— Ce n'est pas si simple que ça.

— Vous étiez au courant ! répéta-t-elle, enragée. Vous saviez aussi qu'ils étaient sous la coupe de Ricker, qu'ils l'ont aidé à nous filer entre les doigts alors qu'il aurait dû rester en prison jusqu'à la fin de ses jours. Depuis combien de temps ?

— Savoir, ce n'est pas prouver, lieutenant.

— Tais-toi, Webster. Épargne-moi tes conneries. Ce que j'ai rassemblé sur ces deux flics en quelques jours aurait suffi à leur coûter leur insigne et un séjour sous les verrous. Si vous les avez laissés où ils étaient, c'était dans un but précis. Et maintenant, tu veux que je fiche la paix à Ricker. Comment vais-je savoir s'il ne t'a pas pris sous son aile, toi aussi ?

— Là, tu exagères ! s'exclama-t-il en s'approchant d'elle, l'air furieux. Si j'agis ainsi, c'est parce que je n'ai pas le choix. Je n'ai pas à me justifier envers toi. Autrefois, tu jouais franc jeu, Dallas. Quand est-ce que tout a basculé ? À peu près à l'époque où tu as connu Connor ?

— Recule. Immédiatement.

Il ne bougea pas.

— Mills était une ordure. Tu veux prendre le risque de ruiner une enquête sur laquelle nous travaillons depuis des mois dans le seul but de le défendre ? Il t'aurait vendue pour moins que rien.

— Il est mort. Est-ce ainsi que le BAI compte faire justice, en laissant nos hommes se faire étriper ? Si Ricker l'a éliminé, il s'est servi d'un autre flic pour l'achever. C'est comme ça que la balance s'équilibre, dans votre monde ?

— C'est un peu tiré par les cheveux.

— Pas du tout. Mon analyse est juste. Et tu le savais, à commencer par Kohli, c'est pour ça que tu...

Les mots moururent sur ses lèvres tandis que les pièces du puzzle s'imbriquaient pour former une nouvelle image. Une image qui lui donna la nausée.

— Kohli ! Tu ne l'as pas mentionné... Tu n'as parlé que de Mills. Parce que Kohli n'était pas un salaud, n'est-ce pas, Webster ? Il n'était qu'un outil. Vous lui avez tendu un piège. Vous vous êtes servis de lui.

— Laisse tomber.

— Pas de danger ! s'emporta-t-elle. Il travaillait pour vous. Il ne prenait rien, c'est vous qui donniez. Pour donner l'impression qu'il était dans son tort, pour qu'il puisse vous renseigner, se rapprocher des contacts de Ricker.

Les yeux clos, elle continua de réfléchir à voix haute.

— Vous l'avez sélectionné parce qu'il était droit comme un « i », et surtout, banal. Presque invisible. Un croqueur de données ayant un sens aigu du bien et du mal.

Elle rouvrit les yeux, fixa Webster.

— Son passé de militaire a penché en sa faveur. Il savait recevoir des ordres et les exécuter. Vous avez dû lui proposer un petit supplément, histoire de l'aider à offrir une plus jolie maison à sa femme et à ses enfants. Vous avez fait appel à son sens du devoir, de la famille… Ensuite, il y avait l'aspect Ricker. Il avait passé un temps fou sur ce dossier, et la tournure des événements a dû le décevoir. Vous l'avez piégé.

— Personne ne lui a mis un canon sur la tempe, protesta Webster, d'une voix empreinte de honte et de culpabilité. Il y a un sérieux problème au 128. Kohli correspondait au profil recherché. Il avait la possibilité de refuser.

— Vous saviez qu'il accepterait, justement à cause de son profil. Nom de nom, Webster, il a été tué justement parce que quelqu'un y a cru ! Quelqu'un l'a descendu parce qu'il était sûr d'avoir à faire à un ripou.

— Tu vas me dire qu'on aurait dû anticiper ? rétorqua-t-il, furieux lui aussi. On a été pris de court. Il était sur l'affaire, Dallas. Il connaissait les risques. Nous les connaissons tous.

— Oui, et nous vivons avec. Ou nous mourons avec. Elle s'avança vers lui.

— Tu t'es servi de moi, Webster, de la même manière. Et personne ne t'a rien demandé. Tu t'es présenté devant moi gentiment, officieusement ; tu m'as tendu des perches pour que j'aille trouver l'argent que Kohli avait mis de côté, comme vous le lui aviez conseillé. Pour que je le classe dans la catégorie des salauds. Tu m'as incitée à traîner un bon officier dans la boue.

— Et tu crois que ça me fait plaisir ?

Elle se détourna, mais il la saisit par le bras.

— La vérité sera rétablie le moment venu. On lui offrira une promotion posthume. Sa famille sera soutenue.

Ravalant son envie de cogner, Eve opta pour le dédain glacial.

— Sors de ma maison.

— Pour l'amour du ciel, Dallas, personne ne s'attendait à ça !

— Ça ne vous a pas empêchés de sauter dessus tout de suite. Il n'était même pas refroidi !

— Ce n'est pas ma décision, répliqua-t-il en lui prenant l'autre bras et en la secouant légèrement. Je ne devrais pas être ici ce soir. Je n'aurais pas dû te raconter tout ça.

— Alors pourquoi l'as-tu fait ?

— Le Bureau trouvera le moyen de te retirer l'affaire, ou, si ça l'arrange, de te mettre sur le chemin de Ricker. D'une manière comme d'une autre, tu deviendras une cible. Je tiens à toi.

Il l'attira brusquement vers lui. En état de choc, Eve fut incapable de le repousser.

— Hé !

— Je tiens à toi. Depuis toujours.

Elle plaqua les deux mains sur sa poitrine, sentit les battements accélérés de son cœur.

— Ma parole, Webster, tu es complètement cinglé !

— J'aimerais autant que vous lâchiez ma femme avant que je vous casse la figure, lança Connor depuis le seuil de la pièce. Mais c'est comme vous voudrez.

11

La voix était posée, aimable, et Eve ne fut pas dupe un seul instant. Elle savait y déceler le moindre signe de violence, même parfaitement dissimulé. Le regard bleu de Connor était glacial.

Elle éprouva un sursaut de terreur, comme un coup de poing en plein plexus solaire. Du coup, elle s'exprima d'un ton sec, tout en se libérant de l'étreinte de Webster pour se placer entre lui et son mari.

— Connor, Webster et moi sommes en pleine réunion... Il s'agit d'un désaccord professionnel.

— Je ne le pense pas. Va t'occuper ailleurs, Eve.

L'insulte faillit dissiper sa colère sans toutefois y parvenir. Elle se mit à trembler et songea brièvement que la soirée risquait fort de se terminer par l'arrestation de son époux pour homicide.

— Calme-toi, rétorqua-t-elle, prête à réagir au moindre mouvement. Tu te méprends sur la situation.

— Pas du tout! intervint Webster en s'avançant. Pas en ce qui me concerne, en tout cas. Et je n'ai pas l'habitude de me cacher derrière les femmes. Vous préférez qu'on se batte ici, ou dehors? demanda-t-il à Connor.

Ce dernier ébaucha un sourire de loup sur le point de happer sa proie.

— Ici et maintenant.

Ils se jetèrent l'un sur l'autre, se foncèrent dessus comme deux béliers en rut. L'espace d'un instant, Eve fut trop stupéfaite pour réagir autrement qu'en arrondissant les yeux.

Elle regarda Webster voler, chuter lourdement sur une table, qui s'écroula sous son poids. Galahad bondit en crachant de colère et lui griffa l'épaule.

Il se releva très vite, en sang. Les coups de poing fusèrent. Une lampe valsa.

Eve criait, elle s'entendait hurler au loin. Ne sachant que faire, elle dégaina son pistolet hypodermique, vérifia qu'il était au niveau le plus faible, et tira entre eux.

Sous le choc, Webster se retourna, mais Connor ne tressaillit même pas. Au contraire, il profita de la distraction de son adversaire pour le frapper en plein visage.

Une autre table se fracassa. Cette fois, Webster resta à terre. Du moins, il le serait resté, si Connor ne l'avait pas saisi par le col de la chemise.

— Connor !

Eve pointa son pistolet sur lui.

— Ça suffit ! Lâche-le ou je te paralyse. Je n'hésiterai pas, je te le promets.

Leurs regards se rencontrèrent, étincelants. Il obéit, et Webster retomba sur le sol comme un sac de pommes de terre. Tandis que Connor se dirigeait vers Eve, Summerset surgit.

— Je raccompagne votre invité.

— Excellente initiative, répliqua Connor, sans quitter sa femme des yeux. Et fermez la porte. Ainsi, tu vas me paralyser... murmura-t-il, lorsqu'il fut presque devant elle.

Elle recula, les nerfs à fleur de peau.

— Si tu ne te calmes pas, oui. Je vais aller voir s'il est gravement blessé.

— Il n'en est pas question. Sous aucun prétexte. Eh bien, qu'est-ce que tu attends ? Paralyse-moi ! la défiat-il avec sa pointe d'accent irlandais. Vas-y !

Eve entendit les portes se fermer. La peur lui étreignait la gorge, démultipliant sa fureur.

— Il ne se passait rien du tout entre nous. Je trouve ignoble que tu soupçonnes le contraire.

— Ma chère Eve, si j'avais cru qu'il se passait quoi que ce soit, il serait reparti les pieds devant.

Impassible, il tendit la main pour la désarmer avant d'ajouter :

— Pourtant, tu t'es immiscée entre nous.

— Justement. Pour éviter ça ! s'exclama-t-elle en agitant les bras. Ce feu d'artifice de testostérone. Tu as saccagé mon bureau et agressé un officier de police pour rien. Parce que j'étais en désaccord avec un collègue.

— Un collègue qui fut ton amant, et quand je suis arrivé, votre discussion était on ne peut plus personnelle.

— D'accord, c'est possible. Mais ce n'est pas une excuse. Si j'abattais chacune de tes ex-maîtresses, il n'y aurait plus une seule femme vivante à New York.

— C'est très différent.

— Je ne vois pas en quoi. Pourquoi est-ce que ce serait différent pour toi ?

— Parce que je n'invite pas mes ex-maîtresses dans ma maison et que je ne les laisse pas mettre la main sur moi.

— Ce n'est pas ce qui s'est passé. C'était...

— Et parce que...

Il la saisit par le devant de son chemisier et l'attira vers lui d'une poigne ferme.

— ...tu m'appartiens.

Elle écarquilla les yeux.

— Quoi ? Pardon ? Tu me considères comme ta propriété ? Comme un de tes hôtels ?

— Si tu veux.

— Ça ne me plaît pas du tout.

Elle voulut le repousser, mais ne réussit qu'à déchirer la couture de sa blouse. Un signal d'alarme retentit dans sa tête tandis qu'elle s'efforçait de lui échapper en exécutant une contre-manœuvre. Elle se retrouva le dos contre lui, les bras immobilisés.

— Tu as franchi les limites plusieurs fois en un temps record, lieutenant, chuchota-t-il à son oreille.

Le son était doux, dangereux. Terriblement érotique.

— Crois-tu que je me contenterai de satisfaire tes caprices ? Tu t'imagines peut-être que le fait de t'aimer m'a ôté tout mon mordant ?

Comme pour prouver le contraire, il enfonça légèrement les dents dans son cou.

Eve était incapable de réfléchir. Un brouillard épais enveloppait son esprit, elle avait du mal à respirer.

— Lâche-moi. Je suis trop fâchée pour régler ça avec toi maintenant.

— Non, tu n'es pas fâchée.

Il la fit pivoter vers lui, la poussa contre le mur, lui leva les bras au-dessus de la tête et la contempla, avec une expression d'ange condamné.

— Tu es intriguée et, malgré toi, excitée. Ton pouls bat à toute allure, tu trembles. Un peu par peur, ce qui ajoute du piment à l'histoire.

Il avait raison. Elle lui en voulait à mort, mais le désir l'envahissait inexorablement.

— Tu me fais mal. Lâche mes mains.

— Non, je ne te fais pas mal. Mais peut-être ai-je fait trop attention à ne pas te blesser... As-tu oublié ce que tu as accepté en m'épousant, Eve ?

— Non, marmonna-t-elle, le regard sur ses lèvres.

Elle fondait littéralement.

— Tu es à moi, tu le diras toi-même avant la fin de la nuit.

Sur ce, d'un geste preste, il déchira son chemisier.

— Et maintenant, je vais prendre ce qui est à moi.

Elle résista, mais c'était par fierté, et la fierté ne l'emportait jamais sur le désir. Elle se tortilla, accrocha un pied derrière celui de Connor dans l'espoir de le déséquilibrer. Il se contenta de changer de position, l'entraînant avec lui sur le sol.

Prise par surprise, elle en eut le souffle coupé, mais

son genou remonta dans un mouvement machinal d'autodéfense. Connor esquiva, tout en la maintenant prisonnière. Elle se cabra, l'agonit d'injures, détourna la tête quand il voulut l'embrasser.

Il se contenta de lui mordiller la gorge. Il aurait pu s'arrêter là. Au fil des ans, il avait acquis un vernis qui lui permettait de se comporter en homme civilisé, mais elle avait réveillé la bête en lui. Il éprouvait le besoin de se venger. Et son odeur le rendait fou.

Elle était forte. Il s'était déjà battu avec elle, mais toujours en la respectant.

Pas cette fois, se dit-il.

Pas cette fois.

Il couvrit l'un de ses seins. Elle avait la peau moite, brûlante. Elle émit une sorte de gémissement et, quand il réclama ses lèvres, elle le mordit.

L'élan de douleur ne fit qu'amplifier sa sauvagerie. Redressant la tête, il la fixa, une lueur féroce dans les prunelles.

— *Liomsa*.

Il le lui avait déjà dit une fois, dans la langue de sa jeunesse. *À moi*. Elle lutta encore, contre lui, contre elle-même, mais quand il reprit sa bouche, elle s'abandonna.

Elle avait envie de lui. Affreusement. Son corps tout entier s'arquait vers lui, et elle lui rendit son baiser avec fougue.

Il lâcha ses mains, le temps de la relever, avant de lui arracher les restes de sa chemise. La lanière de son holster s'emmêla, lui entravant les bras. La peur revint d'un seul coup ; elle était sans défense.

— Dis-le-moi, Eve. Dis-le !

Poussant un petit cri, elle renversa la tête en arrière. Le plaisir la dévorait, réduisant son amour-propre en lambeaux.

L'instant d'après, elle se roulait avec lui sur le sol jonché d'éclats de bois. Se libérant du holster, elle le déshabilla. Elle voulait sentir sa peau, la goûter.

Les mains de Connor s'emparaient, possédaient, exploraient. Ses longs doigts habiles avivaient impitoyablement ses sens. Il tira sur son pantalon, le jeta de côté.

Un flot de soulagement la submergea. Elle enfonça les ongles dans le tapis dans l'espoir de s'accrocher à une ancre. Mais elle volait, catapultée, perdue.

Et il continuait, incapable de se maîtriser.

Ses gémissements l'enflammaient, éperonnaient son avidité. À chaque aspiration, il l'engloutissait. Elle. Sa femme.

Couvrant ses seins de baisers gourmands, il plongea les doigts dans son intimité.

Elle atteignit le paroxysme, et son cri le bouleversa tandis qu'elle lui lacérait le dos.

— Dis-le, répéta-t-il, haletant. Je veux te l'entendre dire.

Par miracle, elle comprit. Il ne lui demandait pas de se soumettre, mais d'accepter. S'offrant totalement à lui, elle bredouilla les mots qu'il attendait si désespérément.

— À moi. Tu es à moi aussi.

Elle gisait sous lui, affaiblie, en état de stupeur. Ses oreilles bourdonnaient, les pensées se bousculaient dans son esprit. Elle cherchait à se retrouver dans ce corps qui avait réagi d'une façon aussi primitive, mais elle voulait aussi, et surtout, savourer les échos des sensations qui continuaient de l'assaillir.

Quand Connor changea de position, elle se mit sur le ventre, comme elle le faisait quand l'épuisement prenait le dessus. Il la souleva dans ses bras.

— Nous n'avons pas encore fini.

Abandonnant le bureau saccagé, il l'emmena dans leur lit.

Quand Eve se réveilla, la lumière inondait la chambre, et son corps vibrait de mille et une douleurs vagues. Connor n'était plus là.

Allongée dans les draps entremêlés, partagée entre la honte et le plaisir, elle songea que rien n'était résolu. Ils n'avaient pas rétabli l'équilibre. Elle se leva et alla se doucher en se demandant s'ils avaient réglé quoi que ce soit ou, au contraire, envenimé la situation.

Elle parvint à s'habiller sans rencontrer son reflet dans la glace. Son holster et son arme étaient sur une table dans le coin salon. Quand les avait-il posés là ?

Une fois le pistolet dans son étui, elle se sentit mieux. Du moins, jusqu'au moment où elle entra dans son bureau et découvrit Peabody, sidérée devant le carnage.

— Eh bien dites donc !

— Il y a eu un petit incident, éluda Eve en poussant de côté la lampe brisée et en se précipitant vers sa console.

Pour l'heure, son unique dessein était de garder le contrôle.

— J'ai des renseignements qui pourraient être utiles pour notre enquête. Asseyez-vous.

Peabody s'éclaircit la gorge et s'installa sur une chaise. C'était la première fois qu'elle voyait le lieutenant démarrer sa journée sans une tasse de café à la main. Se gardant de tout commentaire, elle sortit son calepin.

— J'ai appris que le BAI menait une opération, attaqua-t-elle, avant d'expliquer à son assistante tout ce qu'elle avait besoin de savoir.

Quand elle eut terminé, Peabody posa son carnet sur ses genoux.

— Si je peux me permettre un avis, lieutenant, c'est ignoble.

— C'est noté. Je suis d'accord avec vous.

— Ils retardent deux enquêtes d'homicides en retenant des informations capitales. BAI ou pas, ils n'en ont pas le droit.

— En effet, et je vais m'en occuper. D'ici là, j'aimerais que vous preniez contact avec le Dr Mira. Demandez que notre consultant soit transféré ici. Je ne veux pas que le BAI flaire quoi que ce soit. Appelez McNab. Je veux qu'on examine de près cette liste du 128. Ici même. Avant d'avoir remonté la filière, officiellement, nous ne communiquerons rien au BAI.

— Vive la solidarité ! railla Peabody. Quelle bande de rats !

— Laissez de côté vos sentiments personnels. Les flics tombent comme des mouches. On n'a pas le temps de s'apitoyer… Je veux en parler de vive voix avec Whitney. Je serai de retour dans deux heures. En cas de contretemps, je vous préviendrai.

— Entendu, lieutenant. Voulez-vous que je fasse du ménage ?

— Ce n'est pas votre boulot ! trancha Eve, avant de fermer les yeux et de reprendre son souffle. Excusez-moi. Je suis un peu énervée. Ne vous inquiétez pas pour ça, à moins que quelque chose ne vous gêne. Dites à Mira que ce dossier est prioritaire. Rassemblez les fiches d'un maximum d'hommes du 128 avant de lancer la consultation.

Elle hésita, puis haussa les épaules et se dirigea vers la sortie.

— De plus, je vous serais reconnaissante d'avertir les bureaux de Connor que nous en aurons terminé au Purgatoire à la fin de la journée.

Il n'était absolument pas intéressé par le Purgatoire, ni par le temps qu'il y passerait sans doute pour expier ses fautes. Il ne fut pas non plus surpris de découvrir Don Webster, qui le guettait dans la salle d'attente de ses bureaux du centre-ville.

L'assistante de Connor, une femme d'une efficacité remarquable, vint se placer stratégiquement entre les deux hommes.

— Votre emploi du temps est très chargé, ce matin. Ce monsieur souhaitait vous rencontrer et rechigne à prendre un rendez-vous pour la fin de la semaine.

— Je vais le recevoir maintenant. Merci, Caro. Webster…

D'un geste, Connor indiqua le couloir menant à son bureau. Il constata non sans plaisir que Webster arborait un œil au beurre noir et une lèvre fendue.

Lui-même avait très mal aux côtes, ce qu'il n'aurait admis pour rien au monde. Il alla se placer près de son fauteuil, mais ne s'assit pas. Les mains dans les poches, les pieds bien ancrés au sol, il mesura son adversaire.

— Vous voulez tenter un deuxième round ?

— Vous n'imaginez pas à quel point, rétorqua Webster, avant de secouer la tête. Malheureusement, je suis obligé d'y renoncer. Ça me déchire de l'avouer, mais vous aviez tous les droits de me casser la figure hier soir.

— Ah ! nous voilà d'accord sur un point ! répondit Connor d'un ton affable. Si jamais je vous reprends en train de toucher ma femme, je vous coupe les mains. C'est une promesse.

— Si vous étiez arrivé cinq minutes plus tard – non, cinq secondes –, elle aurait réglé le problème toute seule.

— Je n'ai jamais mis en doute la fidélité d'Eve.

— Très bien.

Le poids que Webster traînait depuis la veille s'allégea légèrement.

— Je ne voudrais pas que vous ayez l'impression que… qu'elle… merde ! marmonna-t-il en passant une main dans ses cheveux. Nous avons un souci professionnel, que j'ai transformé en dilemme personnel. Voilà… je crois que je suis amoureux de votre femme.

— En effet, c'est grave. Vous avez du courage de m'en parler.

Songeur, Connor s'assit, prit une cigarette. Accrochant le regard de Webster, il haussa un sourcil.

— Vous en voulez une ?

— Je n'ai pas fumé depuis cinq ans. Trois mois et… et vingt-six jours. J'ai perdu le compte des heures. Et puis zut !

Il en prit une, aspira longuement la fumée.

— Je ne vous connais pas, mais j'ai beaucoup entendu parler de vous.

— C'est réciproque, répliqua Connor. Pensiez-vous qu'Eve ne m'avait jamais parlé de la nuit que vous avez passée ensemble ?

Affichant un air nonchalant, Webster s'assit à son tour.

— Pour elle, ça ne signifiait rien. Je le savais à l'époque, et je le sais aujourd'hui. Je connais votre réputation, Connor. Si vous voulez vous débarrasser de moi, vous le ferez. Je l'accepte. Simplement, je ne voudrais pas que Dallas subisse les conséquences de ma stupidité.

— Une telle tentative de protection l'inciterait plutôt à vous aplatir.

Pour la première fois, Webster sourit, puis émit un juron en portant la main à sa lèvre fendue.

— Oui, eh bien… Quand je merdoie, je n'accepte pas que quelqu'un d'autre paie à ma place.

— Quoi que vous sachiez, ou pensiez savoir sur moi, permettez-moi de préciser ceci : je ne m'en prends jamais aux femmes, notamment quand elles n'ont rien à se reprocher.

Il se souvint de la façon dont il avait traité Eve la veille, puis chassa cette pensée de son esprit. Il verrait ça plus tard.

— Et m'en prendre à vous rendrait Eve malheureuse, enchaîna-t-il. Je pourrais prendre ce risque, mais je n'ai aucune raison de le faire.

Webster fixa sa cigarette.

— Vous n'êtes pas ce que je croyais.

— J'aurais pu l'être.

Ravalant un soupir, Webster aspira une dernière bouffée de fumée.

— Avec des « si »... Ce qui compte, c'est ce qui est. Je ferais mieux de m'en souvenir, ajouta-t-il en se tapotant la joue.

Écrasant son mégot dans le cendrier, il se leva, rencontra le regard de Connor, tendit la main.

— Merci de m'avoir accordé ces quelques instants.

Connor se mit debout, lui aussi. Il éprouvait un mélange de pitié et de respect. Il serra la main de Webster et sourit.

— J'ai un bleu de la taille d'une assiette sous les côtes, et l'impression d'avoir reçu une brique sur le foie.

Webster eut un petit rire qui lui rappela douloureusement sa lèvre fendue.

— Merci.

Il s'éloigna, se retourna sur le seuil de la pièce.

— Vous allez bien ensemble, vous et Dallas. Vous formez un sacré couple.

Oui, se dit Connor quand la porte se referma. Mais ce n'était pas toujours facile.

Quand Eve lui relaya ce qu'elle avait appris, le commandant Whitney n'explosa pas, mais il s'en fallut de peu.

— Vous pouvez vérifier ?

— Non, commandant. Pas encore. Mais mes renseignements sont fiables. Ma source est fiable.

— Qui est la source ?

Elle réfléchit, décida qu'elle n'avait pas le choix.

— Je regrette, commandant, mais je ne suis pas en mesure de vous révéler son nom.

— Je ne suis pas un reporter, Dallas !

— Commandant, cette information m'a été transmise en toute confidentialité. Je n'hésiterai pas à m'en servir, mais je ne peux pas vous donner l'identité de la source.

— Vous ne me facilitez pas la tâche. Comment voulez-vous que je donne un coup de pied au BAI ?

— J'en suis navrée.

Il se mit à pianoter nerveusement sur son bureau.

— Je vais les confronter. Ils vont nier, éluder, tergiverser. Si, comme vous le prétendez, l'opération est en cours depuis plusieurs mois, ils seront réticents à en parler, même avec moi.

Il se balança sur son fauteuil, le regard concentré.

— La politique est un jeu de vilains. Et j'y excelle.

— Oui, commandant, murmura Eve en s'autorisant un mince sourire. C'est vrai.

— Préparez-vous à être convoquée à la Tour pour discuter de cette affaire, lieutenant, ordonna-t-il, faisant allusion aux bureaux du commissaire divisionnaire. Je lance la machine.

— Je suis à votre disposition, commandant. À partir de maintenant, et jusqu'à ce que cette affaire soit résolue, je travaillerai avec mon équipe de chez moi.

Il opina en pivotant vers son vidéocom.

— Vous pouvez disposer.

Tandis qu'elle regagnait son véhicule dans le parking, Carmichael l'interpella.

— J'ai un petit quelque chose qui pourrait vous intéresser. J'ai effectué des recherches sur la plupart des témoins de ma liste, et j'ai marqué un point avec une des serveuses.

— C'est-à-dire ?

— Il semble qu'elle ait fait un peu de prison pour escroquerie. Rien de dramatique mais, du coup, elle s'y connaît en matière de flics. Elle prétend avoir deviné que Kohli en était un, mais que ça ne l'a pas inquiétée outre mesure. Quant à l'autre, qui venait de temps en temps siroter un verre au bar, elle n'avait rien de spécial à en dire.

— Quel autre ?

— Justement, c'est la question que je lui ai posée, répondit Carmichael avec un large sourire. Et la réponse a été « la femme flic ». Une jolie blonde. Quand j'ai insisté, elle m'a donné une description assez fidèle du capitaine Roth.

— Pas possible !

— Oui, au début, ça aurait pu correspondre à plusieurs centaines de femmes, mais j'ai tiqué. Du coup, j'ai sorti des photos et je lui ai demandé de la reconnaître. Elle a pointé le doigt sur Roth au premier coup.

— Merci. Ça reste entre nous, d'accord ?

— Entendu. Je m'apprêtais à déposer le rapport de l'entretien sur votre bureau. Vous le voulez maintenant ? s'enquit Carmichael en sortant un disque de sa mallette.

— Oui. Merci encore.

Eve fourra le disque dans sa poche et se précipita vers sa voiture. En route, elle s'arrêterait au 128.

— Peabody ! ordonna-t-elle par le biais de son communicateur. Penchez-vous sur le cas de Roth et creusez. Inutile d'être discrète. Au contraire.

— Oui, lieutenant. Votre rendez-vous avec le Dr Mira est prévu pour 10 h 30 chez vous.

— Je m'efforcerai d'être à l'heure. Occupez-vous du dossier Roth et clamez-le haut et fort.

Eve ne s'attendait pas à ce qu'on lui déroule le tapis rouge à son arrivée au 128. Elle eut droit à des regards froids et des commentaires en douce. Un officier particulièrement inventif imita le cri d'un cochon.

Plutôt que de l'ignorer, elle alla se planter devant son bureau.

— Quel talent, inspecteur ! On peut louer vos services pour une soirée ?

Il eut une moue.

— Je n'ai rien à vous dire.

— Tant mieux, car moi non plus, je n'ai rien à vous dire.

Elle le fixa jusqu'à ce qu'il détourne la tête, gêné. Satisfaite, elle repartit en direction du bureau du capitaine Roth.

La pièce était située en coin. Roth avait dû beaucoup manœuvrer pour obtenir ce local à deux fenêtres. La porte étant vitrée, Eve vit Roth bondir sur ses pieds. Leurs regards se rencontrèrent. Eve ne prit pas la peine de frapper.

— Comment osez-vous fouiller dans ma vie privée sans m'en avertir ? attaqua Roth. Vous dépassez les limites, lieutenant.

— Vous craignez que je découvre quelque chose ?

— Je ne suis pas inquiète. Je suis furieuse. Vous ignorez les principes mêmes de la courtoisie la plus élémentaire depuis que vous avez décidé, sur un coup de tête, de vous en prendre à mon équipe. J'ai l'intention d'en informer le commandant Whitney et de monter jusqu'à la Tour.

— C'est votre privilège, capitaine. Comme c'est le mien, en tant que responsable de deux enquêtes d'homicides, de vous demander pourquoi vous m'aviez caché vos visites au Purgatoire.

— Vous êtes mal renseignée.

— Je ne le pense pas. Nous pouvons en parler ici, capitaine, ou au Central. C'est à vous de choisir.

— Si vous croyez que je vais vous laisser me détruire, vous vous trompez.

— Si vous croyez que je vais vous laisser vous dérober derrière vos barrettes de capitaine, vous vous trompez aussi. Où étiez-vous la nuit du meurtre de l'inspecteur Kohli ?

— Je n'ai pas à vous répondre.

— Vous y serez obligée si je vous interroge officiellement. Ce que je ne manquerai pas de faire.

— Je n'étais pas au Purgatoire la nuit du meurtre de Kohli.

— Prouvez-le-moi.

— Oh ! J'espère que vous rôtirez en enfer ! grommela Roth en allant baisser les stores de son box... C'est personnel.

— Quand il s'agit d'un meurtre, rien n'est personnel.

— Je suis policier, lieutenant, et j'exerce bien mon métier. Je suis meilleure dans les bureaux que sur le terrain, mais je suis un bon flic. Le fait que j'aie bu un verre dans un club de temps en temps n'a rien à voir avec la mort de Kohli ni avec ma position de capitaine.

— Dans ce cas, pourquoi avez-vous tu cette information ?

— Parce que je ne suis pas censée boire.

Elle devint écarlate.

— J'ai un problème avec l'alcool, et j'ai déjà suivi une cure de désintoxication. Mais vous le savez, dit-elle en revenant à sa table. Je ne tiens pas à ce que cette rechute mette mon poste en péril. Je ne savais pas que Kohli travaillait au Purgatoire quand j'y suis allée la première fois. Si j'y suis retournée ensuite, c'est parce que j'éprouvais le besoin de voir un visage familier. Je n'en ai pas parlé, parce que cela ne me paraissait pas indispensable.

— Vous savez très bien qu'il n'en est rien, capitaine.

— D'accord, je me protégeais. C'est normal, non ?

Elles se firent face, Roth solidement ancrée dans le sol, défendant son territoire. Elle ne reculerait devant rien pour sauver sa peau.

— Je sais très bien que vous essayez de démontrer que Kohli était corrompu, et Mills aussi. Vous n'en direz pas autant de moi.

— Nous avons constaté un nombre de dépôts substantiel sur les comptes épargne de votre mari.

— Cette fois, c'en est trop ! J'appelle mon avocat.

Elle tendit la main vers le vidéocom, ferma le poing. Dans le silence, Eve la regarda se ressaisir.

— Si je fais ça, ça deviendra officiel. Vous m'avez coincée.

Elle reprit son souffle, expira.

— Il y a quelques mois, j'ai commencé à soupçonner mon mari de me tromper. Tous les signes étaient là. Il était distrait, se désintéressait de moi, rentrait tard et me posait des lapins. Je l'ai confronté, il a nié.

Les hommes ont le don de retourner ce genre d'accusations, de manière à vous faire passer pour la coupable. C'est simple, lieutenant, mon ménage battait de l'aile, et je n'y pouvais rien. Vous êtes flic, vous êtes femme, vous êtes mariée. Vous savez que ce n'est pas toujours facile.

Eve ne répondit pas.

— J'étais nerveuse, incapable de me concentrer. Je me suis dit qu'un petit verre me réconforterait. Ou deux. Et je me suis retrouvée au Purgatoire. Kohli était au bar. Nous avons tous deux fait comme si notre présence en ces lieux était normale. Pendant ce temps, mon mariage s'écroulait. J'ai découvert que non seulement mon mari avait une maîtresse, mais qu'en plus il transférait régulièrement des fonds de notre compte joint sur un autre, en son nom propre. Très vite, je me suis rendu compte que j'étais ruinée et que je replongeais tout droit dans l'alcoolisme, ce qui affectait mes capacités au travail.

Elle marqua une pause.

— Il y a environ deux semaines, je me suis reprise en main. J'ai fichu mon mari dehors et entrepris une cure de désintoxication. Cependant, je n'ai pas signalé ce fait à ma direction, ce qui est une violation de la procédure. Mineure, certes, mais tout de même. Depuis, je n'ai jamais remis les pieds au Purgatoire et je n'ai pas vu l'inspecteur Kohli en dehors des heures de service.

— Capitaine Roth, je compatis avec vos problèmes, mais j'ai besoin de savoir où vous étiez la nuit du meurtre de Kohli.

— Jusqu'à minuit, j'étais à une réunion des Alcooliques anonymes qui se tenait dans le sous-sol d'une église à Brooklyn.

Elle eut un petit sourire.

— Là, j'étais à peu près certaine de ne pas tomber sur une connaissance. C'était le but du jeu. Ensuite, je suis allée boire un café avec plusieurs des participants.

Nous avons échangé nos expériences. Je suis rentrée chez moi, seule, vers 2 heures, et je me suis couchée. Je n'ai aucun alibi.

Plus calme, à présent, Roth regarda Eve dans les yeux.

— Tout ce que je viens de vous dire est officieux et juridiquement irrecevable, puisque vous ne m'avez pas récité le Code Miranda révisé. Si vous me mettez en examen, lieutenant, je vous rendrai la tâche très difficile.

— Si je décide de vous mettre en examen, capitaine, je vous le promets, ce sera encore plus dur pour vous.

12

Eve avait besoin de temps pour absorber, trier, laisser les pièces du puzzle se mettre en place. Elle avait besoin de réfléchir : était-elle prête à ruiner la carrière d'un collègue avant d'avoir la certitude qu'il avait commis des fautes graves ?

Elle allait rencontrer Mira, insérer les nouvelles données, calculer les probabilités. Elle suivrait la procédure à la lettre.

En pénétrant dans son bureau de la maison, elle vit Mira assise dans un fauteuil, au milieu de la pièce remise en état. Peabody et McNab s'affairaient, dos à dos, sur leurs claviers respectifs.

— Je suis désolée de vous avoir fait attendre.

— Ce n'est rien, répondit Mira en posant sa tasse de thé. Peabody m'avait prévenue.

— Ça ne vous ennuie pas de passer à côté ?

— Pas du tout.

Élégante comme à son habitude, en tailleur vert printemps, Mira se leva.

— J'ai toujours plaisir à me promener dans votre demeure.

Tout en se disant que ça ne convenait guère pour une consultation, Eve la conduisit dans l'un des salons. Mira poussa un soupir d'admiration.

— Quel espace magnifique ! murmura-t-elle, fascinée par les couleurs douces, les lignes gracieuses du mobilier, les bois polis. Mon Dieu ! Eve, serait-ce un Monet ?

Eve jeta un coup d'œil sur le tableau.

— Je n'en ai pas la moindre idée.

— Bien sûr que si ! s'exclama Mira en s'approchant de la toile. Comme je vous envie votre collection !

— Ce n'est pas la mienne.

Mira se tourna vers elle en souriant.

— Je l'envie néanmoins. Puis-je m'asseoir ?

— Oui, bien sûr. Pardon. Je suis confuse aussi de vous avoir inondée de requêtes.

— Nous sommes toutes deux accoutumées à travailler sous pression. Ces homicides font des vagues à travers tout le département. Le fait de se trouver en plein milieu n'arrange rien.

— Ça aussi, j'en ai l'habitude.

— Oui.

Quelque chose ne tourne pas rond, songea Mira. Elle connaissait trop bien Eve pour ne pas être sensible au moindre signe. Mais ça pouvait attendre.

— Je suis d'accord avec votre analyse selon laquelle les deux victimes ont le même assassin. Si la méthode diffère, on n'en note pas moins certaines similitudes. Les pièces de monnaie, les victimes elles-mêmes, la brutalité, la connaissance des systèmes de sécurité des lieux.

— C'est un flic, intervint Eve. Ou quelqu'un qui l'a été.

— Très probablement. Votre meurtrier est enragé mais se maîtrise suffisamment pour se protéger en éliminant les indices. La colère est personnelle, je dirais même, intime. Ce qui vient soutenir votre profil flic contre flic.

— Parce qu'il soupçonnait Mills et Kohli d'être corrompus, ou parce que lui-même l'est ?

— D'après moi, la première hypothèse. Ce sont des actes de vengeance. Votre agresseur agit de façon systématique, il se prend pour un justicier. Il veut faire passer ses victimes pour des Judas, il veut que leurs crimes soient révélés.

— Dans ce cas, pourquoi ne pas les exposer, tout simplement ? C'est très facile.

— Ce n'est pas assez spectaculaire. La perte du badge, l'humiliation. C'est trop facile. Il veut les punir lui-même. Il ou elle a été puni d'une manière ou d'une autre, sans doute dans le cadre de son travail, et l'a perçu comme une injustice. Peut-être l'assassin a-t-il été accusé à tort d'une infraction. Le système l'a trahi, il ne lui fait plus confiance.

— Ils le ou la connaissaient.

— J'en suis sûre. Non seulement parce que les victimes semblent ne pas avoir anticipé l'attaque, mais aussi parce que, d'un point de vue psychologique, ce lien ne fait qu'accroître la rage. Il est très possible qu'ils aient travaillé avec le meurtrier. Peut-être ont-ils commis un acte qui, selon le tueur, a engendré l'injustice dont il a subi les frais. Quand vous le trouverez, Eve, tout s'expliquera.

— Pensez-vous qu'il ait une certaine autorité ?

— Le seul fait de porter l'insigne confère une certaine autorité.

— Est-ce que ce pourrait être un gradé ?

— C'est possible. Mais ce n'est pas quelqu'un qui croit en son pouvoir. C'est sa fureur qui le rassure, une fureur née en partie de ses désillusions par rapport au système qu'il a représenté. Ce système que ses victimes avaient juré de représenter.

— Le système s'est fichu de lui, ils se sont fichus du système. Pourquoi s'en prendre à eux ?

— Parce qu'ils ont profité des failles, alors que lui a perdu.

Eve opina.

— Vous savez qu'on soupçonne le 128 d'avoir un sérieux problème interne. Une connexion avec le crime organisé. Avec Max Ricker.

— Oui, cela apparaît clairement dans votre rapport.

— Je dois vous dire, docteur Mira, que l'inspecteur Kohli n'avait rien à se reprocher, et qu'une opération du BAI est en cours dans l'espoir de démasquer cette corruption.

— Je vois, marmonna Mira dont le regard se voila. Je vois.

— Je ne sais pas si notre assassin en était conscient, mais ça m'étonnerait. Comment va-t-il réagir en apprenant que Kohli était net ?

Mira se leva. Son métier l'obligeait à se mettre dans l'état d'esprit des meurtriers. Elle déambula jusqu'aux baies vitrées surplombant les jardins, où la brise caressait un océan de tulipes roses.

Décidément, pensa-t-elle, rien n'était plus réconfortant qu'un parc bien entretenu.

— Au début, il ne voudra pas le croire. Il ne se considère pas comme un tueur, mais comme un justicier. Quand il ne pourra plus le nier, il se dissimulera derrière sa rage. C'est sa bouée de sauvetage. Une fois de plus, le système l'a trahi, l'incitant à mettre un terme à la vie d'un innocent. Quelqu'un devra payer. Peut-être quelqu'un des Affaires internes, où tout a commencé. Peut-être vous, Eve… Car c'est vous qui, indirectement du moins, avez poussé toute cette horreur sous son nez. Désormais, il va redoubler de fureur. Pour lui, pour Kohli. Dès qu'il l'apprendra, dès qu'il l'acceptera, il tuera. Il continuera de tuer jusqu'à ce qu'on l'arrête, Eve.

— Comment m'arranger pour qu'il s'en prenne à moi ?

Mira revint s'asseoir.

— En admettant que je le puisse, croyez-vous vraiment que je vous aiderais en cela ?

— Mieux vaut connaître sa cible que de la deviner.

— En effet, convint Mira, impassible. Surtout si vous y arrivez. Mais vous ne pouvez pas le manipuler, Eve. Il a sa propre logique. Il a déjà sélectionné sa prochaine victime. Cette information, quand il en prendra connaissance, risque de modifier ses projets. Il faudra qu'il s'en remette, qu'il reprenne l'équilibre.

Eve fronça les sourcils.

— Il a une conscience.

— Oui, et Kohli va peser dessus. Kohli va lui coûter. Quant à la personne qu'il accusera ? Mystère.

— Pourquoi ne s'attaque-t-il pas à Ricker ?

— Il le fera peut-être mais, avant cela, il voudra faire le ménage chez lui.

— Comment enquêter sur chacun des membres d'une circonscription et les protéger en même temps ? murmura Eve. Comment réagir quand ils vous considèrent d'emblée comme un ennemi ?

— C'est ce qui vous tracasse ? Que vos collègues se méfient de vous ?

— Non, non. Je peux gérer ça.

— Dans ce cas, puisque je n'ai plus rien à ajouter sur ce sujet pour le moment, j'aimerais que vous me disiez ce qui vous préoccupe.

— Je suis débordée, éluda Eve en quittant son fauteuil. Merci d'avoir pris le temps de venir jusqu'ici.

Eve n'était pas forcément la plus têtue des deux.

— Asseyez-vous. Je n'ai pas terminé.

Un peu surprise par le ton autoritaire, Eve s'exécuta.

— Vous avez dit…

— Je vous ai demandé de me dire ce qui vous tracassait. Vous êtes malheureuse, vous semblez avoir du mal à vous concentrer, et je suis presque sûre que c'est pour des raisons personnelles.

— Justement, si c'est personnel, ce n'est ni le lieu ni…

— Les cauchemars ont repris ?

— Non, ça n'a aucun rapport avec mon père, mon passé. C'est mon problème.

— J'aimerais comprendre quelque chose. Je tiens énormément à vous.

— Docteur Mira…

— Taisez-vous, interrompit-elle d'un ton aimable, mais sans réplique. Je tiens à vous, je le répète. Cela a beau ne pas vous mettre à l'aise, Eve, je vous considère un peu comme ma fille. C'est dommage que cela vous déplaise... Vous ne connaissez pas mes enfants, mais je peux vous assurer qu'ils vous parleraient de mon impitoyable obstination lorsque leur bonheur est en jeu. Si je n'ai pas l'intention de m'immiscer dans vos affaires, je découvrirai néanmoins la cause de votre désarroi.

Stupéfaite, Eve la dévisagea. Sa gorge s'était nouée d'émotion. Elle n'avait aucun souvenir de sa mère et était impuissante à se défendre, face à cette femme qui tenait tant à jouer ce rôle.

— Je ne peux pas en parler.

— Bien sûr que si ! S'il ne s'agit pas de votre passé, il s'agit de votre présent. Et si c'est personnel... c'est Connor. Vous vous êtes querellés ?

L'emploi de ce terme, si civilisé, eut sur Eve un effet inattendu. Elle éclata de rire, se plia en deux de rire, jusqu'au moment où elle se rendit compte, à son immense surprise, qu'elle était sur le point de sangloter.

— Je ne sais pas. Il m'adresse à peine la parole.

— Eve, dit Mira en lui prenant la main.

Ce geste d'amitié fit sauter le dernier verrou. Eve raconta tout, depuis l'instant où elle était entrée dans la chambre où Summerset se battait avec l'énorme bouquet de fleurs.

— Je suis allée voir Mavis, poursuivit Eve. J'ai bu. Ça paraît idiot.

— Au contraire, c'est tout à fait compréhensible. Vous vous êtes adressée à une amie qui vous connaît bien et qui vit de son côté une relation épanouie. Boire vous a permis de vous défouler.

— Elle m'a conseillé de... de le séduire.

— Excellent. Le sexe ouvre la porte à la communication et apaise les tensions. Ça n'a pas marché ?

— Je n'ai pas vraiment eu l'occasion d'essayer. Un individu, dont je ne peux pas vous révéler le nom, mais qui est impliqué dans cette affaire et avec lequel j'ai eu une aventure autrefois, m'attendait devant la maison. Je l'ai amené jusqu'à mon bureau pour discuter et... mon Dieu... je ne sais pas ce qui lui a pris. Je suppose qu'il a voulu m'embrasser. Je m'apprêtais à le repousser quand Connor...

— Ah! J'imagine qu'il était très mécontent.

Eve la fixa, ahurie par cette expression. Elle craignit de se remettre à rire, sachant que, cette fois, elle ne s'arrêterait plus.

— On peut le dire. Ils ont échangé des mots, puis se sont jetés l'un sur l'autre. Le pire c'est que, l'espace d'une minute, je suis restée plantée là comme une imbécile. Les meubles volaient, le sang jaillissait, et moi, je ne bougeais pas.

— Vous avez fini par réagir, je suppose.

— Oui, mais tout de même... J'ai dégainé mon arme.

— Seigneur!

— Elle était en mode hypodermique, expliqua-t-elle en haussant les épaules. J'ai tiré un coup en l'air, pour les mettre en garde. Connor m'a ignorée. Malheureusement, l'autre a marqué une hésitation, et Connor en a profité pour l'assommer. Summerset l'a raccompagné à la sortie, pendant que j'ordonnais à Connor de se calmer s'il ne voulait pas que je le paralyse. J'étais sérieuse.

— Je n'en doute pas.

— Il avait l'air de s'en moquer. Il m'a poussée dans un coin, j'étais incapable de... Ensuite, euh... il a...

— Ah! Je vois.

— Non, non, il ne m'a pas battue!

— Ce n'est pas ce que je pensais. Il... vous a fait l'amour.

— Pas exactement. Il m'a possédée. J'allais me refuser à lui, je me suis dit que je ne pouvais pas accepter ça, pourtant... J'étais excitée, il l'a senti, il a déchiré mes vêtements et m'a prise à même le sol. Nous étions comme deux bêtes sauvages. Je n'ai pas cherché à l'arrêter, parce que… mon Dieu! J'avais tellement envie de lui que je me serais laissé dévorer toute crue.

— Eh bien! souffla Mira.

— Je n'aurais pas dû vous dire ça, marmonna Eve en fermant les yeux. Je perds la tête.

— Pas du tout, ma chère, c'était une réaction peu professionnelle, et je vous prie de m'en excuser. Mais je suis une femme, moi aussi.

Elle ne put s'empêcher de penser que son propre mari allait être enchanté des effets secondaires de ce petit tête-à-tête avec Eve.

— Je ne me suis pas simplement abandonnée, je l'ai aidé. J'y ai pris beaucoup de plaisir.

Eve contempla ses mains, penaude.

— Je deviens folle.

— Mais non, au contraire, c'est très sain. Vous vous aimez, Eve. La passion…

— C'était plus que ça.

Cette fois, Mira s'esclaffa.

— Vous êtes deux êtres forts, têtus, physiques et vous vous aimez follement. Il était furieux parce que vous aviez cherché à le protéger à vos risques et périls. Comme vous l'auriez été, dans son cas.

— Mais…

— Vous savez que c'est vrai. Vous n'hésiteriez sans doute pas à recommencer, et lui non plus. Vous avez ébranlé son ego, ce qui est toujours délicat, surtout avec un homme tel que lui. Ensuite, avant qu'il ait pu s'en remettre, il vous surprend dans les bras d'un autre.

— Il devait savoir que je n'aurais jamais…

— Il le savait, assura Mira. Mais deux coups à la suite, c'est trop.

— Je… Vous avez probablement raison, admit-elle à contrecœur.

Tout à coup, Eve poussa un soupir, incroyablement soulagée.

— Oui, c'est vrai.

— Évidemment. Et il a voulu se réapproprier son bien. Cette femme est à moi.

— C'est exactement ce qu'il a dit.

— C'est naturel. Vous l'êtes. Et réciproquement. Et voilà que vous pointez votre arme sur lui. J'imagine la scène ! Conséquence : il a brandi la sienne.

— Docteur Mira ! protesta Eve en retenant un sourire.

— Vous avez choisi ce moyen d'évacuer vos tensions.

— On aurait pu le croire mais, au lieu d'en rester là, il m'a prise dans ses bras et nous avons recommencé au lit.

Mira la dévisagea.

— Il suit un régime particulier ? Il prend des vitamines ?

Eve sentit son sourire s'élargir.

— Merci. Et je n'éprouve même pas le besoin de vomir, comme ce fut le cas après tous ces cocktails et la glace chez Mavis.

— Tant mieux. Cet homme vous aime de toutes ses forces, Eve. Prenez le temps, allez lui parler.

— Oui.

— Je dois regagner mon bureau, annonça Mira en se levant. J'ai l'intention de finir tôt ce soir, et de rentrer ravir mon époux.

Amusée, Eve regarda Mira s'éloigner de sa démarche gracieuse.

Remontée à bloc, elle retourna dans son bureau et ordonna à Peabody et McNab de prendre une pause de vingt minutes. Toutefois, quand McNab se dirigea vers la kitchenette, elle lui barra le chemin.

— Non, descendez, montez, sortez, allez où vous voudrez, mais je veux être au calme. Et interdiction de visiter les chambres ! ajouta-t-elle en notant la lueur qui dansait dans ses prunelles.

Elle s'installa pour contacter Feeney. Si elle devait être convoquée à la Tour, elle tenait à ce qu'il l'accompagne.

— Ordinateur, calcul des probabilités d'après les données disponibles sur Roth, capitaine Eileen, en tant qu'auteur des homicides affichés.

— *Recherche en cours...*

Eve déambula dans la pièce, pendant que la machine effectuait ses pourcentages. Oui, elle était remontée à bloc, pleine d'énergie, prête à foncer.

Elle pensa à Roth, qui tentait désespérément de mêler ses vies professionnelle et personnelle. Elle échouait d'un côté et se mettait en danger de l'autre.

Ça ne m'arrivera pas, décida-t-elle.

Quelle que soit la suite des événements, elle se débrouillerait pour que tout aille bien.

— *Résultat de l'analyse... selon les données disponibles, la probabilité que Roth, capitaine, soit l'auteur des homicides affichés est de 67,3 %.*

C'est peu, songea Eve, mais ça ne suffit pas à l'innocenter.

— Ordinateur, calcul en fonction des nouvelles données. À titre confidentiel. Penchant du capitaine Roth pour l'alcool ; mariage à la dérive ; soucis financiers. De plus, le sujet Roth savait que la victime était employée au Purgatoire et s'était rendue sur les lieux au cours des semaines précédant le crime.

— *Recherche en cours... Les données additionnelles augmentent le pourcentage de 12,8 %, pour un total de 80,1 %.*

— Oui, ça change tout. Ça vous met sur la liste des suspects, capitaine. Qu'est-ce qu'on a d'autre ?

À cet instant, son vidéocom bipa.

— Dallas.

— Ici, Martinez.

Le fond sonore était bruyant. Martinez se trouvait dans la rue.

— Vous avez quelque chose pour moi ?

— Des trous dans les fichiers, qui ne correspondent pas à mes propres archives. J'ai relu et croisé toutes les informations, mais je n'arrive pas à mettre le doigt dessus. Quelqu'un a falsifié les rapports, discrètement, ici et là.

— Envoyez-moi une copie. Je demanderai à un ami du DDE de l'étudier. Il a du flair.

— Je ne veux pas passer par le Central.

— Je suis chez moi. Voici mon code.

— Entendu. Au fait, vous m'aviez dit que vous ne me feriez plus suivre.

— En effet.

— Pourtant, je suis filée. Par des flics. Je sais les reconnaître.

— Continuez comme si de rien n'était. N'utilisez pas la ligne du département pour me joindre.

— Oui, lieutenant.

— Ne prenez aucun risque. Voici mes numéros personnels. Et surtout, ne faites confiance à personne, ajouta-t-elle en coupant la communication.

Elle se détourna de son écran, parcourut les documents en cours de Peabody et y découvrit trois suspects supplémentaires appartenant au 128. Elle réclama les photos d'identité, ébaucha un sourire, se concentra sur l'une d'entre elles.

— Tiens, tiens ! Notre inspecteur qui fait si bien le cochon. Vernon, Jeremy K. Votre tête ne me revient pas, Jerry. Voyons ça de plus près.

Elle accéda à tous ses comptes en banque en se servant de variables de son nom, de sa date de naissance, de son numéro de badge…

Quand Peabody reparut, Eve était absorbée dans son travail.

— Vous saviez que vous aviez de la paella ? Avec de vrais crustacés ? Je n'avais jamais mangé de paella pour le déjeuner.

— Mmm, marmonna Eve, sans prendre la peine de lever les yeux. Mettez-vous devant l'autre console et copiez les données sur l'inspecteur Jeremy Vernon.

— Vous avez du nouveau ?

— Peut-être. Combien de flics ont des comptes en banque en dehors de la ville ?

— Pas moi. Le premier du mois, une fois le loyer et ma carte de transport payés, et de quoi manger, j'ai de la chance s'il me reste de quoi m'offrir un ensemble de lingerie fine. J'en aurais pourtant bien besoin. C'est formidable d'avoir une vie sexuelle, ça me change, mais...

— Un inspecteur gagne plus qu'un simple agent, dit Eve, mais à moins que les salaires n'aient considérablement augmenté depuis mes débuts, ce type n'a pas les moyens de mettre de côté 300 000 dollars et des poussières. Et ce n'est pas tout. Les parents décédés... Mills se servait des parents décédés. Où est passé McNab ?

— Occupé à se gaver. Vous aviez aussi un délicieux gâteau aux fraises. Ne m'obligez pas à aller le chercher. Je ne suis qu'une faible femme, et il avait l'air tellement bon...

Eve se tourna vers son vidéocom.

— McNab ! Revenez ici immédiatement !

— Vous voulez que j'entame une recherche sur les ancêtres ? proposa Peabody.

— McNab s'en chargera. Il est plus rapide que vous ou moi.

Elle se leva.

— Quand il aura obtenu la liste, divisez-la entre vous. Repérez les comptes courants. Si ça ne marche pas avec les noms, essayez les chiffres : carte d'identité, permis de conduire, dates de naissance, tout ce qui vous viendra à l'esprit. Toutes les combinaisons possibles. Je prends une heure de repos.

Elle sortit alors que McNab entrait.

— Dallas ! Vous m'avez fait une peur bleue !

— Vous avez un morceau de fraise sur le menton. Mettez-vous au boulot.

— Où va-t-elle ? demanda McNab à Peabody.

— Elle s'accorde une heure pour elle.

— Dallas? Une heure pour elle? C'est la fin du monde!

Peabody ricana en douce, mais refusa de rire franchement; depuis quelque temps, elle était trop gentille avec lui.

— Elle a le droit de vivre, elle aussi. Et si tu ne bouges pas tes fesses, elle t'enverra balader à l'autre bout du New Jersey à son retour.

— Je n'ai pas eu mon café, gémit-il. Qu'est-ce qu'elle veut?

— Une étude sur les relevés de comptes de ce type.

— Je le connais. C'est Vernon.

— Ah bon?

— Oui, oui. Je me souviens de lui. J'étais encore en uniforme, à l'époque, il m'a appelé en renfort pour une affaire de drogue. C'est un con.

— Pourquoi? Il n'a pas été impressionné par ta vivacité d'esprit?

— C'est un coq. Il se pavanait, se moquait des compagnes sous licence qu'on avait arrêtées au cours du raid. Il était complètement imbu de lui-même, alors qu'on n'avait rien trouvé d'exceptionnel. Une bande de prostituées, quelques maquereaux et un ou deux kilos d'Exotica. À l'entendre, il venait de démanteler un cartel majeur. Et il traitait ses hommes comme des esclaves. Il paraît qu'une des filles l'a accusé de harcèlement sexuel. Il s'est fait taper sur les doigts.

— Sympa.

— D'après la rumeur, il aimait bien arrêter les dealers d'Exotica parce qu'il en profitait pour empocher sa dose personnelle. Eh bien, Jerry mon pote, la boucle est bouclée.

Oubliant son café, McNab s'assouplit les doigts et se mit à son clavier.

13

Les bureaux de Connor se trouvaient dans une élégante tour noire qui jaillissait de la rue comme une flèche vers le ciel. Ce magnifique monument avait la faveur des fabricants de cartes postales et d'holocubes touristiques.

L'intérieur était tout aussi pur, avec quelques touches luxueuses sous forme de bassins de fleurs somptueuses, d'arbres tropicaux, de points lumineux et un océan de marbre rutilant.

Toutes les sociétés abritées dans l'édifice ne lui appartenaient pas, mais il possédait des parts dans la plupart d'entre elles, y compris les boutiques, restaurants et autres salons chics.

Il travaillait au dernier étage, et Eve y accéda en empruntant un ascenseur privé. Elle arriva sans s'annoncer, à l'improviste, armée d'énergie et de courage.

La réceptionniste lui sourit. Intelligente, dotée d'une longue expérience, elle continua d'afficher son sourire même après avoir remarqué l'expression déterminée d'Eve.

— Lieutenant Dallas ! Quel plaisir de vous revoir. Malheureusement, Connor est en réunion et il ne veut pas être dérangé. Est-ce que je peux vous...

— Il est là-bas ?

— Oui, mais... Oh ! lieutenant !

Elle se leva précipitamment tandis qu'Eve passait devant elle.

— Je vous en prie. Vous ne pouvez vraiment pas…

— Si, je peux !

— C'est une réunion d'une importance capitale ! insista-t-elle en lui barrant le chemin. Si vous pouviez patienter une dizaine de minutes. Ils vont sûrement s'interrompre bientôt pour déjeuner. Voulez-vous un café ? Une pâtisserie ?

Eve la dévisagea.

— Comment vous appelez-vous ?

— Loreen, lieutenant.

— Eh bien, Loreen, non merci, je ne veux ni de votre café ni de votre pâtisserie, mais merci tout de même. Et je ne manquerai pas de dire à Connor que vous avez tout tenté. À présent, écartez-vous.

— Mais je…

— Que vous avez vraiment tout essayé, ajouta Eve en la poussant de côté et en ouvrant la porte.

Connor était appuyé contre sa table, l'air décontracté, parfaitement maître de lui devant la vue spectaculaire qu'offraient ses baies vitrées. Il écoutait poliment le discours d'une des six personnes assises devant lui. Quand Eve surgit, elle eut le plaisir de noter une lueur de surprise dans ses prunelles.

Il se ressaisit instantanément.

— Mesdames, messieurs, murmura-t-il en se redressant, permettez-moi de vous présenter mon épouse, le lieutenant Dallas. Eve, voici les représentants, les avocats et les conseillers financiers du port agricole Green Space. Tu connais déjà Caro, mon assistante.

— Oui. Bonjour. Comment allez-vous ? Il faut qu'on parle.

— Je vous prie de m'excuser un instant.

Il alla vers elle, la prit fermement par le bras et l'entraîna dans le couloir.

— Je suis désolée, monsieur, balbutia Loreen. Je n'ai pas pu l'empêcher de…

— Ne vous inquiétez pas, Loreen. Personne n'y serait parvenu. Ce n'est pas grave. Remettez-vous au travail.

210

— Oui, monsieur. Merci.

Visiblement soulagée, Loreen s'éclipsa à la vitesse de l'éclair, comme si elle fuyait un immeuble en feu.

— Le moment est très mal choisi, Eve.

— Il va falloir t'en contenter, parce que j'ai des choses à te dire, et je vais te les dire maintenant. Veux-tu que je m'exprime devant les représentants, avocats et conseillers financiers du port agricole Green Space et ta charmante assistante Caro?

Il lui en voulait de son agressivité et de la position dans laquelle elle le mettait. Sans la lâcher, il répondit :

— Nous parlerons à la maison.

— Ces temps-ci, c'est difficile. Je veux qu'on parle maintenant.

Elle avança le menton d'un geste peu gracieux.

— Et si tu crois qu'il te suffit d'appeler la sécurité et de me faire jeter dehors, tu te trompes. J'inventerai un prétexte pour te traîner au Central. Maintenant que j'y pense, ce n'est pas une mauvaise idée. J'ai pris le temps de venir te voir. Prends le temps de m'écouter.

Il la fixa longuement, comprit qu'elle n'était pas seulement en colère.

— Donne-moi dix minutes.

Il laissa courir sa main sur le bras d'Eve. C'était presque une caresse, et son cœur s'allégea.

— Caro, conduisez ma femme à la salle de conférences C, s'il vous plaît.

— Bien sûr. Par ici, lieutenant. Voulez-vous un café?

— Loreen m'en a déjà proposé. Avec une pâtisserie en prime.

Avec un sourire poli, Caro guida Eve à travers un labyrinthe de couloirs, mais ses yeux pétillaient d'espièglerie.

— C'est noté. Ici, vous serez tranquille, ajouta-t-elle en poussant une porte à double battant donnant sur une pièce chaleureuse composée de coins salon et d'un bar en acajou, et dominant la ville.

— Ça ne ressemble pas à une salle de conférences.

— C'est incroyable le nombre d'affaires qu'on peut traiter dans un décor confortable. Quel genre de pâtisserie vous ferait plaisir, lieutenant ?

— Oh ! je n'en sais rien ! Comme vous voudrez. Avez-vous le droit de me révéler le sujet de la réunion ?

— Certainement, dit Caro en programmant l'auto-chef. Green Space est en difficulté, bien qu'ils prétendent le contraire. Les coûts de maintenance du port spatial dépassent allègrement les bénéfices depuis trois ans. Leur taux de production a baissé, bien que la qualité de leurs produits demeure élevée. Les coûts de transport, en particulier, deviennent insupportables.

Elle présenta à Eve une tasse de café brûlant et une assiette de gâteaux appétissants.

— Il va leur donner un coup de main ?

— Je suppose que oui. Il en profitera sans doute pour prendre le contrôle des parts, et, avec son équipe de choc, décider de la restructuration de l'entreprise, avant de vous rejoindre.

— Ils sont d'accord pour lui céder le contrôle ?

— Ils ne l'étaient pas, mais ils vont l'être. Avez-vous besoin d'autre chose, lieutenant ?

— Non, merci. Il gagne toujours ?

Caro continua de sourire. Elle ne cilla même pas.

— Bien sûr. Si vous avez un problème, appelez Loreen.

Elle se dirigea vers la sortie et se retourna, le regard amusé.

— Vous l'avez pris de court, lieutenant. C'est rare.

— Oui, eh bien… vous n'avez encore rien vu, grommela Eve tandis que Caro fermait discrètement la porte.

Elle était excitée, énervée, et n'avait aucune envie de manger. Cependant, elle finit par engloutir une pâtisserie en se disant que le sucre la réconforterait, puis en entama une seconde.

Elle se léchait les doigts quand Connor arriva.

Il est furieux, songea-t-elle. Surpris, mais surtout fou de rage. Quand on affrontait l'homme le plus riche et le plus puissant du monde, mieux valait profiter du moindre avantage.

— Je suis pressé par le temps, alors venons-en droit au fait, attaqua-t-il. Si tu attends des excuses pour hier soir, tu n'en auras pas. Avais-tu autre chose à discuter ? On m'attend.

C'était donc ainsi qu'il réussissait. En se montrant froid, impassible, impitoyable. Intimidant. Mais nombre de criminels sous les verrous auraient été prêts à affirmer qu'Eve était une véritable garce en cours d'interrogatoire.

— Nous y viendrons mais, puisque je suis moi-même pressée, commençons par le début. Si je suis allée rencontrer Max Ricker, c'est parce que c'est mon métier, et je ne te demanderai pas pardon d'avoir pris cette initiative.

— Un partout, répliqua-t-il en inclinant la tête.

— Très bien. Je ne sais pas si je t'ai raconté cet entretien ou pas. Probablement pas, dans la mesure où j'espérais que ça passerait inaperçu. D'autre part, je n'avais pas l'intention de te dire qu'il avait envoyé ses hommes à mes trousses parce que je me suis occupée d'eux.

Connor sentit la moutarde lui monter au nez, mais se garda de réagir. Il s'approcha du bar et se servit un café.

— Je ne mets pas en cause ton travail, Eve. Mais le fait est que Ricker et moi avons été associés. Tu le savais dès le départ. Nous avions évoqué cette question.

— C'est exact. Parfaitement exact. Et nous sommes convenus que je devais organiser un rendez-vous.

— Tu ne m'as pas précisé que tu avais l'intention de le faire tout de suite, sans préparation.

— Quand il s'agit de mon boulot, je n'ai rien à préciser. Je me contente d'intervenir. Et j'étais préparée.

J'ai su au bout de cinq minutes en sa compagnie qu'il mourait d'envie de s'en prendre à toi. Qu'il se serve de moi à cet effet m'a profondément déplu.

Il étudia le délicat dessin sur sa tasse en porcelaine fine, se retenant de la jeter contre le mur.

— Je suis assez grand pour me défendre tout seul.

— Oui, eh bien moi aussi. Est-ce que tu m'as parlé de tes projets d'accaparer le marché du brocoli ?

— Pourquoi l'aurais-je fait ? Tu t'intéresses à la production de légumes frais, maintenant ?

— C'est une affaire énorme. Tu as l'habitude de ce genre de chose. Tu n'as pas jugé utile de me consulter. Je n'ai pas non plus à te consulter pour faire mon travail.

— C'est très différent.

— Je ne vois pas en quoi.

— Les représentants de Green Space ne vont pas mettre ma vie en péril.

— Ils en auront peut-être envie, vu ta façon d'agir. Mais tu as raison. D'un autre côté, moi, je traite avec des criminels. Tu as épousé un flic. Il serait temps que tu t'y fasses.

— C'est le cas. Mais là, c'est ma tête qu'il veut. La tienne ne serait qu'un bonus.

— Ça, je l'ai bien compris. Je l'ai su en voyant le bouquet. Pourquoi ai-je paniqué, à ton avis ?

Elle alla vers le bar, plaqua ses mains sur le comptoir.

— D'accord, j'ai paniqué, et je m'en veux. Quand j'ai lu la carte de visite, j'étais furieuse. Et puis, ça m'est tombé dessus d'un seul coup, j'ai eu peur de ta réaction. Il n'attendait que ça. J'ai donc voulu me débarrasser au plus vite des fleurs. Les éliminer, pour que tu ne te rendes compte de rien. Je n'ai pas réfléchi, c'était instinctif. J'avais peur pour toi. Pourquoi est-ce interdit ?

Ne sachant que répondre, il posa sa tasse.

— Tu m'as menti.

— Je sais, et je m'en suis excusée. Mais je n'hésiterais pas à recommencer. Je ne pourrais pas m'en empêcher. Peu importe que ça te vexe.

Il la contempla, partagé entre l'irritation et l'amusement.

— Tu crois vraiment que c'est un simple problème d'ego ?

— Tu es un homme, non ? D'après mes sources, j'ai eu le tort d'ébranler ton amour-propre, ce qui revient à donner un coup de genou dans tes parties.

— Quelles sont tes sources ?

— J'en ai parlé avec Mavis. Ce qu'elle disait avait du sens. Le discours de Mira aussi. J'avais le droit de me confier à quelqu'un, puisque tu refusais de m'adresser la parole.

Connor prit une minute pour se calmer. Il déambula devant la fenêtre, le regard lointain.

— Très bien. Tu avais tous les droits, toutes les raisons, de t'adresser à tes amies. Mais que ma réaction ait ou non un rapport avec mon ego n'est pas le plus important, Eve. Tu ne m'as pas fait confiance.

— Tu te trompes. Totalement. Si je crois en quelqu'un, c'est bien toi. Ne me tourne pas le dos, nom de nom ! J'étais terrifiée, reprit-elle quand il pivota vers elle. Tu sais bien que je me maîtrise mal quand j'ai peur. Je n'étais pas dans mon tort, et toi non plus. Simplement, nous n'étions pas sur la même longueur d'onde.

— Voilà une analyse aussi juste que fascinante. J'en étais presque arrivé à cette conclusion quand j'ai interrompu la petite scène d'hier soir.

Cette fois, il vint se planter devant elle.

— Crois-tu que je vais prendre deux coups de genou de suite dans les parties et rester là, dans mon coin, comme un chiot effarouché ?

En d'autres circonstances, Eve aurait ri aux éclats. Elle imaginait mal cet homme dans la peau d'un chiot effarouché.

— On discutait boulot.

Il lui prit le menton dans la main.

— Épargne-moi tes insultes.

— C'est comme ça que tout a démarré. Je ne sais pas comment la situation a dérapé. Webster avait des informations confidentielles à me communiquer. Il a pris un risque en venant me voir. Nous discutions et tout à coup, je… je ne sais pas quelle mouche l'a piqué.

— Non, murmura Connor, à peine étonné, je vois bien que tu es sincère.

Comment pouvait-elle être à ce point inconsciente de son pouvoir d'attraction?

— Il m'a prise de court, enchaîna-t-elle, mais je l'ai remis à sa place. Et boum! Te voilà dans le décor, et vous vous battez comme des loups affamés.

— Tu as pointé ton arme sur moi.

Ça, il n'en revenait pas. Il n'en reviendrait sans doute jamais.

— Oui, concéda-t-elle en repoussant sa main. Tu me crois assez stupide pour m'interposer entre deux malades qui s'étripent? J'avais mis mon pistolet en mode hypodermique.

— Ah bon! Et moi qui gémis comme un malheureux. Tu l'avais mis en mode hypodermique.

Cette fois, il rit.

— Je n'aurais pas tiré sur toi. En tout cas, je ne le pense pas. Et si je l'avais fait, je l'aurais terriblement regretté.

Elle ébaucha un sourire et eut l'impression qu'il en esquissait un en retour, ce qui la décida à aller jusqu'au bout.

— Ensuite, je t'ai vu devant moi, ruisselant de transpiration, les cheveux en bataille, furibond. Et tellement sexy. J'ai eu envie de te sauter dessus, de te mordre… là, murmura-t-elle en posant l'index sur sa nuque… Je ne m'y attendais pas du tout. Avant que je recouvre mes esprits, tu m'as plaquée contre le mur.

— Te frapper me paraissait la moins bonne de deux solutions.

— Pourquoi n'étais-tu pas là, ce matin, quand je me suis réveillée? Pourquoi ne m'as-tu touchée que deux fois depuis mon arrivée ici?

— Je t'ai prévenue que je ne te présenterai pas d'excuses pour l'incident d'hier soir. Ça m'est impossible. Cependant... cependant, répéta-t-il en caressant ses cheveux, je reconnais que j'ai abusé de toi. Sinon physiquement, du moins psychologiquement. C'était intentionnel. Depuis, je suis rongé de remords : je crains que ça t'ait rappelé ton enfance.

— Mon enfance?

— Ton père, Eve.

Eve arrondit les yeux, stupéfaite.

— Non. Comment as-tu pu penser cela? Je te désirais, tu en étais conscient. Toi et moi, ça n'a rien à voir avec... Mon père ne m'aimait pas. Il m'a violée parce qu'il en avait la possibilité. Il a violé une enfant, sa propre fille, parce que c'était un monstre. Quand je suis avec toi, il ne peut pas m'atteindre.

— Je ne te demande pas pardon, ce ne serait pas sincère; mais je peux te dire que je t'aime, Eve. De toutes mes forces, de tout mon cœur.

Il l'attira contre lui, et elle se blottit contre son épaule.

— Si tu savais comme j'ai souffert!

— Moi aussi, avoua-t-il en effleurant son front du bout des lèvres. Tu m'as manqué, Eve.

— Je ne veux pas que mon métier nous sépare.

— Sois tranquille.

Elle poussa un soupir, s'écarta.

— C'est fini.

— Quoi?

— J'avais la migraine depuis deux jours. C'est fini. Ce devait être toi, mon mal de tête.

— Ma chérie! Tu es adorable.

— Oui, merveilleuse. Est-ce que j'ai fichu en l'air ta transaction avec Green Space ?

— Enfin, que représentent quelques centaines de millions de dollars dans la vie d'un homme ?

Il aurait continué à la taquiner, mais elle était si bouleversée qu'il eut pitié d'elle.

— Je plaisantais. Tout va bien.

— Je suis contente que tu aies retrouvé ton sens de l'humour. Bon ! J'ai du pain sur la planche. Si tu veux qu'on reparle brocolis et autres choux-fleurs, on peut remettre ça à plus tard.

— Je crois que nous avons épuisé le sujet.

— Tant mieux. Tu sais, même si on est réconciliés, c'est difficile pour moi de te le dire. Mais… j'aurais besoin de ton aide.

— Lieutenant, je m'en réjouis d'avance !

— Mouais…

Son communicateur bipa. Elle le sortit de sa poche. L'assistant de Whitney lui ordonnait de se rendre immédiatement à la Tour.

— C'est parti ! Le prochain round va commencer, annonça-t-elle à Connor.

— Je parie sur toi.

— Moi aussi.

Elle se hissa sur la pointe des pieds et l'embrassa avec fougue.

— Au fait, camarade, tu me dois une nouvelle lampe !

Elle pénétra dans le hall de la Tour, prête au combat. Ici régnait le grand chef Tibble, d'une main de fer.

Nombre de ses collègues le craignaient. Eve le respectait.

— Lieutenant Dallas.

Il se tenait devant son bureau. Son allure, sa position la firent penser à Connor. Le fait de rester debout lui donnait un sentiment de pouvoir sur ceux qui s'asseyaient en face de lui.

À son signal, elle prit place dans un fauteuil, entre Whitney et le capitaine Bayliss, du BAI. Le capitaine Roth se tenait droite comme un « i », de l'autre côté de Bayliss. Feeney, l'air faussement nonchalant, était près d'elle.

— Tout d'abord, j'ai eu vent d'une enquête interne concernant la division Produits illicites du 128.

— Monsieur, je tiens à vous faire part de mon indignation. Cette enquête a été initiée sans que je sois tenue au courant.

— C'est noté, concéda-t-il en hochant la tête en direction de Roth. Cependant, le Bureau des Affaires internes est autorisé à mener ce genre d'opération sans en informer le capitaine de la division.

Il s'adressa à Bayliss.

— D'un autre côté, en négligeant de prévenir le commandant et moi-même, vous avez enfreint le règlement.

— Monsieur...

Bayliss voulut se lever, mais Tibble lui intima d'un geste de se rasseoir.

Bravo ! pensa Eve. Que cette vermine reste à sa place !

Bayliss s'exécuta, mais ses joues étaient devenues écarlates.

— Le BAI est en droit de contourner certaines procédures techniques en certaines circonstances. Après examen des renseignements, la suspicion de certaines fuites et la confirmation d'autres, il a été décidé que cette opération devait rester confidentielle.

— Je vois.

Tibble s'appuya contre son bureau, et Eve retint un petit sourire d'autosatisfaction.

— Puis-je savoir qui a pris part à ladite décision ?

— J'en ai discuté avec plusieurs membres haut placés de ma division.

— Je vois. Vous avez donc décidé entre vous d'ignorer la chaîne de commandement.

— En effet, répondit Bayliss d'un ton pincé. Nous avions des raisons de penser que les fuites remontaient jusque-là. En avertissant les autres, nous risquions de compromettre notre enquête avant même qu'elle ne démarre.

— Dois-je en déduire que le commandant Whitney figure parmi vos suspects ?

— Non, monsieur.

— Et moi ?

Bayliss ouvrit la bouche, se ravisa, marqua une pause.

— Non, monsieur.

— Non, plus maintenant ? railla Tibble. Cela me réconforte, capitaine. Pourtant, sachant que ni moi ni le commandant n'étions suspectés d'infractions ou de crimes nécessitant l'intervention du BAI, vous n'avez pas jugé utile de nous tenir informés.

— C'est une chasse aux sorcières, siffla Roth entre ses dents, ce qui lui valut un regard incendiaire de la part de Bayliss.

— Cela ne nous a pas semblé nécessaire, du moins pas avant la fin de l'opération.

— Voulez-vous que je vous explique en quoi vous faites fausse route, capitaine ?

Bayliss se laissa toiser sans ciller.

— Non, monsieur. Je vous prie de nous en excuser. Par ailleurs, suite à votre requête, toutes les archives, tous les documents et toutes les notes sont désormais en votre possession.

— Y compris, je présume, les données en rapport avec les affaires actuellement traitées par le lieutenant Dallas ?

Bayliss se ferma.

— Selon moi, il n'existe aucun lien entre les deux.

— Vraiment ? Lieutenant Dallas, avez-vous un avis sur la question ?

— Oui, monsieur. Je pense que le capitaine Bayliss a commis une erreur de jugement. Deux officiers de police appartenant au 128 ont été assassinés en moins d'une semaine par une seule et même personne. Je pense que l'un d'entre eux, le lieutenant Mills, poursuivi par le BAI, était coupable de corruption, de vol de scellés et de conspiration. Quant à l'inspecteur Kohli, une taupe du BAI, il a accepté de jouer le rôle d'un officier du NYSPD corrompu. Si cette part de l'opération est acceptable, l'enquête sur sa mort a été compromise dans la mesure où on a caché le statut de Kohli. Que je sache, rien ne permet au BAI de compromettre une enquête sur un homicide, dans le dessein de protéger l'un de ses membres.

— Capitaine ? Qu'avez-vous à répondre ?

— Nous étions dans une situation délicate, bredouilla Bayliss en se tournant vers Eve pour lui lancer un regard noir. Écoutez, Kohli a joué le jeu en toute connaissance de cause. Personne ne l'y a obligé. Il avait besoin d'argent. Nous n'avions aucune raison de penser que sa vie était en danger. En revanche, vu sa position au Purgatoire, il avait toutes les chances d'entrer en contact avec Ricker.

Eve aurait voulu lui demander en quoi le Purgatoire pouvait intéresser Ricker, mais elle ne s'y risqua pas. Pas ici, pas maintenant.

— Et une fois mort, capitaine ?

— Nous ne pouvions rien y changer, mais nous avions le sentiment qu'en semant le doute sur ses activités, cela nous permettrait de découvrir d'autres fuites en provenance du 128.

— Vous avez utilisé un de mes hommes ! explosa Roth. Croyez-vous que je sois la seule à compter un Mills au sein de mes troupes ? Les flics ripoux ne sont pas une exclusivité de ma maison.

— Vous en avez plus qu'il n'en faut.

— On m'a transmis de fausses informations, intervint Eve. C'est une violation du Code. Et par-dessus tout, le fait de tenter de mener dans l'impasse une enquête sur le décès d'un policier est impardonnable.

En ce qui me concerne, Kohli est mort en service. Il méritait un minimum de respect.

— Lieutenant, marmonna Whitney, ça suffit.

— Non, commandant, ça ne suffit pas.

Quand elle se mit debout, Tibble ne dit rien.

— Le BAI a sa raison d'être, parce qu'il suffit d'un flic corrompu pour nous salir tous. Mais quand un soldat de plomb prend l'initiative, et se sert de son rang pour imposer à ceux qui sont sous ses ordres de contourner la procédure, quand il cherche à détourner une enquête sur un homicide dans un but personnel, il est aussi ripou que ceux qu'il prétend pourchasser.

— Vous exagérez ! tonna Bayliss en se levant d'un bond. Vous vous en prenez à moi. Or, j'ai passé quinze ans à nettoyer le département. Vous n'êtes pas blanche comme neige, lieutenant. Votre mari n'est peut-être plus associé avec Ricker aujourd'hui, mais il suffirait de creuser un peu. Vous ne devriez pas être sur ce dossier.

— Reculez, ordonna Whitney calmement à Bayliss.

Feeney fit mine de se précipiter vers celui-ci, mais le commandant le retint d'un geste de la main.

— Vous êtes prié de garder pour vous tout commentaire sur la vie professionnelle ou les capacités professionnelles du lieutenant Dallas, Bayliss… Vous pourriez vous estimer heureux si vous n'étiez qu'à moitié aussi intègre qu'elle ! Monsieur, j'aimerais faire une déclaration.

— Je vous en prie, commandant, répondit Tibble.

— Après avoir étudié les documents tardivement fournis par le Bureau des Affaires internes, j'en ai déduit que le capitaine Bayliss a gravement abusé de son autorité et mérite une sanction disciplinaire. De plus, avant que ces données ne soient analysées et confirmées, et que la décision soit prise ou non de poursuivre l'enquête interne, je demande que le capitaine Bayliss se mette en congé.

— Ricker a des flics dans sa poche ! protesta Bayliss. Je suis sur le point de démanteler le réseau.

— Quoi qu'il en soit, capitaine, vous vous devez de respecter l'ordre public. Vous allez vous mettre en congé. Vous serez payé et ne subirez aucune suspension de prestations. Une sanction disciplinaire sera envisagée. Je vous conseille de consulter votre représentant syndical et/ou votre avocat. Vous pouvez disposer.

— Monsieur...

— Vous pouvez disposer, capitaine.

Bayliss serra les mâchoires et tourna les talons. Avant de sortir, il jeta un coup d'œil incendiaire sur Eve.

— Capitaine Roth.

— Monsieur, si je peux prendre la parole, bredouilla-t-elle en se levant précipitamment, je souhaite que les documents sur l'enquête en cours me soient transmis. Mes hommes sont suspectés, ma division est menacée.

— Capitaine Roth, votre division est dans un état lamentable. Requête refusée. Vous avez jusqu'à demain midi pour rédiger un rapport complet sur le statut de votre brigade. Votre division est désormais ma préoccupation personnelle. Je vous attends ici à midi pile.

— Oui, monsieur. Monsieur ?

— Oui, capitaine.

— J'assume la responsabilité de mes actes. Mills était sous mes ordres, et de toute évidence, je n'ai pas su le contenir. Si vous voulez que je démissionne, une fois cette affaire résolue...

— Nous n'en sommes pas là, capitaine. À demain midi.

— Bien, monsieur.

Sur ce, elle sortit, et Tibble s'appuya de nouveau contre son bureau.

— Lieutenant, dites-moi où vous en êtes exactement, et qui est votre indic ? Vous êtes tenue de me fournir un nom. C'est un ordre.

— Monsieur, je regrette infiniment, mais je suis dans l'impossibilité de vous communiquer l'identité de ma source.

Tibble observa Whitney à la dérobée.

— Bon, il semble que je vous doive 50 dollars, Whitney. Votre commandant a parié – et j'ai été assez stupide pour accepter – que vous garderiez le silence. J'ai cru comprendre que vous aviez effectué une recherche approfondie sur le capitaine Roth.

— En effet, dans le cadre de mes investigations sur les homicides de Mills et de Kohli. Je suis à peu près sûre qu'ils ont été tués par l'un des nôtres.

— C'est bien ce qui me semblait. Vous marchez sur des œufs.

— C'est exact, monsieur.

— Vous soupçonnez Roth ?

— Elle est capitaine de la division. Je ne pouvais pas l'ignorer. Je l'ai interrogée, j'ai analysé ses fichiers, effectué des calculs de probabilité.

— Le résultat ?

— Dans les 60 %.

— C'est un taux assez bas, mais néanmoins inquiétant. Je ne vous ferai perdre ni votre temps ni le mien en vous demandant de m'énumérer toutes les étapes de votre enquête. Pour le moment. Cependant, je vous demande si votre mari a encore des liens avec Max Ricker, personnels ou professionnels, et si ces liens devraient éveiller notre attention.

— Mon mari n'est plus associé avec Max Ricker. Je crois savoir qu'à une époque, il y a plus de dix ans, ils ont traité plusieurs affaires ensemble.

— Et sur le plan personnel ?

Là, c'était plus dur.

— J'ai eu la sensation, au cours de mon entretien avec Ricker, que ce dernier en voulait encore à Connor. Il ne l'a pas spécifié, c'était sous-entendu. Connor a du succès, il est apprécié, connu. Forcément, il inspire l'envie et le ressentiment dans certains milieux. Mais je ne vois pas en quoi une éventuelle rancune de Ricker envers Connor pourrait concerner ce bureau.

— Vous êtes franche, Dallas. Prudente, aussi… Cela vous pose-t-il un problème de poursuivre un assassin qui pourrait être un collègue, même si les victimes étaient corrompues ou soupçonnées de l'être ?

— Absolument aucun. Notre rôle est de faire respecter la loi. Nous n'avons ni le droit ni les moyens de juger et de condamner.

— Excellente réponse. Vous devez être fier d'elle, Jack. Lieutenant, enchaîna-t-il, ignorant sa stupéfaction, vous transmettrez vos documents au commandant et le tiendrez au courant de la progression de votre enquête. Retournez au travail.

— Oui, monsieur. Merci.

— Ah ! Une dernière chose ! lança-t-il alors qu'elle s'apprêtait à sortir. Bayliss veut votre peau… de préférence en brochette.

— Oui, monsieur. J'en suis consciente. Il n'est pas le premier.

Une fois la porte fermée, Tibble regagna son bureau.

— C'est un bazar monstre, Jack. Il est grand temps de faire le ménage dans tout ce foutoir.

14

— Beau travail, Eve, commenta Feeney en redescendant avec elle au rez-de-chaussée. Maintenant, je vais te dire ce qu'ils ne t'ont pas dit. Si Bayliss reprend son poste, il te fera la peau.

— Je ne peux pas me permettre de craindre un couillon comme lui. J'ai deux flics et un témoin à la morgue. Jusqu'à ce que j'aie démêlé ce sac de nœuds, Bayliss soufflera tout l'air chaud qu'il voudra.

— S'il en souffle un peu trop dans ta direction, tu risques de te brûler. Fais gaffe à tes arrières. Je te raccompagne chez toi, travailler avec McNab, pour changer.

— Je vous y retrouve. Je veux passer chez les Kohli d'abord, pour avoir une petite conversation avec la veuve. Est-ce que tu connais l'inspecteur Jeremy Vernon, de la division Produits illicites ?

Avec une petite moue, Feeney réfléchit.

— Non. Ça ne me dit rien du tout.

— Il est arrogant et il a un compte en banque grassouillet. Je vais sans doute le convoquer d'ici demain au plus tard. Ça t'intéresse d'assister à l'entretien ?

— Assister à tes petites réunions est toujours un grand plaisir pour moi.

Ils se séparèrent, Eve se faufilant parmi les passants revenant d'un déjeuner tardif pour regagner sa voiture. En démarrant, elle appela Peabody.

— Je vais chez les Kohli. Retrouvez-moi là-bas. J'aimerais en savoir davantage sur la veuve.

— J'y vais tout de suite. Dallas, McNab a découvert trois autres comptes au nom de l'inspecteur Vernon. Nous en sommes à deux millions six, et ce n'est pas fini.

— Tiens ! Tiens ! Écoutez, Feeney est en route. Je veux que McNab continue sur les états financiers de Vernon. Qu'il s'assure que ce salaud n'a pas gagné à la loterie ou qu'un de ses proches décédés ne lui a pas laissé un pactole. Qu'il définisse précisément ses revenus et ses dépenses. Je veux pouvoir le coincer quand je l'interrogerai.

— Oui, lieutenant. Je serai chez les Kohli dès que les transports en commun de cette ville merveilleuse me le permettront.

— Prenez un taxi. Mettez-le en frais de fonctionnement.

— J'y ai droit ?

— À mon nom. Bougez-vous, Peabody !

Elle coupa la communication et laissa vagabonder son esprit tout en roulant.

Le 128 était un repère de corrompus. Ils œuvraient au sein de la division Produits illicites, et probablement ailleurs. Max Ricker comptait parmi les principaux suspects, et deux des inspecteurs appartenant à l'équipe qui l'avait arrêté étaient morts. L'un d'entre eux avait été complice de Ricker.

Le BAI menait une opération non autorisée et clandestine en impliquant un, qui avait servi d'appât.

Au Purgatoire. L'établissement dont Connor était le propriétaire. Qu'est-ce que Ricker avait à voir avec le club de Connor ?

Bayliss lui avait-il tendu une perche, dans l'espoir de faire remonter à la surface leur lointaine association ? Certes, il avait un côté fanatique, mais tout de même.

Néanmoins, le BAI avait envoyé Webster lui communiquer de fausses informations sur Kohli.

Soit le capitaine Roth avait perdu le contrôle de ses hommes, soit elle était dans le coup. Ou elle avait un problème, ou elle en était un. Quoi qu'il en soit, elle figurait sur la liste des suspects.

Ricker était une clé. Peut-être *la* clé. Il avait mené les flics en bateau et avait sans doute un certain nombre de membres du département dans sa poche. Ses affaires subsistaient en partie grâce à eux. Si elle en démasquait suffisamment, se dénoncerait-il ? Chercherait-il à l'éliminer ?

Mais tout d'abord, elle devait découvrir l'assassin.

Quelqu'un qui avait souffert d'une perte ou d'une trahison, avait dit Mira. Il ne s'agissait pas tant de vengeance, que de *revanche*. La différence représentait, selon Eve, la deuxième clé. Inonder les badges de sang pour les purifier.

Un fanatique ? se demanda-t-elle. Comme Bayliss. Un individu qui contournait les règles quand ça l'arrangeait.

Elle fut soulagée de trouver une place de parking à cinquante mètres à peine du domicile des Kohli.

Tandis qu'elle s'y glissait, un véhicule s'arrêta à ses côtés. Distraitement, elle jeta un coup d'œil dans cette direction. Quand les portières s'ouvrirent, son instinct prit le dessus. En un éclair, elle fut dehors, l'arme au poing.

Ils étaient quatre en tout, nettement mieux armés que les gars que Ricker lui avait collés aux trousses la dernière fois.

— Inutile de vous défendre, lieutenant, déclara l'homme sur sa gauche, d'un ton poli, en laissant apparaître le canon de son pistolet laser sous le pan de sa veste.

Un autre vint vers elle, et elle faillit tirer sur lui une flèche hypodermique.

À cet instant précis, un gamin d'une dizaine d'années surgit derrière les quatre gorilles sur un vieux vélo. L'un d'entre eux le bouscula. La bicyclette vola. L'inconnu attrapa l'enfant et lui colla le canon de son arme sur la tempe.

— C'est lui ou vous.

C'était dit avec une nonchalance qui horripila la jeune femme.

— Lâchez-le.

Délibérément, elle augmenta la puissance de son pistolet.

Le petit garçon ouvrait des yeux ronds, terrifiés. Il poussait de petits gémissements de chat étranglé. Elle ne pouvait pas prendre le risque de le regarder.

— Montez, lieutenant. En vitesse, avant qu'un civil innocent ne soit blessé.

Eve avait un choix à faire. Elle n'hésita pas et tira, pile entre les yeux de l'homme qui menaçait le petit. Elle vit le gamin tomber, entendit ses hurlements d'horreur.

Plongeant à terre, elle tira de nouveau. Puis elle roula sous la voiture, saisit l'enfant par la cheville et le tira vers elle.

— Reste ici. Tais-toi.

Comme elle changeait de position pour pouvoir le protéger, elle perçut le son d'une autre arme.

— Lâche ça! Lâche ça, connard, ou je t'explose ce qui te reste de cervelle!

Webster, songea-t-elle. Vive comme l'éclair, elle émergea en rampant de sa cachette, se jeta sur sa cible, la renversant brutalement. Elle lui souleva la tête, la fit rebondir douloureusement sur la chaussée, puis se redressa.

— Tu me filais encore, Webster?

— Il faut que je te parle.

Elle se leva, grimaça, baissa les yeux sur son genou écorché.

— Tu es bien bavard, ces temps-ci. Tu as eu l'autre?

— Oui, répondit-il avec un sourire en entendant les sirènes. Voilà les renforts. J'ai pris la liberté d'appeler.

En boitillant, Eve ramassa toutes les armes, contempla un instant les quatre victimes inertes. Puis elle retourna vers la voiture et s'accroupit.

Le môme s'était tu. Un bon point pour lui. De grosses larmes ruisselaient sur ses joues.

— Tu peux sortir. Tout va bien.

— Je veux ma maman.

— Je te comprends. Allez, viens.

Il obéit, se frotta le nez avec sa manche.

— Je veux rentrer à la maison.

— Pas de problème. Dans quelques minutes. Tu as mal ?

— Non… Mon vélo est fichu ? demanda-t-il, le menton tremblant.

— Je n'en sais rien. On va demander à quelqu'un de s'en occuper.

— Maman m'interdit de circuler dans la rue.

— Ah oui ? Eh bien la prochaine fois, tu obéiras à ta maman.

Elle fit signe à un uniforme de s'approcher.

— Envoyez un de vos collègues ramasser la bicyclette. Tu vas donner ton nom à ce policier, ajouta-t-elle à l'intention du petit. Il va te ramener chez toi. Si ta maman veut me parler…

Elle fouilla ses poches et fut surprise de constater qu'elle n'avait pas oublié ses cartes de visite.

— Dis-lui de me contacter à ce numéro.

— D'accord, renifla-t-il. Vous aussi, vous êtes policier ?

— Oui. Moi aussi.

Elle se pencha sur le premier homme, vérifia son pouls, souleva sa paupière. Celui-ci n'aurait pas besoin d'être menotté.

— Tu ne pouvais pas te contenter de le paralyser. Tu devais l'abattre pour assurer la sécurité d'un civil, dit Webster derrière elle.

— Je sais, merci, rétorqua-t-elle avec amertume.

— Si tu avais hésité, si tu avais été moins précise, cet enfant ne rentrerait pas chez sa mère.

— Je le sais aussi, merci. Merci d'être intervenu.

Il opina, puis se mit à l'écart pendant qu'elle organisait la scène de crime et ordonnait aux uniformes de disperser les curieux.

Les secouristes arrivèrent et, juste derrière eux, un taxi. Peabody en bondit et se rua vers son lieutenant. À la grande surprise de Webster, elle secoua la tête quand Eve fit mine de la pousser de côté. Une vive discussion s'ensuivit, du moins d'après ce qu'il pouvait en juger. Pour finir, Eve eut un geste d'impuissance et se dirigea en clopinant vers l'un des infirmiers pour qu'il soigne sa jambe.

Amusé, il s'approcha de Peabody.

— Comment avez-vous fait ?

Elle ne cacha pas son étonnement de le voir là, mais haussa les épaules.

— Je l'ai menacée.

— Comment ça ?

— Je lui ai dit que si elle rentrait chez elle dans cet état, Connor serait furieux et qu'il la soignerait lui-même. En la gavant d'antalgiques. Elle a horreur de ça.

— Il a donc un certain pouvoir sur elle.

— Et réciproquement. Ça marche.

— Je m'en suis rendu compte. Vous m'accordez une minute avec elle ?

— Ce n'est pas à moi d'en décider.

Cependant, Peabody s'éloigna pour surveiller le transport des suspects.

Webster se dirigea vers l'ambulance, s'accroupit et examina la plaie d'Eve.

— Ce n'est pas trop grave, mais ton pantalon est irrécupérable.

— C'est une égratignure.

— Pleine de gravillons, constata l'infirmier.

— Pleine de gravillons, minauda-t-elle, avant de s'exclamer : Je vous déteste tous !

— Oh ! nous le savons ! Mon coéquipier m'a refilé 20 dollars pour que je m'occupe de vous à sa place.

Quand il eut terminé, il se redressa.

— Là! Vous voulez un bonbon?

Elle préféra ignorer cette raillerie.

— Ça fait 20 dollars facilement gagnés, lança-t-elle en s'éloignant.

Webster lui emboîta le pas.

— Maintenant que la fête est finie, est-ce qu'on peut parler, tous les deux?

— J'ai un constat à faire, ensuite je dois aller au Central tirer les vers du nez de ces types, rédiger un rapport…

Elle soupira.

— Qu'est-ce que tu veux?

— Te demander pardon.

— Très bien. J'accepte tes excuses.

Avant qu'elle ne puisse lui tourner le dos, il la saisit par le bras.

— Webster!

— Une seconde.

Prudent, il fourra les mains dans ses poches.

— J'ai franchi les limites, hier soir, et j'en suis désolé. Je t'ai mise dans une situation délicate. J'étais furieux, plus contre moi que contre toi, d'ailleurs, mais ça m'a donné un prétexte pour… Bon, d'accord. La vérité, c'est que je ne t'ai jamais oubliée.

— Quoi? s'exclama-t-elle, ahurie.

— Aïe… N'enfonce pas trop le clou, s'il te plaît. Disons que j'étais épris de toi. Ce n'est pas que j'aie pensé à toi du matin au soir ces dernières années, mais par moments… Et quand on s'est retrouvés l'hiver dernier en face à face, tout ça m'est revenu. C'est mon problème, pas le tien.

— Je ne sais pas quoi te répondre.

— Rien. Je tenais simplement à mettre les choses au point, à m'exprimer. Connor avait tous les droits de me casser la figure.

Webster humecta ses lèvres encore gonflées.

— Bref… je préférerais qu'on mette ça de côté, si tu le veux bien.

— Parfait. Il faut que je…

— Tant qu'à soulager ma conscience… quand je t'ai attaquée au sujet de Kohli, je suivais les ordres. Ça ne m'enchantait pas. Je sais que tu as été convoquée à la Tour avec Bayliss.

— Ton capitaine est un pauvre débile.

— Oui, c'est vrai. Écoute, si je suis entré au BAI, c'est parce que j'y croyais. Je ne vais pas te sermonner pour une histoire d'abus de pouvoir, mais…

— Tant mieux. Parce que je pourrais sonner les cloches de ton capitaine.

— Je sais. Si je suis venu te voir hier, ce n'était pas pour te faire une déclaration d'amour, mais parce que la tournure que prend cette opération me déplaît. Bayliss prétend qu'il faut regarder le tableau d'une façon globale, mais si on ne repère pas les détails, à quoi ça sert ?

Il jeta un coup d'œil vers les ambulances et les patrouilles, qui repartaient.

— Je suis en train d'additionner les détails, Dallas, et d'obtenir une tout autre image. Tu es à la poursuite d'un tueur de flics, et ça va te mener tout droit sur Ricker.

— Quoi de neuf ?

— Je veux participer à l'enquête.

— Pas question.

— Si tu n'as pas confiance en moi, tu as tort. Si tu crains que je te malmène, tu as tort aussi.

— Ce n'est pas ça qui m'inquiète. Quand bien même je te voudrais dans mon équipe, je n'en ai pas l'autorité.

— Tu es responsable de l'enquête. C'est toi qui choisis tes hommes.

Eve recula d'un pas, passa les pouces dans sa ceinture et l'observa de bas en haut d'un air méprisant.

— Depuis quand n'as-tu pas mis un pied sur le terrain, Webster ?

— Des lustres, mais c'est comme le sexe. Ça ne s'oublie pas. Je viens de te sauver la peau, non ?

234

— Je me serais débrouillée sans toi, merci. En quel honneur est-ce que j'accepterais ?

— J'ai des tuyaux. Je peux en avoir d'autres. C'est peut-être ma dernière mission au sein du BAI. J'envisage de demander ma mutation, de réintégrer la division Homicides et Crimes violents. Je suis un bon flic, Dallas. Nous avons déjà travaillé ensemble. Ce n'était pas si mal. Donne-moi une chance.

Eve avait toutes les raisons de refuser.

— Je vais y réfléchir.

— Merci. Tu sais où me joindre.

Il s'éloigna de quelques pas, se tourna vers elle, sourit.

— N'oublie pas. Je suis aussi impatient que toi de mettre un terme aux activités de ces salauds.

Elle resta clouée sur place, songeuse.

— Nous en avons terminé, lieutenant, annonça Peabody. Les uniformes emmènent le seul sujet resté debout au Central. Les armes ont été confisquées. Le mort est en route pour la morgue, les deux autres, pour les urgences sous escorte policière. J'ai les coordonnées du petit garçon. Dois-je notifier les faits aux services sociaux afin qu'une représentante assiste à votre entretien avec lui ?

— Attendez un peu. J'enverrai une collègue prendre sa déposition un peu plus tard dans la journée. Quand j'aurai interrogé ce crétin, j'irai faire mon rapport à Whitney. Allons chez Mme Kohli.

— Comment va votre genou ?

— Très bien.

Peabody ne la quittant pas des yeux, elle redoubla d'efforts pour marcher normalement.

— Quelle chance que Webster se soit trouvé dans les parages !

— Oui. Laissons ça pour l'instant.

— C'est vous le chef.

— Tâchez d'y penser, la prochaine fois, gronda Eve tandis qu'elles pénétraient dans l'immeuble des Kohli.

Et épargnez-moi vos harangues devant une bande d'uniformes et de badauds.

Je ne faisais que mon devoir, se dit Peabody, mais elle se garda bien de le formuler à voix haute.

Une femme qu'Eve ne reconnut pas leur ouvrit.

— Oui ?

— Lieutenant Dallas, du NYSPD, annonça Eve en agitant son insigne. Je souhaiterais parler à Mme Kohli.

— Elle est souffrante.

— Je regrette de la déranger en ces moments difficiles, mais c'est moi qui dirige l'enquête sur le décès de son mari. J'ai des questions à lui poser.

— Qui est-ce, Carla ?

Patsy apparut dans le vestibule.

— C'est vous… Comment osez-vous vous présenter ici ? Comment osez-vous vous montrer chez moi ? explosa-t-elle en bousculant Carla.

— Patsy, voyons Patsy… Tu devrais t'allonger. Quant à vous, reprit-elle à l'intention d'Eve et de Peabody. Allez-vous-en !

— Non, non, laisse-les entrer. J'ai des choses à dire.

Au même instant, le sergent Clooney surgit.

— Patsy, vous devez rester calme.

— Rester calme, quand j'enterre mon époux demain et que cette femme essaie de le salir ? De ruiner sa réputation ? Tout ce pour quoi il a travaillé !

Elle ne pleurait pas ; elle était dans une colère noire, ce qui rassura Eve.

— Vous vous méprenez, madame Kohli.

— Vous croyez que je n'ai pas entendu ? Que je ne suis au courant de rien ?

Voyant le regard d'Eve se poser sur Clooney, elle enchaîna.

— Non, ce n'est pas lui. Il m'assure que vous faites votre boulot. Mais moi, je sais ce que vous faites.

— Patsy, intervint Clooney en posant une main sur son épaule… Il ne faut pas effrayer les enfants.

Il y en avait toute une ribambelle, remarqua Eve.

Deux nourrissons et un bébé un peu plus grand qui marchait à peine. Le petit garçon que Peabody avait emmené au parc lors de leur première visite jouait par terre avec une fillette de son âge. Ils la fixaient, apeurés.

Elle s'était sentie nettement plus à l'aise face aux quatre hommes armés dont elle venait de se débarrasser.

— Carla, dit Patsy en se tournant vers elle, si tu allais promener les petits? Tu peux faire ça pour moi?

— Ça m'ennuie de te laisser seule.

— Ne t'inquiète pas pour moi. Les enfants ont besoin de prendre l'air.

Fascinée, Eve assista à un spectacle parfaitement rodé : on installa les nourrissons dans une poussette double. Celui qui apprenait à marcher vacilla, tomba sur ses fesses, rit aux éclats, puis se laissa harnacher sans protester.

Aux plus grands, on donna l'ordre de se tenir par la main. Il y eut un bref moment de panique jusqu'à ce qu'on retrouve le blouson du petit garçon. Le volume sonore atteignit son paroxysme puis s'interrompit tout à coup, tandis que le cortège miniature s'ébranlait.

— Je ne vous invite pas à vous asseoir, dit Patsy d'un ton sec. Je ne vous offrirai rien à boire. Mon mari était un homme irréprochable.

Sa voix trembla, faillit se briser. Cependant, elle se ressaisit.

— Un homme honnête. Jamais il n'aurait fait quoi que ce soit qui puisse déshonorer son nom ou sa famille.

— J'en suis consciente, madame Kohli… Tout ce que j'ai appris au cours de mes investigations confirme que votre mari était un policier honnête.

— Dans ce cas, pourquoi propager tous ces mensonges à son sujet? Comment pouvez-vous laisser croire aux gens – à ses propres collègues – qu'il était corrompu?

— Patsy…

Avant qu'Eve ne puisse intervenir, Clooney la prit par le bras et la guida vers le canapé.

— … le lieutenant Dallas fait son métier, comme Taj faisait le sien. Asseyez-vous.

— Je veux des réponses. C'est la moindre des choses.

— Je comprends, madame. Pour l'heure, je ne peux que vous rapporter ce que je sais. L'inspecteur Kohli avait accepté de jouer le rôle d'un flic pourri, dans le cadre d'une opération destinée à mettre en lumière les méfaits de certains membres du département. Selon moi, madame, il est tombé en service. Et je ne manquerai pas de le signaler officiellement.

— Je ne comprends pas… Je n'y comprends plus rien.

— Il est encore trop tôt pour que je vous l'explique. Je suis fermement décidée à retrouver l'assassin de votre mari, madame Kohli. Vous pouvez peut-être m'y aider.

— Je ne vois pas comment ! Je suis désolée. Asseyez-vous, je vous en prie. Je vais préparer du café…

— C'est inutile.

— J'en boirais volontiers un, moi aussi… J'ai besoin de quelques instants pour me reprendre, ajouta-t-elle en quittant son siège. Excusez-moi.

— Elle tient bien le coup, murmura Clooney, dès qu'elle eut disparu. Presque trop bien. Pour les enfants, je suppose.

Eve resta debout et concentra toute son attention sur lui.

— Qu'est-ce que vous lui avez dit, Clooney ?

— Que son mari était irréprochable, rétorqua-t-il. Et que vous faisiez votre métier.

Il marqua une pause, levant une main le temps de se reprendre.

— J'ignore d'où elle tient cette information selon laquelle c'est vous qui le salissez. Elle refuse de me le dire. Tout ce que je sais, c'est qu'elle m'a appelé il y a quelques heures. Elle frisait la crise d'hystérie.

Il ramassa un petit camion sur les coussins du divan, le tripota distraitement.

— Les mômes! murmura-t-il. Avec eux, on ne sait jamais sur quoi on va tomber quand on s'assoit.

— Que voulait-elle, sergent?

— Elle avait besoin d'être rassurée. Pour les survivants, c'est tout ce qui compte. Je m'efforce de les soutenir. J'ai eu vent des rumeurs, ces jours-ci, mais je n'y ai guère prêté attention... Cela dit, je ne vous connais pas; je ne pouvais donc pas les ignorer complètement, ajouta-t-il après un bref silence. Mon rôle est d'être là, de réconforter.

— Bien. Pour quelles raisons, d'après vous, aurais-je cherché à salir un flic honnête que je n'ai jamais rencontré?

— Aucune, convint-il en soupirant. C'est ce que je ne cesse de lui répéter, ainsi qu'à moi-même.

Ce qu'il avait dit à son capitaine, aussi, mais il préféra garder ça pour lui.

— Il n'empêche que vous avez semé la zizanie au 128.

Patsy reparut avec un plateau, qu'elle posa sur la table basse.

— Taj m'aurait encouragée à coopérer. Je n'étais pas au courant de ce... de cette opération. Il ne m'en a jamais parlé. Quant à l'argent sur les comptes épargne, j'ai cru que c'était vous... Votre époux est riche. J'étais tellement en colère.

— Nous sommes deux, répondit Eve en prenant place en face d'elle. Je n'aime pas qu'on se serve de moi pour salir la réputation d'un homme que je me suis promis de défendre. Qui vous a dit que j'avais renfloué ses comptes épargne?

— Personne, enfin... pas comme ça.

Elle parut soudain terriblement lasse, et vaguement gênée.

— Vous savez, dans le feu de l'action, les gens s'expriment. Il avait beaucoup d'amis parmi ses collègues. Je ne savais pas qu'il en avait autant. Ils ont tous été très gentils. Son capitaine s'est déplacé en personne, pour m'annoncer que Taj aurait droit à des obsèques officielles.

— C'est le capitaine Roth qui m'a accusée de vouloir déshonorer Taj ?

— Non, non, pas vraiment. Elle a simplement dit que je pouvais être fière de Taj, et que je ne devais pas m'occuper des ragots. J'ai été très touchée. Ils sont presque tous passés me présenter leurs condoléances et me proposer leur aide.

— Mais quelqu'un vous a contactée aujourd'hui ?

— Oui. Juste pour me dire que les collègues étaient derrière Taj à cent pour cent. Au début, ça m'a un peu étonnée, mais ensuite, il a ajouté que je ne devais pas me laisser impressionner par les médisances qui sortaient de votre bureau. C'était un piège. Il s'est même dérobé en constatant que je tombais des nues. Puis, il a lâché le morceau.

— Qui était-ce ?

— Je ne voudrais pas qu'il ait des problèmes à cause de moi, marmonna-t-elle en se tordant les mains... Jerry Vernon. L'inspecteur Vernon. Il voulait m'aider.

— Je vois. C'était un ami proche de votre mari ?

— Je ne crois pas. Pas spécialement. Taj ne fréquentait pas beaucoup ses coéquipiers. Quelques-uns d'entre eux sont venus dîner ici, avec leurs épouses.

— J'aimerais savoir qui étaient ses amis.

— Bien sûr...

Elle énuméra plusieurs noms, se décontracta légèrement.

— Vous allez me blesser, Patsy, intervint Clooney.

— Je ne vous oublie pas, Art.

Elle lui serra la main.

— Taj s'était lié d'amitié avec mon fils, expliqua Clooney. De temps en temps, ils autorisaient le vieux à les accompagner pour boire une bière, entre garçons. Mais le plus souvent, Taj préférait rentrer à la maison.

— Madame Kohli, vous m'avez dit que Taj vous avait appelée ce soir-là pour vous prévenir qu'il avait un rendez-vous après la fermeture du Purgatoire.

— Oui, mais il ne m'a pas dit avec qui, et je ne lui ai pas posé la question. Je crois que je commençais à en avoir assez de toutes ces heures supplémentaires qu'il consacrait au travail. J'ai été un peu brusque au début de la conversation, mais il a su m'amadouer. Comme toujours, murmura-t-elle avec un sourire. Il m'a promis que ce serait bientôt fini, qu'il avait pratiquement atteint son but. J'ai pensé qu'il faisait allusion à l'argent qu'il gagnait pour qu'on puisse s'acheter une nouvelle maison. Ensuite, il m'a demandé d'embrasser les petits de sa part, et il a conclu par : « Je t'aime, Patsy ». Ce sont les dernières paroles que j'ai entendues de sa bouche. Ça ne me surprend pas de sa part.

15

L'agresseur à la voix aimable et au pardessus élégant s'appelait Elmore Riggs. Une recherche rapide révéla que ce nom lui avait été attribué à sa naissance, trente-neuf ans plus tôt, à Vancouver, Canada.

Il avait eu maille à partir avec les autorités canadiennes en tentant de franchir la frontière avec des explosifs, ce qui lui valut de passer quelque temps derrière les barreaux avant d'obtenir le droit de s'installer à New York.

Son domicile était situé dans une enclave proprette et bourgeoise du nord de la ville, et il se disait «consultant en sécurité».

Un terme sophistiqué pour déguiser ses véritables activités, décida Eve.

Armée de ces renseignements, elle fonça vers la salle d'interrogatoire pour mettre Elmore Riggs au parfum.

Vernon surgit devant elle à la sortie de l'ascenseur.

— Vous êtes un peu loin de votre juridiction, il me semble, inspecteur.

— Vous croyez me faire peur? riposta-t-il en la bousculant, ce qui attira l'attention de plusieurs policiers passant par là.

Eve se contenta d'agiter la main.

— Je n'en sais rien, Jerry. Vous m'avez l'air ébranlé.

— Tout le monde sait que vous essayez de jeter l'opprobre sur notre division. Le BAI suscite des réactions comme la vôtre. Si vous pensez pouvoir me salir comme Kohli et Mills, réfléchissez bien. J'ai contacté mon représentant syndical ; je ne me laisserai pas faire comme ça.

— Ma foi, Vernon, c'est vous qui me faites peur, là. Un représentant syndical !

Elle fit mine de frissonner.

— Vous rirez moins fort quand vous aurez un procès sur le dos et que je commencerai à saigner votre riche mari.

— Mon Dieu, Peabody ! Un procès ! Je me sens mal.

— Ne vous inquiétez pas, lieutenant, je suis là.

— Ils vous enlèveront votre badge, grogna Vernon. Comme autrefois, mais cette fois, ils ne vous le rendront pas. Avant que j'en aie fini avec vous, vous regretterez amèrement d'avoir croisé mon chemin.

— L'affaire est loin d'être terminée et je le regrette déjà, Jerry, rétorqua-t-elle avec un sourire. Je vous ai dans le collimateur, et quand Ricker l'apprendra, quand il s'inquiétera de savoir comment je suis tombée sur ces comptes que vous avez ouverts en douce, il sera furieux contre vous. Je crains que votre représentant syndical ne puisse vous aider beaucoup.

— Vous n'avez aucune preuve. Vous essayez simplement de me tendre un piège. Ce qui vous intéresse, c'est la place de Roth, au 128. En nous accusant, nous, vous espérez qu'elle en subira les conséquences. Elle en est convaincue, elle aussi.

— Surtout, n'oubliez pas d'ajouter ce fait à vos doléances. Comment j'ai tiré votre nom d'un chapeau et décidé de me consacrer entièrement à vous démolir, vous et votre équipe, dans le seul but de m'asseoir derrière un bureau. Je suis sûre que ça fera mouche.

Elle se rapprocha de lui en le regardant droit dans les yeux.

— Si je peux vous donner un petit conseil, songez à vous couvrir. L'argent que vous avez empoché ne vous servira pas à grand-chose, dans la mesure où ces comptes vont être gelés. Et dites-vous que je suis la seule de vos adversaires à ne pas souhaiter votre mort. Pendant que je vous attaquerai de front, Ricker sera sur vos talons. Sans compter qu'il y a un tueur de flics à la poursuite de ses collègues corrompus. Vous ne saurez pas d'où il arrive.

— Tout ça, c'est des foutaises !

Il brandit un poing, et elle tendit le menton.

— À votre place, je me maîtriserais, mais je vous en prie, allez-y.

— J'aurai votre peau, menaça-t-il en reculant d'un pas. Vous êtes fichue.

Sur ce, il s'engouffra dans l'ascenseur.

— Non, mais je suis sur la bonne voie, marmonna Eve... On va le faire filer. Je ne veux pas qu'il détale comme un lapin... Savez-vous ce dont j'ai envie ?

— De vous défouler, lieutenant ?

— Un point pour vous. Allons faire transpirer Riggs.

— Vous boitez de nouveau.

— Pas du tout. Et taisez-vous !

Elle atteignit la salle d'interrogatoire en tirant la jambe. Feeney l'attendait sur le seuil en dévorant des cacahuètes.

— Tu en as mis, du temps !

— Un petit tête-à-tête avec un ami proche, railla-t-elle. Riggs a réclamé la présence d'un avocat ?

— Non. Il a passé son unique coup de fil autorisé. Il prétend avoir parlé avec sa femme. Il n'a pas froid aux yeux. Et en plus, il est poli. Calme et bien élevé, notre homme.

— C'est un Canadien.

— Ah ! Je suppose que ça explique tout...

Ils entrèrent dans la pièce où Riggs attendait, assis sur un siège notoirement inconfortable.

— Bonjour, monsieur Riggs, dit Eve en s'avançant jusqu'à la table.

— Lieutenant, heureux de vous voir.

Il fixa la déchirure de son pantalon.

— Quel dommage, ce vêtement vous seyait tant !

— Oui, ça me désole. Enregistrement, ordonna-t-elle en s'installant.

— Pas d'avocat, Riggs ?

— Pas pour le moment, mais je vous remercie de me poser la question.

— Vous connaissez vos droits et obligations ?

— Parfaitement. Sachez que j'éprouve des remords pour mes actions.

Un malin, songea-t-elle. Il a du plomb dans la cervelle.

— Vraiment ?

— Absolument. Je regrette ce qui s'est passé aujourd'hui. Bien entendu, il n'a jamais été dans mes intentions de provoquer la moindre blessure. Je conçois combien il était imprudent et ridicule de tenter de vous approcher de cette manière. Je tiens à vous présenter mes excuses.

— C'est admirable. Comment vous êtes-vous retrouvé équipé d'armes interdites dans les rues de New York, dans le dessein d'enlever ou d'agresser un officier de police ?

— Je me suis laissé influencer par de mauvaises fréquentations, déclara-t-il avec un sourire. Je n'ai aucune excuse en ce qui concerne le transport d'armes interdites. Cependant, j'aimerais préciser que dans mon métier de consultant en sécurité, il m'arrive souvent d'être en relation avec des criminels et de me retrouver en possession d'armes interdites. Bien entendu, je les aurais remises aux autorités compétentes.

— Comment vous les êtes-vous procurées ?

— Par l'homme que vous avez tué. Voyez-vous, c'est lui qui m'a engagé, pas plus tard que ce matin.

— C'est le mort qui vous a engagé ?

— Oui. Naturellement, en acceptant cette mission, je ne savais pas que vous étiez officier de police. On m'a dit que vous étiez un dangereux individu, et que vous l'aviez menacé ainsi que sa famille. De toute évidence, j'ai été dupé. J'ai manqué de discernement.

— Si vous ne saviez pas que j'étais officier de police, pourquoi m'avez-vous appelée lieutenant sur la scène ?

— Je n'en ai pas le souvenir.

— Donc, vous avez accepté cette mission. Comment s'appelait celui qui vous a engagé ?

— Haggerty. Clarence Haggerty. Du moins, c'est ainsi qu'il s'est présenté. Imaginez ma stupéfaction en découvrant que, contrairement à ce qu'il m'avait assuré, son intention n'était pas seulement de vous faire peur.

— Mmm, murmura Eve. Prendre un enfant en otage, coller le canon d'un pistolet hypodermique sur sa tempe, au risque de le paralyser ou de le tuer, était un bon moyen de m'effrayer.

— Tout s'est passé tellement vite ! Quand il s'est emparé du petit, j'ai été choqué. Malheureusement, j'ai été lent à réagir. Haggerty – si c'est son véritable nom – n'était pas celui que je croyais. Pour être capable d'une telle initiative...

Les mots moururent sur ses lèvres, et il secoua tristement la tête.

— Je suis content que vous l'ayez abattu, lieutenant. Vous ne pouvez pas savoir à quel point.

— Je n'en doute pas.

Elle se pencha vers lui.

— Franchement, Riggs, vous pensez me convaincre ?

— Pourquoi pas ? Si vous le voulez, je peux vous fournir les documents corroborant mon engagement par M. Haggerty. Je conserve soigneusement toutes mes archives.

— Ça ne m'étonne pas de vous.

— Bien entendu, ça ne retire rien à ma responsabilité dans les événements. Je vais probablement perdre ma licence. Je risque une peine de prison, ou tout au moins une assignation à résidence. Je suis prêt à assumer les sanctions, comme la loi l'exige.

— Vous travaillez pour Max Ricker.

— Ce nom ne me dit rien. Si un dénommé M. Ricker m'a employé en tant que consultant, cela doit figurer dans mes fichiers. C'est très volontiers que je vous signerai l'autorisation d'accès à ceux-ci.

— Vous risquez vingt-cinq ans, Riggs. Au minimum.

— J'espère que le tribunal saura se montrer indulgent, puisque j'ignorais le véritable but de la mission pour laquelle on m'avait engagé. Quant au petit garçon, je ne l'ai pas touché. On m'a mené en bateau, ajouta-t-il, impassible. Mais je suis prêt à subir les conséquences de mes actes.

— Vous vous dites que ça vaut mieux que de finir comme Lewis.

— Pardon ? Devrais-je connaître ce Lewis ?

— Une vermine. Et vous savez comme moi que Ricker pourrait vous réserver le même sort.

— Je suis désolé, lieutenant, mais je ne comprends pas.

— Reprenons de zéro.

Elle le travailla au corps pendant plus d'une heure, cédant le terrain à Feeney de temps en temps, puis revenant à la charge.

Riggs ne manifesta pas le moindre signe de malaise, pas une goutte de transpiration, pas une hésitation. Eve avait l'impression d'interroger un droïde programmé à cet effet.

— Emmenez-le d'ici ! ordonna-t-elle, dégoûtée, en quittant la pièce.

Feeney la rejoignit rapidement.

— Ce type ne cédera pas, dit-elle. Cette fois-ci, Ricker a sélectionné quelqu'un d'intelligent. Mais

Riggs ne maîtrisait pas complètement la situation. Il ne s'attendait pas à ce que l'autre s'empare du môme. Donc, si lui a une cervelle, rien ne dit que les autres en ont une. On va doubler le nombre de gardes chargés de surveiller ceux qui sont à l'hôpital et prendre de leurs nouvelles.

— Pour peu que Riggs s'adresse à un avocat convenable, et qu'il s'en tienne à cette version des faits, il ne fera même pas cinq ans.

— Je le sais, et lui aussi. Quel prétentieux ! Je propose qu'on se penche sur les fichiers des deux blessés.

— Pour moi, ce n'est pas un problème. Cependant, par mesure de précaution, j'éviterai de travailler à mon bureau.

— D'accord. Je rédige mon rapport et je rentre chez moi.

Une fois qu'elle eut terminé, elle libéra Peabody, puis descendit au parking. Elle avait mal au genou, ce qui l'irritait au plus haut point, et la migraine, aussi, ce qui n'arrangeait pas les choses.

Cependant, en découvrant l'état de son véhicule, elle explosa.

— Nom de Dieu de nom de Dieu !

Elle ne le possédait que depuis huit mois. Il était moche, un peu cabossé, mais il lui appartenait et il roulait.

À présent, le capot, le hayon, les portières étaient défoncés, les pneus lacérés, et le pare-brise arrière semblait avoir été attaqué au laser.

Le tout dans un parking de la police hautement sécurisé.

— Waouh ! s'exclama Baxter en arrivant derrière elle. J'ai su que vous aviez eu des problèmes, tout à l'heure, mais j'ignorais que c'était à ce point. La Maintenance va vous en vouloir.

— Ce n'est pas moi. Comment est-ce que quelqu'un a pu entrer ici et saccager ma voiture ? s'écria-t-elle.

Baxter la saisit par le bras.

— Restons à distance. Il faut appeler l'équipe de déminage. Vous avez un ennemi féroce, en ce moment. Il faut faire attention.

— Vous avez raison. Oui, vous avez raison. Si elle saute, ils ne m'en donneront pas d'autre. À la division Réquisitions, ils me détestent.

La voiture n'était pas piégée, et elle réussit à obtenir quatre pneus neufs. Grâce à Baxter, qui sut amadouer la Maintenance. Pendant qu'on changeait les roues et que deux mécaniciens réparaient les portières en maugréant, Eve prit contact avec la sécurité du parking.

On lui annonça une anomalie dans le disque.

— Alors ? Le verdict ? s'enquit Baxter quand elle revint vers lui.

— Anomalie dans le disque. Écran noir et son coupé pendant un quart d'heure. Uniquement à cet étage. Ils ne se sont rendu compte de rien.

Elle étrécit les yeux.

— Mais je peux vous garantir que la prochaine fois, ils s'en apercevront. Vous n'étiez pas obligé d'attendre, Baxter.

— C'est votre partie, Dallas, mais nous voulons tous y participer. Vous devriez soigner votre jambe. Vous boitez.

— Mais non !

Elle poussa un profond soupir et monta dans son véhicule.

— Merci.

— Je n'ai pas droit à un baiser d'adieu ?

— Mais si, mon chou, venez par ici !

Il s'esclaffa, s'écarta légèrement.

— Je n'oserais pas ! Vous rentrez chez vous ?

— Oui.

Il se dirigea vers sa propre voiture.

— Je monte vers le nord, moi aussi. Je vous suis.

— Je n'ai pas besoin d'un baby-sitter.

— Je vais par là de toute façon.

Malgré elle, Eve ne put se résoudre à lui en vouloir. Pendant le trajet, elle resta sur le qui-vive, guettant les filatures et les embuscades. Le parcours s'effectua sans incident, hormis les bruits bizarres du moteur dès qu'elle se risquait à dépasser les cinquante kilomètres à l'heure.

Elle salua Baxter d'une main devant le portail de la propriété en se disant qu'elle le remercierait avec une bonne bouteille de whisky piquée dans le bar de Connor.

Un petit remontant serait le bienvenu, songea-t-elle en gravissant l'escalier du perron. Un verre de vin frais et, pourquoi pas, un saut dans la piscine, histoire de se défouler ?

La nuit promettait d'être longue.

Galahad se précipita à sa rencontre en se faufilant entre les jambes de Summerset.

— Je suppose que vous avez été impliquée dans un accident.

— Vous supposez mal. Ma voiture a été impliquée dans l'accident.

Elle se pencha, ramassa le chat, frotta sa joue sur sa fourrure.

— Où est Connor ?

— Il n'est pas encore rentré. Si vous aviez consulté son emploi du temps, vous sauriez qu'il ne sera pas là avant au moins une heure. Ce pantalon est fichu.

— C'est ce que j'ai entendu dire.

Elle posa le chat par terre, enleva sa veste, la jeta sur la rampe d'escalier. Puis elle passa devant Summerset pour se rendre à la piscine.

— Vous boitez.

Elle continua d'avancer, mais se permit un petit cri de frustration.

La piscine lui fit le plus grand bien. Une fois seule et nue, elle en profita pour examiner attentivement sa blessure. L'infirmier s'était bien débrouillé : bien que la douleur fût aiguë, la plaie semblait déjà en voie de cicatrisation.

Elle avait aussi un certain nombre d'égratignures, dont certaines provenaient sans doute de ses frasques avec Connor. Se sentant nettement mieux, elle enfila un peignoir et s'octroya le luxe de prendre l'ascenseur jusqu'à la chambre.

En émergeant de la cabine, elle faillit heurter Connor qui s'apprêtait à y entrer.

— Bonsoir, lieutenant. J'allais te rejoindre.

— J'ai nagé un long moment, mais je veux bien m'asseoir au bord du bassin. À condition que tu te mettes tout nu.

— Et si on se baignait ensemble un peu plus tard ? suggéra-t-il en l'attirant dans la chambre. Qu'est-il arrivé à ta voiture ?

— Je ne peux rien prouver, mais je pense que c'est encore l'œuvre de Ricker. Je l'ai trouvée dans cet état en descendant au parking.

Elle se dirigea vers l'armoire.

— Pourquoi est-ce que tu boites ?

Levant les yeux au ciel, Eve résista à la tentation de se taper la tête contre le mur.

— Je me suis écorché le genou. Écoute, j'aimerais pouvoir m'habiller, boire un verre. Je te raconterai tout, promis. J'ai eu quelques mésaventures aujourd'hui, dans la rue. J'ai des bleus un peu partout. Je t'en prie, ne te jette pas sur moi.

— Je vais tenter de rester calme...

Il poussa seulement un soupir lorsqu'elle se déshabilla.

— Mmm... très coloré... allonge-toi.

— Non.

— Eve, allonge-toi, sinon je m'en charge moi-même. Je vais te soigner.

Elle décrocha un chemisier.

— Sache, camarade, que j'ai dû renoncer, à mon grand regret, à un important round de boxe. Je pourrais bien me venger sur toi.

Cependant, comme il s'approchait, elle laissa tomber le chemisier.

— D'accord, d'accord. Je ne suis pas d'humeur à me battre. Mais si tu veux jouer au docteur, moi, j'ai envie d'un verre.

Sur ce, elle fonça vers le lit et se laissa tomber dessus, à plat ventre.

— Du vin blanc. Très frais.

— À votre service, madame.

Subrepticement, Connor y ajouta un antalgique, tout en sachant qu'elle serait folle de rage dès qu'elle aurait compris le subterfuge.

— Allez! Assieds-toi et pas de gémissements, ordonna-t-il.

— Je ne gémis jamais.

— Rarement, concéda-t-il. Mais quand tu t'y mets, tu compenses le manque de quantité par la qualité.

Elle savoura une gorgée de vin tandis qu'il la soignait.

— Pourquoi ne pas t'étendre près de moi, docteur?

— C'est bien mon intention, mais plus tard. C'est ainsi que je récolte mon dû.

Elle vida pratiquement son verre avant de se sentir envahie par la somnolence.

— Qu'est-ce que tu as mis là-dedans? Un antalgique, je parie! Tu sais pourtant que j'ai horreur de ça!

— Oui, mais j'adore te voir en colère. Retourne-toi.

Forcée d'admettre que la douleur s'estompait déjà, elle obéit.

— Embrasse-moi, chuchota-t-elle.

— Plus tard. Quand tu n'auras plus mal du tout.

— Je me sens bien.

— J'ai envie de te faire l'amour, Eve. Lentement et longtemps. Je veux que tu te sentes mieux que bien.

Elle s'accrocha à son cou, mais il lui prit les mains et la redressa en position assise.

— Raconte-moi ce qui s'est passé.

— Si tu ne me sautes pas dessus, je préfère m'habiller.

— Le peignoir suffit amplement. Tu seras plus à l'aise. Et ça me facilitera la tâche, plus tard.

Comment réfuter une telle démonstration de logique? Elle resserra la ceinture de la robe de chambre et alla se planter devant l'autochef.

— Tu as faim?

— Choisis ce que tu veux.

Elle commanda des pâtes pour deux, assaisonnées d'une sauce épicée. Ils mangèrent côte à côte, Eve ayant besoin de reprendre des forces pour la nuit de travail à venir. Elle lui relata les événements de la journée.

Connor l'écouta attentivement, sans intervenir.

— Ça me rassure d'avoir le soutien du grand chef, enchaîna-t-elle. J'ai pris un malin plaisir à l'entendre clouer le bec de Bayliss. C'était admirable.

— Eve.

Elle rencontra son regard d'un bleu glacial. Curieusement, affronter quatre hommes de main l'impressionnait moins que de faire face à son propre mari.

— Ça fait trois fois qu'il s'en prend à toi. Que ça te plaise ou non, je vais m'occuper de lui.

— Deux fois, rectifia-t-elle. La troisième, ce n'était que ma voiture. Et je te ferai remarquer que j'ai eu le dessus à chaque fois. Cela dit, j'avais prévu ta réaction. Ça ne sert à rien, mais je me permets de te rappeler que, vu mon métier, ce n'est ni une première ni une dernière. Vos différends personnels ne doivent pas entrer en ligne de compte.

— Tu te trompes, dit-il d'un ton dangereusement calme.

— Je t'en prie, cesse de me regarder comme ça. Tu me coupes l'appétit, grommela-t-elle en jetant sa fourchette sur son assiette. Je vais avoir besoin de ton aide. Je t'ai déjà sollicité avant aujourd'hui, non ? Ce qui a changé, c'est qu'il a envoyé un autre de ses sbires à mes trousses. Je m'en suis débarrassée. Si nous travaillons ensemble, nous réussirons tous deux à obtenir satisfaction. Enfin, peut-être pas toi, car j'imagine que ce dont tu rêves, c'est de le mettre à rôtir à petit feu... Connor, dit-elle en posant une main sur la sienne... Je peux me débrouiller toute seule, mais ça irait moins vite et ce serait moins gratifiant pour toi. D'un autre côté, tu pourrais l'éliminer sans moi. Ce serait probablement plus rapide et ça te procurerait plus de satisfaction. Mais réfléchis : tu ne préfères pas l'imaginer en train de pourrir dans une cage, plutôt que de l'abattre ?

— Non.

— Parfois, Connor, tu es un type effrayant.

— J'accepte ta proposition, lieutenant. J'essaierai de m'en contenter. Mais crois-moi, ça me coûte.

— Je le sais. Merci.

— Ne me remercie pas avant que ce soit terminé. Parce que si ça ne marche pas à ta manière, ça marchera à la mienne. Que veux-tu savoir ?

Elle poussa un soupir.

— Pour commencer, j'aimerais comprendre ce qui a incité le BAI à envoyer Kohli au Purgatoire. Que pouvaient-ils bien chercher là-bas ? Bayliss a évoqué certains liens entre Ricker et toi, mais tu m'as assuré que vous n'étiez plus associés depuis plus de dix ans.

— C'est exact. Quand nous nous sommes quittés, je suis parti avec certaines de ses affaires les plus lucratives. Je les ai revendues depuis, ou restructurées. Quant au Purgatoire, il n'a rien à y voir. Du moins, plus maintenant.

Eve laissa échapper un petit cri de surprise.

— Je lui ai racheté le club il y a cinq ans. Ou plutôt, mes représentants l'ont acheté aux siens.

— Il en était le propriétaire ? Et tu ne me l'as pas dit ?

— Tu ne m'as pas posé la question.

— Pour l'amour du ciel ! s'exclama-t-elle en se levant pour arpenter la pièce.

— D'ailleurs, ça ne m'est pas revenu tout de suite à l'esprit au moment de l'assassinat de Kohli.

— Si Ricker s'en servait comme couverture, peut-être que certains de ses hommes continuent d'y venir pour traiter leurs affaires.

— On ne m'a jamais rien signalé de tel. Si c'est le cas, il s'agissait d'affaires mineures.

— Un flic est mort là-bas. Ça n'a rien de mineur.

— Pardon.

— Pourquoi a-t-il vendu le Purgatoire ?

— D'après mes renseignements, à l'époque l'endroit avait perdu de son intérêt. Il liquide souvent les entreprises et les propriétés qui ne lui sont plus d'aucune utilité. C'est une pratique courante, dans ce milieu.

— S'il t'en veut à ce point, pourquoi te l'a-t-il cédé ?

— Il ne l'a su qu'après. Il était sans doute furieux, mais la transaction était signée. Il est peut-être allé raconter qu'on y traitait certaines affaires, à moins qu'il n'y ait envoyé des gens à lui. Ç'aurait été une façon comme une autre de se venger. Il aurait attendu le bon moment pour ternir la réputation du lieu. Ricker est un homme patient. Quelques années de plus ou de moins, pour lui, ça ne compte pas.

— Et vu ses relations au sein du département, il avait amplement de quoi diffuser les rumeurs. Le BAI en a eu vent, a lancé une enquête, engagé Kohli. Ça tient debout. Et plus ça va, plus j'ai la sensation que ce pauvre homme est mort pour rien.

— Tu sauras lui rendre justice.

— Oui. J'aimerais consulter certaines archives auxquelles je n'ai pas accès, sans que personne ne le sache.

Cette fois, Connor sourit.

— Lieutenant, je crois pouvoir t'aider.

Dans la salle de séjour brillamment éclairée de son domaine du Connecticut, Max Ricker piétinait furieusement le visage d'une droïde domestique qu'il avait baptisée Marta.

Elle ne serait plus jamais la même.

Prudent, Canarde l'observait à distance. Il avait déjà vu Ricker dans cet état, et savait qu'il ne s'en prenait pas toujours qu'aux droïdes.

Pendant un long moment, haletant, Ricker s'acharna sur le robot en plastique et métal. Non, ce n'était pas la première fois que Canarde assistait à ce genre de scène. Ce qui l'inquiétait, c'est qu'elles se répétaient de plus en plus souvent et devenaient de plus en plus violentes.

Il commença à se dire qu'il serait temps de mettre en action son plan de retraite, et d'aller finir ses jours au soleil, dans l'élégante demeure qu'il avait acquise sous un faux nom à Paradise Colony.

Pour l'heure, cependant, il pensait encore pouvoir affronter la tempête.

— Une femme, une femme *seule*, et ils ont été incapables de la neutraliser ? Je vais m'occuper d'eux, je vous le garantis !

Il donna un magistral coup de pied dans ce qu'il restait de la tête de Marta. L'air empestait les fils court-circuités. Enfin calmé, comme après chaque… épisode de ce genre, il s'approcha du bar et remplit un verre d'un cocktail rose à base de rhum, agrémenté de barbituriques.

— Un mort, dites-vous ? demanda-t-il, d'un ton plus posé, en se tournant vers Canarde.

— Oui. Yawly. Ines et Murdock sont à l'hôpital. Riggs a été mis en examen. Il sait ce qu'il doit répondre et s'y tiendra. C'est un garçon intelligent.

— C'est un imbécile, comme les autres. Je veux qu'on les élimine.

Canarde, qui s'y attendait, fit un pas en avant.

— Pour ce qui est d'Ines et Murdock, cela me paraît prudent. En revanche, si vous vous en prenez à Riggs alors qu'il se révèle loyal, vous risquez de démoraliser les membres de votre organisation.

Ricker but, sans quitter Canarde des yeux.

— Qu'est-ce qui vous donne l'impression que je ne m'intéresse pas au moral de mes troupes ?

— Vous devriez le faire, rétorqua Canarde, conscient qu'il prenait un risque énorme. En faisant preuve d'une certaine indulgence envers un employé, compte tenu du contexte – comme vous avez, en d'autres circonstances, montré à Lewis ce qu'était la discipline –, vous transmettez un message clair et net à ceux qui travaillent pour vous. Et puis, ajouta-t-il, on pourra toujours s'occuper de Riggs un peu plus tard.

Ricker continuait de boire.

— Vous avez raison. Bien sûr, vous avez raison, répéta-t-il avec un sourire un peu trop éclatant. Merci. Je crains que cette histoire avec le lieutenant Dallas ne m'ait un peu fait perdre mon calme. La vengeance est un plat qui se mange froid.

Il pensa à Connor.

— Dites à M. Riggs que j'apprécie sa loyauté et qu'il en sera récompensé.

Il se tourna vers les baies vitrées, remarqua les débris du droïde éparpillés sur le sol. L'espace d'un instant, il parut perplexe. Puis, reprenant ses esprits, il sortit sur la terrasse surplombant le parc.

— J'ai passé ma vie à bâtir tout ceci. Un jour, je le transmettrai à mon fils. Un homme doit pouvoir laisser un héritage à son fils, murmura-t-il, rêveur. Mais

j'ai d'autres buts à atteindre avant. Notamment, écraser Connor. Le faire ramper. J'y parviendrai, Canarde.
Croyez-moi.

Il sirota son cocktail rose, le regard au loin.

— J'y arriverai, insista-t-il. Et sa femme me deman-
dera grâce.

16

Dans son bureau privé, Connor disposait d'un matériel important, hautement sophistiqué et non déclaré. L'œil scrutateur du CompuGuard l'ignorait. Aucune information générée par l'ordinateur n'était détectable.

Or, entre les mains expertes de Connor, toutes les données, même les plus secrètes, finissaient par être accessibles.

Seuls, Connor, Eve et Summerset franchissaient les portes sécurisées de cette pièce au décor à la fois sobre, chaleureux et élégant.

L'immense console en forme de U évoquait pour Eve le tableau de bord d'un engin spatial particulièrement bien conçu. Et lorsqu'il était aux commandes, Connor avait l'allure d'un capitaine de vaisseau.

Ici, elle acceptait d'enfreindre les règles. Ou laissait Connor les enfreindre pour elle.

— Commençons par Roth, dit-elle. Selon elle, son mari a vidé ses comptes en banque pour assurer son avenir et celui de sa maîtresse. Roth, Capitaine Eileen. Domiciliée au…

— Ce n'est pas nécessaire.

Connor appréciait ce genre de travail presque autant que l'air irrité de sa femme quand il réussissait à surmonter des obstacles que les cerveaux et talents de la DDE ne parvenaient pas à contourner. Il afficha les résultats de ses recherches sur l'écran mural.

— Pas très impressionnant, comme pécule, constata-t-il. Mais je suppose que ça devrait lui suffire pour s'installer confortablement avec sa dulcinée. C'est un écrivain sans emploi. Le genre «artiste» qui tire le diable par la queue, avec le teint pâle et le regard ténébreux, attire pas mal de femmes.

— Vraiment? répliqua sèchement Eve.

— Certainement. Du moins, d'après mon expérience. Roth n'est pas la première, enchaîna-t-il en poursuivant sa lecture. Deux mariages, trois cohabitations. Chaque fois, vers la fin de l'histoire, il tape dans la bourse de sa partenaire.

— Ça m'étonne de la part de Roth. Je l'aurais crue plus maligne que ça. Après tout, elle est flic.

— L'amour est aveugle, murmura Connor.

— Tu parles! Je vois clair en toi, non?

Il esquissa un sourire de satisfaction.

— Ma foi, lieutenant, tu fais battre mon cœur!

Il lui saisit la main et la couvrit de baisers.

— Bas les pattes! protesta-t-elle en le repoussant distraitement, ce qui le fit sourire de nouveau.

Il était tellement heureux de l'avoir retrouvée.

— Deux versements à l'ordre de Lucius Breck, nota Eve. Trois mille, chacun. Qui est Breck?

Connor, lisant dans ses pensées, avait déjà demandé le renseignement. Eve sursauta quand la voix aimable de l'ordinateur lui répondit :

— *Breck, Lucius. Thérapeute. Cabinet privé situé au 523, 6ᵉ Avenue, ville de New York. Domicile…*

— Laisse tomber. Ça correspond avec ce qu'elle m'a dit. Seigneur! Elle est pratiquement ruinée, et elle continue de se payer des séances quand elle pourrait se faire soigner par les services du département sans débourser un sou. Le pire, c'est qu'elle court à sa perte de toute façon. Jamais elle ne conservera ses galons une fois la vérité connue.

Dire qu'elle s'imagine que je rêve de prendre sa place! songea Eve en secouant la tête. Jamais de la vie. Si Eve devait porter les barrettes de capitaine un jour, pour rien au monde elle n'accepterait d'être reléguée dans un bureau.

— Elle n'a pas d'autres comptes ?

— Je ne peux pas trouver ce qui n'existe pas, répondit Connor. Comme tu l'as constaté toi-même, le capitaine Roth est au bord de la faillite. Elle a puisé dans ses fonds de retraite pour payer Breck. À part ça, son train de vie est modeste, voire frugal.

— Donc, elle n'a rien à se reprocher, mais son équipe est corrompue, ce qui pourrait fournir un mobile. Les deux victimes travaillaient sous ses ordres, et elle avait rencontré Kohli à plusieurs reprises au Purgatoire. La concernant, le calcul de probabilités demeure faible. Mais tout ça pourrait changer si j'y ajoute son profil issu des archives du département et mes propres impressions.

— Et quelles sont-elles, tes impressions ?

— Elle est dure, a un sale caractère, et est tellement occupée à gravir les échelons de la hiérarchie qu'elle néglige les détails. Elle cherche à couvrir ses erreurs personnelles dans le seul but de garder sa place. Il se pourrait qu'elle ait protégé certains de ses équipiers, pour éviter d'être évincée par ses supérieurs. Ce premier meurtre a été commis dans un élan de violence inouïe. Encore une fois, elle peut se montrer féroce.

Eve se tourna vers Connor.

— Vernon, inspecteur Jeremy. J'ai déjà de quoi le mettre en examen, mais je préfère le laisser transpirer un peu dans son coin.

— En quoi puis-je me rendre utile ?

— Je veux établir le lien entre l'argent et Ricker. Je ne pourrai pas m'en servir comme preuve, mais je pourrais le lui faire croire. Il suffit que je déstabilise Vernon pour pouvoir tirer d'autres ficelles. Il a des liens avec les deux victimes, ainsi qu'avec Roth et Ricker.

— Ricker s'est forcément mis à l'abri. Tout l'argent qu'il a pu disperser de cette manière a été blanchi.

— Peux-tu remonter à la source ?

Il haussa les sourcils.

— C'est une question rhétorique, je présume ? Ça risque de prendre un certain temps.

— Pourquoi ne pas t'y mettre tout de suite, alors ? Est-ce que je peux me servir de l'autre ordinateur pour vérifier d'autres noms ?

— Une seconde…

Il donna des ordres auxquels Eve ne comprit rien et enfonça diverses touches du clavier. La machine se mit à ronronner.

— Ça permet d'effectuer un premier tri en mode automatique, expliqua-t-il à sa femme… Alors ? Les autres noms ?

Elle le dévisagea.

— Ruth MacLean.

Qu'il fût irrité ou surpris, il resta impassible.

— Tu la soupçonnes ?

— Elle gère le Purgatoire ; elle sait ou du moins devrait savoir ce qui s'y passe. Tu m'as dit que Ricker a été propriétaire de l'établissement, et que le BAI suspecte ou a suspecté un lien possible. S'il y a traité des affaires, MacLean a dû être au courant. Quant à toi, conclut-elle, tu y as déjà pensé.

— En effet, j'ai procédé à une recherche approfondie, hier. Ordinateur, affiche les résultats de la recherche sur MacLean, Ruth, écran numéro trois. Tu peux commencer à lire le dossier, dit-il à Eve. Je n'ai rien trouvé d'inquiétant. Évidemment, si elle est dans le camp de Ricker, elle aura fait preuve de prudence. Elle me connaît.

— Tu crois qu'elle prendrait un risque pareil ?

— Ça m'étonnerait.

Eve s'attaqua tout d'abord aux relevés bancaires.

— Seigneur, Connor ! Tu la paies royalement !

— Ce qui, habituellement, inspire une certaine loyauté. Elle dirige la maison et mérite son salaire. Tu verras qu'elle en profite. Elle a pris des vacances à

Saint Barthélemy, cet hiver. Il paraît que Ricker y a une propriété.

Il marqua une pause et alla jusqu'au bar pour se verser un cognac.

— J'ai l'intention de la questionner là-dessus dès demain.

— Comme ça?

— Oui. Je saurai tout de suite si elle ment.

Eve contempla son visage grave, son regard impitoyable. Oui, il saurait tout de suite si MacLean disait la vérité ou pas. Dieu la protège, si par malheur elle lui mentait!

— Je préfère m'en occuper moi-même.

— Si elle a encore des relations avec Ricker, celles-ci sont ténues en ce qui concerne ton affaire. En revanche, elle est mon employée, et de ce fait, je...

— Si tu lui fais peur...

— Si elle a des raisons d'avoir peur, elle n'aura nulle part où aller. Tu pourras donc l'interroger à loisir. As-tu d'autres noms?

— Tu ne coopères pas.

— Au contraire! s'exclama-t-il en désignant d'un geste tout le matériel. Permets-moi de te demander ceci, lieutenant: après qui cours-tu, un assassin ou après Max Ricker?

— Un assassin, aboya-t-elle. Et comme Ricker est plus ou moins impliqué, je compte bien les mettre tous les deux dans le même sac.

— Parce qu'il est impliqué dans l'affaire, ou parce que nous avons été associés à une époque?

— Les deux. Pourquoi?

— Rien. À moins que, le moment venu, tu ne t'interposes entre nous.

Il examina son verre d'alcool.

— Mais à quoi bon anticiper? Les noms?

— Webster, lieutenant Don.

Il ébaucha un sourire moqueur.

— Comme c'est intéressant ! railla-t-il. De quoi le soupçonnes-tu ? D'être le tueur ou d'être une cible ?

— Pour l'heure, ni l'un ni l'autre, ce qui revient au même. Il m'a filée aujourd'hui. Peut-être que c'était, comme il l'a prétendu, pour s'excuser de s'être comporté comme un idiot. Ou alors, c'était une mise en scène. Avant de lui faire confiance, je veux tous les faits.

Sans un mot, Connor s'attaqua à son clavier. Les données s'affichèrent.

— Tu avais déjà vérifié ?

— Ça t'étonne ? demanda calmement Connor. Webster semble propre comme un sou neuf. Ce qui signifie – si tu lui appliques les mêmes règles qu'à Roth – qu'il figure sur ta liste de suspects.

— À une différence près, marmonna-t-elle en se rapprochant, sourcils froncés. Il était au courant, pour Kohli. Il a participé à sa mise en place. Pourquoi s'en prendre à un flic sans histoire ? Si je m'appuie sur les preuves, mon instinct et le profil établi par Mira, je suis en quête d'un individu qui cherche à se venger. Quelqu'un qui tente d'éliminer les flics qui ont mal tourné. Webster était l'un des rares à savoir que Kohli n'avait rien à se reprocher. Ce n'est donc pas lui qui m'inquiète, du moins s'il n'est pas corrompu.

— Et s'il l'est ?

— Dans ce cas, je pourrais peut-être extrapoler : il s'est débarrassé de Kohli parce qu'il était blanc comme neige et savait que Webster ne l'était pas. Qu'est-ce que c'est que ces versements ? Une somme constante, payée chaque mois depuis deux ans à l'ordre de LaDonna Kirk ?

— Il a une sœur, divorcée. Elle suit des études de médecine. Il lui donne un coup de main.

— Mmm… ce pourrait être une couverture.

— C'est exact. Je m'en suis assuré. Entre nous, elle est dans les premiers 10 % de sa promotion. Il arrive à Webster de jouer de temps à autre, reprit Connor en sirotant son cognac. Il mise petit, c'est une simple distraction. Il s'offre chaque année une place au bal de l'Arena, et affectionne les costumes trop chers d'un tailleur sans grand talent, à mon humble avis. Il n'épargne pas énormément et vit selon ses moyens, ce qui n'est pas difficile. Il gagne deux fois plus que toi, alors que vous êtes à égalité de rang. À ta place, je m'en plaindrais.

— Les bureaucrates… grommela-t-elle avec dédain. C'est à n'y rien comprendre. Tu es allé au fond des choses.

— Je suis méticuleux.

Vu les circonstances, Eve préféra en rester là.

— Il veut participer.

— Pardon ?

— Il veut participer à l'enquête, Connor. Il pense qu'on s'est servi de lui. Je le crois volontiers.

— Tu me demandes mon avis ?

— Je te demande si tu vas t'opposer au fait que je l'intègre dans mon équipe.

— Et si je te réponds oui ?

— Je laisse tomber. Il pourrait m'être utile, mais je n'ai pas vraiment besoin de lui.

— Ma chère Eve, agis selon ton bon vouloir… Excuse-moi, mais l'ordinateur réclame mon attention, ajouta-t-il tandis que la machine signalait une pause… Tu as d'autres noms ?

— Quelques-uns.

— Je t'en prie, dit-il en lui indiquant le deuxième appareil.

Décidément, songea Eve en prenant place, le mariage demeurait un mystère. Un puzzle comprenant trop de pièces, aux formes changeantes. Connor semblait parfaitement d'accord pour qu'elle travaille avec Webster, dont il avait allégrement cassé la figure la veille…

Et si ce n'était qu'une ruse ?

Elle verrait ça plus tard, décida-t-elle en se mettant à l'ouvrage. Là, au moins, elle était sûre d'elle. Elle consulta les fichiers de toutes les personnes que lui avait citées Patsy Kohli. Les amis flics de son mari. Les inspecteurs Gaven et Pierce, l'officier Goodman, et le sergent Clooney.

De prime abord, tous semblaient parfaitement nets. Gaven, inspecteur Arnold, collectionnait les récompenses et comptait un nombre solide d'affaires résolues à son actif. Il était marié, père d'une fillette de cinq ans et jouait dans l'équipe de base-ball de sa division.

Pierce, inspecteur Jon, suivait une voie parallèle, sauf qu'il avait un fils de trois ans.

Goodman, officier Thomas, était plus jeune de deux ans, et obtiendrait bientôt ses galons d'inspecteur. Récemment marié, il était diacre dans sa paroisse.

La religion, pensa-t-elle. Trente pièces d'argent.

Clooney, vingt-six ans de carrière à son actif, était rattaché au 128 depuis douze ans. Il avait été le partenaire de Roth à une époque, puis Roth était montée en grade. Ce qui avait pu l'énerver.

Il avait une épouse, dont le domicile différait du sien, mais il n'existait nulle trace de séparation officielle ou de divorce. Son fils, Thadeus, était mort en service alors qu'il tentait d'empêcher un braquage.

D'après les déclarations des témoins, il avait dégainé son arme et s'était interposé pour protéger un civil, avant d'être attaqué par-derrière. Il avait succombé sur les lieux à une multitude de coups de poignard.

Ses agresseurs avaient dévalisé le magasin 24/7 avant de filer. Le dossier n'avait jamais été clos.

Thadeus Clooney laissait une femme et un bébé.

Un tel drame pouvait-il transformer un policier irréprochable en meurtrier ?

Mais pourquoi s'en prendre à ses collègues ?

Enfin, elle lut le fichier de Bayliss, capitaine Boyd.

Rien à dire ! À condition de s'en tenir à la surface. Fidèle paroissien, bénévole, il présidait plusieurs œuvres de charité. Ses deux enfants étaient inscrits dans des collèges privés. Marié depuis dix-huit ans avec une femme qui lui avait apporté de l'argent et un statut social.

Il n'avait jamais travaillé sur le terrain. Même en uniforme – et il s'en était rapidement débarrassé – il était resté dans les bureaux : administration, gestion des scellés, assistant. Un tire-au-flanc-né, mais un tire-au-flanc malin. Il avait gravi les échelons, puis demandé sa mutation au BAI.

Eve nota qu'il n'en était pas à sa première sanction officielle. On l'avait déjà mis en garde contre ses méthodes. Quels que soient ses moyens, il avait remué du linge sale. Le département le lui avait reproché, mais sans jamais l'empêcher d'agir.

Il avait contourné les règles : incitation policière à commettre un délit justifiant l'arrestation de l'auteur, écoutes illégales, surveillance. Son jeu favori consistait à monter les flics les uns contre les autres.

De la destruction d'une carrière à l'assassinat, il n'y avait qu'un pas…

Un détail en particulier la frappa. Elle s'aperçut que peu après la débâcle de l'affaire Ricker, Bayliss s'était retrouvé mis en examen et avait écopé d'une sanction pour tentative de discrédit du sergent en charge des scellés.

Il n'avait pas hésité à harceler l'épouse et les enfants de cet homme, et à le convoquer à la salle d'interrogatoire du BAI, où il l'avait séquestré, sans lui accorder le bénéfice d'un conseil ou d'un représentant, pendant plus de quatre heures.

Le fisc avait reçu un message anonyme, et bien qu'il eût été impossible de l'imputer à Bayliss ou à son équipe, le sergent avait eu droit à un contrôle approfondi. On n'avait rien découvert d'anormal, mais cette mésaventure lui avait coûté plus de 1 000 dollars en frais.

Elle allait devoir s'intéresser de plus près à Bayliss, et à ce pauvre sergent Matt Myers.

Malheureusement, il lui manquait les connaissances techniques pour poursuivre sa recherche. Elle jeta un coup d'œil en direction de Connor, mais comprit à son expression concentrée que ce n'était pas le moment de le déranger.

Plutôt que de s'humilier, elle opta pour une autre solution et contacta Webster.

— Bayliss, annonça-t-elle sans préambule, parle-moi de lui.

— Un fanatique déguisé en croisé. Et je suis tombé dans le piège, pendant un bon moment, en plus. Dévoué à sa mission, et charismatique, avec ça, comme un prophète prêchant une nouvelle religion.

Eve se cala dans son fauteuil.

— Vraiment ?

— Oui, il a le don de vous énerver et, avant d'avoir pu dire « ouf ! », on est pris dans ses filets. D'un autre côté, il a mis au jour des corruptions et débarrassé le système d'un bon nombre de flics pourris.

— À n'importe quel prix.

— D'accord, soupira Webster en se frottant la nuque. C'est vrai, surtout depuis un an. Ses méthodes me mettent mal à l'aise. Je suis presque sûr qu'il possède des fichiers, dont certains sont très précis, sur tous ses collègues. Mais il ne m'en a jamais parlé. Il dépasse souvent les limites. Je pensais que c'était justifié.

— Qu'est-ce qui t'a fait changer d'avis ?

— Le sergent Myers. Il était responsable des scellés de l'affaire Ricker, qui ont mystérieusement disparu ou subi des dommages irréversibles. Bayliss l'a enfoncé jusqu'au bout. Il était convaincu que Myers était un complice de Ricker, bien qu'il n'ait jamais pu le prouver. D'après moi, il espérait se débarrasser de Myers d'une façon ou d'une autre, mais le sergent lui a tenu tête. Il refusait de céder. Quand le département l'a innocenté, il a été muté dans le Queens. Mais Bayliss n'a jamais oublié, et depuis qu'il s'est fait taper sur les doigts à la Tour, il ne décolère pas.

— Tibble lui est tombé dessus.

— Oui. Juste après ça, il a lancé l'opération avec Kohli. Peut-être qu'il espérait prendre sa revanche. Je n'en sais rien, Dallas. Il est difficile à cerner.

— Sais-tu si Myers est toujours bien vivant dans le Queens ?

— Je n'ai jamais entendu dire le contraire, répondit Webster en arrondissant les yeux. Non, Dallas, tu ne crois tout de même pas que Bayliss s'amuse à éliminer des flics ?

— C'est une façon comme une autre de s'en débarrasser, non ? riposta-t-elle. Tu as dit que tu voulais participer à l'enquête, Webster. Tu étais sincère ?

— On ne peut plus sincère.

— Dans ce cas, voici ta première mission. Recherche Myers, assure-toi qu'il n'a pas été récemment victime d'un accident. Et s'il respire encore, tâche de savoir s'il lui arrive de venir de temps en temps.

Webster n'avait pas travaillé à la division Homicides depuis des années, mais il pigeait vite. Il opina.

— Il aurait toutes les raisons d'en vouloir aux collègues corrompus.

— Bon. De mon côté, je vais demander un mandat pour accéder au fichier personnel de Bayliss.

— J'ai du mal à croire que tu y arriveras.

— Quand j'aurai les documents, tu m'aideras à les examiner. Je te rappelle.

Elle coupa la transmission et se tourna vers Connor, qui l'observait attentivement.

— Tu soupçonnes Bayliss ?

— Il n'est pas net, répliqua-t-elle en haussant les épaules. Webster va s'occuper de Myers, et nous verrons où ça nous mènera. Bayliss n'est pas mon premier choix. Ce n'est pas un sanguinaire, et Kohli est toujours aussi irréprochable. Mais le lien existe.

— Ce n'est pas compliqué d'accéder à son fichier personnel.

— Pour toi, non. Mais je veux faire ça officielle-ment. Si je dois convoquer Bayliss, et j'en ai la ferme intention, je veux que ce soit sans bavure.

— Profites-en pour demander un autre mandat, pendant que tu y es. Pour Vernon.

— J'ai déjà noté ça sur ma liste.

Elle se leva lentement.

— Tu as suivi l'argent.

— En effet, en empruntant des circuits alambiqués qui m'ont conduit droit à Max Ricker Unlimited. Ça ne veut pas dire que Ricker a remis le fric directement à Vernon, mais ça implique son entreprise. Il n'est plus aussi malin qu'il l'a été. Ni aussi prudent. Nor-malement, j'aurais dû mettre deux fois plus de temps pour remonter à la source.

— Peut-être que tu es plus malin que tu ne l'étais.

Elle s'approcha de lui, posa une main sur son épaule et se pencha pour lire l'écran. Elle vit surtout un amoncellement de comptes bancaires, de noms et de sociétés. Mais un nom en particulier lui sauta aux yeux, et elle sourit.

— Canarde… je lis bien? Mandataire pour la Nor-theast Manufacturing, une filiale de la compagnie de Ricker?

— Exact.

— Et ça? Je rêve? Canarde a autorisé le transfert électronique de fonds, de la maison mère à la Nor-theast puis à une autre société, jusqu'au casino de Vegas II, où Vernon a ramassé le pactole, soi-disant en gains de jeu.

Il lui embrassa la main.

— Je suis fier de toi.

— Merci, mais tu m'as mâché le travail. Il faudrait vraiment être idiote pour ne pas suivre. J'ai enfin de quoi coincer ce Canarde! Malheureusement, je ne peux pas m'en servir.

Frustrée, elle fit quelques pas.

— Sauf si je réussis à faire parler Vernon.

Elle y parviendrait, se promit-elle en s'emparant de son communicateur pour contacter le commandant.

Connor resta où il était, à l'écouter défendre sa cause : précise, concise, sans passion. Il la connaissait par cœur, et savait d'avance les mesures qu'elle allait prendre.

Il ne fut donc nullement surpris quand elle fit pression sur Whitney, dès qu'il eut accepté d'appuyer sa requête pour le mandat.

— Commandant, j'aimerais confronter le capitaine Bayliss ce soir.

— Lieutenant, le capitaine Bayliss est un officier de haut rang du NYSPD. Convaincre un juge d'accorder un mandat immédiat lui ordonnant de se soumettre à un interrogatoire concernant deux homicides est une opération délicate.

— J'en suis consciente, commandant. C'est pourquoi je m'adresse à vous, dans l'espoir que vous consulterez à votre tour le chef Tibble.

— Vous voulez que je joigne Tibble ?

— Selon mes renseignements, il est fort probable que le chef Tibble réagisse favorablement. Je ne peux pas encore, à ce stade, affirmer que le capitaine Bayliss est un suspect ou une cible. Cependant, je n'ai aucun doute sur le fait qu'il soit l'un ou l'autre. S'il est une cible, une intervention rapide pourrait lui sauver la vie. S'il est suspect, la même intervention rapide pourrait sauver celle d'un autre.

— Dallas, vos sentiments personnels…

— … n'ont rien à voir, commandant, et n'influencent en rien mes constatations actuelles.

— J'espère pour vous que c'est vrai, marmonna Whitney. J'essaie de joindre Tibble.

— Merci, commandant. Je vous demande par ailleurs un second mandat pour l'inspecteur Jeremy Vernon, du 128, le convoquant pour un entretien formel demain matin à 9 heures, pour la même affaire.

— Seigneur ! Vous n'avez pas perdu votre temps.

— Non, commandant.

Whitney ne put s'empêcher de rire.

— Je m'en occupe, lieutenant. Attendez-vous à ce que j'assiste, de même que le chef Tibble, aux interrogatoires, en tant qu'observateurs.

— Entendu. J'attends la vérification et la réception desdits mandats.

— Bravo! commenta Connor quand elle eut terminé.

— Ce n'est pas fini. Il faut que j'aille m'habiller. Merci pour ton aide.

— Un instant!

Il vint vers elle, lui prit le visage entre les mains et réclama ses lèvres en un baiser presque désespéré. Le cœur d'Eve fit un bond; elle s'accrocha à sa taille.

— Connor...

— Deux secondes, insista-t-il en l'embrassant de nouveau.

Elle fondit dans ses bras, savourant la douceur et la promesse de cette étreinte. Quand il s'écarta, elle se surprit à sourire, tout en luttant contre le vertige.

— Je pourrais peut-être traîner encore un peu...

— Reviens vite, et nous prendrons tout le temps qu'il faudra.

— Excellente idée... Quand tu me prends par surprise, comme tu viens de le faire, je me sens toujours un peu grisée. Ce n'est pas désagréable.

Une heure plus tard, elle se tenait, en compagnie de Peabody, sur le seuil du domicile de Bayliss, dans un quartier huppé de la banlieue new-yorkaise. La demeure était gracieuse, sinon originale, nichée dans un lotissement impeccablement entretenu et éclairé.

Une plaque discrète à l'entrée avertissait le visiteur que les lieux étaient surveillés par la société Alarm Dogs Security.

Quand elle sonna, une voix aimable lui demanda de s'identifier.

— Police, annonça-t-elle en brandissant son badge. J'ai un mandat. Vous êtes prié d'ouvrir.

Un droïde féminin en uniforme de femme de chambre l'accueillit.

— Je regrette, lieutenant, ni le capitaine ni Mme Bayliss ne sont là.

— Où sont-ils ?

— Mme Bayliss est à Paris avec sa sœur pour renouveler sa garde-robe de printemps. Elle est absente depuis trois jours. Je ne puis vous dire où se trouve le capitaine Bayliss. Il n'est pas chez lui.

— Ce mandat m'autorise à entrer afin de m'en assurer moi-même.

— Bien entendu, lieutenant. Je suis programmée pour connaître la loi. Mais vous constaterez que le capitaine n'est pas là.

Eve s'avança.

— Il n'est pas rentré de la journée ?

— Si. Il est arrivé peu après 16 heures, et il est ressorti environ cinquante-huit minutes plus tard. Je ne l'attends pas ce soir.

— Pourquoi ?

— Il est parti avec une valise.

— Où est sa chambre ?

— À l'étage, première porte à gauche. Voulez-vous que je vous accompagne ?

— Non.

Eve bondit vers l'escalier, fonça dans la pièce, émit un juron.

Il avait fait son sac dans la précipitation. La porte de l'armoire n'était pas fermée, les tiroirs non plus.

— Encore un maniaque des fringues. Impossible de savoir s'il en a emporté beaucoup. Peabody, retrouvez sa femme à Paris. Il a une résidence secondaire, il me semble. Dans les Hamptons. Il me faut l'adresse.

— Vous pensez qu'il se cache ?

— Il a détalé comme un lapin. Vite, les coordonnées. Il a sûrement un bureau quelque part. Je vais l'inspecter de ce pas.

Le bureau se trouvait au rez-de-chaussée. Le temps de l'atteindre, Eve put se forger une opinion sur le style de vie de son propriétaire. Un décor glacial, sans âme. Tout était à sa place.

Par ailleurs, elle avait remarqué que Bayliss et son épouse faisaient chambre à part. Le bureau était tout aussi bien rangé que le reste, et elle constata immédiatement qu'il y était passé. La chaise était poussée de côté, et le couvercle de la boîte à disques mal remis.

Les nerfs, songea-t-elle. De quoi avez-vous peur, Bayliss ?

Elle sortit son lien Palm et, se servant de son badge en guise d'identification, vérifia les départs pour Paris. Il n'y avait aucune réservation au nom de Bayliss, mais il avait très bien pu utiliser un nom d'emprunt.

Du bas des marches, elle appela Peabody, qui déboula aussitôt.

— J'ai les renseignements.

— Parfait. Nous allons profiter au maximum du mandat. Je veux que vous preniez contact avec Feeney. Cet ordinateur, ajouta-t-elle en le désignant d'un mouvement de la tête. Je veux qu'on le décortique de fond en comble. Il a emporté des fichiers avec lui, mais Feeney saura les récupérer sur le disque dur. Pendant ce temps, vous allez passer cette maison au peigne fin.

— Oui, lieutenant. Où allez-vous ?

— À la plage !

17

Eve ajusta sa ceinture de sécurité et résista à l'envie – de plus en plus irrépressible – de fermer les yeux.

— Au fond, je ne suis pas si pressée que ça.

Connor lui jeta un coup d'œil étonné, tout en pilotant l'Air-Land Sports Streamer dans un ciel crépusculaire.

— Ce n'est pas ce que tu disais quand tu m'as demandé de t'y emmener.

— Je ne savais pas que tu voulais inaugurer ton jouet flambant neuf. Mon Dieu !

Par le hublot, elle vit défiler la côte envahie de pavillons, d'hôtels et de stations balnéaires.

— On n'a pas besoin d'être si haut !

— On n'est pas si haut que ça.

Eve était sujette au vertige.

— On pourrait s'écraser, marmonna-t-elle.

Elle s'obligea à penser à autre chose. N'importe quoi. Elle aurait mis infiniment plus de temps à atteindre la demeure de Bayliss à bord de son véhicule de ville, d'autant qu'il fonctionnait assez mal.

Même à bord d'une des voitures sophistiquées de Connor, il lui aurait fallu plus longtemps.

La meilleure solution restait donc celle-ci. À condition d'y survivre, pensa-t-elle.

— Bayliss manigance quelque chose, dit-elle, par-dessus le ronronnement des moteurs. Il a fait un aller et retour éclair chez lui, a omis de reprogrammer son droïde domestique, et a emporté des fichiers.

— Tu pourras l'interroger là-dessus toi-même dans quelques minutes.

Testant les manettes de contrôle, Connor gagna encore un peu d'altitude, puis effectua un virage. Eve l'observa en train de manœuvrer.

— Qu'est-ce que tu fais ?

— J'essaie un ou deux trucs. Je crois que ce bébé est prêt pour la production.

— Comment ça, « prêt pour la production » ?

— C'est un prototype.

Eve se sentit blêmir.

— En d'autres termes, il s'agit d'un vol *expérimental* ?

Par la vitre baissée, le vent soulevait les cheveux noirs de Connor. Il la gratifia d'un large sourire.

— Plus maintenant. Nous descendons.

— Quoi ? s'écria-t-elle en s'accrochant aux bras de son fauteuil. Quoi ?

— C'est exprès, ma chérie.

S'il avait été seul, il aurait tenté un plongeon, histoire de vérifier les capacités de réaction de l'appareil. Par égard pour son épouse, il opta pour la raison.

— Mode atterrissage, ordonna-t-il.

— *Transfert en mode atterrissage confirmé. Abaissement des volets. Rétractation.*

— Atterrissage.

— *Atterrissage confirmé. Transfert en mode conduite terrienne.*

Le Streamer glissa sans heurt sur la chaussée. Eve ne put s'empêcher de remarquer qu'il ralentissait à peine.

— Moins vite, mon vieux ! Nous sommes en zone protégée.

— Nous sommes là pour affaires. Quand il fera plus chaud, on s'offrira un petit tour en décapotable.

Eve n'en avait pas la moindre intention, mais elle se garda de l'avouer. En consultant le plan du tableau de bord, elle fut impressionnée de constater qu'ils se trouvaient à moins d'un kilomètre de leur destination.

À présent, elle entendait le bruit des vagues, à l'est. Les maisons, en verre et en bois recyclé pour la plupart, se dressaient et s'étalaient, toutes tournées vers l'océan, plus grandioses les unes que les autres.

Des lumières scintillaient ici et là, mais nombre de ces résidences appartenaient à de riches citadins qui ne venaient ici que pendant les week-ends ou l'été.

— Je m'étonne que tu n'aies aucune propriété dans les parages.

— En fait, j'en ai plusieurs. Je les ai mises en location car je n'ai jamais eu envie d'y séjourner. Trop prétentieux. Cependant, ajouta-t-il en lui souriant, si tu souhaites…

— Non. On se croirait dans un lotissement de luxe. On viendrait se reposer, et on se verrait obligés de faire des mondanités.

— Beurk !

Amusé, il bifurqua dans une allée pour se garer derrière une magnifique berline noire.

— Est-ce qu'on suppose que c'est celle de Bayliss ?

— Oui.

Elle scruta l'édifice. Il ressemblait à tous les autres. D'immenses arches en verre surplombaient des terrasses croulant sous des urnes gigantesques pleines de fleurs et d'arbustes.

— Plutôt chic, pour un flic, commenta-t-elle. Sa femme est riche… Ça rend service de temps en temps, railla-t-elle.

— Il paraît, oui.

— S'il est là, il est dans le noir. Ça ne me plaît pas.

Au départ, Eve avait prévu de convaincre Connor de l'attendre dans le Streamer et savait que ce serait délicat. Maintenant, son instinct lui dictait de changer de tactique.

Ensemble, ils longèrent un étroit chemin en lattes de bois menant à la porte d'entrée. Celle-ci était flanquée de panneaux de verre gravés de coquillages stylisés. Derrière, on distinguait la salle de séjour, avec ses plafonds de cathédrale et ses murs pâles.

Malgré elle, Eve vérifia que son arme était à portée de sa main. Puis elle sonna.

— Si ce n'était la présence de la berline, on croirait qu'il n'y a personne.

— Il est peut-être allé se balader sur la plage. Ça se fait beaucoup, ici.

Elle secoua la tête.

— Il est trop préoccupé.

Prenant une décision, elle se pencha pour saisir son pistolet de secours, dans l'étui accroché à sa cheville.

— J'aimerais que tu fasses le tour. Ne te sers pas de ça, d'accord ? À moins d'être en danger, bien sûr.

— Je connais les règles, murmura-t-il en rangeant l'arme dans sa poche. Tu crois que Bayliss est dangereux ?

— Non. Pas vraiment. Mais quelqu'un l'est. Je vais inspecter le deuxième niveau. Je vais le parcourir dans le sens des aiguilles d'une montre. Fais attention à toi.

— Toi aussi.

Ils se séparèrent, chacun persuadé que l'autre saurait réagir selon les circonstances. Eve s'avança jusqu'à un escalier, traversa la terrasse. Les baies vitrées étaient fermées, les stores baissés. Elle continua à pas lents, sur le qui-vive.

Un éclair au niveau de ses pieds la fit s'immobiliser, s'accroupir. De l'eau. Quelqu'un avait répandu de l'eau sur la terrasse. Elle se redressa pour en suivre le cheminement.

Le grondement de la mer s'intensifia. Les étoiles commençaient à apparaître dans le ciel indigo. Tout à coup, elle perçut des pas dans l'escalier à sa droite. Elle dégaina.

Connor surgit devant elle.

— Il y a de l'eau sur les marches, annonça-t-il.

— Ici aussi.

Levant une main, elle lui montra une porte latérale ouverte. Connor opina, et ils se placèrent chacun d'un côté. Leurs regards se rencontrèrent, Eve reprit son souffle. Ils entrèrent.

— À droite, ordonna-t-elle. Lumières !… Capitaine Bayliss ! Ici le lieutenant Dallas. J'ai un mandat. Dites-moi où vous êtes.

Sa voix résonna contre les murs et les plafonds couleur de sable.

— J'ai un mauvais pressentiment, murmura-t-elle. Un très mauvais pressentiment.

Balayant la pièce avec son revolver, elle suivit les traces d'eau. Elle aperçut la valise ouverte de Bayliss sur un lit, une veste jetée négligemment dessus.

Connor inspectait un dressing ; elle en fit autant de l'autre côté, puis poursuivit son exploration jusqu'à une porte.

Elle fit signe à Connor de la rejoindre. De sa main libre, elle tourna la poignée, la poussa violemment, puis franchit le seuil.

Les haut-parleurs crachaient leur son à plein volume. Avec un tressaillement, Eve reconnut la voix de Mavis, qui se déversait à travers la splendide salle de bains. Tout ce blanc, cet or, ces miroirs étaient aveuglants.

Le ronronnement d'un moteur de jacuzzi perçait à travers la musique. Eve s'aventura dans la pièce en L jusqu'à la baignoire, blanche comme neige, à part un filet de sang écarlate dégoulinant sous une main pendante. Les gouttes tombaient par terre, sur un badge.

— Merde ! Merde, merde, merde !

Elle se précipita vers le bassin et comprit tout de suite qu'il était trop tard.

Bayliss gisait au fond, la tête posée sur un coussin argent, le corps maintenu par de longues bandes de ruban adhésif.

Ses yeux grands ouverts, horrifiés, déjà voilés par la mort, la fixaient.

Éparpillées à ses pieds, des pièces. Elle sut qu'elle en compterait trente.

— Je n'ai pas été assez rapide.

Connor lui caressa brièvement le cou.

— Tu vas avoir besoin de ton kit de terrain.

— Oui, dit-elle, écœurée, l'agresseur a filé, mais sois prudent tout de même.

Elle sortit son communicateur de sa poche.

— Il faut que j'avertisse la police locale. Question de protocole. Ensuite, je préviendrai le Central. En attendant, je t'engage comme assistant. Mets du Seal-It avant de revenir, et ne…

— Ne touche à rien, acheva-t-il à sa place. Je sais… C'est affreux de mourir comme ça. Prisonnier dans une baignoire qui se remplit d'eau. La pièce est parfaitement isolée. Personne ne pouvait l'entendre crier.

— L'assassin l'a entendu.

Elle eut le temps d'enregistrer la scène et d'effectuer une inspection préliminaire, avant l'arrivée de la police locale. Sachant qu'elle devait faire preuve à la fois d'autorité et de diplomatie, elle pria le shérif de bien vouloir demander à ses hommes de procéder à l'enquête de voisinage.

— Il n'y a pas grand monde en ce moment, répondit le shérif Reese. En juin, ce sera une autre histoire.

— J'en suis consciente, mais peut-être que la chance sera avec nous. Nous sommes dans votre juridiction, shérif, mais la victime provient de la mienne. Le meurtrier aussi. Ce crime ayant un lien direct avec l'enquête que je mène actuellement, l'affaire me revient. Mais j'ai besoin de vous tous.

— Vous pouvez compter sur nous, lieutenant.

Il la dévisagea un instant, avant d'enchaîner :

— Certaines personnes s'imaginent qu'on est dans un trou perdu. Mais nous ne sommes pas des plouks. Nous savons gérer les situations.

— Merci, dit-elle en lui tendant sa bombe de Seal-It. Vous connaissiez le capitaine Bayliss ?

— Bien sûr !

Reese s'aspergea les mains, les chaussures.

— Lui et sa femme venaient régulièrement. Ils passaient ici tout le mois d'août, presque tous les ans, et environ un week-end par mois le reste de l'année. Ils organisaient des soirées, dépensaient de l'argent au village. Ils fréquentaient assez peu les autochtones, mais ils étaient aimables et ne nous causaient aucun souci.

— Bayliss venait parfois tout seul ?

— Rarement, mais ça lui arrivait. Du vendredi soir au dimanche. Il prenait son bateau, il pêchait. Sa femme n'aimait pas ça. Vous avez pu la joindre ?

Eve arrêta le jacuzzi.

— D'après mes informations, elle est à Paris. Nous la contacterons. Bayliss venait-il avec quelqu'un d'autre que son épouse ?

— Pas que je sache. Certains le font, ils amènent un copain, ou une maîtresse. Idem pour les femmes. Bayliss était fidèle.

Ils s'approchèrent tous deux de la baignoire. Reese contempla la victime, souffla bruyamment.

— Mon Dieu ! c'est abominable !

Reese se gratta le crâne.

— S'il voulait maquiller ça en suicide, pourquoi avoir laissé les rubans d'adhésif ?

— Il ne cherchait pas à maquiller ça en suicide. Il voulait que le sang coule sur le badge. C'est son mode opératoire. J'ai filmé la scène. Maintenant que vous en avez officiellement témoigné, je vais vider l'eau et examiner le corps.

— Je vous en prie.

Il s'écarta tandis que Connor revenait.

— Je sais qui vous êtes ! s'exclama le shérif. Je vous ai souvent vu à l'écran. Vous avez des propriétés dans les parages.

— En effet.

— Vous les entretenez parfaitement. Le voisinage apprécie. C'est votre voiture, devant ?

— Oui, répondit Connor avec un sourire. C'est un nouveau modèle.

— Superbe.

— Je vous le montrerai tout à l'heure.

— Avec plaisir.

— La victime est de sexe masculin, race blanche. Identification : Bayliss, capitaine Boyd, quarante-huit ans. Cause apparente du décès : noyade. L'unique lacération au poignet gauche a provoqué une abondante perte de sang.

Elle chaussa ses microlunettes.

— Pas de traces visibles trahissant une quelconque hésitation.

Elle les remonta.

— La victime porte une alliance et une montre en or. Des bandes d'adhésif ont servi à la maintenir dans la baignoire au niveau de la gorge, de l'avant-bras gauche, du torse, de la taille, des hanches, des deux cuisses et des deux chevilles. La victime ne semble pas avoir lutté pour se défendre.

L'eau se vidait pendant qu'elle parlait. Les poils et les parties génitales de Bayliss apparurent à la surface.

— Shérif, pouvez-vous continuer l'enregistrement, s'il vous plaît ?

En lui tendant l'appareil, elle enjamba le rebord. Elle imaginait parfaitement ce qui s'était passé. Bayliss devait être inconscient, sans quoi jamais l'assassin n'aurait réussi à le mettre dans la baignoire sans bagarre.

Un pied de part et d'autre du corps, comme l'avait sans doute fait le tueur, elle se pencha et commença à arracher l'adhésif.

— Du solide. Comme celui dont on se sert pour les emballages lourds. Il a utilisé un instrument à lame pour le découper. Il a pris son temps.

Elle déposa délicatement le premier ruban dans un sachet en plastique transparent. Ayant libéré la tête, elle la tourna d'un côté, puis de l'autre. Elle ne repéra aucune trace de coup.

Paralysé à l'aide d'une arme. Sans doute celle d'un policier.

Elle ôta toutes les bandes, les unes après les autres, les tendant à Connor au fur et à mesure.

Ses gestes étaient vifs, efficaces, songea-t-il, son regard vide. Elle prenait le plus possible de distance pour se concentrer uniquement sur son travail.

Il la trouva très courageuse.

— Microlunettes ! ordonna-t-elle à son mari, qui les lui passa.

Elle s'accroupit, examina la peau abrasée par les vaines tentatives de Bayliss d'arracher l'adhésif.

Salaud, pensa-t-elle. Tu as voulu qu'il soit bien vivant pendant que l'eau montait, qu'il crie, qu'il sanglote, qu'il supplie. Est-ce que tu l'as appelé par son prénom ? Je parie que oui.

Avec une douceur dont elle ne se rendait pas compte, elle le retourna sur le ventre. Sur sa hanche, elle repéra un petit tatouage noir et or, réplique de l'insigne qui baignait désormais dans son sang.

— Un flic dévoué. Du moins, c'est ainsi qu'il se voyait.

Elle rassembla les pièces d'argent.

— Trente ! annonça-t-elle en les faisant rebondir dans sa paume, avant de les laisser tomber dans le sachet que lui présentait Connor… La méthode change, pas la symbolique. Bayliss n'est pas mort depuis longtemps. Nous l'avons raté de peu. Il me faut la jauge pour affiner l'heure du décès.

— La voici… Lieutenant, l'équipe est là, annonça Connor.

— Hum ?

Elle entendit au loin un brouhaha de voix.

— Très bien. J'ai presque fini… Une heure! conclut-elle en lisant le résultat sur le minuscule écran. On l'a raté d'une heure.

Elle ressortait de la baignoire à l'instant précis où Peabody surgissait.

— Lieutenant.

— Enregistrez. Organisez le transfert à la morgue, Peabody. Faites intervenir les scientifiques. Vous avez amené la DDE ?

— Feeney et McNab sont là.

— Qu'ils vérifient la sécurité, puis tous les communicateurs! Merci, shérif, dit-elle en reprenant son matériel… Voici mon assistante, l'officier Peabody. Si vous n'y voyez pas d'objection, elle va prendre le relais.

— Très bien.

— J'aimerais passer la maison au peigne fin. Bayliss avait emporté des fichiers. Il faut que je les retrouve.

— Le bureau est au premier niveau, intervint Connor. Je peux te le montrer.

D'après le ton de sa voix, elle comprit qu'il tenait à ce qu'elle vienne seule. Ravalant son irritation à l'idée qu'il ait pris des initiatives sans l'en avertir, elle s'adressa à Reese.

— Pourriez-vous prendre contact avec les hommes qui interrogent le voisinage ? Je souhaiterais aussi savoir si vos patrouilles ont vu circuler un véhicule inconnu dans la soirée.

— Je m'y mets tout de suite. Dehors, si ça ne vous ennuie pas. J'ai besoin d'air.

— Merci.

Elle emboîta le pas à Connor. Ils durent marquer une pause pour laisser passer les techniciens qui avaient envahi l'escalier.

— De quel droit as-tu exploré les lieux ? Nous traitons une affaire officielle. Je ne peux pas autoriser un civil à faire comme chez lui.

— J'ai agi en tant qu'assistant temporaire, se défendit-il calmement. À propos, toutes les issues étaient fermées. Le système de sécurité est l'un de mes produits, le meilleur sur le marché. Il n'a pas été saboté. L'assassin connaissait le code. Ah ! Et j'ai localisé le centre de contrôle. Là encore, il a été débranché. Nous ne verrons aucune image de ce qui s'est déroulé ici ce soir, à l'intérieur ou à l'extérieur, après 19 heures.

— Un rapide.

— Qui ? Moi ou l'assassin ?

— Très drôle. Il ne panique jamais, ne se presse pas, et prend le temps de couvrir toute trace de son passage. Tout ça, alors qu'il est rongé par la rage. Ce doit être un sacré bon flic.

Suivant la direction que lui indiquait Connor, elle entra dans un vaste bureau surplombant l'océan.

Ici, tout était en désordre. Sur la table, un verre renversé, le liquide répandu sur la surface en chrome. Des disques éparpillés et, par terre, un tas de vêtements. Elle reconnut le costume que Bayliss portait lors de la réunion.

— Il l'a surpris ici, commença-t-elle. En plein boulot. Bayliss s'était offert un remontant.

Elle souleva le verre en cristal, renifla.

— Du whisky. Il s'est installé pour étudier ses dossiers. Il entend un bruit, relève la tête, aperçoit quelqu'un sur le seuil. Il se lève d'un bond, renverse son verre. Peut-être même qu'il a eu le temps de prononcer le nom du nouvel arrivant. Ensuite, rideau.

Pendant quelques instants, elle déambula dans le bureau.

— Le tueur le déshabille ici. Il a tout prévu. Il est entré par le niveau supérieur, il connaît les lieux. Peut-être qu'il était déjà venu à une soirée. Bref... Il est sorti, a désarmé la caméra de sécurité, pris les disques sur lesquels il risquait d'avoir été enregistré. Est-ce qu'il avait l'adhésif sur lui ?

Elle se mit à ouvrir les tiroirs.

— Non ! Regarde ! En voici un autre rouleau, tout neuf. Il a trouvé ce qu'il lui fallait ici même. Il se débarrassera du reste et de ce qu'il a utilisé pour le couper. Nous ne les retrouverons pas.

— Lieutenant… les disques, murmura Connor.

— J'y viens. Ensuite, il a transporté Bayliss jusqu'à la salle de bains. Il est fort : il ne l'a pas traîné. Il l'a posé dans la baignoire. Il ne l'y a pas jeté : je n'ai relevé aucune trace d'hématome. Il l'a scotché au fond du bassin. Pour cela, il a ôté ses chaussures, mais pas ses vêtements. Le fond de la baignoire ne porte aucune trace, et il a tout éclaboussé en ressortant.

Oui, songea-t-elle, il était aussi patient qu'enragé.

— Après, il a attendu que Bayliss reprenne conscience. Ils ont eu une petite conversation. Voici pourquoi tu vas mourir. Voici pourquoi tu mérites de mourir. D'avoir peur, d'être humilié. Et il fait couler l'eau, un jet brûlant ; il écoute Bayliss le supplier. L'eau monte, le moteur du jacuzzi se met en route. Il observe la scène sans broncher. Froidement. Il n'est ni triste ni excité. C'est une mission qu'il doit accomplir. Quand l'eau remplit les poumons de Bayliss, quand celui-ci cesse de se débattre et de crier, il jette les pièces d'argent sur le corps. Les pièces de Judas… Puis il sort de la baignoire, ruisselant, ramasse ses chaussures, ressort par où il est entré. Il laisse la porte latérale ouverte, parce qu'il ne veut pas que le meurtre passe inaperçu trop longtemps. Il veut que ça se sache. Que ce soit annoncé. Qu'on en parle. La mission n'est accomplie que lorsque le département apprend qu'il vient de perdre encore un flic.

— Admirable ! commenta Connor.

— Ce n'est pas compliqué.

— Tu as un talent fou, insista-t-il.

Combien de scènes avait-elle décrites ainsi ? Combien de victimes et d'assassins hantaient sa mémoire ?

— Consulte les disques, Eve.

— C'est fait.

288

Il y en avait des dizaines. Elle reconnaissait les noms de certains d'entre eux. Des flics. La collection de Bayliss.

— Au moins, il fait preuve de démocratie dans sa chasse aux sorcières, murmura-t-elle en voyant son propre nom sur l'une des étiquettes. On va sceller tout ça. Son ordinateur est encore allumé, ajouta-t-elle, sourcils froncés, en allant s'asseoir devant l'écran vide.

— Il contient un disque. Qui n'appartient pas à la victime, selon moi.

— Tu as touché à ça ? s'emporta-t-elle en pivotant vers lui. Je t'avais pourtant expressément de...

— Tais-toi, Eve, et lis.

— Affiche les données, ordonna-t-elle à la machine.

Un texte apparut, en lettres noires sur fond gris.

Lieutenant Dallas, en tant que responsable de l'enquête sur les décès de Kohli, Mills et maintenant Bayliss, c'est à vous que j'adresse ce message.

Je regrette profondément la mort de l'inspecteur Taj Kohli. J'ai été dupé par l'homme que je suis sur le point d'exécuter pour ses crimes. Des crimes contre le badge dont il s'est servi pour avancer dans sa carrière, car il a soif de pouvoir. Est-ce moins condamnable que Mills, qui a trahi son badge pour de l'argent ?

Que vous soyez d'accord ou pas avec moi, je me suis juré de faire ce que j'ai fait et ce que je vais continuer de faire.

J'ai pris le temps de lire le fichier que Bayliss a rédigé sur vous. Si les allégations, accusations et données compilées sont basées sur des faits réels, vous avez déshonoré votre badge. Je ne veux pas me fier aux paroles d'un menteur, d'un flic tordu, assoiffé de pouvoir. Cependant, je me dois de me pencher dessus.

Je vous accorde soixante-douze heures pour vous exonérer. Si vous êtes complice de Max Ricker par l'intermédiaire de votre mari, vous mourrez. Si ces allégations sont fausses, et dans la mesure où vous êtes aussi

*habile et dévouée que le laisse entendre votre réputa-
tion, vous trouverez un moyen de démanteler l'organisation de Ricker dans le délai proposé. Pour être juste
– et la justice est mon dessein – je vous promets que je
ne m'en prendrai ni à vous ni à quiconque pendant
cette période.*

*Éliminez Max Ricker, lieutenant. Sans quoi, je vous
éliminerai, vous.*

18

Eve fit plusieurs copies du message, mit le disque et les fichiers sous scellés, puis confia l'ordinateur à Feeney. Il le transporterait à la DDE, le démonterait, effectuerait toutes les vérifications nécessaires. Pour la forme. L'assassin n'avait laissé aucun indice personnel, hormis la lettre anonyme.

Ricker figurait sur sa liste, et elle comptait bien le coincer, mais ce n'était pas une priorité. Quel que soit son lien avec le meurtrier, ce n'était pas Ricker qui tirait les ficelles.

Elle était à la poursuite d'un flic justicier, et s'il voulait l'attaquer de front, tant mieux. De toute façon, il ne réussirait pas à la déconcerter. Il y avait une procédure à suivre, et elle la suivrait, pas à pas, méticuleusement.

Elle harcela les membres de la brigade scientifique, contacta personnellement le laboratoire et demanda qu'on s'occupe en urgence d'analyser les échantillons qu'elle leur envoyait, assaisonnant sa requête de quelques vagues menaces. En ce qui la concernait, si elle devait travailler vingt-quatre heures sur vingt-quatre, sept jours sur sept jusqu'à la clôture de l'affaire, elle le ferait. Les autres aussi.

Connor avait des soucis d'un tout autre genre. Il n'allait pas perdre un temps précieux à discuter avec Eve de ses projets et de ses éventuelles imprudences.

Il regagna New York seul. À son arrivée, son plan d'attaque était prêt.

Il se gara devant le Purgatoire, décoda la porte. On avait débarrassé les détritus et entamé une première tranche de travaux de rénovation. Bientôt, cette arène du péché retrouverait toute son élégance. Très bientôt.

Les lumières étaient allumées, faisant scintiller les motifs miroitants incrustés dans le carrelage. Sur ses instructions, on avait remplacé les miroirs derrière le bar par une vitre bleu foncé, qui conférait à l'ensemble une atmosphère hors du temps.

Il versait deux cognacs quand Ruth MacLean descendit le vaste escalier en courbe.

— Je viens de vérifier les écrans de sécurité, dit-elle avec un sourire. Nous sommes presque prêts. Vous n'avez pas perdu de temps.

— Nous rouvrirons dans soixante-douze heures au maximum.

— Soixante…

Elle prit le verre qu'il lui tendait et soupira avant de demander :

— Comment ?

— Je me charge de tout. Vous préviendrez le personnel dès demain matin ; organisez les emplois du temps ce soir. On ouvrira vendredi soir, avec tambours et trompettes.

Il leva son ballon.

— C'est vous le patron.

— Exactement.

Connor sortit ses cigarettes, en alluma une, et posa le paquet sur le comptoir.

— Comment a-t-il réussi à vous embobiner ?

Une lueur de panique dansa dans les prunelles de Ruth, très vite remplacée par l'incompréhension.

— Pardon ?

— Il s'est servi de mon établissement pour traiter quelques affaires. Oh ! rien d'important ! Juste de quoi s'imaginer qu'il me doublait sur mon propre terrain. Il finira par commettre une erreur, si ce n'est déjà fait.

C'est ainsi qu'il fonctionne. Sa négligence le rend dangereux. Il se pourrait bien que le flic tué l'autre soir ait flairé le coup. Mais il est mort avant d'avoir pu mener son enquête.

Elle était devenue si pâle que sa peau paraissait translucide.

— Vous pensez que Ricker a fait assassiner ce flic ?

Il avala une bouffée de fumée, la contempla en exhalant un nuage gris clair.

— Non, du moins pas directement. Mais le choix du moment est intéressant. Le flic a joué de malchance. Mais vous, Ruth…

— Je ne comprends rien à ce que vous racontez.

Elle eut un mouvement de recul. Connor posa une main sur son bras, un geste à la fois doux et ferme, lui intimant de ne pas bouger.

— Non…

Un frisson la parcourut.

— Ça pourrait m'énerver. Je vous demande comment il vous a eue. Je vous pose cette question car, depuis longtemps maintenant, nous sommes devenus des amis.

— Vous savez qu'il n'y a rien entre Ricker et moi.

— Je l'espérais, avoua-t-il en inclinant la tête. Vous tremblez. Vous avez peur que je m'en prenne à vous ? M'avez-vous jamais vu frapper une femme, Ruth ?

— Non.

Une grosse larme roula sur sa joue blanche.

— Non, ce n'est pas votre style.

— Mais c'est le sien. Qu'est-ce qu'il vous a fait subir, Ruth ?

Cette fois, la honte l'emporta, sa voix se brisa.

— Ô mon Dieu ! Connor… Je suis désolée ! Vraiment désolée ! Deux de ses hommes m'ont enlevée en pleine rue. Ils m'ont emmenée chez lui, et il… Seigneur ! Il était en train de déjeuner dans le solarium. Il m'a expliqué ce qui allait se passer, et ce que je deviendrais si je refusais d'obtempérer.

— Donc, vous avez obtempéré.

— Pas au début.

Elle prit une cigarette, tenta en vain de l'allumer. Connor lui tint la main.

— Vous avez été si bon avec moi. Vous m'avez toujours traitée correctement et respectée. Je sais que rien ne vous oblige à me croire, mais je l'ai envoyé promener. Je lui ai dit que, quand vous découvririez son manège, vous... bon, enfin, j'ai inventé toutes sortes de méchancetés de votre part. Il m'a écoutée avec un petit sourire cruel, jusqu'à ce que je me taise. J'étais terrifiée. Je me sentais comme un insecte qu'il envisageait d'écraser sous son talon. Ensuite, il a prononcé un nom et une adresse. Le nom de ma mère. Son adresse.

Un sanglot lui étreignit la gorge. Elle avala une lampée d'alcool.

— Il m'a montré des vidéos. Il la faisait surveiller, dans la petite maison que je lui ai achetée – que vous m'avez aidée à lui acheter. Ses allers et retours à l'épicerie, chez une amie, sa routine de tous les jours. J'aurais voulu exploser de rage, mais j'avais trop peur pour réagir. Il suffisait que j'obéisse aux ordres, m'a-t-il déclaré, pour que ma mère ne soit ni violée, ni torturée, ni défigurée.

— Je l'aurais protégée, Ruth. Vous auriez pu m'en parler, j'aurais veillé à sa sécurité.

Elle secoua la tête.

— Il a le don de mettre le doigt sur les points faibles des gens. Chaque fois. Et il enfonce le clou jusqu'à ce qu'on accepte n'importe quoi pour que ça s'arrête. Donc, pour qu'il me fiche la paix, je vous ai trahi. Je le regrette tellement, conclut-elle en essuyant ses larmes.

— Il ne touchera pas à votre mère, je vous le promets. Je connais un endroit où elle va pouvoir se réfugier en attendant que tout ça finisse.

Ruth le dévisagea, stupéfaite.

— Je ne comprends pas.

— Vous vous sentirez mieux quand elle sera en sécurité, et moi, j'ai besoin que vous vous concentriez entièrement sur le club pendant les quelques jours à venir.

— Vous ne me renvoyez pas ?

— Je n'ai pas de mère, mais je sais ce que c'est que d'aimer un proche au-delà de tout, et jusqu'où je serais capable d'aller pour sauver cette personne. Vous auriez dû vous confier à moi, Ruth. C'est dommage que vous ne l'ayez pas fait, mais je ne vous en veux pas.

Elle cacha son visage dans ses mains, anéantie. Pendant qu'elle pleurait, Connor en profita pour aller lui chercher une bouteille d'eau minérale.

— Allez, buvez, ça vous éclaircira les idées.

— C'est pour cela qu'il vous hait tellement, murmura-t-elle. Il hait ce que vous êtes, ce qu'il ne sera jamais. Il ne comprend pas ce qui vous anime. Alors, il choisit de haïr. Il ne veut pas seulement votre peau. Il veut votre ruine.

— Je compte là-dessus. Et maintenant, je vais vous expliquer comment nous allons procéder.

Eve se disait qu'elle jouait au jeu du mariage depuis bientôt un an et qu'en conséquence, elle en connaissait les règles. Le meilleur moyen d'esquiver un problème avec Connor quand elle travaillait sur une enquête consistait à lui en parler le moins possible.

Pour gagner du temps, elle appela chez elle de sa voiture. Se mettant en mode silencieux, elle canalisa la communication via la ligne de la chambre à coucher, en se disant que Connor était probablement dans son bureau. Ainsi, quand la lumière signalant la réception d'un message se mettrait à clignoter, il ne pourrait pas l'intercepter.

— Salut ! dit-elle en adressant un sourire distrait à l'objectif de la caméra. C'est juste pour te prévenir que je suis au Central. J'y dormirai peut-être quelques heures, mais je vais surtout travailler après être passée au labo chercher des résultats. Je te passe un coup de fil dès que j'en ai l'occasion.

Elle coupa la transmission et poussa un soupir de soulagement. Peabody la dévisagea, sidérée.

— Quoi ? demanda Eve.

— Vous voulez l'avis d'une célibataire sur la vie de couple ?

— Non.

— Vous savez bien qu'il va vous en vouloir d'ignorer la menace, insista Peabody, imperturbable. Donc, vous faites l'innocente. Trop de boulot, surtout ne m'attends pas… Comme si ça allait marcher ! ajouta-t-elle en ricanant.

— Taisez-vous ! s'exclama Eve en se calant dans son siège. Pourquoi ça ne marcherait pas ?

— Parce que vous êtes maligne, Dallas, mais qu'il l'est encore plus que vous. Il vous laissera peut-être même valser un peu puis, tout à coup… boum !

— Boum ? Comment ça, « boum » ?

— Je n'en sais rien encore, mais ça ne saurait tarder.

Peabody étouffa un bâillement tandis qu'elles atteignaient le laboratoire.

— Il y avait un moment que je n'étais pas montée à bord d'un véhicule de fonction, déclara-t-elle en tapotant le fauteuil usé et trop mince. Ça ne m'a pas manqué.

— On va me taper sur les doigts pour avoir réquisitionné cette bagnole sur la scène du crime, mais je n'avais pas le choix. La mienne est dans un état lamentable.

— Mais non ! assura Peabody en bâillant de nouveau et en se frottant les yeux. L'uniforme à qui vous l'avez piquée béait d'admiration en vous regardant. Je parie qu'il y fera poser une plaque : « Dallas s'est assise ici. »

Eve s'esclaffa.

— Contactez la Maintenance. Ils vous détestent moins que moi. Pour l'instant. Demandez-leur de réparer mon tas de ferraille.

— Ça ira plus vite si je mens en présentant un autre numéro de badge.

— Vous avez raison. Utilisez celui de Baxter. Vous êtes pleine d'énergie ! ajouta-t-elle quand Peabody bâilla pour la troisième fois d'affilée. Quand nous en aurons terminé ici, vous prendrez une heure de repos, ou vous avalerez un cachet pour vous réveiller.

— Ce n'est qu'un petit coup de barre.

À l'entrée, le gardien semblait complètement endormi. Les paupières mi-closes, le costume froissé, il avait un pli de sommeil sur la joue.

— C'est bon, vous pouvez y aller, marmonna-t-il avant de retourner à son poste.

— On se croirait dans une tombe, fit remarquer Peabody. C'est pire que la morgue.

— Ne vous inquiétez pas, on va arranger ça.

Elle ne s'attendait pas à ce que Dick l'accueille chaleureusement, et encore moins à entendre la voix de Mavis résonner dans le laboratoire principal.

Penché sur son ordinateur microscope, le technicien en chef Dick Berenski se trémoussait au rythme de la musique en chantonnant.

Eve comprit alors qu'elle pourrait lui demander n'importe quoi. Elle disposait d'une monnaie d'échange en or.

— Salut, Dick !

— Pour vous, c'est M. Dick, rétorqua-t-il en redressant la tête.

Comme Eve le pressentait, il était de mauvaise humeur. Les yeux bouffis, il semblait prêt à mordre. Par-dessus le marché, il avait enfilé sa chemise à l'envers.

— Me tirer du lit en plein milieu de la nuit ! Avec vous, tout est toujours urgent, Dallas. Tout est prioritaire. Vous aurez les résultats quand vous les aurez, pas une minute plus tôt. Allez voir ailleurs si j'y suis.

— Ça m'excite trop de rester près de vous.

L'air sceptique, il l'examina de bas en haut. En général, elle débarquait les deux pieds en avant pour lui botter les fesses. Quand elle se mettait à plaisanter, mieux valait se méfier.

— Je vous trouve bien enjouée, pour quelqu'un qui collectionne les cadavres.

— Que voulez-vous que je vous dise ? Cette musique me rend heureuse. Vous savez que Mavis passe en concert la semaine prochaine ? Elle joue à guichets fermés. Vous avez entendu que c'était complet, vous aussi, Peabody ?

— Oui. Et elle n'est là que pour une soirée. Elle a un succès fou.

— Elle est formidable, intervint Dick. J'ai réussi à obtenir deux billets. J'ai tiré quelques ficelles. Deuxième balcon.

Eve fit mine d'examiner ses ongles.

— Moi, je pourrais en avoir deux à l'orchestre, avec en prime un passe pour les coulisses après le spectacle. Je ferais volontiers ça pour un copain...

— C'est vrai ?

— Absolument. Pour un copain, répéta-t-elle, un copain qui se démène pour me fournir les renseignements dont j'ai besoin.

Le regard de Dick s'humidifia.

— Je suis votre nouveau meilleur copain.

— Comme c'est mignon ! Donnez-moi tout d'ici une heure, Dick, et les billets sont à vous. Et si vous trouvez ne serait-ce qu'un détail qui me mette sur la piste de cet assassin, je veillerai à ce que Mavis vous embrasse sur la bouche.

Elle lui tapota le crâne, se détourna. Une fois sur le seuil de la pièce, elle pivota vers lui.

— Cinquante-neuf minutes, Dick. Tic, tac, tic, tac...

Il fondit littéralement sur son microscope.

— Vous êtes diabolique, la félicita Peabody.

Lorsqu'elles revinrent au Central, Eve envoya Peabody rédiger le rapport préliminaire d'après les enregistrements et les notes pris sur la scène du crime. Quant à Eve, elle se chargea de prévenir la veuve.

Le tâche lui prit plus de temps qu'elle ne l'aurait voulu et la déprima au plus haut point. La femme de Bayliss ne révéla rien d'intéressant. Refusant d'identifier le défunt par vidéo, elle piqua une crise d'hystérie, jusqu'à ce que sa sœur prenne le relais.

Eve l'entendit sangloter tandis qu'une jolie brune aux joues pâles apparaissait à l'écran.

— Il n'y a pas d'erreur possible ?

— Non. Je peux demander à un psychologue de la police locale de vous rejoindre à votre hôtel.

— Non, non, ce n'est pas la peine. Je suis là. Elle lui avait acheté des boutons de manchette cet après-midi. Mon Dieu !

Elle ferma les yeux et reprit son souffle, comme pour se ressaisir – ce qui rassura Eve.

— Nous allons revenir immédiatement. Je m'en charge. Je m'occupe de ma sœur.

— Contactez-moi dès que possible. Je vais devoir interroger Mme Bayliss. Toutes mes condoléances.

Eve coupa la communication.

Kohli, Mills, Bayliss. Mentalement, elle s'obligea à prendre du recul. Trois flics. S'ils avaient tous trois porté le badge, ils l'avaient porté différemment. Tous connaissaient leur assassin. Les deux premiers lui faisaient confiance.

Surtout Kohli. Une discussion autour d'un verre, après la fermeture du club. C'était le genre de rendez-vous que l'on réservait à un ami. Cela étant, il en avait parlé avec son épouse comme s'il s'agissait davantage d'un associé que d'un ami. Quelqu'un qu'il respectait. Quelqu'un à qui il voulait peut-être demander conseil.

Dans une ambiance décontractée. En buvant une bière.

Quelqu'un de sa propre division. Quelqu'un qui entretenait des relations avec Ricker.

— Ordinateur, compilation, poste 128, New York. Y compris tout retraité depuis deux, non, trois ans. Recherche tout policier rattaché audit poste ayant travaillé sur une affaire ou une enquête impliquant Max Ricker. Deuxième tâche, en utilisant les mêmes paramètres, en prenant en compte… comment s'appelle-t-il, déjà ? Le fils. Alex. Alex Ricker. Enfin, recherche toute enquête au cours de laquelle Canarde est intervenu en tant que représentant durant les interrogatoires ou procès.

— *Recherche en cours… une commande multitâches de cette nature requiert un minimum de quatre heures vingt minutes…*

— Alors, bouge-toi !

— *Commande inconnue. Veuillez reformuler la commande…*

— Au secours !

Elle s'offrit un café et, pendant que la machine s'affairait, passa dans la salle de conférences. Sur l'ordinateur qui s'y trouvait, elle afficha toutes les données concernant Vernon. Elle aurait dû pouvoir faire ça sur son propre appareil pendant qu'il travaillait. Il était tout neuf et fonctionnait infiniment mieux que l'antiquité dont elle disposait auparavant, mais elle ne voulait pas prendre de risques.

Elle passa une heure à examiner le fichier de Vernon. D'ici peu, elle le convoquerait au Central, avec l'intention de frapper très fort.

L'effet du café s'amenuisait et les mots commençaient à se brouiller devant elle quand son communicateur bipa.

— Dallas.

— Je vais avoir droit à mon baiser.

— Qu'est-ce que vous avez, Dick ?

— De quoi faire battre votre cœur. Un échantillon de Seal-It, prélevé sur le bord de la baignoire.

— Dites-moi que vous avez une empreinte !

— Vous voulez toujours des miracles ! s'exclama-t-il, déconfit. Ce que j'ai, c'est un échantillon de Seal-It. Il a dû s'en servir pour protéger ses mains et ses pieds, mais il y est allé un peu fort. Vous savez ce qui se passe, quand on en met trop ?

— Oui, ça colle. Nom de Dieu, Dick, qu'est-ce que vous voulez que j'en fasse, de votre échantillon de Seal-It ?

— Ce que j'ai à dire vous intéresse, oui ou non ? Il en a répandu un peu sur le bord de la baignoire, sans doute en voulant redresser votre défunt juste avant de le noyer. Voilà pourquoi il se pourrait bien que le bout d'ongle que j'ai trouvé, grâce à mon infaillible talent, appartienne à votre assassin.

Eve s'obligea à rester calme.

— Vous avez comparé l'ADN avec celui de Bayliss ?

— J'ai l'air d'un imbécile ?

Elle ouvrit la bouche, ravala une repartie un peu trop vive.

— Excusez-moi, Dick. J'ai eu une dure journée.

— Vous n'êtes pas la seule ! L'ADN ne correspond pas à celui de Bayliss – que j'ai pu analyser grâce à un minuscule bout de poil accroché à l'adhésif. D'après l'étiquette sur le sachet, ledit adhésif provient de son bras.

— C'est excellent, Dick ! Je crois que je suis en train de tomber amoureuse de vous.

— Elles finissent toutes par craquer. Ah ! Voilà l'imprimante qui crache les premiers rapports.

Il fonça de l'autre côté de la pièce sur son fauteuil à roulettes.

— Mâle. Blanc. Pour le moment, je ne peux rien vous donner de plus, mais je ne désespère pas.

— Bravo et merci, Dick.

Un bout d'ongle. Il suffisait parfois d'un bout d'ongle pour pendre un homme.

Trente pièces d'argent. La symbolique religieuse. Si les victimes étaient Judas, qui était le Christ ? Pas le meurtrier, décida-t-elle en laissant vagabonder son esprit. Le Christ représentait le sacrifice, la pureté. Le Fils.

Le Fils unique.

Un message personnel adressé à la responsable de l'enquête. La conscience. Le tueur avait une conscience, et la faute qu'il avait commise en éliminant Kohli le tracassait suffisamment pour qu'il éprouve le besoin de se justifier. Et d'imposer un ultimatum.

Éliminer Ricker. La boucle était bouclée. On en revenait toujours à Ricker.

Ricker. Le Fils. Le Purgatoire.

Connor.

Une vieille affaire. Une vieille affaire non résolue.

Eve était couchée dans le noir, mais ne dormait pas. C'était dangereux de dormir, de se laisser aller aux rêves.

Il buvait, et il n'était pas seul.

Elle entendait leurs éclats de voix. Surtout celle de son père, car c'est lui qui viendrait la rejoindre dans la nuit, s'il n'était pas assez imbibé. Il surgirait sur le seuil, silhouette à contre-jour.

S'il était fâché contre l'autre homme, et pas tout à fait assez saoul, il s'en prendrait à elle. Des gifles, peut-être. Avec un peu de chance.

Sinon, il se jetterait sur elle, haletant. Le T-shirt qu'elle portait pour dormir ne la protégerait en rien. Ses supplications ne serviraient qu'à accroître la rage. Il plaquerait une main sur sa bouche, l'empêchant de crier, de respirer, et plongerait en elle.

— Papa a quelque chose pour toi, fillette. Petite pute.

Dans son lit, elle tremblait et écoutait.

Elle n'avait pas encore huit ans.

— J'ai besoin de plus d'argent. C'est moi qui prends tous les risques.

Il avait la langue pâteuse, mais pas assez. Pas encore assez.

— On a fait un marché. Tu sais ce qui arrive aux gens qui me doublent ? Le dernier employé qui a essayé de... de renégocier les termes de son contrat n'a pas vécu assez longtemps pour le regretter. Ils n'ont pas fini de ramasser ses morceaux dans l'East River.

Cette voix-là était grave. Il n'était pas ivre. Non, non. Elle connaissait la voix d'un homme qui avait bu. Ce n'était pas celle-là.

— Ce n'est pas pour t'embêter, Ricker.

Elle grimaça. Il gémissait presque. S'il avait peur, il se vengerait sur elle. Il se servirait de ses poings.

— J'ai des frais. J'ai une fille à élever.

— Je me fiche de ta vie personnelle. Je veux ma marchandise. Veille à ce qu'elle soit livrée demain soir, au lieu et à l'heure prévus, et tu auras le reste.

— J'y serai.

Une chaise racla le sol.

— Pour ton bien – et celui de ta fille – sois au rendez-vous. Tu es saoul. J'ai horreur des ivrognes. Tâche d'être sobre demain.

Des pas, une porte qui s'ouvrait, se refermait. Le silence.

Un verre se fracassa contre le mur, accompagné d'un torrent d'injures. Dans son lit, elle se mit à trembler.

Le mur vibra. Il le frappait à coups de poing féroces. Qu'il continue ! pria-t-elle. Qu'il débouche une autre bouteille ! Mon Dieu ! je vous en supplie, faites qu'il boive encore, qu'il punisse quelqu'un d'autre que moi.

Mais la porte de sa chambre s'ouvrit. Sa silhouette se dressa dans la lumière crue du couloir.

— Qu'est-ce que tu as ? Tu écoutais notre conversation ? Tu te mêles de mes affaires, maintenant ?

Non, non. Elle ne pouvait que secouer la tête.

— Je devrais te livrer aux rats et aux flics. Les rats te dévoreront les orteils et les doigts. Ensuite, les flics arriveront. Tu veux savoir ce qu'ils font des petites filles qui s'occupent de ce qui ne les regarde pas ?

Il vint vers elle, lui empoigna les cheveux. Un cri lui échappa en dépit de ses efforts pour le retenir.

— Ils les mettent dans un trou pour que les bestioles leur rentrent dans les oreilles. Tu veux qu'on te mette dans un trou, fillette ?

Elle pleurait, maintenant. Elle ne pouvait pas s'en empêcher. Il la gifla. Une fois, deux fois, mais presque distraitement. Elle eut une lueur d'espoir.

— Sors de là et prépare tes affaires. J'ai des gens à voir. On part pour le sud.

Il eut un sourire cruel.

— Ricker croit me faire peur. Tu parles ! J'ai la première moitié de ce qu'il me doit et son stock de drogues. Rira bien qui rira le dernier. Salopard de Max Ricker.

Tandis qu'elle fourrait ses maigres possessions pêle-mêle dans son sac, elle se dit qu'elle était sauvée, au moins pour une nuit. Grâce à un nommé Max Ricker.

Eve se réveilla en sursaut, le cœur battant la chamade, la gorge sèche.

Ricker. Mon Dieu ! Ricker et son père !

Elle s'agrippa aux bras du fauteuil. Était-ce la vérité, ou simplement le fruit de sa fatigue et de son imagination ?

C'était la vérité. Quand ces petits fragments du passé lui revenaient par éclairs, ils étaient toujours vrais. Elle se revoyait, hirsute, les yeux ronds, ses bras maigres serrés autour de sa poitrine.

Elle entendait les voix.

Se penchant en avant, elle appuya les doigts sur ses tempes. Max Ricker avait connu son père. À New York. Oui, elle en était certaine, cela s'était passé à New York. Combien de temps avant qu'ils n'atterrissent à Dallas ? Avant la nuit où elle s'était emparée d'un couteau pendant que son père la violait ?

Combien de temps avant qu'elle ne le tue ?

Suffisamment pour qu'ils manquent d'argent. Suffisamment pour que Ricker ait mis ses hommes sur la piste de celui qui l'avait volé.

Mais elle l'avait éliminé avant lui.

Elle se leva, arpenta la pièce. Ces événements appartenaient au passé. Elle ne pouvait pas se laisser influencer.

Et pourtant, le destin avait bouclé la boucle en liant Ricker à son père.

Puis Ricker à Connor.

Et enfin, Ricker à elle-même.

Elle n'avait d'autre choix que de mettre un terme à ce cercle infernal.

19

Eve avait besoin de café, besoin de sommeil. D'un sommeil sans rêves. Elle avait besoin aussi des résultats de la recherche.

Mais une petite graine s'était plantée dans son esprit, qui l'incitait à en cultiver une autre.

Elle venait de s'y mettre quand la Tour la convoqua.

— Je n'ai pas de temps pour ça, marmonna-t-elle, exaspérée. Politique de mes deux ! Je n'ai pas le temps de courir donner des informations à Tibble pour qu'il les transmette aux médias.

— Dallas, on vous attend là-haut. Je termine pour vous, dit Peabody.

Eve voulait s'en charger elle-même. C'était personnel. Justement, le problème résidait bien là. Elle s'était laissé entraîner dans une histoire personnelle.

— Vernon a rendez-vous dans une heure. S'il a trente secondes de retard, envoyez les uniformes le chercher. Familiarisez-vous avec son profil, ajouta-t-elle en s'emparant de sa veste. Contactez Feeney. Je veux qu'il assiste à l'interrogatoire, de même que McNab. Je veux des flics partout.

Elle hésita, jeta un coup d'œil sur son ordinateur. Inutile de tergiverser, songea-t-elle. Ça ne servirait à rien.

— Joignez ces données au dossier et faites un calcul de probabilités sur nos trois homicides.

— Oui, lieutenant. Sur qui ?

— Vous le saurez, décréta Eve en sortant au pas de charge. Sinon, changez de métier.

— J'adore être sous pression, grommela Peabody en prenant place.

Eve décida d'écourter la séance au maximum. Elle irait droit au but. Tibble se souciait peut-être de l'image du département, de la politique, de l'attitude du BAI. Pas elle.

Elle n'avait qu'un seul dessein : résoudre l'affaire en cours.

Sous aucun prétexte elle n'accepterait d'insérer une conférence de presse dans son horaire. Et s'il s'imaginait qu'il suffirait de lui retirer le dossier, il pouvait aller se…

Aïe ! Aïe ! Aïe !

Ça n'arrangerait rien d'aborder Tibble dans cet état d'esprit.

Il ne la fit pas attendre, ce qui l'étonna un peu. Mais ce qui la surprit le plus, ce fut de découvrir Connor, confortablement installé dans un fauteuil, le regard calme.

— Lieutenant ! lança Tibble en l'invitant d'un geste à entrer. Asseyez-vous, je vous en prie. La nuit a été longue.

Il était impassible. Tout comme le commandant, qui se tenait assis, les mains posées sur les genoux.

Eve eut vaguement l'impression d'intervenir dans une partie de poker entre gros joueurs, sans connaître le montant de la mise.

— Monsieur, le rapport préliminaire sur Bayliss a été mis à jour d'après les premiers résultats de laboratoire. Je ne peux malheureusement pas m'étendre sur le sujet en présence d'un civil, ajouta-t-elle en observant Connor à la dérobée.

— Le civil en question vous a rendu un grand service, hier soir.

— En effet, concéda-t-elle. Il était vital de me rendre au plus vite à la résidence secondaire de Bayliss.

— Vous êtes arrivée un peu tard malgré tout.

— C'est exact, monsieur.

— Ce n'est pas une critique, lieutenant. Vos instincts concernant le capitaine Bayliss étaient fondés. Si vous ne les aviez pas suivis, nous ignorerions peut-être encore sa mort, à l'heure qu'il est. J'admire votre intuition, lieutenant, et m'apprête à y réagir moi-même. Je viens de désigner Connor en tant que civil provisoirement attaché à l'enquête sur Max Ricker, en parallèle avec votre propre enquête sur ces homicides.

— Monsieur…

— Vous y voyez une objection, lieutenant ? riposta-t-il.

— J'en vois plusieurs, monsieur, à commencer par le fait que Ricker n'est pas une priorité. Je suis sur le point d'étudier de nouvelles données qui, je crois, mèneront à une arrestation dans le cadre de mon affaire en cours. Le lien avec Ricker existe, enchaîna-t-elle, c'est une clé, mais sans rapport avec ces indices ni l'arrestation prévisible. Il me semble que la connexion est davantage émotionnelle que tangible. Du coup, poursuivre Ricker est secondaire, et je suis convaincue que nous pourrons le faire suite à l'interrogatoire du suspect. Je demande qu'on retarde toute initiative à l'égard de Ricker jusqu'à ce que j'aie clos ce dossier.

Tibble la contempla.

— Vous êtes désormais une cible.

— Tous les flics sont des cibles. L'assassin tente de me pousser à m'intéresser uniquement à Ricker. Je refuse de me plier à ses désirs. Sauf votre respect, monsieur, vous devriez en faire autant.

La véhémence contenue dans cette dernière phrase lui fit hausser les sourcils. Il retint un sourire amusé.

— Lieutenant Dallas, depuis que je vous connais, vous vous en êtes toujours tenue à ce que vous aviez décidé. Quelque chose a dû m'échapper. La situation est-elle devenue trop lourde pour vous toute seule ? Si c'est le cas, j'assignerai l'affaire Ricker à un autre policier.

— C'est le deuxième ultimatum que je reçois en quelques heures. Je déteste les ultimatums.

— Monsieur, intervint Connor d'un ton aimable, nous avons pris le lieutenant de court, après une nuit difficile. Ma présence ici n'arrange pas forcément les choses. Peut-être pourrions-nous lui en expliquer le but, avant de poursuivre ?

Eve ravala une riposte cinglante : elle était assez grande pour se défendre toute seule. Mais Whitney se leva en opinant.

— Je propose de marquer une courte pause. Je boirais volontiers un café, monsieur. Avec votre permission, je vais aller en chercher pour nous tous, pendant que Connor présente le plan au lieutenant Dallas.

Tibble approuva d'un bref signe de la tête.

— Comme je te l'ai dit, commença Connor – et j'en ai informé tes supérieurs –, j'ai été autrefois associé avec Max Ricker. J'ai mis un terme à ce partenariat en découvrant un certain nombre d'escroqueries. Nous ne nous sommes pas quittés en bons termes. Cette rupture a coûté à Max Ricker une somme considérable et lui a valu la perte de bon nombre de clients. C'est un rancunier, qui sait patienter avant de prendre sa revanche. Je ne peux pas dire que cela m'ait inquiété, jusqu'à ces derniers temps.

Il leva les yeux vers Whitney, qui lui présentait une tasse fumante.

— Comme vous le savez, j'ai acquis, par le biais d'un représentant, un établissement appartenant à Ricker. Je l'ai rénové, j'ai renouvelé tout le personnel, et je l'ai rebaptisé le Purgatoire. C'est un club qui marche bien, en toute légalité. Mais depuis la mort de votre collègue, j'ai appris que Ricker se servait de ma propriété, et de certains de mes employés, pour traiter ses affaires.

MacLean, pensa aussitôt Eve, j'en étais sûre.

— Il s'agit principalement de trafic de drogues, reprit Connor. Son idée était d'agir sur mon terrain, pratiquement sous mon nez, pour donner l'impression que j'y étais mêlé.

— Elle t'a vendu! s'exclama Eve, furieuse. Ruth MacLean.

— Au contraire, elle a découvert l'infiltration de Ricker et m'en a parlé pas plus tard qu'hier soir.

Foutaises! se dit Eve, mais elle se garda d'insister.

— Le BAI en a eu vent – sans doute grâce à un complice de Ricker – et a envoyé Kohli sur place en éclaireur. Il avait du flair. Il a dû sentir quelque chose. Plus tôt que ne le souhaitait Ricker. Seulement voilà, tuer un flic, chez moi, ça change tout.

— Ce n'est pas Ricker, protesta-t-elle, presque sur la défensive, avant de se ressaisir. Il a mis le feu aux poudres, murmura-t-elle. Il a établi des liens au sein du département, du 128. Il savait sur quels boutons appuyer, dans quelles plaies enfoncer le couteau... Son arrestation, l'automne dernier, l'a mis en colère. Martinez l'avait dans le collimateur, elle avait toutes les preuves. Mais Mills a réussi à s'immiscer, à saper le raid et à subtiliser les scellés. Ricker l'a échappé belle, mais tout ça l'a beaucoup énervé.

— Et pour démontrer qu'il avait encore le pouvoir, il s'est défoulé en mettant un flic chez moi. Nous finirons par savoir pourquoi, mais au fond, quelle importance? Je peux l'attraper pour toi. Ça ne te suffit pas?

— Je peux le faire moi-même.

— Je n'en doute pas, convint Connor. Cela étant, je peux t'y aider afin que ça se passe rapidement, sans te distraire de ton enquête. Le Purgatoire rouvre ses portes vendredi soir. Ricker sera là à 22 heures.

— Pourquoi?

— Pour discuter affaires avec moi. J'accepterai sa proposition, parce que je me soucie de la sécurité de ma femme. Eve, tu peux tout de même ravaler ta fierté, le temps que je lui tende un piège afin que tu puisses lui botter les fesses.

— Il ne te croira pas.

— Oh si! D'abord parce que c'est vrai, ensuite, parce que je feindrai le contraire. Il s'attend à ce que je le double parce que lui-même est un menteur. Je m'ennuie, tu comprends. J'ai envie de m'amuser un peu. Et puis, il y a le fric. Un pactole...

— Tu possèdes déjà la moitié de l'univers.

— Pourquoi se contenter de la moitié quand on peut avoir le tout?

Il but une gorgée de café, le trouva amer.

— Il me croira parce qu'il voudra me croire. Parce qu'il veut s'imaginer qu'il a gagné. Et parce qu'il est moins malin qu'autrefois, moins prudent aussi. Il rêve de me mettre en pièces. Nous lui laisserons entendre que c'est possible. Une fois la transaction aboutie, il sera à toi.

— Nous déploierons des hommes dans tout le club, dit Whitney. Connor va s'arranger pour que le système de sécurité enregistre toute la discussion. La gérante agira comme agent de liaison. C'est elle qui organisera le rendez-vous. J'aimerais que vous parliez de Kohli à Connor, de façon à ce qu'il puisse orienter la conversation dans ce sens. Si Ricker est impliqué, de quelque manière que ce soit, dans ce meurtre, je veux qu'il en paie le prix.

— Il saura tout de suite que c'est un piège, argua Eve. Pourquoi accepterait-il de discuter affaires ailleurs que sur son terrain? Et puis, il exigera que ses hommes fouillent les lieux.

— Il parlera, répliqua Connor, parce qu'il ne saura pas résister à la tentation. Parce qu'au Purgatoire, il se sent chez lui. Et il pourra fouiller tout ce qu'il voudra. Il ne trouvera rien d'autre que ce que je voudrai.

Eve se détourna de son mari et se leva.

— Monsieur, Connor manque d'objectivité et d'entraînement. Dans ces conditions, il est fort probable que Ricker tentera de s'en prendre à lui physiquement. Un plan comme celui-ci ne peut que mettre en péril l'existence d'un civil et lui causer de graves problèmes avec la justice.

— Soyez certaine, lieutenant Dallas, que ledit civil sera parfaitement protégé du point de vue légal. Il bénéficiera d'une immunité pour toute information ou allégation issue des discussions passées, présentes ou à venir, concernant cette opération. Quant aux risques physiques, je pense qu'il sera tout aussi habile à se défendre. Sa collaboration nous permettra de gagner un temps et un argent précieux. Franchement, lieutenant, c'est une opportunité que nous ne pouvons pas laisser passer. Si la perspective de diriger l'équipe ou de participer au projet vous déplaît, vous n'avez qu'à le dire. Vu les circonstances, je ne vous en tiendrai pas rigueur.

— Je ferai mon boulot.

— Tant mieux. Le contraire m'aurait déçu. Prenez le temps de fournir à Connor un compte rendu détaillé sur Kohli. Mettez-vous au courant du système de sécurité dont dispose le Purgatoire. Je veux que tout soit en place dans les vingt-quatre heures. Cette fois, Ricker ne passera pas entre les mailles du filet. Apportez-moi sa tête sur un plateau d'argent.

— Bien, monsieur.

— Je veux tous les rapports sur mon bureau à 16 heures précises. Vous pouvez disposer.

Quand Connor sortit avec elle, Eve ne dit rien. Elle n'osait pas prendre la parole, de peur d'exploser de colère.

— Midi, déclara-t-elle enfin. Mon bureau à la maison. Apporte-moi tous les plans, toutes les données concernant la sécurité. Une liste comprenant tous les renseignements sur les membres du personnel qui seront présents vendredi soir. Tu as déjà prévu de tendre une perche à Ricker ; je veux savoir laquelle. Et je ne veux plus de surprises. Ne me dis rien maintenant! siffla-t-elle. Pas un mot. Tu m'as tendu une embuscade!

Il la saisit par le bras avant qu'elle ne puisse s'éloigner et la fit pivoter vers lui.

— Vas-y, frappe-moi, si ça peut te faire du bien.

— Pas ici, marmonna-t-elle. J'ai déjà assez de soucis comme ça. Lâche-moi. J'ai un interrogatoire et je suis en retard.

Il la poussa dans l'ascenseur.

— Tu croyais vraiment que j'allais rester là sans bouger?

Elle tremblait et en avait conscience. Que se passait-il? Pourquoi ce soudain sentiment de panique?

— Tu n'as pas à te mêler de mon boulot.

— Sauf quand ça t'arrange, c'est ça? Sauf quand je peux te donner un coup de main. Là, j'ai le droit de mettre le nez dedans. Sur invitation uniquement.

— Bon, d'accord! D'accord, d'accord! s'exclama-t-elle, furieuse parce qu'il avait raison et elle tort. Sais-tu ce que tu as fait? Sais-tu ce que tu risques?

— Pour toi, je suis prêt à tous les sacrifices.

— Je maîtrisais la situation. J'aurais été jusqu'au bout.

— Désormais, *nous* maîtrisons la situation et *nous* irons jusqu'au bout.

Sur ce, il ressortit de la cabine, la laissant fulminer toute seule.

Malheureusement pour Vernon, Eve était survoltée. Quand elle apparut sur le seuil de la pièce, il bondit sur ses pieds.

— Vous m'avez fait traîner jusqu'ici comme un vulgaire criminel!

— En effet, Vernon.

Elle le bouscula violemment, et il retomba sur sa chaise.

— Je veux un avocat!

314

Cette fois, elle le saisit par le col et le poussa jusqu'au mur, sous les regards plus ou moins intéressés de Feeney, McNab et Peabody.

— Je vais vous en trouver un, moi, d'avocat. Vous allez en avoir besoin. Mais vous savez quoi, Vernon ? L'entretien n'a pas encore débuté officiellement. Et vous constaterez que mes petits camarades ne cherchent pas à me retenir de vous casser la figure.

Il essaya de se dégager, mais elle planta un coude dans son estomac.

— Laissez-moi !

Il leva le bras, mais elle esquiva son coup, et il se plia en deux en hurlant de douleur, car elle en avait profité pour l'atteindre avec son genou dans les parties.

— J'ai trois témoins, ici, qui pourront déclarer que vous m'avez agressée. Ça, ça vous mènera tout droit dans une cellule, et vous savez comment les détenus s'amusent avec les flics en prison, n'est-ce pas, Vernon ? Ils sont capables de beaucoup de choses pendant les deux heures minimum qu'il me faudra, vu mon état de détresse suite à votre agression, pour contacter votre avocat.

Il avait de plus en plus de mal à respirer.

— Alors voilà, j'étais venue ici discuter gentiment avec vous, mais je ne suis plus tellement d'humeur. Si vous refusez de nous parler, à moi et à mes camarades, je vous inculpe pour agression sur un membre de la police, corruption, abus d'autorité, complicité avec certaines personnes suspectées de crime organisé, et conspiration de meurtre.

— C'est n'importe quoi ! protesta-t-il, blême comme un linge et ruisselant de transpiration.

— Je ne le pense pas. Ricker ne le pensera pas non plus, d'ailleurs, quand il apprendra que vous hurlez comme un porc qu'on égorge. Et il l'apprendra forcément, car j'ai un mandat pour arrêter Canarde.

Elle ne l'avait pas encore, mais elle l'aurait bientôt.

— Si on vous relâche, vous le regretterez.

— Je suis venu ici pour négocier.

— Vous n'étiez pas à l'heure.

— J'ai été retardé.

— Votre attitude me déplaît, Vernon. La vérité, c'est que je n'ai plus besoin de vous. L'affaire sera close avant la fin de la journée, et je vais anéantir Ricker, pour mon plaisir personnel. Vous n'êtes que du superflu.

— Vous bluffez. Vous croyez que je ne sais pas comment ça marche ? Je suis flic, moi aussi !

— Vous déshonorez la profession, oui !

Si elle avait Canarde, songea-t-il, si elle était sur le point d'atteindre Ricker, il était fichu. Mieux valait sauver sa peau, tant qu'il le pouvait encore.

— Si vous voulez réussir votre coup, vous avez besoin des informations que je peux vous communiquer. Je sais beaucoup de choses. Vous n'avez fait qu'égratigner la surface du 128.

— C'est en creusant un peu que je suis tombée sur vous.

— Je peux vous en dire plus.

Il ébaucha un sourire désespéré.

— Une promotion. Des noms, Dallas, et pas que du 128. Des noms à la mairie, dans les médias, jusqu'à East Washington. Je veux l'immunité, une nouvelle identité et de quoi redémarrer ma vie à zéro.

Elle bâilla.

— Vernon, vous êtes ennuyeux à mourir.

— C'est ça ou rien.

— Voici ma proposition. Peabody, mettez-moi cette ordure en cellule.

— Attendez ! Pourquoi m'avez-vous fait venir, si ce n'est pour négocier ? Il faut que j'obtienne l'immunité. Si vous me mettez en taule, je n'en sortirai plus. Vous le savez comme moi. À quoi ça sert que je parle, si c'est pour finir derrière les barreaux ?

— Oh! Vernon, vous me brisez le cœur! railla-t-elle. L'immunité, d'accord, pour toutes les charges sauf conspiration de meurtre. Si vous en êtes, tant pis pour vous. Quant à la nouvelle identité et l'argent pour redémarrer à zéro, c'est votre problème.

— Ça ne suffit pas.

— C'est ça ou rien. Et encore, c'est trop.

— Je n'ai rien à voir avec les meurtres des collègues.

— Dans ce cas, vous n'avez pas à vous inquiéter, n'est-ce pas?

— J'ai le droit d'exiger la présence de mon représentant syndical, geignit-il.

— Mais bien sûr! répondit-elle en pivotant vers la sortie.

— Attendez! Bon, d'accord, attendez! Le représentant syndical, ça complique tout, c'est ça? Très bien, allons droit au but. Promettez-moi l'immunité, officiellement, et je parlerai.

Elle revint vers la table. S'assit.

— Entretien avec Vernon, inspecteur Jeremy, conduit par Dallas, lieutenant Eve. Sont présents: Feeney, capitaine Ryan; McNab, inspecteur Ian; Peabody, officier Deliah. Le sujet Vernon accepte de faire sa déclaration et de répondre aux questions en échange d'une immunité pour toute accusation de corruption ou d'abus d'autorité. Est-ce que vous vous exprimez de votre plein gré?

— Oui. Je veux coopérer. Je veux remettre les choses à plat. Je sens que…

— Ça suffit, Vernon. Vous êtes inspecteur au NYSPD, c'est bien cela?

— Je suis flic depuis seize ans. Je travaille à la division Produits illicites du 128 depuis six ans.

— Et vous acceptez aujourd'hui d'admettre que vous avez reçu de l'argent et d'autres faveurs, en échange d'informations pouvant aider les pratiques illégales de Max Ricker?

— J'ai pris de l'argent. En fait, j'ai eu peur de refuser. J'ai honte, mais je craignais pour ma vie. Je ne suis pas le seul.

Une fois lancé, pensa Eve, il ne se tairait plus. En une heure, il lâcha un torrent de noms, d'activités et de connexions.

— Et le capitaine Roth ?

— Elle ? railla-t-il. Elle n'a rien vu. Si vous voulez mon avis, c'est parce qu'elle ne le voulait pas. Elle a ses propres buts et veut devenir commandant. Elle est très habile et diplomate, mais elle a un problème. Elle ne supporte pas de ne pas avoir un pénis. Elle n'a de cesse de se plaindre que les hommes la méprisent parce que c'est une femme. De plus, son mari, un bon à rien, la trompe tant qu'il peut. Et puis, elle boit. Elle s'est impliquée à fond dans cette enquête sur Ricker, à tel point qu'elle n'a rien vu. On s'est contentés de transmettre les infos, de subtiliser quelques scellés, saboter quelques rapports, et voilà !

— Et voilà.

— Écoutez, dit Vernon en se penchant en avant. Ricker est un malin. Il sait qu'il n'a pas besoin de toute la brigade. Il s'adresse aux hommes clés. On sait tout de suite qui va céder à la tentation.

— Pas Kohli.

— Droit comme un « i », ce Kohli. Disons qu'un gars du 128 entendait parler d'une opération menée par le 64, par exemple. On discutait boulot, mine de rien. Ensuite, il suffisait de demander à un collègue qui sait accéder aux dossiers de sortir les données. On filait la doc à Ricker, et on empochait une somme coquette.

Il leva les mains, sourit.

— Facile. Si c'était un complice de Ricker qui était visé, il avait le temps de se retourner, d'arrêter tout, et ça tournait court. Si c'était contre un concurrent, il attendait un peu, puis il récupérait les clients, parfois même la marchandise. Il a des copains aux Scellés, qui peuvent éventuellement se débarrasser des éléments compromettants. Ensuite, ses camarades des médias racontent l'histoire à sa façon, et ses amis politiciens couvrent le jeu. Le hic, c'est que depuis deux ans, il est de plus en plus imprévisible.

— Ricker ?

— Oui. Il a commencé à se servir un peu trop souvent dans son stock. L'alcool, les substances illicites, il est complètement accro, et il fait des bêtises. Mais là où il a vraiment franchi un pas, c'est en éliminant un flic.

Eve lui saisit le poignet.

— Savez-vous si Max Ricker a organisé le meurtre de Taj Kohli ?

Il aurait voulu lui répondre oui. Ça l'aurait mis en valeur. Mais s'il ne jouait pas le jeu, elle s'en rendrait compte et elle trouverait le moyen de le faire pendre.

— Je ne peux pas affirmer qu'il en a donné l'ordre, mais j'ai entendu des rumeurs.

— Lesquelles, Vernon ?

— De temps en temps, je buvais un verre ou je partageais une compagne sous licence avec l'un des gars de Ricker. Croyez-moi, je n'étais pas le seul à remarquer qu'il perdait la tête. Ce type, Jake Evans, m'a raconté il y a environ un mois que Ricker s'amusait avec le BAI, se débrouillait pour que les collègues se dénoncent les uns les autres. Il savait que le BAI avait placé un homme au Purgatoire, à l'affût de flics pourris. Seulement voilà, il n'y en avait pas. Vous me suivez ?

— Parfaitement.

— Bon. Ricker avait semé le doute. D'après Evans, il s'était mis dans le crâne de ruiner la réputation du club. C'est pour ça qu'il y envoyait ses trafiquants. Mais il semble qu'il ait eu une meilleure idée, pour monter un flic contre un autre. Un truc psychologique, m'a dit Evans. Ricker adore les jeux d'esprit. Il a filé des faux renseignements à un flic sur le premier. Le second... vous arrivez à me suivre ?

— Oui, oui, poursuivez.

— Bref, le second a des soucis. Des soucis personnels, je crois, et Ricker enfonce le clou pour lui faire croire que le premier – c'est Kohli – a les mains sales. Mais c'était pire que ça, parce qu'il s'arrangeait pour faire rebondir la balle dans l'autre sens. Evans a dit que c'était compliqué et risqué, et que Ricker n'en parlait pas trop, mais que lui, Evans, était dégoûté. Là-dessus, le complice de Ricker au BAI devait s'assurer que toutes ces infos biaisées atterrissent aussi sur les genoux du deuxième flic. Apparemment, ça a marché.

— Qui, au BAI?

— Je n'en sais rien. Je vous le jure. On ne se connaît pas tous. Bayliss, probablement, non? Bayliss est mort. Allons, Dallas, je vous ai cité plus de vingt noms. Interrogez les autres, si vous voulez en savoir plus.

— Je n'y manquerai pas, dit-elle en se levant. Mais vous, je ne supporte plus de vous voir. McNab, transférez-le en zone protégée. Deux gardes vingt-quatre heures sur vingt-quatre, en huit à huit. Feeney les sélectionnera.

— Entendu.

— Je vous ai filé de sacrés tuyaux, Dallas. Vous pourriez m'accorder un changement d'identité.

Elle ne daigna pas lui répondre.

— Peabody, suivez-moi.

— Dallas!

— Estimez-vous heureux, espèce d'idiot, marmonna Feeney tandis qu'Eve quittait la pièce. Vous vous en sortez avec quelques bleus.

— Je n'arrive même pas à éprouver de la colère, confia Peabody à Dallas quand elles furent dans le couloir. J'ai la nausée. J'adore mon métier, et il a réussi à m'en rendre honteuse.

— Vous faites fausse route. La honte, il ne sait pas ce que c'est. Vous n'avez absolument rien à vous reprocher. J'aimerais que vous transmettiez une copie de cette interview à Tibble. Maintenant, ce sera son problème. J'ai un autre rendez-vous à midi. Je vous mettrai au courant à mon retour.

— Oui, lieutenant. Et Canarde ?

— Je me le réserve pour plus tard.

— Vous voulez les résultats de la recherche et du calcul de probabilités que vous m'aviez demandé d'effectuer ?

— Est-ce que ça suffit pour l'arrêter ?

— Le pourcentage est de 76 % d'après les données actuelles. Mais...

— Mais, répéta Eve, l'ordinateur ne prend pas en compte la rancune ou les jeux d'esprit. Ni le fait que Ricker monte les flics les uns contre les autres. On va le convoquer. Discrètement. Quand je reviendrai.

— Il pourrait...

— Non. Il m'a donné sa parole. Il la tiendra.

20

Eve fonça dans la maison, poussa une sorte de grognement à l'intention de Summerset, qui rôdait dans le vestibule, et fila directement à l'étage. Elle avait beaucoup de choses à dire et comptait s'y mettre immédiatement.

Un deuxième grognement lui échappa quand elle entra dans son bureau désert. Toutefois, la porte menant à celui de Connor était ouverte. Elle bifurqua dans cette direction, perçut l'impatience dans sa voix en se rapprochant.

— Il m'est impossible de faire ce voyage pour le moment.

— Mais, monsieur, la situation requiert votre attention personnelle. Entre Tonaka qui traîne les pieds et les difficultés pour l'obtention des permis dans le secteur tropical, nous ne pourrons jamais respecter les délais sans votre intervention rapide. Les coûts supplémentaires et les pénalités vont…

— Vous êtes autorisé à vous en occuper. Je vous paie pour cela. Je ne peux pas me rendre à Olympus avant plusieurs jours, voire plusieurs semaines. Si les gens de Tonaka traînent les pieds, amputez-les à la hauteur des genoux! Compris?

— Oui, monsieur. Si je pouvais avoir une idée de la date à laquelle vous pensez pouvoir visiter le site, ce serait…

— Je vous préviendrai en temps voulu.

Connor coupa la communication, se cala dans son fauteuil et ferma les yeux.

Eve ne put que faire deux constatations.

La première : il menait une existence complexe et exigeante en dehors de la sienne, et elle le prenait trop souvent pour acquis.

La seconde, plus préoccupante : il paraissait épuisé.

Or, Connor n'avait jamais l'air fatigué.

Sa mauvaise humeur se dissipa comme par enchantement. Sentant sa présence, il ouvrit instantanément les yeux.

— Lieutenant.

— Connor, répondit-elle d'un ton aussi mesuré que le sien. J'ai plusieurs choses à te dire.

— Je n'en doute pas. Tu préfères qu'on en parle dans ton bureau ?

— Ce n'est pas la peine, on peut très bien rester ici. D'abord, à mon humble façon, j'ai réussi à réduire ma liste de suspects à un seul. Celui-ci sera mis en examen avant la fin de la journée.

— Félicitations.

— Elles sont prématurées. Une mise en examen ne signifie pas nécessairement une inculpation. Par ailleurs, par une autre source et en respectant la procédure, j'ai pu conclure que Ricker est impliqué – de loin, certes – dans les trois homicides en question. J'espère pouvoir l'accuser de complicité. C'est un peu tiré par les cheveux, mais ça peut marcher et, en tout cas, ça suffira pour l'obliger à venir s'expliquer au Central. J'ai réussi tout cela sans que tu n'agisses dans mon dos pour fomenter une opération avec mes supérieurs. Une opération risquée, non seulement sur le plan physique, mais sur d'autres plans que nous comprenons l'un et l'autre. Si cette opération aboutit, tout ce qui aura été dit entre Ricker et toi pourra être utilisé au tribunal.

— J'en suis conscient.

— Tu n'iras pas en prison, puisque tu bénéficies d'une immunité, mais ta réputation et tes affaires pourraient en souffrir.

Malgré sa lassitude, elle crut discerner une lueur d'arrogance dans ses prunelles.

— Lieutenant, ma réputation et mes affaires sont nées d'activités peu recommandables.

— C'est possible, mais aujourd'hui, tout a changé. Pour toi.

— Crois-tu vraiment que je sois incapable de surmonter cette épreuve ?

— Non, Connor, je te crois capable de surmonter n'importe quoi. Quand tu as pris une décision, tu ne recules jamais. C'en est presque effrayant. Tu m'as énervée, ajouta-t-elle.

— Je sais.

— Tu savais que je serais furieuse. Si seulement tu m'avais d'abord présenté ton projet…

— Le temps presse, et nous étions tous deux débordés. Que tu le veuilles ou non, Eve, je suis impliqué.

— Ça ne me plaît pas, mais pour d'autres raisons.

— Quoi qu'il en soit, j'ai agi pour le mieux. Je ne le regrette pas.

— Tu ne me présentes pas tes excuses ? Je pourrais t'y obliger, tu sais.

— Pas possible ?

— Si ! Parce que tu as un faible pour moi.

Elle s'approcha de lui, le regarda se lever.

— Et réciproquement, enchaîna-t-elle. Tu ne comprends donc pas que c'est pour ça que je t'en veux ? Je ne veux pas qu'il te touche.

Il poussa un soupir, se passa une main dans les cheveux.

— Par ailleurs, mon amour-propre en avait pris un coup. Je suis orgueilleuse, comme toi. Quand tu m'as reproché d'accepter ton aide uniquement dans la mesure où ça m'arrangeait… Je ne dis pas que ça va changer, mais tu avais raison. Je n'en suis pas fière.

Enfin, tu ne me tournes le dos que quand tu meurs d'envie de me cogner.

— Je dois te tourner le dos très souvent, alors.

Elle ne rit pas comme il l'espérait.

— Justement, tu ne le fais pas.

Elle se planta devant lui, prit son visage dans ses mains.

— Eve...

Il laissa courir les doigts le long de ses bras.

— Je n'ai pas fini. C'est un bon plan. Il n'est pas parfait, mais on peut l'affiner. J'aimerais qu'on agisse autrement. J'aimerais que tu reprennes contact avec ton interlocuteur de tout à l'heure et que tu acceptes ce voyage je ne sais où. Ça me conviendrait mieux, Connor, parce que tu es la personne à laquelle je tiens le plus au monde. Mais je sais que tu refuseras. S'il t'arrive quoi que ce soit vendredi soir...

— Ne t'inquiète pas.

— S'il t'arrive quoi que ce soit, insista-t-elle, je consacrerai le restant de mes jours à te faire une vie infernale.

— D'accord, murmura-t-il tandis qu'elle réclamait ses lèvres.

Elle s'accrocha à son cou.

— Une heure... Oublions tout ça pendant une heure. J'ai besoin d'être avec toi. J'ai besoin de redevenir celle que je suis quand je suis dans tes bras.

— Je connais l'endroit idéal.

Elle adorait la plage – la chaleur, l'eau, le sable fin. C'était un des seuls lieux où elle parvenait à se détendre complètement.

Il pouvait lui offrir ce plaisir pendant une heure, et en profiter aussi, dans la salle de loisirs virtuels, où il suffisait d'appuyer sur un bouton pour réaliser ses rêves.

Il choisit une île luxuriante, aux palmiers caressés par le vent. La brise de l'océan adoucissait la chaleur torride du soleil éclatant.

— Mmm, c'est divin ! murmura-t-elle en aspirant une grande bouffée d'air. C'est vraiment exquis !

Elle faillit lui demander s'il avait pensé à mettre la minuterie, puis se ravisa.

Elle enleva sa veste et ses chaussures.

L'eau était d'un bleu translucide, ourlée d'écume d'une blancheur immaculée, comme un ruban de dentelle. Pourquoi résister ?

Après s'être débarrassée de son arme, elle ôta son pantalon, inclina la tête vers lui.

— Tu n'as pas envie de nager ?

— Si, si, mais j'aime bien te regarder en train de te déshabiller. Tes gestes sont tellement... efficaces.

Elle rit aux éclats.

— Comme tu voudras !

Chemisier et bustier atterrirent sur le sol. Nue comme un ver, elle courut vers la mer et plongea dans les vagues.

Eve nageait comme un poisson, très vite. Quand il la rejoignit, il se plia à son rythme. Puis il se tourna sur le dos pour se laisser porter par le courant, savourer la douceur du moment, se relaxer.

Et l'attendre.

Elle revint vers lui.

— Tu te sens mieux ?

— Nettement.

— Tu paraissais très fatigué, tout à l'heure. C'est rare.

— Je l'étais.

Elle emmêla les doigts dans ses cheveux.

— Quand tu auras récupéré, on fera la course jusqu'à la plage.

— Qui te dit que je n'ai pas déjà récupéré ?

— Eh bien, tu te contentes de flotter comme un bois mort.

— D'aucuns affirmeraient que c'est un excellent moyen de se détendre. Mais, ajouta-t-il en la prenant par la taille, puisque tu as de l'énergie à revendre...

— Hé ! s'écria-t-elle tandis que leurs jambes s'entrelaçaient. On n'a pas pied, ici !

— C'est ce que je préfère.

Il l'embrassa avec fougue, la serrant contre lui.

Ils s'enfoncèrent.

Au-dessus de leurs têtes, les rayons du soleil dansaient à la surface de l'eau. Eve s'abandonna. Quand ils refirent surface, elle se remplit les poumons et pressa la joue contre la sienne.

Ils se laissèrent bercer tranquillement, ondulant au rythme qui reflétait leur humeur. Se tournant de nouveau vers lui, elle s'enivra d'un baiser tendre, puis ils regagnèrent le sable, côte à côte.

Lorsqu'elle sentit le sol sous ses pieds, elle se mit debout, face à lui.

— Tu es si belle, mon Eve chérie.

Il caressa ses petits seins fermes et ronds. L'eau scintillait sur sa peau comme des milliers de diamants étincelants.

— Fais l'amour avec moi.

Elle émit un soupir, qui se transforma en gémissement. Tous ses sens étaient en éveil. La lumière l'aveuglait, elle ne voyait plus que le bleu de l'océan. Grisée, elle se laissa aller complètement tandis qu'une vague les submergeait et les propulsait vers la plage.

— Connor, murmura-t-elle, fais-moi l'amour...

L'heure avait passé très vite. Séchée, rhabillée, debout dans son bureau, Eve s'apprêtait à mettre Connor au courant du dossier Kohli et à parcourir son topo sur le système de sécurité du Purgatoire.

Feeney l'examinerait de plus près et coordonnerait ses efforts avec ceux de Connor sur ce plan. Elle se réfugierait en régie, d'où elle pourrait surveiller tout l'établissement et diriger ses hommes.

Et, le cas échéant, maîtriser Connor.

— Il connaissait mon père, déclara-t-elle tout à coup.

Connor se tourna vers elle, stupéfait. Elle n'avait pas besoin de prononcer son nom : il avait compris.

— Tu en es sûre ?

— J'ai eu un flash-back cette nuit – ou plutôt ce matin. Je ne sais pas ce qui l'a provoqué, un détail dans les données que j'étudiais, peut-être. Toujours est-il que j'ai fait un bond dans le passé.

— Assieds-toi et raconte-moi tout.

— Je ne peux pas m'asseoir.

— Très bien. Raconte.

— J'étais dans un lit. Dans ma chambre. J'avais ma chambre. Je ne crois pas en avoir toujours eu une. Mais là, on devait avoir un peu d'argent devant nous. Je pense que c'était Ricker qui payait. J'étais dans l'obscurité, mais je restais aux aguets parce qu'il était en train de boire dans la pièce à côté. Je priais pour qu'il continue. Il discutait d'une affaire avec quelqu'un. Je n'y comprenais rien, je m'en fichais. Tant qu'il parlait, tant qu'il s'imbibait, il me laisserait tranquille. C'était Ricker. Il l'a appelé par son nom.

Elle marqua une pause. Elle avait du mal à s'exprimer, tant les images étaient nettes dans son esprit.

— Ricker lui expliquait ce qui se passerait s'il ratait son coup. Une histoire de drogues, je pense. Peu importe. J'ai reconnu sa voix. Je ne sais pas si je l'avais entendue avant ce soir-là. Je n'en ai aucun souvenir.

— Tu l'as vu ? Et lui, il t'a vue ?

— Non, mais il était au courant de mon existence. Mon père l'a mentionnée en essayant d'obtenir plus d'argent. Après son départ, mon père est venu me trouver. Il était furieux. Terrifié et furieux. Il m'a frappée, puis il m'a dit de préparer mes affaires. Il m'a dit qu'on partait pour le sud. Qu'il avait du fric et de la marchandise. Je ne me rappelle rien d'autre, sinon que c'était à New York. J'en ai la certitude. Et il me semble qu'on a fini à Dallas. Quand il n'y a plus eu d'argent, on était à Dallas, dans ce taudis minable. On n'avait rien à manger, et il n'avait même plus de quoi se saouler. Mon Dieu…

— Eve, reste là, près de moi.

— Oui, oui… ça m'a ébranlée, c'est tout.

— Je comprends.

Il l'étreignit un moment, puis se rendit compte qu'elle émergeait à peine de ce flash-back quand elle avait dû se présenter à la Tour.

— Je suis désolé.

— La boucle est bouclée. De Ricker à mon père. De mon père à moi. De Ricker à toi. De toi à moi.

— Ils ne pourront pas t'atteindre à travers moi, promit Connor. Jamais ils ne te feront de mal tant que je serai là. Nous briserons le cercle infernal. Ensemble. Je suis plus enclin que toi à croire au Destin.

— C'est ton côté irlandais, murmura-t-elle en ébauchant un sourire. Est-ce qu'il a pu établir le lien avec la fillette que j'étais ?

— Je n'en ai aucune idée.

— S'il a tenté de retrouver mon père, il a peut-être découvert qui j'étais ? Est-ce qu'il a pu se renseigner sur mon passé ?

— Eve, tu me demandes de spéculer…

— Et toi ? interrompit-elle. Si tu voulais des informations, tu pourrais les déterrer ?

— Avec un minimum de temps, oui. Mais je démarrerais sur des bases nettement plus fournies que les siennes.

— Mais lui, en a-t-il la capacité ? Surtout s'il a voulu poursuivre mon père en se rendant compte qu'il avait été doublé.

— C'est possible. Ça m'étonnerait qu'il se soit intéressé à une gamine de huit ans happée par le système.

— Quand je suis allée le voir, il savait tout : où l'on m'avait ramassée, et dans quel état.

— Parce qu'il s'est penché sur le cas du lieutenant Eve Dallas. Pas parce qu'il a suivi l'évolution d'une fillette maltraitée.

— Tu as sans doute raison. De toute façon, ça n'a guère d'importance.

Elle s'arrêta devant son bureau, souleva la petite boîte sculptée que Connor lui avait offerte.

— Tu pourrais mettre le doigt sur ces archives ?

— Oui, si c'est ce que tu veux.

— Non, rétorqua-t-elle en reposant la boîte, ce n'est pas ce que je veux. Ce que je veux est ici. Le passé est passé. Je n'aurais jamais dû me laisser perturber comme ça. Je n'en étais pas consciente.

Elle sourit en pivotant vers lui.

— J'étais trop fâchée contre toi pour m'en rendre compte. Nous avons du pain sur la planche, camarade, et très peu de temps devant nous. Tu ferais mieux de m'accompagner.

— Je croyais que tu voulais discuter du système de sécurité.

— Oui, mais au Central. Je t'ai donné rendez-vous ici uniquement pour pouvoir te crier dessus en toute intimité.

— Comme c'est curieux ! J'ai accepté ce rendez-vous ici uniquement pour pouvoir te crier dessus en toute intimité.

— Ça prouve à quel point nous sommes tordus.

— Au contraire, riposta-t-il en lui prenant la main. Ça prouve combien nous sommes faits l'un pour l'autre.

Eve pouvait difficilement recevoir plus de deux personnes dans son bureau sans violer les lois élémentaires de la physique. Elle avait donc réquisitionné la salle de conférences.

— Le temps presse, attaqua-t-elle, une fois que tout le monde fut assis. Les trois homicides et l'affaire Max Ricker se rejoignant, nous allons poursuivre les enquêtes en parallèle. Les résultats de laboratoire, les recherches de données et les calculs de probabilités concernant les homicides sont dans vos dossiers. Je n'ai pas demandé de mandat, mais je le ferai, ainsi que le test d'ADN obligatoire, si le suspect refuse de venir de son propre gré. Peabody et moi irons le chercher discrètement après cette réunion.

— Le pourcentage est bas, fit remarquer Feeney en fronçant les sourcils.

— Il va grimper, et le test d'ADN révélera une correspondance avec le bout d'ongle prélevé sur la scène du crime Bayliss. Étant donné les services rendus par le sergent Clooney au département, sa réputation exemplaire, son état psychologique et les circonstances, je préfère l'amener ici moi-même et le convaincre d'avouer. Le Dr Mira sera là pour le soutenir.

— Les médias vont s'en donner à cœur joie.

Eve opina en direction de McNab.

— On va les faire patienter.

Elle avait déjà décidé de contacter Nadine Furst.

— Un officier vétéran à la carrière irréprochable dont le fils – le fils unique – suit les traces. La fierté d'un père. Le dévouement d'un fils. À cause de ce dévouement, de ce respect pour le badge dans une brigade où quelques flics – on taira le nombre au public – sont corrompus, le fils devient une cible.

— Ce qui prouve... commença Feeney.

— On n'a pas besoin de le prouver. Il suffit de le dire. Ricker était derrière, j'en ai la certitude. Clooney le savait aussi. Son fils était propre et comptait le rester. Il a gravi les échelons pour devenir inspecteur. Il a été rattaché très tôt à l'opération sur Ricker : je tiens cela des notes de Martinez. Un pion parmi d'autres, mais un bon flic. Le fils de son père. Imaginez...

Elle s'adossa contre la table.

— Il est droit, il est jeune, il est intelligent. Ambitieux, aussi. L'affaire Ricker représente une chance d'avancer, et il veut en profiter. Il creuse. Les complices de Ricker au sein de la brigade relaient l'information. Ils sont nerveux. Ricker décide de faire un exemple. Un soir, le bon flic s'arrête à l'épicerie 24/7 de son quartier. Il y passe toujours quand il finit tard. Un braquage est en cours. Lisez le rapport : ce magasin n'a jamais été attaqué avant ni après, mais là, comme par hasard... Le bon flic intervient et on l'abat. Le propriétaire appelle les urgences, mais la patrouille met dix bonnes minutes avant d'arriver. Quant aux secouristes, à cause d'un prétendu problème technique, ils tardent encore plus. Le jeune flic meurt par terre. Sacrifié.

Elle se tut un bref instant, pour laisser à chacun le temps de visualiser la scène.

— À bord de la voiture de police, deux hommes, dont les noms figurent sur la liste fournie par Vernon ce matin. Des sbires de Ricker. Ils ne font rien pour sauver leur collègue. Le signal est donné : voilà ce qui vous arrivera si vous me doublez.

— Ça tient debout, concéda Feeney. Mais alors, pourquoi Clooney n'a-t-il pas éliminé les deux gars de la patrouille ?

— Il s'en est débarrassé. L'un d'entre eux a été muté à Philadelphie il y a trois mois. Il s'est pendu dans sa chambre. On a conclu à un suicide, mais je pense que le PPSD voudra réexaminer le dossier. Trente pièces d'argent étaient disséminées sur le lit. L'autre s'est noyé en glissant dans sa baignoire alors qu'il prenait des vacances en Floride. Un prétendu accident. Là encore, on a ramassé des pièces d'argent.

— Il les élimine depuis des mois, murmura Peabody. Il coche les cases au fur et à mesure.

— Jusqu'à Kohli. Là, il craque. Il appréciait Kohli, il connaissait bien la famille. Qui plus est, son fils et Kohli étaient amis. Quand Ricker, à travers le BAI, a placé Kohli au Purgatoire et répandu la rumeur selon laquelle il était corrompu, Clooney a eu l'impression de perdre son fils une deuxième fois. Les meurtres sont devenus plus violents, plus personnels et plus symboliques. Le sang sur le badge. Il ne peut plus s'arrêter. Ce qu'il fait, désormais, c'est en mémoire de son fils. En l'honneur de son fils. Mais le fait de savoir qu'il a tué un innocent, un bon flic, le bouleverse. C'est là que Ricker est très malin. Il n'a plus qu'à nous regarder nous détruire les uns les autres.

— Il n'est pas si malin que ça, plus maintenant, intervint Connor. Il ne peut pas comprendre un homme comme Clooney, ni l'intensité de son amour et de son chagrin. Il a eu de la chance. Il s'est contenté de disposer les objets sur le plateau et la chance, ou si vous préférez, l'amour, les a liés.

— C'est possible, mais disposer les objets sur le plateau suffit à l'impliquer. Ce qui nous amène à la seconde partie de cette enquête. Comme vous le savez tous, Connor a été désigné comme intervenant civil provisoire en liaison avec l'affaire Max Ricker. Peabody, savez-vous comment on surnomme les intervenants civils provisoires ?

Peabody tressaillit.

— Oui, lieutenant.

Comme Eve ne disait rien, elle grimaça.

— Euh… on emploie le terme de *fouine*, lieutenant.

— Je suppose que les fouines saignent les rats ? lança Connor.

— Ah ! s'esclaffa Feeney en lui tapant dans le dos, elle est bien bonne !

— Nous avons un gros rat pour toi, confirma Eve en fourrant les mains dans ses poches, avant d'exposer le plan au reste de l'équipe.

Connor l'observa en douce, admiratif. Elle était parfaite. Elle maîtrisait tout, au détail près. Elle avait dû arborer les galons de général dans une vie antérieure. Ou une armure.

Et cette femme, cette guerrière, avait tremblé dans ses bras.

— Connor ?

— Oui, lieutenant.

La lueur dans son regard la fit balbutier. Elle fronça les sourcils.

— Je te laisse régler les problèmes de sécurité avec Feeney et McNab. Soyez précis.

— Entendu.

— Je vais demander à Martinez de gérer le raid. Ça lui vaudra sa promotion. Des objections ?

Ne recevant aucune réponse, elle s'adressa à son assistante.

— Peabody, avec moi.

Elle se dirigea vers la sortie, jeta un coup d'œil derrière elle. Connor continuait de la contempler avec un petit sourire.

— Mon Dieu, il est vraiment craquant !

— Vous disiez, lieutenant ?

— Rien, aboya Eve, mortifiée d'avoir pensé à voix haute. Rien. Est-ce qu'on a réparé ou remplacé ma voiture ?

— Dallas, comme c'est mignon ! Je ne savais pas que vous croyiez aux contes de fées !

— Merde. On va en piquer une... Tiens ! Celle de Connor, par exemple.

— Oh ! J'espère que c'est l'XX. La 6000. C'est ma préférée.

— Comment voulez-vous qu'on ramène un suspect à bord d'un véhicule à deux places ? Non, aujourd'hui, il a pris une berline. J'ai le code. Il va avoir une drôle de surprise quand il va découvrir qu'elle a disparu. Je crois que...

Elle faillit heurter Webster de plein fouet.

— Lieutenant, une petite minute...

— Je suis pressée.

— Tu vas inculper Clooney.

Elle sursauta, s'assura que personne d'autre n'avait entendu.

— Qu'est-ce qui te fait croire ça ?

— J'ai mes sources, répondit-il, l'air grave. Tu as laissé traîner des miettes. Je peux encore en suivre les traces.

— Tu as fouillé dans mes archives ?

— Dallas, dit-il en posant une main sur son bras, je suis dedans jusqu'au cou. Une partie de ce que j'ai fait, sur ordre de mes supérieurs, a pu mettre le feu aux poudres. C'est moi qui ai mené l'enquête interne sur le fils de Clooney. Je me sens responsable. Laisse-moi t'accompagner.

— Ricker a un complice au sein du BAI. Et si c'était toi ?

Il s'écarta.

— Ah non ! pas ça. Tu ne peux pas... D'accord.

Il tourna les talons et commença à s'éloigner.

— Attends ! Peabody...

Tandis que Webster s'immobilisait, elle fit signe à son assistante.

— ... ça ne vous ennuie pas d'assister à la fin de la réunion et de remplir la paperasserie ?

Peabody observa Webster à la dérobée. Les mains dans les poches, l'air misérable, il se balançait d'un pied sur l'autre.

— Non, lieutenant.

— Très bien. Réservez-moi une salle d'interrogatoire. Bloquez l'observation. Personne ne doit s'en mêler pendant que j'interroge Clooney. Laissons-lui un minimum de dignité.

— Je m'en occupe. Bonne chance.

— Oui, c'est ça. Webster, on y va !

Il cligna des yeux, reprit son souffle.

— Merci.

— Ne me remercie pas. Tu vas me servir de lest.

21

Peabody traîna. Elle tourna en rond, tergiversa. Enfin, parce que c'était inévitable, elle retourna dans la salle de conférences.

L'écran mural affichait un schéma complexe, et Feeney émit un sifflement, comme s'il découvrait l'image d'une femme nue.

— Salut, ma belle ! Quoi de neuf ? lança McNab.

— Changement de plan. J'assiste à la réunion sur la sécurité.

— Dallas ne va pas chercher Clooney ? demanda Feeney.

— Si, si, elle y va.

Comme s'il s'agissait d'une action vitale, Peabody sélectionna un siège, le dépoussiéra consciencieusement, s'y installa.

— Toute seule ? intervint Connor.

Elle tressaillit en entendant le son de sa voix, mais se contenta de hausser les épaules.

— Non, non, elle est accompagnée. Euh... vous allez devoir me traduire tout ça. Je ne parle pas du tout le high-tech.

— Qui est avec elle ? insista Connor.

— Avec elle ? Ah ! Euh... Webster.

Silence de mort.

Peabody fourra les mains dans ses poches et se prépara à une explosion de rage.

— Je vois, murmura tout simplement Connor en se concentrant de nouveau sur l'écran, comme si de rien n'était.

Peabody ne savait pas si elle devait en être soulagée ou terrifiée.

Webster ravala juste à temps un commentaire à propos de la luxueuse voiture et prit place, bien décidé à profiter de la promenade.

Toutefois, il avait les nerfs à vif.

— Bon, pour que ce soit clair : je ne suis pas le complice de Ricker au sein du BAI. Je suppose qu'il y en a un, mais je n'ai aucun tuyau là-dessus. J'en aurai bientôt. Je démasquerai ce salaud.

— Webster, si je te croyais associé avec Ricker, tu ne serais pas ici, mais en train de ramper dans une salle d'interrogatoire du Central.

Il ébaucha un sourire.

— Ça me touche beaucoup.

— Oui, bon, ça va.

— Donc… J'ai accédé à tes archives. Tu pourras me taper sur les doigts plus tard si ça t'amuse. J'avais ton code et ton mot de passe. Bayliss les a trouvés. Je n'avais pas le droit de faire ça et blablabla, pourtant, je l'ai fait. J'ai suivi ta piste sur Clooney. Excellent travail.

— Tu t'attends à ce que je rougisse et que je te remercie du compliment ?

— Tu n'as pas de mandat.

— En effet.

— Tu te bases sur peu de chose, mais ça aurait suffi à convaincre n'importe quel juge de t'en accorder un.

— Je n'en veux pas. Il mérite un minimum de considération.

— Bayliss détestait les flics comme toi, dit Webster en regardant défiler New York, encombré, bruyant, coloré, arrogant… J'avais oublié ce que c'était que de travailler comme ça, mais je ne l'oublierai plus.

— Voici comment nous allons procéder. Clooney habite dans le West Side. C'est un appartement. Il a quitté sa maison de banlieue quelques mois après le décès de son fils.

— Il est en service. Il ne sera pas chez lui.

— Tu n'as pas été jusqu'au bout du dossier. C'est son jour de congé. S'il n'est pas là, on frappera à toutes les portes jusqu'à ce que quelqu'un nous indique où il pourrait être. Ensuite, deux solutions : ou on va le chercher, ou on l'attend. C'est moi qui parlerai. Il viendra au Central de son propre gré. On va se débrouiller pour que ça se passe comme ça.

— Dallas, il a tué trois flics !

— Cinq. Tu n'as pas lu toutes mes notes non plus. Tu baisses, Webster. Un flic méthodique est un flic heureux.

Elle s'apprêtait à se garer en double file quand elle se rappela qu'elle conduisait la berline de son mari et que, du coup, elle n'était pas équipée de son signal lumineux « En service ».

Marmonnant un juron, elle continua de rouler jusqu'à ce qu'elle repère enfin une place de stationnement.

— L'immeuble est sécurisé, constata-t-elle en désignant d'un signe de la tête la caméra et le tableau digital. On l'ignore. Je ne veux pas qu'il ait le temps de se préparer à nous recevoir.

Webster ouvrit la bouche pour lui rappeler qu'elle n'avait pas de mandat. Puis il se ravisa. Après tout, c'était son affaire.

Elle se servit de son passe-partout, tapa son numéro de badge sur le clavier. Un système plus sophistiqué lui aurait réclamé des explications sur l'urgence de la situation. Celui-ci se contenta de déverrouiller la porte extérieure.

— Quatrième étage, murmura-t-elle en se dirigeant vers l'unique ascenseur. Tu es armé ?

— Oui.

— J'étais persuadée que les gars du BAI ne sortaient qu'avec leur carnet de notes. Inutile de dégainer.

— Zut ! Moi qui espérais exploser la serrure ! railla-t-il. Je ne suis pas un imbécile, Dallas.

— Employé du BAI, imbécile… Imbécile, employé du BAI… Je n'arrive jamais à faire la différence. Mais assez de frivolités. Recule, ordonna-t-elle lorsqu'ils atteignirent le palier. Je ne veux pas qu'il t'aperçoive par le judas.

— Il va peut-être refuser de t'ouvrir.

— Mais non. Je l'intrigue.

Elle enfonça le bouton de la sonnette. Patienta. Se sentit observée, mais resta impassible.

Un moment plus tard, Clooney ouvrit la porte.

— Lieutenant, je ne…

Il s'interrompit quand Webster s'avança.

— Je n'attendais pas de visites.

— Pouvons-nous entrer, sergent ?

— Bien sûr, bien sûr. Ne faites pas attention au désordre. J'étais en train de me préparer un sandwich.

Il s'écarta, l'allure décontractée. C'était un policier remarquable, intelligent, se dirait-elle plus tard. C'est pour cela qu'elle ne vit rien venir.

D'un geste preste il porta le couteau sur sa gorge. Eve était tout aussi remarquable et intelligente que lui ; elle aurait pu l'esquiver. Elle n'en serait jamais absolument certaine.

Webster la bouscula, suffisamment fort pour la faire tomber à genoux et, dans le mouvement, se trouva sur le trajet de la lame.

Un flot de sang jaillit, et Eve poussa un cri. Webster chuta lourdement. Elle se redressa aussi vite que possible, la main sur son pistolet tandis que Clooney piquait un sprint à travers la pièce. Si elle avait tiré d'instinct, sans l'avertir, elle l'aurait eu. L'hésitation, la loyauté lui coûtèrent un instant précieux.

Il passa par la fenêtre et dévala l'escalier de secours.

Eve se précipita vers Webster. Sa respiration était saccadée, et l'entaille qui courait de son épaule au milieu de son torse pissait le sang.

— Mon Dieu !

— Ça va. Poursuis-le.

— La ferme! Tais-toi! cria-t-elle en sortant son communicateur et en se propulsant vers la fenêtre. Homme à terre! Homme à terre!

Elle donna l'adresse, tout en cherchant Clooney des yeux.

— Envoyez les secours immédiatement. Homme à terre. Le suspect s'est enfui à pied, il se dirige vers l'ouest. Il est armé et dangereux. Homme blanc, soixante ans.

Tout en parlant, elle ôta sa veste et partit à la recherche de serviettes-éponges.

— Un mètre soixante-quinze, quatre-vingts kilos. Cheveux gris, yeux bleus. L'individu est suspecté d'homicides multiples. Tiens bon, Webster! Si tu meurs dans mes bras, tu vas sérieusement m'énerver!

— Désolé, gémit-il, pendant qu'elle lui arrachait sa chemise et pressait les serviettes sur sa plaie pour contenir l'hémorragie. Merde, ça fait mal! C'était quoi, comme couteau?

— Comment veux-tu que je le sache? Un grand, bien aiguisé.

Trop de sang, pensa-t-elle. Trop de sang! Les serviettes étaient déjà trempées. C'était grave.

— Ils vont te recoudre. Tu auras droit à une récompense. Tu pourras montrer ta cicatrice à toutes tes conquêtes, ça leur fera tourner la tête.

— Tu parles…

Il essaya de lui sourire, mais il ne la voyait plus.

— Il m'a ouvert comme une truite!

— Tais-toi, je te dis.

Il poussa un petit soupir et sombra dans l'inconscience. Eve le berça contre elle en guettant les sirènes.

Elle retrouva Whitney dans la salle d'attente de l'hôpital. Son chemisier et son pantalon étaient maculés de sang. Elle était blême comme un linge.

— J'ai merdé. J'étais persuadée de pouvoir le raisonner. Au lieu de quoi il est dans la nature, et j'ai encore un flic mourant sur les bras.

— Webster est entre de bonnes mains. Chacun d'entre nous est responsable de sa propre personne, Dallas.

— Je l'ai emmené avec moi.

Ce pourrait être Peabody qui agonise sur la table d'opération, se dit-elle tout à coup. Décidément, tout allait mal.

— C'est lui qui a voulu vous accompagner. Quoi qu'il en soit, vous avez identifié le suspect grâce à un travail irréprochable. Le sergent Clooney ne courra pas longtemps. Nos hommes sont déployés partout. Il est connu. Il est parti sans rien et n'a pas d'argent.

— Un flic intelligent sait se planquer. Je l'ai laissé s'échapper, commandant. Je n'ai pas profité de l'occasion pour l'abattre ou le pourchasser.

— Si vous deviez de nouveau choisir entre rattraper un suspect ou sauver un collègue, que feriez-vous ?

— Ce que j'ai fait. Pour ce que ça vaut, ajouta-t-elle en lançant un regard vers la salle d'opération.

— J'aurais fait la même chose. Rentrez chez vous, lieutenant. Tâchez de dormir. Vous allez avoir besoin de toutes vos forces pour en terminer avec cette affaire.

— Je préférerais attendre d'avoir des nouvelles de Webster.

— Très bien. Allons chercher du café. Il ne peut pas être plus mauvais que celui du Central.

Quand elle arriva à la maison, malgré son épuisement, Eve fut incapable de se reposer. La scène lui revenait sans cesse à la mémoire. Aurait-elle pu deviner l'intention de Clooney ?

Si Webster ne s'était pas interposé, aurait-elle réussi à esquiver le coup ?

À quoi bon ruminer ? se demanda-t-elle. Ça ne servait à rien.

— Eve.

Connor sortit du salon, où il l'avait attendue. Ce n'était pas la première fois qu'elle rentrait harassée, couverte de sang et désespérée. Elle se planta devant lui, le regard fixe.

— Oh ! Connor !

— Je suis désolé, ma chérie, murmura-t-il en la prenant dans ses bras.

— Je crains qu'il ne s'en sorte pas. Ce n'est pas ce qu'ils prétendent, mais ça se lit sur leurs visages. Hémorragie massive, dommages internes extrêmes. La lame a entaillé le cœur et le poumon et Dieu sait quoi d'autre. Ils ont appelé la famille, en disant qu'il fallait se dépêcher.

C'était peut-être égoïste, mais Connor s'en fichait. Il n'avait qu'une seule pensée : « Ç'aurait pu être toi. Ç'aurait pu être toi, et c'est moi qu'on aurait contacté. Moi qui aurais dû me dépêcher... »

— Viens. Il faut que tu te laves et que tu dormes.

— Oui, je ne peux rien faire d'autre.

Arrivée à l'escalier, elle s'effondra sur les marches, le visage dans les mains.

— Qu'est-ce que j'avais dans la tête ? Pour qui est-ce que je me prends ? C'est Mira, la psy, pas moi. Qu'est-ce qui m'a poussée à croire que j'étais capable de comprendre le fonctionnement psychique de cet homme ?

— Tout le monde peut se tromper, la rassura-t-il en lui frottant le dos.

— Je n'en peux plus.

Elle se leva, tremblante, monta, et se déshabilla en traversant la chambre. Avant qu'elle ne puisse entrer dans la douche, Connor la saisit par la main.

— Non, un bain. Tu dormiras mieux ensuite.

Il le fit couler lui-même. Chaud, très chaud, agrémenté d'huiles essentielles. Il s'immergea dans l'eau avec elle, la serra contre lui.

— Il a fait ça pour moi. Clooney me visait, et Webster m'a repoussée.

Connor pressa les lèvres sur son crâne.

— Je ne pourrai jamais assez le remercier. Mais toi, tu le peux. En allant jusqu'au bout de ta mission.

— Oui.

— Pour le moment, repose-toi.

La fatigue l'enveloppa. Cessant de résister, elle s'endormit.

Elle fut réveillée par le soleil et un délicieux arôme de café. Connor se tenait près d'elle, une tasse à la main.

— Combien es-tu prête à me payer ?

— Ton prix sera le mien, répliqua-t-elle en s'asseyant. Mmm… c'est ce que je préfère dans le mariage. Bon, d'accord, le sexe, c'est pas mal, mais le petit café du matin… Merci.

— De rien.

Avant qu'il ne puisse s'éloigner, elle lui prit la main.

— Si tu n'avais pas été là, je n'aurais jamais pu m'endormir.

Elle se tourna vers le communicateur sur la table de chevet.

— Je vais prendre des nouvelles de Webster.

— Je m'en suis déjà chargé. Il a passé la nuit, ajouta-t-il, sachant qu'elle ne supporterait pas qu'on lui cache la vérité. Ils ont failli le perdre à deux reprises et ont dû le réopérer. Son état est toujours critique.

— Bien.

Elle se frotta le visage.

— Bien. Il éprouvait le besoin de se faire pardonner certaines actions. On va l'y aider.

*

— Tu n'as pas perdu de temps, marmonna Eve en déambulant à travers le Purgatoire rénové.

Elle scruta le trio d'escaliers en courbe avec leurs marches éclairées de spots rouges. En les examinant de plus près, elle constata que les rampes se composaient d'une succession de serpents.

— Intéressant.

— Oui, renchérit Connor en caressant une tête de reptile. Je trouve aussi. Et très pratique. Allez, monte...

— Pourquoi ?

— Ne commence pas à me contrarier, s'il te plaît.

Elle haussa les épaules et gravit les premières marches.

— Alors ?

— Feeney ? Que voyez-vous ?

— Le scanner montre un laser standard de la police sur la première marche, et une deuxième arme sur la seconde.

Eve leva les yeux vers la régie et les haut-parleurs dissimulés diffusant la voix de Feeney. Esquissant un sourire, elle pivota vers son mari resté au pied de l'escalier.

— Tu montes avec moi, camarade ?

— Non, non. Des scanners de ce type sont installés à toutes les entrées et sorties, dans les toilettes et les salons privés. Sur ce plan-là, nous ne devrions pas avoir de surprises.

— Ils repèrent les explosifs ? Les couteaux ?

— Les explosifs, sans problème. En matière de couteaux, c'est plus délicat, mais les détecteurs de métaux s'en chargeront. Une heure avant l'ouverture, l'immeuble tout entier sera passé au peigne fin, par mesure de précaution.

— Où se tiendra la rencontre ?

— Nous avons divisé l'ensemble en vingt-deux secteurs. Chacun est équipé d'une sécurité individuelle, directement reliée à la régie centrale. Je serai dans le secteur douze.

Il désigna une table au bord de la scène.

— Là où il y a de l'action.

— Voyons, il faut bien que le spectacle continue. La table a été conçue spécialement. Les images et le son seront transmis à la régie.

— Tu parais très sûr de toi.

— Confiant, lieutenant. J'ai imaginé ce système moi-même et je l'ai déjà testé. Deux de mes gardes du corps présenteront un numéro sur scène, pendant l'entretien. S'il faut intervenir, ils interviendront.

— On n'avait pas prévu de civils. Il y aura des flics partout.

Connor opina aimablement.

— J'aurais pu prévoir mon équipe de sécurité personnelle sans t'en avertir. Mais en tant qu'attaché provisoire, je me sens obligé de relayer toute information pertinente au chef.

— Ne fais pas le malin.

— Moi aussi, je t'aime.

— Les toilettes sont magnifiques ! s'exclama Peabody en venant vers eux. Attendez un peu de voir ça, Dallas ! Les lavabos sont comme de petits lacs, et les comptoirs sont interminables. Les murs sont décorés de motifs très sexy. Il y a même des divans !

Elle se tut, s'éclaircit la gorge.

— McNab et moi avons complété notre inspection. Tout est opérationnel.

— Votre veste d'uniforme est mal boutonnée, officier Peabody.

— Ma...

Elle baissa les yeux, s'empourpra jusqu'à la racine des cheveux, et rajusta les boutons que McNab avait défaits un peu trop précipitamment.

— Pour l'amour du ciel, Peabody, vous vous prenez pour une lapine ? Allez vous arranger un peu et mettez vos hormones en mode repos.

— Oui, lieutenant. Excusez-moi.

Peabody s'éclipsa, et Eve se tourna en grognant vers Connor.

— Toi, je t'interdis de rigoler. Je t'avais bien dit que cette histoire avec McNab allait perturber mon assistante.

— En ma qualité d'officier de liaison provisoire du NYSPD, je suis choqué par sa conduite. C'est absolument honteux. Je pense que nous allons devoir inspecter nous-mêmes les salons privés. Tout de suite.

— Espèce de pervers !

Elle fourra les mains dans ses poches. Au même instant, Ruth MacLean apparut.

Comme Eve lui jetait un regard noir, elle hésita un instant puis redressa les épaules et traversa la salle. Ils se rejoignirent devant le bar où Kohli avait servi son dernier verre.

— Madame MacLean.

— Lieutenant. Je sais ce que vous pensez de moi, et je vous autorise à me le dire en face.

— Pourquoi me fatiguer ? J'ai vu le sang d'un collègue sur ce sol. Ça m'a suffi.

— Eve…

Connor lui toucha l'épaule, puis s'adressa à Ruth.

— Vous avez vu Ricker ?

— Oui. Il…

— Pas ici, interrompit-il.

Il leur indiqua un panneau représentant la chute d'Adam, dans lequel étaient dissimulés un panneau de contrôle et un ascenseur. Ils entrèrent dans la cabine et montèrent en silence jusqu'au bureau du propriétaire.

Connor ouvrit un réfrigérateur masqué par un miroir fumé et en sortit des bouteilles d'eau minérale.

— Asseyez-vous donc, Ruth. Les conversations avec Ricker ont tendance à ébranler les esprits.

— Merci.

— C'est bientôt fini, cet échange de politesses ? gronda Eve en refusant le verre que lui tendait son mari. Si tu as confiance en elle, camarade, c'est ton privilège. N'en attends pas autant de moi. Elle t'a trahi.

— C'est exact, concéda-t-il. Et maintenant, elle se rattrape. En prenant un sacré risque.

Connor saisit la main de Ruth. Elle tenta de se soustraire à son étreinte, mais il remonta calmement la manche de son chemisier.

Son avant-bras était couvert d'hématomes.

— Il vous a agressée. J'en suis navré.

— Ça lui plaît. Les bleus disparaissent. Votre femme sera sans doute d'accord avec moi pour dire que je mérite bien pire.

— Pourquoi vous a-t-il fait ça ? demanda Eve, émue malgré elle.

— Parce qu'il en avait la possibilité. S'il ne m'avait pas crue, j'aurais subi un sort infiniment plus désagréable. Le fait que je lui transmette des informations à votre sujet l'a mis de bonne humeur.

Elle but une gorgée d'eau.

— Ça s'est passé presque exactement comme vous le pensiez. Je suis allée le voir, je lui ai demandé de l'argent en échange d'un tuyau. Ça l'a agacé, je l'ai donc laissé me malmener un peu avant de le lui refiler gratuitement. Ça aussi, ça l'a mis de bonne humeur.

Elle reboutonna distraitement la manche de son chemisier.

— Je lui ai raconté que vous étiez déconcentré, excédé et que vous nous meniez au fouet pour que l'établissement rouvre ses portes. Que tout ça vous coûtait un maximum. Et que vous étiez dans tous vos états parce que vous aviez les flics sur les talons. Pour conclure, j'ai dit que je vous avais entendu vous disputer avec votre femme.

— Excellent, approuva Connor en se perchant sur le bras d'un fauteuil.

— À propos de l'enquête, poursuivit-elle. De ce que ça impliquait pour vous, de la position dans laquelle ça mettait votre épouse. J'ai précisé que vous la poussiez à donner sa démission, qu'elle a refusé et que là, vous avez complètement perdu la tête. J'espère que ça ne vous ennuie pas : je vous ai décrit comme un homme à bout de nerfs. Vous en aviez assez de marcher sur des œufs et de perdre de l'argent à cause d'elle. Vous l'avez menacée. Et vous, vous avez pleuré, dit-elle à Eve.

— De mieux en mieux, bougonna Eve.

— Ça, ça l'a beaucoup amusé. Bref, vous êtes partie comme une furie et moi, j'ai consolé Connor. Nous avons bu quelques verres… Vous, Connor, vous m'avez confié que vous en aviez assez de suivre le droit chemin, et que votre ménage battait de l'aile. Vous aimiez votre femme, mais vous aviez besoin de souffler. Après tout, elle n'était pas obligée de savoir que vous trempiez de nouveau dans des affaires louches. Ça vous distrairait. Et pourquoi ne pas faire d'une pierre deux coups en vous associant avec Ricker ? Un partenariat discret… Ricker récolterait les bénéfices à condition de laisser votre femme tranquille. Vous la persuaderiez de quitter la police. Vous êtes fou amoureux d'elle, mais ce n'est pas une raison pour vous laisser mener par le bout du nez. J'étais d'accord avec vous, et je vous ai proposé de soumettre votre projet à Ricker. C'est là qu'il a tiqué.

Du bout des doigts, elle effleura son bras douloureux.

— Je lui ai dit que vous n'étiez plus vous-même. Que vous deveniez négligent sur certains points. Je pense qu'il l'a avalé parce qu'il en avait envie, et parce qu'il n'imagine pas que j'aurais le culot de lui mentir.

Elle prit son verre, but.

— Ç'aurait pu être plus dur. Il a mordu à l'appât avant même que j'aie fini de l'accrocher. Quant à l'avocat, Canarde, ça ne lui plaisait pas du tout, mais Ricker lui a dit de la fermer. Comme il insistait, Ricker lui a lancé un presse-papiers à la figure. Il l'a raté de peu, mais il a défoncé le mur.

— Ah ! Si je pouvais être une petite souris… murmura Eve.

— Ça valait le coup, acquiesça Ruth. Bref, Canarde s'est tu, et Ricker sera au rendez-vous. Il ne ratera pas

349

une occasion de vous humilier, d'enfoncer le clou. Et s'il flaire un piège, il vous descendra.

— C'est parfait ! décida Connor tandis qu'un flot d'adrénaline l'envahissait.

— Pas tout à fait, riposta Eve en accrochant les pouces dans les poches de son pantalon... Pourquoi n'avez-vous pas fait pleurer Connor ?

Ruth lui offrit un regard empli de gratitude, et Eve pria pour que tout se déroule comme prévu.

22

Le temps pressait. Mener de front deux opérations capitales doublait le travail et les soucis. Abandonnant le Purgatoire aux mains – peut-être un peu trop expertes – de Connor, elle se précipita au domicile de banlieue de Clooney.

— Whitney a déjà envoyé Baxter interroger l'épouse, dit Peabody, ce qui lui valut un regard noir de la part de son chef.

— Je me tiens au courant, figurez-vous. Ça vous pose un problème, officier ?

— Non, lieutenant. Pas du tout.

Si pour Eve le temps semblait filer trop vite, Peabody avait l'impression que la trentaine d'heures à venir allait passer à une allure d'escargot. Elle décida qu'il valait mieux ne pas signaler la présence d'une patrouille de surveillance garée juste devant le pavillon.

Clooney ne manquerait pas de l'apercevoir, s'il tentait de rentrer chez lui. Peut-être était-ce justement le but de la manœuvre ?

Muette comme une carpe, elle suivit Eve le long de l'allée.

La femme qui leur ouvrit aurait pu être jolie, avec ses rondeurs chaleureuses. Pour le moment, elle paraissait malheureuse, harassée, apeurée. Eve s'identifia en présentant son badge.

— Vous l'avez retrouvé. Il est mort ?

— Non, madame, nous n'avons pas localisé votre mari. Pouvons-nous entrer ?

— Je ne peux rien vous dire de plus.

Toutefois, elle se détourna, les épaules voûtées sous le poids de son angoisse, et traversa le petit salon propret.

Du chintz et des dentelles. Des tapis délavés, de vieux fauteuils confortables. Un écran mural qui avait connu des jours meilleurs, et une statue de la Vierge sur un guéridon, le visage serein.

— Madame Clooney, votre époux vous a-t-il contactée ?

— Non. Il n'en fera rien. Je l'ai déjà expliqué à l'autre policier. Je pense que c'est un terrible malentendu.

D'un geste distrait, elle repoussa une mèche de ses cheveux châtains, aussi ternes que ses tapis.

— Art n'est pas dans son assiette, depuis un certain temps. Mais il ne peut pas avoir fait ce dont vous l'accusez.

— Pourquoi ne chercherait-il pas à vous joindre, madame Clooney ? Vous êtes sa femme. Cette maison est la sienne.

— Oui.

Elle s'assit, comme si ses jambes ne la soutenaient plus.

— En effet. Mais il a cessé d'y croire. Il est perdu. Il n'a plus la foi, plus d'espoir… Depuis la mort de Thad, rien n'est comme avant.

— Madame, je veux l'aider, murmura Eve en s'installant en face d'elle et en se penchant légèrement. Je veux l'aider. Je veux qu'il reçoive les soins médicaux dont il a besoin. Où a-t-il pu aller ?

— Je n'en ai pas la moindre idée. Autrefois, j'aurais su.

Elle sortit un mouchoir froissé de sa poche.

— Il ne me parle plus. Il ne se confie plus à moi. Au début, quand Thad est mort, nous nous sommes soutenus. Nous avons pleuré ensemble. C'était un jeune homme merveilleux, notre Thad.

Elle se tourna vers la photo encadrée d'un policier en uniforme.

— Nous étions tellement fiers de lui ! Quand il est parti, nous nous sommes accrochés à ça, à notre amour et à notre fierté. Nous l'avons partagé avec sa femme et son bébé. Ça nous a aidés de les avoir tout près de nous.

Elle se leva, prit une autre photo, sur laquelle Thad posait en compagnie de son épouse et d'un poupon aux joues roses.

— Et puis, quelques semaines après la disparition de Thad, Art a commencé à changer. Quand il ne se fermait pas comme une huître, il s'emportait. Il refusait d'aller à la messe. Nous nous sommes disputés, mais pour finir, même ça, ça s'est arrêté. Nous ne vivions plus, nous existions.

— Vous rappelez-vous quand s'est opéré ce changement, madame Clooney ?

— Oh ! il y a environ quatre mois ! Ça peut paraître court, après trente ans de vie commune. Mais pour moi, c'est une éternité.

La date correspondait, songea Eve en mettant la première pièce du puzzle en place.

— Certains soirs, il ne revenait pas du tout. Et quand il daignait rentrer, il dormait dans la chambre de notre fils. Ensuite, il a déménagé. Il m'a dit qu'il était désolé, qu'il avait besoin de prendre du recul. Je n'ai pas réussi à le faire changer d'avis. Dieu me pardonne, mais je lui en voulais tant, je me sentais si désemparée, si vide, que ça m'était égal qu'il s'en aille !

Elle pinça les lèvres, ravala un sanglot.

— Je ne sais ni où il est ni ce qu'il a fait. Mais je veux récupérer mon mari. Si je savais quoi que ce soit, je vous le dirais.

Eve repartit, interrogea quelques voisins, mais n'obtint aucune information intéressante. Clooney avait toujours été un bon mari, un ami attentionné, un membre respecté de la communauté.

Personne n'avait eu de ses nouvelles – ou du moins, personne n'avoua en avoir reçu.

— Vous les croyez? demanda Peabody tandis qu'elles regagnaient le centre-ville.

— Je crois sa femme. Elle est trop perturbée pour mentir. Il savait que nous irions chez lui, que nous nous adresserions aux amis et aux proches. Mais je me devais de vérifier. Nous allons retourner au Central, relire son dossier. Avec un peu de chance, le déclic se produira.

Au bout de deux heures, elles en étaient au point mort. Eve appuya un instant les paumes de ses mains sur ses yeux, puis se leva pour aller chercher un autre café. En émergeant dans le couloir, elle tomba nez à nez avec Mira.

— Vous êtes surmenée, Eve.

— J'ai le dos au mur. Je suis désolée, nous avions rendez-vous?

— Non, mais j'ai pensé que mon opinion professionnelle concernant Clooney pourrait vous être utile, à ce stade.

— En effet.

Eve jeta un coup d'œil derrière elle, poussa un profond soupir.

— Ce bureau est un taudis. Ces derniers jours, j'en ai refusé l'accès au personnel de nettoyage. Par sécurité.

— Ça ne me dérange pas du tout, répliqua Mira en entrant. Je ne pense pas qu'il ait modifié son agenda. Vous êtes toujours sa cible, ce qui signifie qu'il ne s'éloignera jamais beaucoup.

— Il avait affirmé qu'il ne tuerait plus aucun flic. Il n'a pourtant pas hésité à user de son couteau sur Webster.

— Il a agi sur une impulsion. Ce n'était pas calculé. C'est vous qu'il voulait, et il aurait considéré ça comme de l'autodéfense. Vous veniez l'arrêter, en compagnie d'un membre du Bureau des Affaires internes.

D'après moi, il est encore en ville. Il observe, il se prépare.

— Oui, j'en ferais sans doute autant à sa place. Quitte à en mourir.

Elle y avait longuement réfléchi sur le trajet.

— Il veut mourir, n'est-ce pas, docteur ?

— Je pense que oui. Il respectera le délai qu'il vous a imposé, et s'il n'est pas satisfait de vous, il vous tuera. Il tentera peut-être aussi d'assassiner Ricker. Ensuite, il se donnera très probablement la mort. Il ne pourra plus faire face à son épouse, à ses collègues, au curé de sa paroisse. En revanche, il pourra faire face à son fils.

— Ça ne se passera pas comme ça.

Eve avait l'intention de rentrer directement chez elle. Elle appela l'hôpital pour prendre des nouvelles de Webster, dont l'état était stable. Cependant, comme pour l'épouse de Clooney, elle préférait s'en assurer elle-même.

Le cœur serré, elle s'enfonça dans l'interminable couloir. Elle détestait cette atmosphère, ces odeurs. Quand l'infirmière de service lui demanda si elle était de la famille, elle mentit.

Un instant plus tard, elle se retrouva dans un box étroit, encombré d'appareils. Webster était exsangue.

— Ah non ! vraiment, tu exagères ! Je t'avais prévenu que ça me mettrait d'une humeur de chien ! Tu sais ce que j'éprouve, à te voir là te la couler douce ? Nom de nom, Webster !

Sa voix se brisa tandis qu'elle posait une main sur la sienne. Il était glacé.

— Tu crois que j'ai du temps à perdre avec ça ? J'ai du boulot jusqu'aux amygdales, et toi, au lieu de m'aider, tu te réfugies dans le coma. Tu as intérêt à te bouger, je te le dis.

Elle se pencha sur lui.

— Tu m'entends, espèce de crétin ? Tu as intérêt à te bouger, parce que j'en ai assez de perdre des flics toutes les heures. Il n'est pas question que tu viennes te rajouter en fin de liste. Et si tu espères que je viendrai déposer une fleur sur ta tombe, tu te trompes, camarade.

Elle serra plus fort sa main, guettant une réaction qui ne vint pas.

— Seigneur ! murmura-t-elle avec une affection dont elle n'avait jamais pris conscience avant cela.

Elle se détourna et se figea en apercevant Connor, sur le seuil. Mille et une pensées se bousculèrent dans son esprit.

— Je me disais bien que tu passerais.

— Je voulais simplement…

Haussant les épaules, elle fourra les poings dans ses poches.

— Soutenir un ami, compléta-t-il en venant vers elle.

Avec une infinie tendresse, il l'embrassa sur le front.

— Tu as cru que je t'en voudrais ?

— Je suppose que non. C'est une situation un peu… bizarre, c'est tout.

— Tu veux rester encore un peu ?

— Non. J'ai dit tout ce que j'avais à dire. Quand il sortira de là, je peux te garantir qu'il aura un coup de pied dans les fesses.

— Tiens, mets ton manteau. Allons à la maison, lieutenant. La journée de demain sera longue.

Il y avait un monde fou, et tout se déroulait beaucoup trop vite. De son poste en régie, elle pouvait observer tous les secteurs du club.

Elle avait mis en cause les éclairages – trop diffus – mais il n'y avait rien de changé. Elle avait mis en cause la musique – trop forte – mais, là encore, Connor ne l'avait pas écoutée. À présent, elle se rendait compte qu'elle avait oublié un point important.

La foule.

Elle n'avait pas prévu cet afflux de clients qui se bousculaient pour entrer. Elle décida de se calmer : Connor, lui, y avait certainement pensé.

— On n'a pas assez de flics, confia-t-elle à Feeney. C'est ouvert depuis moins d'une heure, et ils se ruent là-dedans comme si on leur avait promis des boissons gratuites.

— C'est peut-être le cas. Il est doué pour les affaires. Tout va bien, Dallas. Il y a des caméras partout. Regardez, là, on a un farceur en secteur deux, table six, qui s'amuse à corser le cocktail de sa compagne. À mon avis, c'est de l'Exotica.

— Je laisse aux gardiens de Connor le soin de résoudre ce genre de problème.

Tandis que tous deux examinaient les écrans, elle posa une main sur l'épaule de Feeney.

— Je ne veux pas que la police intervienne.

Ce serait l'occasion ou jamais pour Connor de démontrer l'efficacité de son système interne.

Excellent, décida-t-elle, trente secondes plus tard, quand une armoire à glace en costume noir s'approcha de la table en question, confisqua la boisson et arracha sans façon le type de son siège.

— Impeccable, commenta Feeney.

— Ça ne me plaît pas. Toute cette mise en scène me met mal à l'aise. Les risques sont trop importants.

— Mais non, mais non ! Vous avez le trac, c'est tout. Faites confiance à votre mari, Dallas. Il sait ce qu'il a à faire.

— C'est peut-être justement ce qui m'inquiète le plus, avoua-t-elle.

Sur un écran, elle aperçut Connor qui se faufilait parmi la foule, l'air parfaitement décontracté, alors qu'elle, deux étages au-dessus, suait à grosses gouttes.

Parce qu'elle était deux étages au-dessus, précisément. Si elle avait été en bas, elle se serait trouvée au cœur de l'action. Comme Peabody, songea-t-elle, qui traînait devant le bar, en civil.

— Peabody, vous m'entendez ?

Celle-ci lui répondit d'un signe de tête presque imperceptible.

— J'espère que c'est un soda que vous buvez.

Cette fois, Peabody ricana.

Eve se sentit aussitôt beaucoup mieux.

La sonnette de la porte retentit. Une main sur son arme, Eve s'approcha pour vérifier le tableau de sécurité. Elle désengagea les verrous.

— Martinez, vous avez quitté votre poste.

— On a le temps. Vous pouvez m'accorder une minute ? Je n'ai pas eu l'occasion de vous le dire avant, enchaîna-t-elle en baissant la voix. Et si tout se passe comme nous l'espérons, je n'en aurai pas le temps après. Je tiens à vous remercier de m'avoir mise dans le coup.

— Vous l'avez mérité.

— Je le pense aussi, mais vous n'étiez pas obligée de m'impliquer. Si un jour vous avez besoin d'un service, vous pourrez compter sur moi.

— C'est noté et apprécié.

— Je me suis dit que ça vous intéresserait d'avoir les dernières nouvelles de Roth. Elle va se faire taper sur les doigts et va devoir accepter de suivre une thérapie. Ils lui accorderont six mois d'essai avant de décider si elle conserve ses galons ou non.

Pour Roth, ce serait très dur. Mais…

— Ç'aurait pu être pire, murmura Eve.

— Oui. Certains avaient parié qu'elle jetterait l'éponge et présenterait sa démission. Pas du tout. Elle se battra jusqu'au bout.

— En effet, ça ne m'étonne pas d'elle. Et maintenant, regagnez votre poste.

Martinez eut un grand sourire.

— Oui, lieutenant.

Eve s'enferma soigneusement à clé et revint vers le mur d'écrans. Elle commença à s'asseoir, se raidit.

— Mon Dieu ! Pourquoi n'y ai-je pas pensé ? Voilà Mavis ! Mavis et Leonardo.

Aussitôt, elle se mit sur la fréquence de Connor.

— Je m'en occupe, lui répondit-il calmement.

Elle ne put que patienter.

— Connor ! s'écria Mavis en se précipitant vers lui dans un tourbillon de plumes bleues sur une combinaison moulante or. C'est somptueux ! Encore plus somptueux qu'avant ! Où est Dallas ? Elle n'assiste pas à la fête ?

— Elle travaille.

— Oh ! quel dommage ! Bon, eh bien, nous te tiendrons compagnie. Écoute-moi cet orchestre ! Il est géant ! Vivement qu'on se mette à danser !

— Vous aurez une meilleure vue depuis le second niveau.

— Il y a de l'ambiance ici.

— Là-haut aussi.

Il ne réussirait jamais à les convaincre de monter, pas sans leur fournir un minimum d'explications. Cependant, s'il parvenait à les éloigner suffisamment, Eve s'en contenterait. Il fit signe à la gérante de s'approcher.

— Ruth ? Voici des amis à moi. Donnez-leur la meilleure table au niveau deux. C'est la maison qui régale.

— C'est très gentil à vous, intervint Leonardo. Mais ce n'est pas nécessaire.

— Cela me fait plaisir. J'ai des choses à voir. Dès que j'aurai terminé, je vous rejoindrai.

— Ah ! comme c'est adorable ! À tout à l'heure, alors !

Une fois certain qu'ils gravissaient l'escalier, Connor se dirigea vers McNab.

— Gardez un œil sur eux. Arrangez-vous pour qu'ils restent tranquilles jusqu'à ce qu'on en ait fini.

— Pas de problème.

Sur la scène, les danseuses se déhanchaient et se déshabillaient avec un naturel déconcertant. Tandis que les musiciens attaquaient un air endiablé, une nappe de fumée bleutée envahit le sol.

L'hologramme d'une panthère noire portant un collier clouté d'argent rôdait autour des danseurs. Chaque fois qu'elle rugissait, la foule lui répondait.

Connor pivota vers l'entrée, où venait d'apparaître Ricker.

Il n'était pas seul, mais cela n'avait rien de surprenant. Une douzaine d'hommes se déployèrent en éventail, scrutant la salle. La moitié d'entre eux commencèrent à circuler parmi les clients.

Ces «éclaireurs» étaient certainement équipés de miniscanners très puissants, destinés à repérer et enregistrer les caméras de sécurité et les alarmes.

Ils ne trouveraient que ce que Connor avait choisi de leur laisser trouver.

Les ignorant, il alla à la rencontre de Ricker.

— C'est parti! lança Eve depuis la régie. Attention! C'est le moment. Première position.

Son trac se volatilisa. Elle maîtrisait parfaitement la situation.

— Feeney, inspection des armes. Je veux savoir qui en porte et combien.

— Ça vient.

Sur l'écran, elle vit Connor.

— Ça fait un bail!

Ricker esquissa un sourire.

— Un bon moment, oui... Impressionnant, murmura-t-il avec une pointe d'ennui. Cela étant, un club de strip-tease reste un club de strip-tease, quel que soit le décor.

— Et les affaires sont les affaires.

— J'ai entendu dire que tu avais eu quelques soucis avec les tiennes.

— Rien qui ne se soit arrangé.

— Vraiment? Tu as perdu plusieurs clients, l'an dernier.

— J'ai procédé à quelques... restructurations.

— Ah oui! Un cadeau de mariage, peut-être, pour ta charmante épouse.

— Laisse ma femme en dehors de ça.

— C'est difficile, sinon impossible.

Ricker éprouvait une grande satisfaction à déceler une certaine tension chez Connor. À une autre époque, il ne se serait pas trahi.

— Mais nous pouvons discuter de ce que tu es prêt à échanger.

Connor reprit son souffle, sembla s'obliger à se calmer.

— On va s'installer à ma table. Je t'offre un verre.

Comme il se détournait, l'un des gorilles de Ricker le rattrapa par le bras afin de le palper, en quête d'armes. Connor esquiva et le repoussa brutalement.

Après tout, il ne fallait pas non plus basculer dans l'excès contraire. S'il se montrait trop faible, ça finirait par paraître louche.

— Recommence ça, et je t'arrache les yeux…

— Je suis heureux de constater que, sur ce plan-là, tu n'as pas changé, dit Ricker en signalant à son homme de reculer. Mais tu ne t'attends tout de même pas à ce que je boive un verre avec toi sans avoir pris un minimum de précautions.

— Je te rappelle que je suis ici chez moi.

Un muscle de la joue de Ricker tressaillit.

— Ton tempérament d'Irlandais ne m'a jamais plu. Mais tu as raison, tu es ici chez toi. Pour l'instant.

— Très bien, déclara Eve. Ils se dirigent vers la table. Feeney, rassurez-moi. Dites-moi que le système de Connor va annuler leur scan.

— Il a annulé le mien. Je lui ai demandé de m'expliquer comment ça marche, mais il s'est contenté de rigoler… Regardez! ajouta-t-il en s'intéressant à un autre écran. Leur scan n'a relevé que ce que Connor voulait, rien de plus. Et maintenant, profitons d'une petite boisson alcoolisée et de la conversation.

— Peabody! lança Eve. Votre homme est du côté gauche du bar, métis, costume noir. Un mètre soixante-quinze, quatre-vingts kilos, cheveux noirs aux épaules. Il porte un laser de la police à la ceinture. Vous l'avez?

Peabody opina.

— Ne quittez pas des yeux vos cibles individuelles, mais n'intervenez en *aucun cas* sans en avoir reçu l'ordre. Martinez, votre homme, c'est le…

— Ta brigade de droïdes reste à l'écart, déclara Connor. Je ne discute jamais affaires en public.

— Tout à fait d'accord, approuva Ricker en pénétrant dans la bulle derrière Connor.

Il avait enfin ce qu'il désirait, depuis tant d'années. Connor allait le supplier. Connor allait tomber. Et s'il luttait trop, trop longtemps, le scalpel laser dissimulé dans la manche gauche de Ricker lacérerait ce beau visage.

— Quelle vue! s'exclama-t-il, devant les danseuses qui virevoltaient sur la scène. Tu as toujours eu très bon goût en matière de femmes. C'est ta faiblesse…

— C'est vrai. Si je ne m'abuse, toi, tu préfères les malmener. Mon épouse est revenue de votre rencontre avec des bleus.

— Pas possible! s'exclama Ricker, innocemment. Quelle maladresse de ma part! Est-ce qu'elle sait que nous nous voyons ce soir, ou est-ce qu'elle te laisse agir à ta guise de temps en temps?

La cigarette que Connor sortait de son paquet lui échappa et tomba sur la table lorsqu'il rencontra le regard méprisant de Ricker. Ce dernier ricana en le voyant se ressaisir. Puis, Connor se concentra sur la carte.

— Whisky, commanda-t-il en lançant un coup d'œil à Ricker.

— Moi aussi. En souvenir du bon vieux temps.

— Deux Jameson. Doubles, sans glace.

Connor prit tout son temps pour allumer sa cigarette.

— En ce qui concerne mon mariage, reprit-il, c'est chasse gardée.

Il marqua une pause, comme s'il avait du mal à contenir sa fureur.

— Tu as déjà tenté de t'approprier ma femme, et elle t'a envoyé promener.

— Elle a eu de la chance... Mais la chance finit par vous abandonner, répliqua Ricker en prenant le verre qui venait d'apparaître par le passe-plat.

Connor brandit un poing, fit mine de se raviser juste à temps, jeta un coup d'œil sur le gorille qui s'était rapproché, une main sous sa veste.

— Qu'est-ce que tu veux en échange de sa sécurité ?

— Ah ! déclara Ricker, satisfait. Voilà une question raisonnable. Mais pourquoi, d'après toi, y apporterais-je une réponse raisonnable ?

— Tu ne le regretteras pas, répondit Connor, très vite, trop vite.

Surexcité, Ricker se pencha en avant.

— Ça risque d'être compliqué. Vois-tu, je prends grand plaisir à malmener ton épouse.

— Écoute...

— Non, c'est toi qui vas m'écouter. Tu vas la fermer, comme tu aurais dû le faire il y a des années, et tu vas m'écouter. Compris ?

— Ce type a envie de mourir, ou quoi ?

Connor, qui entendait clairement la voix de Feeney, fut sensible à la véracité de cette observation. Il crispa les poings sous la table, expira.

— Oui, je comprends. Donne-moi tes conditions. Nous sommes des hommes d'affaires, après tout. Dis-moi ce que tu veux.

— S'il te plaît.

Espèce de salaud ! pensa Connor. Il s'éclaircit la gorge, but une gorgée d'alcool.

— S'il te plaît. Dis-moi ce que tu veux.

— J'aime mieux ça ! Il y a quelques années, tu as mis brutalement fin à notre association, et de telle façon que cela m'a coûté un million deux en espèces et en marchandise, le double en réputation et en bonne volonté. Donc, pour commencer, je veux 10 millions de dollars US.

— Et que me vaudront précisément ces 10 millions de dollars ?

— Précisément, Connor ? La vie de ta femme. Vire ce montant sur le compte dont je te donnerai le numéro avant minuit, sans quoi…

— J'ai besoin d'un minimum de temps pour…

— Minuit. Sinon, je la fais éliminer.

— Éliminer un flic, surtout de son acabit, c'est risqué, même pour toi.

— À toi de voir. Pas d'argent, plus de femme.

Il laissa courir ses ongles sur le verre.

— Non négociable, conclut-il.

— Déjà, là, c'est suffisant pour le mettre derrière les barreaux, marmonna Eve.

— Ce n'est que le début, dit Feeney. Il s'échauffe.

— À mes yeux, elle vaut bien dix millions, mais… Il me semble qu'on pourrait affiner la transaction, ajouta Connor. J'ai des fonds que je souhaiterais investir en douce.

— Tu en as assez de jouer les citoyens modèles ?

— En fait, oui.

Connor haussa les épaules et scruta les alentours, laissant traîner son regard un instant de trop sur l'une des danseuses.

Ricker était aux anges.

— J'envisage de voyager plus souvent. De me lancer dans de nouvelles aventures financières. J'ai envie de mettre un peu de piment dans mon existence.

— Et c'est à moi que tu t'adresses ? Tu oses me demander ça, comme si on était à égalité ? Tu ramperas avant que je te cède quoi que ce soit.

— Dans ce cas, cette conversation ne mènera nulle part.

Connor vida son verre d'un trait.

— Autrefois, tu avais plus de couilles. Regarde un peu ce que tu es devenu ! Elle t'a sucé le sang. Tu n'as plus rien dans les tripes. Tu as oublié ce que c'était que de donner des ordres qui bouleversent une vie. Qui entraînent la mort. Je pourrais te tuer d'un claquement de doigts… D'ailleurs, je le ferai peut-être… en souvenir du bon vieux temps, railla-t-il.

Connor eut un mal fou à se retenir de lui casser la figure.

— Dans ce cas, tu n'auras pas tes 10 millions de dollars, ni quoi que ce soit d'autre. Au fond, tu es en droit de m'en vouloir parce que je t'ai laissé tomber.

— Laissé tomber ? Laissé tomber ? hurla-t-il en tapant sur la table. Tu m'as trahi, oui ! Tu m'as volé ! Tu m'as renvoyé ma générosité au visage. J'aurais dû te descendre. Je le ferai peut-être.

— Je suis prêt à me racheter, Ricker. J'en ai la volonté. Je sais de quoi tu es capable. Je le respecte.

Pour plus d'effet, Connor commanda une seconde tournée d'une main tremblante.

— J'ai encore mes sources et mes ressources. Nous pouvons nous aider l'un l'autre. Mon lien avec le NYSPD vaut de l'or.

Ricker émit un petit rire. Son cœur battait si fort qu'il en avait mal à la poitrine. Il n'avait pas envie d'un deuxième whisky. Il avait envie de son cocktail rose préféré. Mais il voulait d'abord en terminer avec Connor.

— Je n'ai pas besoin de ton flic, espèce d'imbécile ! J'en ai toute une brigade dans la poche.

— Pas comme elle, insista Connor. Je souhaite qu'elle démissionne, mais en attendant, elle peut nous être utile. Surtout à toi.

— Tu parles… Il paraît que votre ménage bat de l'aile.

— On a des hauts et des bas, comme tout le monde. Ça passera. Les dix millions devraient permettre d'atténuer la pression. Et d'ici peu, je parviendrai à la convaincre de rendre son badge. J'y travaille.

— Pourquoi ? Tu dis toi-même que c'est pratique d'avoir des relations dans la police.

— C'est une épouse que je veux, pas un flic. Je tiens à ce que mon épouse soit à ma disposition, au lieu de courir nuit et jour après des criminels… Après tout, ça peut se comprendre, non ? Si j'ai envie d'un flic, je n'ai qu'à en acheter un. Je ne suis pas obligé de l'épouser.

Ricker se dit que tout se déroulait nettement mieux que prévu. Il allait repartir avec le fric de Connor, son humiliation et son engagement. Il conserverait le tout jusqu'au jour où il le tuerait.

— Je peux t'arranger ça.

— Quoi ?

— La démission de Dallas. Elle sera dehors dans moins d'un mois.

— En échange de quoi ?

— Cet établissement. Je veux le récupérer. Par ailleurs, j'attends une petite livraison. Le client que je visais n'est pas solvable. Accepte la marchandise pour, disons, dix autres millions, transfère le bail de ce club à l'une de mes filiales, et c'est d'accord.

— Quel genre de marchandise ?

— Des produits pharmaceutiques.

— Tu sais très bien que je n'ai pas de contacts en ce domaine.

— Ne me dis pas ce que tu as ou n'as pas ! glapit Ricker. Qui es-tu, pour refuser mes propositions ?

Il se pencha par-dessus la table, saisit Connor par le col.

— Je veux ce que je veux !

— Il s'énerve. Il faut qu'on intervienne.

Déjà, Dallas était sur ses pieds. Feeney la rappela.

— Non ! Attendez encore un peu.

— Je ne peux pas rester ici sans bouger.

— Je ne refuse pas ta proposition, répondit nerveusement Connor. Je te dis simplement que je n'ai développé aucun réseau de distribution de substances illicites.

— C'est ton problème. *Ton problème !* Ou tu fais ce que je te dis de faire ou c'est fini. Point.

— Laisse-moi au moins y réfléchir ! Et mets tes hommes au repos. Je ne veux pas de grabuge ici.

— Très bien. Pas de grabuge.

Il est furieux, se dit Connor. Fou de rage. Il perd les pédales.

— Vingt millions, c'est une sacrée somme. Mais je suis prêt à te les donner et à rembourser ma… ma dette envers toi. Seulement, j'ai besoin de savoir comment tu comptes la faire virer du NYSPD sans que ça me retombe dessus.

À présent, Ricker respirait par saccades. D'une main tremblante, il souleva son verre. Enfin ! Enfin, son souhait le plus cher se réalisait.

— Je peux détruire sa carrière en moins d'une semaine. C'est très facile. Je n'ai qu'à tirer quelques ficelles. L'affaire sur laquelle elle travaille en ce moment, par exemple… ça m'agace. Elle m'a insulté. Elle s'est moquée de moi.

— Elle te présentera ses excuses. J'y veillerai personnellement.

— Oui, j'y tiens. Il faudra qu'elle me demande pardon. Je ne supporte pas qu'on se moque de moi. Surtout une femme.

Il ne restait plus qu'à le pousser un tout petit peu plus loin dans ses retranchements, songea Connor.

— Elle le fera. Tu as le contrôle. Le pouvoir.

— Exactement. C'est vrai. J'ai le pouvoir. Si je la laisse vivre, pour toi, je prendrai une commission pour la faire virer du département. Désinformation, données truquées… il suffit d'envoyer ça sur le bon ordinateur. Ça marche.

Connor se frotta la bouche du revers de la main.

— Les flics qui sont tombés… Pour l'amour du ciel, Ricker, c'est toi qui es derrière tout ça ?

— Et ce n'est pas fini ! Ça m'amuse.

— Il n'est pas question pour moi d'être mêlé à ce genre de truc. Ils vont t'enterrer.

— Tu parles ! Ils ne m'approcheront même pas. Je n'ai tué personne. J'ai simplement semé l'idée dans la bonne tête, et mis l'arme dans la main la plus vulnérable. C'est un jeu. Tu sais combien j'aime les jeux. Et surtout combien j'aime gagner.

— Oui, je m'en souviens. Tu as toujours été champion en la matière. Comment y es-tu parvenu ?

— C'est une question d'imagination, Connor.

— Vraiment, je t'admire. Je t'avais sous-estimé. Tu as dû mettre des années à mettre ça sur pied.

— Des mois. Quelques mois seulement. Il suffisait de sélectionner la cible adéquate. Un jeune officier, trop coincé pour jouer le jeu. Se débarrasser de lui, c'est facile. Le clou du spectacle, c'est la façon dont ça prend de l'ampleur, une fois qu'on a semé le doute dans l'esprit du père terrassé par le chagrin. Et moi, je n'ai plus qu'à regarder un policier autrefois dévoué descendre un collègue après l'autre. Tout ça, sans débourser un sou !

— C'est brillant, murmura Connor.

— Oui, et très gratifiant. Le mieux, c'est que je peux recommencer quand je veux. Le meurtre par procuration. Personne n'est à l'abri, surtout pas toi. Transfère l'argent, et jusqu'à nouvel ordre, je te protégerai. Ainsi que ta femme.

— Vingt millions, c'est bien ça ?

— Pour le moment.

— Une affaire ! dit Connor en laissant reparaître la main qu'il venait de glisser sous la table. Et le pistolet… Cependant, l'idée de traiter avec toi me donne la nausée. Ah ! Ordonne à ton gorille de rester tranquille, sans quoi, je me servirai de ceci. Tu le reconnais, Ricker ? C'est une des armes interdites que tu trafiquais, il y a des années. J'en ai toute une collection – ainsi qu'une licence de collectionneur. Ces revolvers du XXe siècle vous laissent un vilain trou dans le corps.

Celui-ci est un Glock 9 mm, capable de t'exploser la cervelle.

Sous le choc, Ricker resta à court de mots. Jamais personne n'avait osé le défier de cette façon.

— Tu es fou ?

— Non, non. Je suis parfaitement lucide, au contraire, assura-t-il en plaquant une main sur le poignet de Ricker, pour récupérer le scalpel caché dans sa manche. Tu as toujours eu un faible pour les objets tranchants.

— Tu ne vas pas t'en sortir comme ça... Tu ne repartiras pas d'ici vivant...

— Mais si, mais si ! Tiens, voilà justement ma charmante épouse. Ravissante, n'est-ce pas ? Et si je me fie au scanner que tes hommes et toi avez été incapables de repérer, ton équipe de marionnettes vient d'être arrêtée.

Il laissa Ricker scruter la salle.

— L'un de nous deux n'est plus dans le coup, Ricker, et d'après moi, c'est toi. Je t'ai tendu un piège, et tu es tombé en plein dedans.

Blême, Ricker se leva d'un bond.

— Pour un flic ! Tu m'as doublé pour un flic !

— Et avec un immense plaisir, en plus.

— Assez ! Connor, recule !

Eve entra, pointa son arme sur les côtes de Ricker.

— Vous êtes morts ! Tous les deux ! glapit-il.

Pivotant sur lui-même, il leva la main et gifla Eve, qui tira sur lui. Il s'écroula.

— Il est simplement neutralisé, annonça-t-elle en essuyant le filet de sang qui coulait le long de son menton.

Sur scène, les danseuses continuaient leur numéro, imperturbables. Connor tendit à Eve un mouchoir, puis s'accroupit. Il souleva la tête de Ricker.

— Ne...

— Laisse ! aboya-t-il tandis qu'Eve tentait de le retenir. Recule, je veux finir ce que j'ai commencé !

Il la défia du regard.

— Ne t'inquiète pas, je ne vais pas le tuer.

Pour le prouver, il lui tendit son Glock mais garda le scalpel. La pointe sur la gorge de Ricker, il imagina :

— Tu m'entends, n'est-ce pas, Ricker ? C'est moi qui t'ai descendu, et c'est à moi que tu penseras quand tu feras les cent pas dans ta cellule.

— … te tuer… bredouilla Ricker…

— Pour l'instant, c'est raté, mon vieux. Mais si ça t'amuse de tenter le coup de nouveau, à ta guise. Maintenant, écoute-moi attentivement. Si tu touches à ma femme, à quoi que ce soit qui m'appartienne, je te suivrai jusqu'en enfer et je t'écorcherai vif ! Je te ferai manger tes yeux. Je le jure. Souviens-toi de l'homme que j'étais, et tu sauras que j'en suis capable.

Il se redressa, le corps rigide.

— Sortez-moi ça d'ici. Je n'en veux pas chez moi.

23

Eve ne dormit pas longtemps, mais elle dormit d'un sommeil profond. Ricker était désormais derrière les barreaux. Une fois estompés les effets du tir paralysant, il avait exigé à grands cris la présence de son avocat.

Débarrassée de Ricker, elle s'était empressée de jeter Canarde en cage. L'avocat de Ricker allait être très occupé pendant un bon moment.

Elle avait fait deux copies de tous les disques de sécurité du Purgatoire, les avait mises sous scellés, et en avait conservé une chez elle.

Cette fois, personne ne pourrait endommager ou subtiliser les pièces à conviction.

Satisfaite de sa soirée, elle était littéralement tombée dans son lit. Elle se réveilla en sursaut un peu plus tard, quand Connor posa délicatement une main sur son épaule en chuchotant son prénom.

— Quoi ?

Instinctivement, elle chercha l'arme qu'elle aurait portée si elle n'avait été complètement nue.

— Tout doux, lieutenant ! Je ne suis pas armé. Toi non plus.

— J'étais... aïe !

Elle secoua la tête.

— ... ailleurs, conclut-elle.

— Je l'ai remarqué. Désolé de t'avoir réveillée.

— Pourquoi es-tu levé ? Pourquoi es-tu habillé ? Quelle heure est-il ?

— Un peu plus de 7 heures. J'avais des coups de fil importants à passer. Et pendant que j'y étais, on a eu un appel. De l'hôpital.

— Webster, murmura-t-elle.

Elle n'avait pas pris de ses nouvelles, la veille, après la fin de l'opération. Et maintenant, pensa-t-elle, il est trop tard...

— Il s'est réveillé, enchaîna Connor. Apparemment, il aimerait te voir.

— Réveillé ? Il est vivant et réveillé ?

— Il semble que oui. Son état s'est amélioré cette nuit. Les médecins restent prudents, mais ils ont bon espoir. Je t'y emmène.

— Ce n'est pas la peine.

— Ça me ferait plaisir. D'ailleurs, s'il a l'impression que je veille sur mon bien, ça lui remonterait le moral.

— Ton bien, tu parles !

Elle repoussa la couette et lui offrit, l'espace d'un éclair, le joli spectacle de son corps dénudé avant de courir sous la douche.

— Je serai prête dans dix minutes.

— Prends ton temps. Je ne pense pas qu'il ait de rendez-vous ce matin.

Elle en mit vingt, parce qu'il réussit à la convaincre de boire un café.

— Tu crois qu'on doit lui porter des fleurs ?

— Je ne pense pas que ce soit une bonne idée. Sous le choc, il risquerait de retomber dans le coma.

— Ce que tu es rigolo, et de bon matin, en plus ! Ce... euh... ta phrase, là... je t'arracherai les yeux et je te les ferai manger... c'est une malédiction irlandaise ?

— Pas que je sache.

— Alors tu l'as inventée, comme ça, d'un seul coup, hier soir ? Je te l'ai déjà dit, mais je te le répète : parfois, tu me fais peur.

— Si tu ne t'étais pas mise en travers, je l'aurais tué pour avoir tenté de te frapper.

— Je sais.

C'était bien pour ça qu'elle s'était mise en travers.

— Tu étais dans ton tort. Port d'une arme illégale dans un lieu public. Tu sais à quoi je vais devoir m'abaisser pour te sortir de là ?

— Qui te dit qu'elle était chargée ?

— Elle l'était ?

— Évidemment, mais qui peut l'affirmer ? Décontracte-toi, lieutenant. Tu l'as eu.

— Non. C'est toi.

— Optons pour un compromis, proposa-t-il. Ce qui ne nous arrive plus très souvent, ces temps derniers. *Nous* l'avons eu.

— D'accord. Une dernière chose. Toutes ces histoires sur les droits de l'homme sur la femme et blablabla… C'était pour la frime, n'est-ce pas ?

Il ne répondit pas.

— C'était pour la frime, oui ou non ?

— Voyons, que j'y réfléchisse. Ce n'est pas désagréable d'avoir sa petite femme à la maison qui vous attend le soir après une dure journée de labeur, et qui vous tend un verre en vous souriant.

Il se tourna vers elle et s'esclaffa.

— D'après moi, on ne tiendrait pas le coup longtemps, tous les deux. On s'ennuierait à mourir !

— Heureusement que tu as dit ça avant que je m'énerve.

Comme ils s'engageaient dans le parking de l'hôpital, elle se tourna vers lui.

— Il va me falloir plusieurs jours pour boucler le dossier Ricker et le remettre entre les mains des autorités compétentes. Le rapport médical va faire du bruit : il est complètement cinglé.

— Il va finir dans un centre de détention psychiatrique.

— Oh oui ! et crois-moi, ce n'est pas une partie de plaisir. Bref, nous avons une foule de personnes à interroger. Quant aux recherches sur ses entreprises et propriétés diverses, je n'ai aucune idée du temps que ça prendra. Martinez se chargera d'une grande partie, mais ça va m'occuper encore un moment. Si tu peux repousser ton voyage à Olympus, j'aimerais t'y accompagner.

Il se gara, arrêta le moteur.

— Quoi ? Tu prendrais quelques jours de congé, de ton plein gré ? Et en plus, tu accepterais de faire un voyage interplanétaire sans que je sois obligé de te droguer ?

— J'ai dit que je souhaiterais y aller avec toi. Si ça présente un problème, on peut…

— Chut ! l'interrompit-il d'un baiser. Je retarde le départ jusqu'à ce que tu sois libre.

— Très bien. Tant mieux.

Elle descendit de la voiture, s'étira.

— Oh ! regarde ! Des je-ne-sais-plus-comment !

— Des jonquilles, ma chérie. Des jonquilles. Eve, nous sommes au printemps.

— Oui, l'air s'est considérablement radouci.

Main dans la main, ils se rendirent à la chambre de Webster.

Son visage était moins cadavérique que lors de sa dernière visite. Il était blanc, comme les pansements qui s'étiraient de part et d'autre de sa poitrine.

Eve eut un sursaut de frayeur en le voyant si silencieux, si immobile.

— Tu m'as dit qu'il était réveillé !

Au même instant, les paupières de Webster clignèrent. Pendant quelques secondes, il eut ce regard vide, vulnérable des grands malades. Puis une lueur d'humour dansa dans ses prunelles.

— Salut !

Elle dut s'approcher pour l'entendre.

— Ce n'était pas la peine de venir avec ton chien de garde. Je suis trop faible pour te faire des avances.

— Sur ce plan-là, je ne me suis jamais inquiétée pour toi, Webster.

— Je sais, nom de nom. Merci d'être là.

— C'est normal.

Il émit une sorte de rire, perdit son souffle, dut se concentrer pour se reprendre.

— Espèce d'idiot! ronchonna-t-elle avec assez de véhémence pour qu'il prenne un air surpris.

— Hein?

— Tu crois que je suis incapable de me défendre toute seule? Que j'ai besoin qu'un crétin du BAI me renverse et bombe le torse pour y recevoir un coup de couteau?

— Je ne sais pas ce qui m'a pris.

— Si tu étais resté sur le terrain, au lieu d'engraisser derrière un bureau pendant toutes ces années, tu ne serais pas là aujourd'hui. Et quand tu seras guéri, je me chargerai personnellement de te renvoyer aussitôt à l'hôpital.

— Youpi! Je trépigne d'impatience. Alors? Tu l'as eu? Ils refusent de me dire quoi que ce soit.

— Non. Non, je ne l'ai pas eu.

— Merde!

Il ferma les yeux.

— C'est à cause de moi.

— Oh! ferme-la!

Elle alla se planter devant la minuscule fenêtre, et, les poings sur les hanches, s'efforça de rester calme.

Connor prit sa place près du lit.

— Merci.

— De rien.

C'était tout ce que les deux hommes avaient à se dire à ce sujet.

— Nous avons arrêté Ricker, annonça-t-elle enfin. Hier soir.

— Quoi? Comment?

Webster essaya de se redresser mais put à peine lever la tête. Il poussa un juron.

— C'est une longue histoire. Je te la raconterai en long et en large une autre fois. Mais on l'a, ainsi que son avocat et une douzaine de ses hommes.

Elle revint vers le lit.

— J'ai l'impression qu'il sera expédié en centre de soins spécialisés. Nous allons démanteler son organisation pièce par pièce.

— Je peux vous aider. Effectuer des recherches, des vérifications d'archives. Laisse-moi t'assister. Je vais devenir chèvre, ici, sans rien à faire.

— Mon pauvre, tu me brises le cœur ! railla-t-elle. Puis elle haussa les épaules.

— J'y penserai.

— Allons, Dallas, tu sais très bien que tu accepteras. Tu es rongée de remords. Mais il faut que je te dise, que je vous dise, que je suis en bonne voie de t'oublier.

— Ça me rassure, Webster.

— Pas tant que moi. Il a suffi que je frôle la mort, ni plus ni moins. Rien de tel qu'un bon coma pour prendre du recul.

Il parut sur le point de s'assoupir, lutta contre la fatigue.

— Ces médicaments m'assomment complètement.

— Dors. Dès que tu iras mieux, les visiteurs vont affluer. Profites-en pour te reposer d'ici là.

— Oui, mais… attends… j'ai une question à te poser. Tu es venue, avant ?

— Avant quoi ?

— Avant aujourd'hui, Dallas. Tu es venue me parler ?

— Oh ! je suis peut-être passée voir ta tête d'imbécile ! Pourquoi ?

— Parce que j'ai fait un rêve bizarre. Enfin, c'était peut-être un rêve. Tu étais penchée sur moi. Je flottais, et tu étais là, à me sermonner. Tu sais que tu es vraiment sexy, quand tu me sermonnes ?

— Webster !

— Désolé… Tu as bien dit que tu ne viendrais pas déposer de fleurs sur ma tombe, c'est ça ?

— C'est ça, oui, si tu me refais un coup pareil.

376

Il laissa échapper un petit rire.

— Je me demande qui est le plus idiot de nous deux ! Je n'aurai jamais de tombe. De nos jours, il faut être riche ou croire en Dieu pour ça. La mode est au recyclage et à la crémation. Retour à l'état de cendres. Mais c'était drôlement sympa d'entendre ta voix. Ça m'a fait penser que j'en aurais sans doute vite assez de passer mon temps à flotter. Faut que je vous laisse. Fatigué.

— Oui, à bientôt.

Et comme il dormait déjà, et que Connor comprendrait, elle le gratifia d'une tape affectueuse sur le bras.

— Ça va aller, dit-elle.

— Je n'en doute pas.

— Je crois que ça lui a fait plaisir que tu viennes aussi.

Elle se recoiffa machinalement.

— Retour à l'état de cendres... N'importe quoi ! Mais il n'a probablement pas tort ; les tombes, c'est pour les riches ou les croyants. Sauf que... Oh non ! Quelle gourde je suis ! Les riches ou les croyants. Je sais où il finira par aller. Vite ! Tu conduis.

Déjà, elle se précipitait dans le couloir.

— La tombe de son fils, devina Connor.

— Oui, oui ! s'écria-t-elle en sortant son mini-ordinateur personnel. Où peut-elle être ? Des gens qui ont une madone dans leur salon enterrent forcément leurs proches dans un cimetière.

— Laisse, je vais chercher, dit Connor en s'emparant de son propre appareil. Toi, appelle du renfort.

— Non, pas de renfort. Pas encore. Il faut d'abord que je le trouve, que je sois sûre. Son fils s'appelait Thad. Thadeus Clooney.

— Je l'ai. Trois concessions, au Sunlight Memorial. New Rochelle.

— Près de leur maison. C'est logique.

En traversant le hall, elle contacta Peabody.

— Lieutenant ?

— Debout là-dedans ! Habillez-vous en vitesse. Vous êtes de service.

Elle monta dans le véhicule.

— Appelez une patrouille. Je suis sur la piste de Clooney. Si ça marche, je vous joins. Il faudra intervenir très vite.

— Où ça ? Où allez-vous ?

— J'ai rendez-vous avec les morts, répondit Eve. Plus vite que ça, Connor ! Il a peut-être déjà entendu la nouvelle, au sujet de Ricker.

— Attache ta ceinture.

Les morts reposaient à l'ombre des arbres, dans les collines verdoyantes. Comment les vivants pouvaient-ils trouver du réconfort dans ces lieux, se demanda Eve, face à une telle preuve de leur propre mortalité ?

Certains y venaient, pourtant, car nombre de tombes étaient recouvertes de fleurs. Ce symbole de la vie que l'on offre aux défunts.

— De quel côté ?

Le minuscule écran de Connor afficha un plan du cimetière.

— À gauche, de l'autre côté de ce monticule.

Ils s'avancèrent dans cette direction.

— Tiens... Il est là. Ton instinct ne t'a pas trompée.

Elle marqua une pause pour contempler l'homme assis sur la pelouse, devant une croix blanche et un bouquet coloré.

— Reste à l'écart.

— Non.

Sans un mot, elle s'accroupit, s'empara de son pistolet de rechange.

— Je te fais confiance : tu ne t'en sers que si tu n'as vraiment pas le choix. De ton côté, fais-moi confiance. Je vais d'abord essayer de lui parler. Laissons-lui au moins une chance. D'accord ?

— D'accord.

— Merci. Appelle Peabody. Donne-lui toutes les indications. Je vais avoir besoin d'elle.

Seule, Eve remonta la pente douce, entre les tombes. Il savait qu'elle venait. Il était assez professionnel pour patienter mine de rien, mais elle vit, d'après son tressaillement, qu'il l'avait repérée.

C'était aussi bien comme ça. Elle ne tenait pas à le prendre par surprise.

— Sergent.

— Lieutenant.

Il ne leva pas les yeux vers elle. Toute son attention était focalisée sur le nom gravé dans la pierre.

— Sachez que je suis armé. Je ne tiens pas à vous blesser.

— Je vous remercie de m'avertir. De mon côté, je suis armée aussi, et je ne tiens pas à vous blesser. J'aimerais discuter avec vous, sergent. Est-ce que je peux m'asseoir ?

Il la dévisagea. Ses yeux étaient secs, mais il avait pleuré. Il avait encore des traces de larmes sur les joues. Son pistolet reposait à plat sur ses genoux.

— Vous êtes venue me chercher, mais je n'ai pas l'intention de vous suivre.

— Est-ce que je peux m'asseoir ?

— Bien sûr. Je vous en prie. C'est un bel endroit. C'est pourquoi nous l'avons choisi. Mais j'ai toujours pensé que ce serait Thad qui viendrait nous parler, à sa mère et à moi. Pas le contraire. Il était le soleil de ma vie.

— J'ai lu ses fichiers. C'était un bon policier.

— Oui. J'étais très fier de lui. Il était né pour ce métier. Remarquez, dès qu'on me l'a mis entre les bras, à sa naissance, j'ai été fier de lui... Vous n'avez pas encore d'enfants, lieutenant ?

— Non.

— Vous verrez, l'amour qu'on porte à ses petits ne ressemble à rien d'autre. On ne peut pas le comprendre tant qu'on n'a pas eu cette expérience. Et ça ne change pas, au contraire, ça grandit en même temps qu'eux. C'est moi qui devrais être là-dessous, pas mon fils, pas mon Thad.

— Nous avons arrêté Ricker.

Elle le dit très vite, en voyant sa main se resserrer sur son arme.

— Je sais. Je l'ai entendu à la télévision, dans la petite chambre du motel où je suis descendu. Ma cachette. On a tous besoin d'une cachette, n'est-ce pas ?

— Il va payer pour votre fils, sergent. Conspiration d'homicides, meurtre d'un officier de police. Il finira ses jours en prison.

— Ça me console un peu. Je n'ai jamais pensé que vous étiez dans le coup. Pas vraiment. C'est vrai que, ces derniers temps, j'ai un peu perdu les pédales. Après Taj…

— Sergent…

— Je l'ai tué. Un innocent, comme mon fils. À cause de moi, sa femme est veuve, ses enfants n'ont plus de papa. J'emporterai ce regret, cette honte, cette horreur dans ma propre tombe.

— Non, murmura-t-elle tandis qu'il pointait le canon de son revolver sur sa gorge. Attendez… Est-ce ainsi que vous voulez honorer votre fils, en vous supprimant sur sa tombe ? Qu'en penserait-il ?

Clooney était las. Ça se voyait sur son visage, ça s'entendait dans sa voix.

— Je n'ai pas d'autre solution.

— Je vous supplie de m'écouter ! Si vous êtes absolument décidé, je ne peux pas vous en empêcher. Mais vous me devez au moins quelques minutes.

— Peut-être. Le type qui était avec vous quand vous êtes venue à ma porte. C'est là que j'ai compris que vous aviez compris. J'ai paniqué. Je ne sais même pas qui c'était.

— Il s'appelle Webster. Lieutenant Don Webster. Il est vivant, sergent. Il va s'en sortir.

— J'en suis heureux. Ça me fait un poids en moins.

— Sergent… avez-vous déjà travaillé à la brigade Homicides ?

Elle savait très bien que non.

— Non. Mais quand on est flic, on sait ce que c'est.

— Moi, je travaille pour les morts. Je ne sais plus combien j'en ai vu. Je n'oserais pas les compter. Mais ils peuplent mes cauchemars, tous ces disparus. C'est dur.

Elle était étonnée de pouvoir en parler.

— Parfois, c'est si pénible que j'ai mal quand je me réveille. Mais je n'y peux rien. J'ai toujours rêvé d'être dans la police. Je ne sais rien faire d'autre.

— Êtes-vous un bon flic ? demanda-t-il, les larmes jaillissant de nouveau. Eve. C'est votre prénom, n'est-ce pas ? Êtes-vous un bon flic, Eve ?

— Oui. Excellent, même.

Il se mit à sangloter, et elle eut du mal à ne pas pleurer avec lui.

— Thad… il voulait ce que vous vouliez. Ils l'ont laissé mourir. Et pourquoi ? De l'argent ! Ça me déchire le cœur.

— Ils ont payé, sergent. Je ne peux pas vous dire que vous avez eu raison d'agir ainsi. Je ne sais pas non plus comment vous serez jugé. Mais ils ont payé pour leurs fautes. Ricker va devoir payer aussi. Il s'est servi de vous, parmi beaucoup d'autres. Il a joué de votre amour pour votre fils. Votre chagrin. Votre fierté. Allez-vous le laisser continuer de tirer toutes les ficelles ? Allez-vous déshonorer votre badge et celui de votre fils en le laissant gagner ?

— Qu'est-ce que je peux faire ? Je suis perdu ! Perdu !

— Vous pouvez faire ce que Thad aurait attendu de vous. Faire face.

— J'ai honte, chuchota-t-il. Je croyais que quand tout serait fini, je me sentirais mieux. Que je me sentirais libre. Mais j'ai honte.

— Vous pouvez vous rattraper, effacer la honte. Il suffit de venir avec moi, sergent.

— La prison ou la mort… Difficile de choisir.

— Très difficile, en effet. Laissez au système le soin de vous juger. C'est ce pourquoi nous nous battons. Je vous demande cela, sergent. Je ne veux pas que vous soyez l'un de ces visages qui hantent mes cauchemars.

Il inclina la tête, se balança d'avant en arrière, tendit une main, s'accrocha à celle d'Eve. Enfin, il se pencha en avant pour embrasser la tombe.

— Il me manque tellement! Tenez… ajouta-t-il en remettant son arme à la jeune femme.

— Merci.

Elle se leva, attendit qu'il soit debout. Il essuya son visage du revers de sa manche, reprit son souffle.

— J'aimerais prévenir mon épouse.

— Elle sera heureuse d'avoir de vos nouvelles. Je ne veux pas vous menotter, sergent Clooney. Donnez-moi votre parole que vous nous accompagnerez, mon assistante et moi, jusqu'au Central, de votre plein gré.

— Vous avez ma parole, Eve. Joli prénom. Je suis content que ce soit vous qui m'arrêtiez. Je ne l'oublierai pas. C'est le printemps… J'espère que vous aurez le temps d'en profiter. L'hiver revient toujours trop vite, et dure toujours trop longtemps.

Il s'arrêta en voyant Peabody, aux côtés de Connor.

— Ces visages, dans vos cauchemars? Et s'ils venaient vous dire merci?

— Je n'y ai jamais pensé… L'officier Peabody va vous emmener à bord de la voiture de patrouille. Officier, le sergent Clooney se rend.

— Bien lieutenant. Voulez-vous venir avec moi, sergent?

Comme ils s'éloignaient, Eve glissa l'arme de Clooney dans sa poche.

— J'ai bien cru que j'allais le perdre.

— Non. Tu l'as eu dans la poche dès l'instant où tu t'es assise.

— C'est possible. Franchement, c'est plus facile de les arrêter par la force. Il m'a bouleversée.

— Et réciproquement.

S'accroupissant, il souleva le bas du pantalon d'Eve et remit le pistolet de secours dans son étui, à sa cheville.

— C'est notre version personnelle de Cendrillon.

Eve ne put retenir un éclat de rire.

— Eh bien, mon prince charmant, je sais que je devrais te prier de m'emmener au bal, mais si tu te contentais de me déposer au bureau ?

— Avec plaisir.

7334

Composition Chesteroc Ltd
Achevé d'imprimer en France (La Flèche)
par Brodard et Taupin
le 16 août 2004 – 25416.
Dépôt légal août 2004. ISBN 2-290-33610-6
1er dépôt légal dans la collection : mai 2004

Éditions J'ai lu
84, rue de Grenelle, 75007 Paris
Diffusion France et étranger : Flammarion